Lavendelduft, laue Sommernächte, ein Hotel in der Provence: so eine Auszeit vom stressigen Londoner Alltag könnte sich Beth gut vorstellen. Als sie herausfindet, dass ihr Mann Charlie eine Woche Urlaub in Frankreich geplant hat, beschließt sie, einfach mitzufahren – die beiden Teenager-Töchter im Schlepptau. Charlie taucht also mit seiner ganzen Familie in dem charmanten Chateau auf. Das ist eine ziemliche Überraschung für Charlies Kollegin Clare, die auch dort angereist ist. Sie hatte sich einen Traumurlaub mit Charlie allein vorgestellt. Nun geraten alle drei in einen verwirrenden Reigen der Gefühle, an dem die anderen Gäste interessiert Anteil nehmen. Romanzen, Geheimnisse und unerwartete Geständnisse sorgen dafür, dass dieser Sommer unter südlicher Sonne für alle unvergesslich wird.

Dieser Roman erschien bereits unter dem Titel »Liebe macht lustig«.

Weitere Romane von Kate Saunders:
»Liebe im Spiel«
»Es soll Liebe sein«
»Es klingt nach Liebe«
Die historischen Kriminalromane um die diskrete Ermittlerin Laetitia Rodd:
»Das Geheimnis von Wishtide Manor«
»Die Schatten von Freshley Wood«

Kate Saunders ist erfolgreiche Autorin zahlreicher Roman und Kinderbücher, für die sie – auch in Deutschland – ausgezeichnet wurde. Als Journalistin und Rezensentin schreibt sie u.a. für die »Sunday Times« und »Cosmopolitan«, ist als Jurorin tätig und arbeitet für das Radio. Als begeisterte Londonerin liebt sie Urlaube in Frankreich.

Weitere Informationen finden Sie unter www.fischerverlage.de

KATE SAUNDERS

Lavendelblauer Sommer in der Provence

ROMAN

Aus dem Englischen
von Catrin Lucht

FISCHER Taschenbuch

Aus Verantwortung für die Umwelt hat sich der S. Fischer Verlag zu einer nachhaltigen Buchproduktion verpflichtet. Der bewusste Umgang mit unseren Ressourcen, der Schutz unseres Klimas und der Natur gehören zu unseren obersten Unternehmenszielen.

Gemeinsam mit unseren Partnern und Lieferanten setzen wir uns für eine klimaneutrale Buchproduktion ein, die den Erwerb von Klimazertifikaten zur Kompensation des CO_2-Ausstoßes einschließt.

Weitere Informationen finden Sie unter: www.klimaneutralerverlag.de

FSC
www.fsc.org
MIX
Papier aus verantwortungsvollen Quellen
FSC® C014496

2. Auflage: Juli 2020

Erschienen bei FISCHER Taschenbuch
Frankfurt am Main, Juni 2020

Der englische Originaltitel lautet »Crooked Castle«

Satz: Pinkuin Satz und Datentechnik, Berlin
Druck und Bindung: GGP Media GmbH, Pößneck
Printed in Germany
ISBN 978-3-596-70012-7

Kapitel 1

Charlie hatte einen Stapel Bücher für seine Ferien gekauft. Er holte sie aus der Tasche, um sie Beth zu zeigen. Eine Biographie von Le Corbusier, etwas über ein Massaker an den Protestanten im Paris des 16. Jahrhunderts und die gesammelten Briefe von George Bernard Shaw.

»Ein bisschen Urlaubslektüre«, sagte Beth. »Mein lieber Schwan.«

»Es muss doch etwas sein, womit ich mich zu Hause nicht beschäftige«, sagte Charlie. »Das Zeug, das ich gelesen habe, bevor mein Hirn anfing aufzuweichen.«

»Liebling, dein Hirn ist nicht aufgeweicht. Es ist eine gespannte Feder, ein schleichender Panther …«

»Halt die Klappe.« Er schlug liebevoll mit der Serviette nach ihr. »Du weißt doch, was ich meine … bevor wir die Kinder hatten, war unsere Urlaubslektüre der schwerste Teil des Gepäcks, oder? Erinnerst du dich an Devon? Ich habe Hemingway gelesen, und du warst in irgendeinen viktorianischen Schund vertieft …«

»Gütiger Himmel, das ist eine Diskussion, die wir schon lange nicht mehr hatten.«

»Keine Sorge, ich hab nicht vor, sie wiederzubeleben – ich wollte damit nur unseren Abstieg in den Analphabetismus verdeutlichen. Als wir das letzte Mal in Griechenland waren, habe ich ein einziges Buch mitgenommen, und das war von John Grisham – nichts gegen Grisham, aber er ist wirklich kein Hemingway –, und ich habe es noch nicht einmal zu Ende gelesen. Was ist nur los mit mir? Wo ist all meine Neugier auf die Welt geblieben? Bin ich nicht mehr in der Lage, Dinge in meinem Hirn zu speichern?«

»Vielleicht ist es voll?«, schlug Beth vor.

Er ignorierte das. »Wie auch immer, ich werde etwas Anspruchsvolles lesen, während ich weg bin. Und wenn ich feststelle, dass ich anständige Bücher nicht mehr bewältige, kann ich sie immer noch an Scarly weitergeben.«

Beth lachte leise. »Ja, sie ist in dem goldenen Alter, in dem man alles aufnimmt, ganz egal, wie geschwollen es ist.«

»Geschwollen? Willst du damit sagen, dass meine Bücher geschwollen sind?«

»Ich bitte dich – Le Corbusier? George Bernard Shaw? Ich gebe dir genau zwei Tage, bis du dich nach Grisham sehnst.«

Sie saßen draußen an einem der Tische von *Kasbah*, einem bekannten Café, das praktischerweise zwischen dem Buchladen und dem Feinkostgeschäft lag. Beth hatte dort ein Glas sonnengetrockneter Tomaten und schwarze, mit Tintenfischtinte gefärbte Pasta gekauft. Sie hatte Charlie gebeten, in der Eisenwarenhandlung vorbeizugehen, um Glühbirnen zu besorgen, aber natürlich hatte er es vergessen, sein Gehirn konnte sich – so überlegen es auch war – nicht gleichzeitig mit Le Corbusier und Glühbirnen beschäftigen.

Ein Mädchen brachte ihnen Kaffee. Beth und Charlie nahmen sich jeder einen Teil der Samstagsausgabe des *Guardian*. Beth bekam das Magazin, das voller seriöser Schwarz-Weiß-Fotos von armen Menschen in fernen Ländern war.

Charlie bekam den Nachrichtenteil. Beth hätte sich gerne weiter unterhalten, aber es gab nichts mehr zu sagen. Sie waren jetzt dreiundzwanzig Jahre zusammen, und ihre Unterhaltungen hatten sich inzwischen zu reinen Updates ihrer gemeinsamen Geschichte gewandelt. Sie plauderten nicht, sie erzählten sich nicht einfach Dinge, wie Leute, die sich gerade erst kennengelernt hatten.

Beth war klar, dass sie nur plaudern wollte, weil das Magazin Minderwertigkeitsgefühle in ihr wachrief. Ihr erster Impuls war, es wegzulegen und etwas zu sagen wie: »Na ja, es ist trotzdem ein wunderschöner Tag«, aber Charlie hatte ihr schon vor Jahren erklärt, dass die einzige Antwort auf diese Art von Bemerkung »Hmmm« war.

Charlie war zweiundfünfzig und immer noch ein attraktiver Mann, auch wenn sich das mittlerweile eher in der Verneinungsform ausdrücken ließ – nicht fett, nicht glatzköpfig und nicht besonders faltig. Seine dicken schwarzen Haare wurden von dramatischen eisengrauen Strähnen durchzogen, die ihm sehr gut standen. Beth war achtundvierzig und fand, dass sie sich nicht so gut gehalten hatte. Sie sah eher durchschnittlich aus, hatte dünne blasse Haut und dünne helle Haare, und ihr zarter Teint war verblasst, so als wäre sie zu oft in der Wäsche gewesen.

Beths Gedanken schweiften wie so oft in die Menopause ab. Sie spürte sie manchmal wie einen aufbrausenden Sturm. Sie spürte schon einige der Symptome – nächtliche Schweißausbrüche und rätselhafte Heulanfälle über Babysachen, die sie hinter dem Boiler fand. Ihre Taille war ein wenig fülliger geworden, und wenn sie zu schnell in den Spiegel schaute, sah sie ihre Mutter. Die ungestüme grasgrüne Jugend ihrer Töchter forderte den permanenten Vergleich heraus.

Nicht, dass sie sie beneidete. Sie hatte Frauen in ihrem Alter, die vorgaben jung zu sein, nie verstanden. Hatten sie vergessen, was für harte Arbeit das war? Scarlett war neunzehn, studierte Englisch in Oxford und war gerade von ihrem ersten festen Freund verlassen worden (ein Phantom, das ihre Eltern nie zu Gesicht bekommen hatten). Bean war fünfzehn, und man hatte sie im letzten Schuljahr wegen des Besitzes von Cannabis festgenommen. Beth überkam ein Anflug von Nostalgie, als sie an die Tage dachte, in denen es relativ einfach gewesen war, die Kinder zu erziehen. Warum waren ihr die Tage des Anziehens, Waschens und Fütterns nur so anstrengend vorgekommen? Damals hatte sie sie wenigstens unter Kontrolle gehabt. Es war viel schlimmer zu akzeptieren, dass ihre Töchter sich jetzt mit Dingen herumschlugen, die man nicht mit Paracetamol heilen konnte.

Arme Scarly, die erste Zurückweisung war unglaublich schmerzhaft. Beth erinnerte sich gut daran, wie sie tagelang wegen Ian Dingsda geheult hatte, während ihre Mutter an ihre Tür geklopft hatte, um sie zu bitten, nicht ständig »Tainted Love« zu spielen.

»Oh, Scheiße«, murmelte Charlie. »Scheiße, Scheiße, Scheiße.«

Beth sagte lachend: »Halt die Klappe.« Dann stand sie auf, um ihre Freundin Lizzie Parr (korpulent, rechthaberisch und erbarmungslos gut gelaunt) zu küssen, die Charlie nicht leiden konnte. »Lizzie, schön, dich zu sehen. Willst du dich nicht zu uns setzen?«

»Danke, aber ich kann nicht«, sagte Lizzie. »Ich muss die Kinder vom Orchester abholen. Ach du meine Güte, was für ein eindrucksvoller Stapel Bücher.«

»Sie sind für Charlies Urlaub«, erklärte Beth. »Er fliegt morgen nach Frankreich.«

»Nur Charlie? Fliegst du nicht mit?«

»Oh, nein – das ist eine unserer Regeln. Einmal im Jahr bekommt jeder eine Woche für sich ganz alleine, um den Akku aufzuladen.« Das war Teil einer Abmachung, die sie beide vor ungefähr zehn Jahren nach einer Krise vereinbart hatten und von der sie immer noch glaubten, dass sie ›neu‹ sei. »Ich fahre immer in den Lake District«, fügte Beth hinzu, »mit einem ordentlichen Stapel Thomas Hardy.«

»Hardy? Ihr seid beide entsetzliche Intelligenzbolzen«, sagte Lizzie. »Wenn Keith mir erlauben würde, eine Woche mit mir allein zu sein, würde ich nichts als Klatsch und Tratsch lesen. In welchen Teil von Frankreich fährst du denn?«

Beth spürte, dass sie die Regeln des Mittelklasse-Frankreich-Spiels nie so ganz verstanden hatte. Aus irgendeinem Grund hatte es etwas von einem Wettbewerb. Einmal Dordogne war zweimal Languedoc wert, und mit der Normandie konnte man überhaupt nicht punkten, es sei denn, man hatte dort einen wirklich anständigen privaten Pool.

»Es liegt im Lot-Tal«, sagte Charlie. »Zwischen Cahors und Figeac.«

»Oh, das ist der schönste Ort der Welt – Beth, kommst du da nicht in Versuchung, eure Regel zu brechen und mitzufahren?«

»Jemand muss ein Auge auf diese bösen Mädchen haben«, sagte Charlie.

»Er wird in einem alten Schloss wohnen, das seit der Zeit König Edwards ein Hotel ist«, erzählte Beth Lizzie, womit sie natürlich Frankreich-Punkte erzielen wollte. »Auch E. M. Forster logierte dort.«

»Entschuldige – hilf mir auf die Sprünge …«

»Er hat ›Zimmer mit Aussicht‹ geschrieben.«

»O ja, stimmt. Na, das hört sich großartig an. Ich finde diesen Film wunderbar.«

»Es hat einen seltsamen Namen. Es heißt Château Cornu, und wir haben uns fast darüber gestritten, wie man es wohl übersetzen sollte – Charlie sagt ›schief‹ oder ›gewölbt‹, aber ich würde es lieber poetischer sehen und ›gewunden‹ sagen – Gewundenes Schloss.«

»Cornu sagtest du?«, fragte Lizzie, »in der Nähe von Cahors? Wie witzig, ich glaube ich kenne jemanden, der morgen auch dorthin fährt.«

»Ich hoffe, es ist nicht einer deiner gescheiterten Tory-Kandidaten«, sagte Beth und lachte. »Charlie wird ihn umbringen.«

Lizzie sagte: »Hör bloß auf damit, ich kann nichts für die fürchterlichen Freunde meines Mannes. Sie sitzt in Keiths Ausschuss für das Krankenhaus. Ihr Name ist Clare irgendwas. Chester.«

»Clare Chessil«, sagte Beth.

»Chessil. Ja, so heißt sie. Groß und dunkel. Kennst du sie?«

»Sie arbeitet mit Charlie zusammen.« Beth sah ihn an. »Clare Chessil«, wiederholte sie.

Charlie war auf einmal tief in seine Zeitung versunken. Er sah ungeduldig auf. »Ja?«

»Lizzie sagt, dass sie morgen nach Frankreich fährt, in dasselbe Hotel wie du.«

»Oh.« Für den Bruchteil einer Sekunde war Charlie aufgebracht. »Wie merkwürdig. Ich denke, das muss ein Missverständnis sein. Das hätte sie mir doch erzählt, oder nicht? Und ich höre das gerade zum ersten Mal.«

»Vielleicht ist es ja jemand anderes«, sagte Lizzie. »Wie auch immer, bye, und schönen Urlaub.«

»Puh«, sagte Charlie, als Lizzie erst einmal außer Hörweite war. »Ich hatte schon befürchtet, dass sie bei uns hängenbleibt. Sollen wir aufbrechen?«

»Nein«, sagte Beth. Ein Stein lag auf ihrer Brust. »Ich möchte mehr über diesen erstaunlichen Zufall erfahren.«

»Was?«

»Oh, mein Gott! Du und Clare Chessil fahrt morgen ganz zufällig in dasselbe unbekannte Hotel!«

»Hör mal, ich hatte keine Ahnung!«

»Du Mistkerl. Für wie blöd hältst du mich eigentlich?«

»Beth, bitte – können wir darüber vielleicht zu Hause reden?«

»Nein. Ich möchte nicht, dass die Kinder das mitbekommen. Sie haben immer noch Albträume wegen dem letzten Mal.«

»Das letzte Mal!« Charlie war empört. »Oh, daher weht der Wind. Das letzte Mal. Das liegt immer noch nicht lang genug zurück, oder? Soweit also zum Thema Vertrauen.«

»Ich weiß, dass du auf sie stehst«, sagte Beth. Ihr ging ein Licht auf. »Du erwähnst ihren Namen in jeder Unterhaltung. Und genauso hat es beim letzten Mal auch angefangen.«

»Wir arbeiten zusammen. Natürlich spreche ich über sie. Ich spreche über alle meine Kollegen. Das heißt nicht, dass ich sie alle in irgendwelchen Hotels treffe. Sei nicht so paranoid.«

»Und ich dachte, du würdest einen ruhigen, einsamen Urlaub verbringen. Du Mistkerl.«

»Sch!«

Beth erhob die Stimme. »Du großes, stinkendes Stück Scheiße.«

»Ich treffe Clare nicht in Frankreich, okay? Hast du das verstanden? Gib mir eine Bibel, und ich schwöre darauf.«

Beth hatte auf einmal das Bild von Charlie vor Augen, wie er wegen seiner unglaublichen Frechheit, die Bibel zu benutzen, um seine Lügen zu bekräftigen, auf einem ewigen Grill schmorte. Er hatte das gesagt, um zu sticheln – sie war katholisch erzogen worden, und er wusste, dass sie das nicht so einfach abschütteln konnte.

»Ich glaube dir nicht.«

Charlie seufzte. »Okay, wenn du weiter darauf herumreitest, fahre ich nicht und vergesse den ganzen Urlaub. Wärst du dann zufrieden?«

»Ja.«

»Das heißt, dass ich, was unsere Abmachung angeht, noch einen Urlaub gut habe. Werden wir jetzt jedes Mal diese Diskussionen haben, bevor ich verreise?«

»Die Abmachung gilt nicht mehr«, sagte Beth. »Ich kann überhaupt nicht fassen, dass ich jemals zugestimmt habe. Du hast sie benutzt, um die Ehe zu brechen. Einmal im Jahr fährst du ficken, und ich fahre in den beschissenen Lake District.«

»Beth, reiß dich zusammen. Ich werde morgen nicht fahren. Es ist alles geplatzt.«

»Da wird sie wohl alleine fahren müssen«, sagte Beth. »Ich hoffe, dass sie ein paar gute Bücher dabeihat.«

Charlie seufzte. Er war wütend, überspielte das aber und sagte betrübt: »Zum letzten Mal, ich habe nicht die geringste Ahnung, was Clare für Urlaubspläne hat.«

»Du lügst«, sagte Beth. »Du glaubst, ich könnte das nicht erkennen, nach all den Jahren? Deine Augenlider kräuseln sich, und du machst einen auf verletzt – genau wie Bean.«

»Was ist bloß in dich gefahren?«, schnauzte er sie an. »Himmel, du bist total durchgedreht.«

Beth spürte, wie die Wut auf ihn in ihr hochstieg, ein unsichtbares wildes Tier jenseits aller Kontrolle. Sie sprach in einem schrecklich ruhigen Ton. »Durchgedreht? Willst du damit etwa sagen, dass es durchgedreht von mir ist, wenn ich verlange, dass du aufhörst, mich zu betrügen?«

»Zum allerletzten Mal, ich habe dich nicht …«

»Halt den Mund, oder ich frage das ganze Café – Hand hoch, wer glaubt, dass ich durchgedreht bin.«

»Beth – um Himmels willen.«

»Und das ist der Mann, der einen solchen Terz veranstaltet hat, um seiner Familie ein Opfer zu bringen.«

Charlie war sehr still. Sie sprach von der Krise. Das war das erste Mal, dass einer von ihnen sie direkt angesprochen hat, seit dem turbulenten Wochenende vor zehn Jahren.

Vor zehn Jahren hatte Charlie sich in eine Frau mit dem Namen Diane Fellows verliebt. Und so, wie Beth es noch immer sah, hatte er sich damals entschieden, die Herzen seiner Frau und seiner Töchter zu brechen, indem er in Dianes Wohnung in Ladbroke Grove eingezogen war. Die Mädchen waren erst neun und fünf, und die Sache brachte sie schwer durcheinander – Beths Magen zog sich vor Sorge und Ärger immer noch zusammen, wenn sie sich an die verwirrten und tränenüberströmten Gesichter erinnerte. Einmal hatte sie sich sogar gewünscht, dass Charlie einen qualvollen Tod sterben und eine Million Jahre im Fegefeuer verbringen müsste. Aber Charlie betete seine Töchter an und konnte nicht ohne sie leben. Er schaffte es irgendwie, sich wieder in Beth zu verlieben – unter bestimmten Bedingungen.

Charlie murmelte: »Du hast mir nie verziehen, oder?«

»Ich habe dir vorläufig verziehen«, sagte Beth. »So lange, wie du es nicht noch einmal machst. Jetzt nehme ich es zurück, du Mistkerl.«

Charlie gab einen langen tiefen Seufzer von sich. Tiefe Falten legten sich auf seine Stirn. »Okay. Du kannst mir an den

Kopf werfen, was du willst, aber können wir jetzt bitte nach Hause gehen?«
»Nein! Ich möchte nicht, dass die Mädchen etwas davon erfahren.«
»Beth, hör mir zu. Ich liebe Scarly und Bean mehr als alles andere auf der Welt. Glaubst du, ich würde irgendetwas tun, das sie unglücklich macht? Und ich liebe dich, und ich liebe unser Zuhause. Ich setze das alles doch nicht einfach aufs Spiel. Ich gebe zu, dass ich wusste, dass Clare morgen nach Frankreich fliegt, aber es war ein absoluter Zufall. Wir haben keine Affäre.«
»Noch nicht«, sagte Beth. »Das habe ich ja gerade verhindert.«
»Himmelherrgott!«, sagte Charlie. »Was muss ich denn noch machen, um dich zu überzeugen?«
»Nimm mich mit.«
»Sei nicht albern. Du hasst es, ohne die Mädchen wegzufahren.«
»Nimm uns alle mit.«
»Du weißt ganz genau, dass das nicht möglich ist.«
»Warum nicht? Du musst nur das Hotel und die Fluggesellschaft anrufen.«
»Es ist Hauptsaison. Das kostet ein Vermögen.«
Beth schwieg ein langes bedrückendes Schweigen, das ihm deutlich machte, was ihn eine Weigerung sonst noch alles kosten könnte.

Clare hatte diesen Anruf nicht erwartet. Sie wusste sofort, dass es Alarmstufe eins bedeutete. Charlie flüsterte hastig, während im Hintergrund ziemlich laut Wagner lief.
»Mein Liebling – etwas Furchtbares – das muss jetzt schnell

gehen, ich bin zu Hause im Arbeitszimmer. Es hat sich eine kleine Katastrophe ereignet.«

»Katastrophe?« Clare nahm die Fernbedienung vom Fernseher, um das biblische Monumentaldrama stumm zu schalten, das sie sich angesehen hatte, während ihre Fußnägel trockneten. »Was ist passiert?«

»Beth hat alles herausgefunden.«

»Oh.« Clares Magen drehte sich um. Ihr wurde übel.

»Es ist nicht deine Schuld, aber du hast es jemandem bei deiner Krankenhaus-Komitee-Sache erzählt.«

»Ich habe es jemandem erzählt?« Das war so lächerlich, dass es eigentlich keine ernste Antwort verdiente. »Glaubst du, dass wir uns damit unsere Zeit vertreiben? Uns über unsere Liebesleben zu unterhalten?

Charlie murmelte: »Du hast einer neugierigen alten Tratschtante mit dem Namen Lizzie Parr erzählt, dass du ins Château Cornu fährst.«

»Oh, ist das etwa die Frau vom Chefarzt? Vielleicht habe ich es am Ende eines Meetings erwähnt.«

»Nun ja, sie ist eine Freundin von Beth. Sie hat herausposaunt, dass du in dasselbe Hotel fährst wie ich. Ich habe nichts zugegeben, aber Beth hat offensichtlich zwei und zwei zusammengezählt.«

»Oh.«

Er stöhnte leicht. Im Hintergrund schrien die Rheintöchter.

»Sie ist wirklich aufgebracht und richtig wütend – sie hat mir vorgeworfen, die Mädchen zu betrügen und alles zu untergraben, was wir uns aufgebaut haben.«

Clare wurde ungeduldig. Die Details seiner Vorort-Familien-Dramen waren für sie absolut uninteressant, es sei denn, sie führten dazu, dass er seine Frau verließe – was sie natürlich nie taten. Charlie hatte ihr schon mehrere Male

gesagt, dass er Beth nicht verlassen könne, bevor die Mädchen nicht das College absolviert hätten.
»Also«, sagte sie, »werde ich wohl alleine fahren. Ich sollte besser ein paar gute Bücher mitnehmen.«
Sie war enttäuscht, fand sich aber damit ab. Verheiratete Männer zu lieben hieß, plötzliche Absagen mit einer gewissen Haltung hinzunehmen.
»Na ja«, sagte Charlie. »Nicht ganz.«
»Bitte?«
»Du wirst mich hassen, aber ich muss es tun, ich habe keine andere Wahl. Beth hat entschieden, dass sie mitkommt.«
»Was?«
»Und sie bringt die Kinder mit. Es tut mir so leid, wenn du nur wüsstest, wie leid es mir tut, während ich dich anbete, während ich deinen Körper und deinen Geist will – aber selbstverständlich zahle ich dir die Hälfte des Zimmerpreises zurück.«
»Was redest du denn da?« Clare bebte vor Wut. »Warum solltest du denn das Zimmer behalten?«
»Nun, weil ich es mit Beth teilen werde.«
»Willst du damit sagen, du lässt es zu, dass deine Frau mir meinen Urlaub wegnimmt?«
»Clare, Süße …«
»Meinen Urlaub, den ich schon seit Wochen plane? Verpiss dich! Es ist nicht dein Hotel, im Übrigen habe ich es entdeckt, und du kannst mich davon nicht fernhalten.«
»Komm schon, Clare! Ich werde mit meiner verdammten Familie dort sein.«
»Oh, mach dir keine Sorgen. Ich werde mir ein anderes Zimmer buchen. Ich werde unsichtbar sein. Du wirst nicht einmal mitbekommen, dass ich da bin.«

Sie legte einfach auf, und das hatte sie noch nie getan. Der Ärger fiel von ihr ab, und sie begann zu schluchzen. Es passierte wieder. Sie wusste nur zu gut, was jetzt kommen würde. Diese Art von Liebesbeziehung zerfällt zu Staub, wenn sie erst einmal der Lufteinwirkung ausgesetzt ist. Charlie wäre vor die Wahl gestellt, und dann entschied er sich bestimmt für seine spießige verheiratete Jungfrau. Clare müsste aus seinem Leben verschwinden und nichts als Reue und Schuldgefühle zurücklassen – keinen Gold-, sondern einen Trauerring.

Sie war nicht böse auf ihn. Sie war noch nicht einmal böse auf Beth. Sie war böse auf sich selbst, weil sie ihr eigenes Leben so wenig im Griff hatte. In solchen Phasen musste Clare wohl oder übel zugeben, dass sie wusste, warum sie mit dreiunddreißig Jahren alleine war. Sie war süchtig nach der heimlichen Ekstase, dem schmerzlichen Verlangen und der unglaublichen sexuellen Erregung, die Affären mit verheirateten Männern mit sich brachten.

Und weil sie wusste, dass sie kein Mitleid verdient hatte, tat es nur noch mehr weh. Ihre Mutter, die Sprichwörter sehr gemocht hatte, hätte gesagt, wer mit dem Feuer spielt, kommt darin um. Wenn ihr Herz bräche, wäre das ganz allein ihre Schuld.

Clare ahnte seit dem Tag, an dem sie in dem großen Architekturbüro in Clerkenwell angefangen hatte, dass sie wahrscheinlich auf alle Gesellschafter abfahren würde. Sie wusste nur zu gut, dass sie die fatale Neigung hatte, männliche Autoritätspersonen anzuhimmeln. Das hatte sie in den bitteren Nachwehen der Affäre mit Patrick, ihrer ersten großen Liebe, herausgefunden.

Sie hatte Charlie gesehen, wie er sich über den Schreibtisch lehnte und telefonierte. Er hatte kurz aufgeblickt, ihre

Hand geschüttelt, und ihr Herz begann wie wild zu klopfen – diese dunklen Augen mit dem verschleierten Blick, die grauen Strähnen in seinem dicken schwarzen Haar. Er hatte etwas von Harrison Ford, eine Spur von Connery, einen Anflug von Gary Cooper in ›Zwölf Uhr mittags‹. Es hatte sie augenblicklich erwischt.

Charlie war zweiundfünfzig. Über der Spüle in der Büroküche hing ein altes Foto von der Überraschungsparty zu seinem fünfzigsten Geburtstag. Er stand in der Mitte einer Gruppe, und sein grinsendes Gesicht drückte blankes Entsetzen aus. Fünfzig zu werden, das wusste Clare aus gutem Grund, war oft ein traumatisches Erlebnis für den grauhaarigen Alphamann.

Der Sex mit Charlie war phantastisch, unglaublich. Aber natürlich war da noch mehr. Er war einfühlsam, galant und romantisch. Nach ihrer ersten Umarmung hatte Charlie sie zum Abendessen ausgeführt und ihr eine weiße Rose mitgebracht. Clare hatte sich nichts daraus gemacht, dass das düstere italienische Restaurant im Büro »Affärino's« genannt wurde. Dieses erste Zusammentreffen hatte nichts Schmutziges oder Heimliches. Sie hatten sich angeregt unterhalten. Sie hatte sich dabei ertappt, ihm alle möglichen Dinge von ihren lustigen alten Eltern zu erzählen, die beide Landärzte gewesen waren, und von ihrer einsamen Lincolnshire-Kindheit. Diese Dinge waren alle unglaublich persönlich. Normalerweise war Clare eher zurückhaltend, was ihre Herkunft betraf, und zögerte eher, sie vor Leuten auszubreiten, die sie möglicherweise nicht verstanden, aber Charlie hatte einfach genau die richtigen Fragen gestellt. Und er hörte ihr mit großem Interesse zu. Sie hatte in diesen besonderen Ferien geplant, ihm von Patrick zu erzählen.

Sie weinte eine halbe Stunde. Im Fernsehen bewegte De-

borah Kerr stumm ihre Lippen in einer Toga aus violettem Chiffon.
Clare konnte Charlie nicht zurückrufen, um ihm zu sagen, dass es ihr leidtat. Sie durfte ihn nicht anrufen. Es tat ihr sowieso nicht leid. Wie konnte er es wagen? Sie hatte diesen Urlaub – ihre ehebrecherischen Flitterwochen – mit solch liebevoller Sorgfalt geplant.
Sie hatte das Château Cornu in einem Design-Magazin, das ans Büro geliefert wurde, entdeckt. Beim Durchblättern fiel ihr Blick auf ein atemberaubendes Foto. Es zeigte ein kleines Schloss mitten in einem Garten zwischen Lavendel, Rosen und Reihen von Geranien unter dem südlichen Himmel. Der älteste Teil des Schlosses war ein massiger Bau aus grauem Stein mit schmalen, tiefliegenden Fenstern hinter Eisengittern. Daran schloss sich ein traditionelles, weinumranktes französisches *Manoir* mit Verandafenstern an. Hinter dem neueren Flügel des Hauses war ein Teil des Swimmingpools zu sehen. Unter dem Foto stand ein kurzer Artikel. Clare überflog ihn schnell. Château Cornu war im 11. Jahrhundert zum Schutz vor den räuberischen Engländern gebaut worden. Der Rest war im 17. Jahrhundert hinzugefügt worden. In den frühen Zwanzigerjahren hat eine entschlossene amerikanische Lady mit einem großen Interesse an Kunst und Geschichte es erworben. Mrs Rushing hatte das Schloss restauriert und es in die Pension Cornu umgewandelt. Auf der zweiten Seite war ein Schwarz-Weiß-Foto von E.M. Forster, ein paar Mitgliedern der Bloomsbury Group und Angehörigen der Cunard-Familie abgebildet, die in weißen Klamotten auf einer großen, mit Kies bedeckten Terrasse saßen und ihre berühmten, alten Augen vor der Sonne schützten.
Mrs. Rushings Hotel war vor dem Zweiten Weltkrieg ge-

schlossen worden. Im Laufe der Jahre war es extrem baufällig, ja beinahe gefährlich geworden. Ein britisches Paar hatte diesen Ort letztes Jahr gekauft, mit dem Ziel, ihn in ein feines Hotel zu verwandeln. Das war alles, was Clare wissen musste. Sie hatte einen Zettel hineingelegt und das Magazin auf Charlies Schreibtisch gelegt. Er hatte ihnen auftragsgemäß ein luxuriöses Zimmer gebucht und seiner Frau erzählt, dass er alleine fahren würde, um den Akku aufzuladen. (Clare war erstaunt über Beths Leichtgläubigkeit – seit wann lädt ein Mann seinen Akku in einem Hotel auf, das so wahnsinnig schön ist, dass es fast schon unanständig ist?)

Clare ging in ihre kleine Küche. Sie putzte sich die Nase mit einem Geschirrtuch und brühte einen Tee auf. Mach es jetzt, sagte sie zu sich selbst, bevor du dich noch umentschließt. Sie wählte die Nummer des Château Cornu. Sie ließ es lange klingeln. Endlich hob ein Mann mit einem vornehmen britischen Akzent ab. Er klang atemlos, und im Hintergrund hörte man so eine Art klappernde Unruhe. Clare musste mehrmals erklären, was sie wollte.

»Oje«, sagte er schwach. »Ich fürchte, ich habe nur noch ein einziges Zimmer übrig. Es ist sehr klein, und es hat nur eine Dusche und keine Badewanne. Und um ehrlich zu sein, ist es nicht richtig fertig.«

»Wie bitte?«

»Es ist noch nicht komplett eingerichtet, verstehen Sie?«

»Das macht nichts«, antwortete Clare.

»Um die Wahrheit zu sagen«, fügte er hinzu, »wir haben gerade erst eröffnet.«

»Bitte?«

»Das Hotel. Wir haben bis jetzt noch keine Gäste gehabt.«

Clare hörte ein Krachen, gefolgt von jemandem, der »Scheiße!« rief.
»Aber«, sagte der Mann bestimmt, »einige Kinderkrankheiten ergeben sich ja zwangsläufig. Haben Sie schon einen Flug gebucht?«
»Ja. Ich werde morgen Nachmittag in Toulouse am Flughafen ankommen. Um vier, glaube ich.«
»Oh, gut. Dann können Sie mit in den Bus. Ich werde bei der Ankunft ein Schild hochhalten. Mein Name ist Jamie MacDuff.«
»Sehr erfreut«, sagte Clare.
»Scheiße!«, schrie die Phantomstimme im Hintergrund.
»Dann bis morgen«, sagte Jamie MacDuff.
Clare legte den Hörer auf und ließ sich von der Einsamkeit ihrer Wohnung überwältigen. Sie hatte keinerlei Zweifel daran, dass es ein wahnsinniger Akt war, mit ihrem Liebhaber und seiner Familie in den Urlaub zu fahren. Das war ihr egal. Sie war es leid, die Regeln des Ehebruchs einzuhalten – die kurzen Telefongespräche über Handy von seltsamen Orten, die diskreten Restaurants, die heimlichen Nächte und die plötzlich überflüssigen Theaterkarten.
Dieses Mal war es anders. Wenn Charlie der Mann war, den sie liebte, dann musste sie auch bereit sein, um ihn zu kämpfen.

Kapitel 2

»Ich verstehe immer noch nicht, warum ich in euren beschissenen Urlaub mitkommen soll«, sagte Bean. »Ich verstehe einfach nicht, warum ich mitten in der Nacht aus dem Bett gezerrt und gezwungen werde, in irgendein grässliches Hotel mitzufahren.«

»Es ist doch nur für ein paar Tage«, sagte Scarly sanft. »Vielleicht wird es ja ganz gut.«

»Warum kann ich nicht einfach zu Hause bleiben?«

Beth schloss ihre entzündeten und geschwollenen Augen. »Zum letzten Mal, weil ich keine Lust habe, dass du mein Haus in eine Opiumhöhle verwandelst.«

»Oh, vielen Dank. Da ziehe ich mir einmal einen halben Joint rein, und schon bin ich eine Drogensüchtige.«

Bean hatte seit gestern schlechte Laune. Sie hatte Beth angeschrien, Türen geknallt und versucht, in Shorts und Bikinioberteil zu reisen. Charlie hatte sie angeschrien, und jetzt trug sie die Shorts mit einer knappen gelben Weste, die den Stift ihres Bauchnabelpiercings zeigte.

»Und warum führt sich Dad so arschlochmäßig auf? Mensch. Kann er nicht einen Herzinfarkt bekommen oder so etwas.«

»Bean«, murmelte Beth, »bitte.«

Sie standen in der Schlange vor dem Coffeeshop am Flughafen. Sie hatten Charlie – der sich tatsächlich arschlochmäßig aufführte – mit dem Gepäck zurückgelassen. Die Schlange kam nur langsam voran. Der betuliche, wohlriechende Mann mittleren Alters, der vor ihnen stand, schnaubte ungeduldig.

Bean blaffte: »Bitte was? Was mache ich falsch?«

»Hör doch auf«, sagte Beth. »Ich werde nicht fünf Tage mitten in der Pampa mit dir verbringen, wenn du in einer solchen Stimmung bist. Warum kannst du nicht aufhören, dich zu beschweren, und das Beste draus machen. Denken wir einfach daran, dass wir Urlaub haben.«

Ach du meine Güte, wie oft hatte sie diese Worte schon gesagt, und über wie viele Jahre hinweg? In wie vielen Flughäfen und an wie vielen Stränden? Bean, hör auf zu quengeln / schmollen / mit Dad zu streiten / deine Schwester zu ärgern, und lasst uns alle daran denken, dass wir im Urlaub sind!

Leere Worte, unter diesen Umständen geradezu schmerzhaft lächerlich. Beth hatte die ganze Nacht leise geweint, während Charlie neben ihr schlief. Er hatte den Schlaf der Gerechten geschlafen, während sie mit ihrem reinen Gewissen gezwungen war, sich sein leises, zartes Schnarchen anzuhören. Wie konnte er es wagen, hier zu liegen und zu schnarchen? Das war einfach niederträchtig.

»Das Château klingt ziemlich romantisch«, sagte Scarly wehmütig. Sie war immer noch in ihre angestaubten schwarzen Trauerklamotten gehüllt, die Trauerkleidung eines Mädchens, das verlassen wurde.

An der gegenüberliegenden Seite hing ein Spiegel. Beth schaute sich ihre Spiegelbilder an. So wirkten sie also auf Fremde: eine zerknitterte, abgespannte mittelalte Mutter mit ihren beiden erwachsenen Töchtern. Sie brauchte einen Moment, um die Gruppe im Spiegel mit dem Bild, das sie in ihrem Kopf mit sich herumtrug, miteinander zu verbinden. Die Mädchen sahen plötzlich wie junge Erwachsene aus, unnahbar und unabhängig. Beth drehte sich wieder zu den realen Mädchen um und versuchte, sie mit ihren Babys in Verbindung zu bringen. Sie wünschte, sie hätte eine Entschuldigung dafür, ihnen über die Haare zu streicheln und ihre Nacken zu tätscheln, so wie sie es immer getan hatte, als sie klein waren. Jetzt gehörten ihre Körper ihnen ganz allein.

Scarly war hübsch, dachte Beth, abgesehen von ihren traurigen schwarzen Klamotten. Das arme Kind wollte blass und dünn sein, aber selbst der größte Kummer konnte ihre unverwüstliche Blüte nicht trüben. Ihre langen Haare glänzten wie dunkler Sirup, ihr Gesicht war rund und frisch und rosig. Im Ruhezustand war ihr Mund eine rosarote Knospe, die sie schon im Säuglingsalter hatte.

Die lange, dünne Bean war einen halben Kopf größer. Zum Verdruss ihrer Eltern hatte sie sich die Haare kurz schneiden, bleichen und eine grüne Strähne hineinfärben lassen. Ihr Gesicht war übersät mit kleinen Löchern, aus denen verbotene Stifte entfernt worden waren.

Und sie beschwerte sich immer noch. Bean war schon in Streitlaune zur Welt gekommen.

»Ich wette, dass alle anderen Leute alt und langweilig sind. Und es ist wirklich gemein, Sausage zu Hause zu lassen, sie hasst es, alleine zu sein.«

Sausage war die Katze der Familie. Bean hatte das unnachahmliche Talent, sich in ein ›kleines Mädchen‹ zurückzuverwandeln, wenn sie etwas erreichen wollte.

»Unsinn«, sagte Beth schnell, während sie sich nach einem

Kaffee sehnte. »Sie wird ein bisschen Frieden und Ruhe genießen.«
Ein junger Mann in ausgebeulten Jeans und weißem Leinenshirt stellte sich vor sie in die Schlange.
»Hey!«, sagte Bean verärgert.
Der ältere Mann drehte sich um. Sein Gesicht war gleichmäßig gebräunt und glatt. »Wir gehören zusammen, und wir müssen unseren Flieger bekommen.«
»Wir auch«, sagte Bean. »Was sollte man hier sonst auch machen?«
Beth konnte eine von Beans Szenen so früh am Morgen nicht ertragen. Sie stieß sie leicht an.
Der jüngere Mann drehte sich um und lächelte. »Entschuldigung, ich weiß, es sieht so aus, als würde ich mich vordrängeln, aber ich verspreche, dass es schnell geht.«
Plötzlich änderte Bean ihre Meinung und grinste ihn an. »Wo fliegen Sie denn hin?«
»Toulouse.«
»Hey, wir auch.«
»Wie schön«, murmelte der ältere Mann.
Beth fand, dass der Jüngere gut aussah. Er hatte lange braune Haare, die ihm in seine braunen und freundlichen Augen fielen.
Bean hatte sich offenbar entschieden, ihn zu mögen. »Wir werden in einem richtigen Schloss wohnen.«
»Tatsächlich? Wir auch«, sagte der junge Mann. »Es ist das neue Hotel, das gerade erst eröffnet hat und vorher ein echtes Schloss war. Es heißt Château Cornu.«
Bean stieß einen ihrer schrillen Schreie aus. Ihr offener Mund wölbte sich nach oben, ihre kleinen blauen Augen leuchteten auf, und sie sah aus wie eine leicht verrückte Stoffpuppe.

»Schiefes Schloss! Genau da fahren wir auch hin! Ist ja irre! Mum, hast du das gehört?«

Der ältere Mann zuckte sichtlich zusammen und setzte seine Sonnenbrille auf.

Sein Begleiter schien echt begeistert zu sein. »Das ist ja klasse. Ich hatte schon befürchtet, alle würden über sechzig sein. Ich bin Miles und das ist Trevor.«

»Ich bin Bean und das ist meine Schwester Scarlett.«

»Bean?«

»Eine Abkürzung von Beatrice.«

»Ah.« Er lächelte Scarly wohlerzogen an. »Und du bist Scarlett wie in O'Hara?«

»Ja. Sehr erfreut.«

»Und das ist Beth, unsere arme Mutter.«

Trevor zog an Miles' Ärmel. »Wir sind fast dran, schnell, was willst du?«

»Dann bis später«, sagte Miles. »Schön, euch kennengelernt zu haben.«

»Kann ich ein Mandel-Croissant haben?«, fragte Bean. »Und eins mit Schokolade? Ich habe heute nicht gefrühstückt.«

»Wessen Schuld ist das? Ah, schon gut.« Beth dachte an das ganze Geld, das dieser offensichtlich zum Scheitern verurteilte Ausflug kosten würde, war aber viel zu müde, um zu streiten. Die Mädchen nutzten das schamlos aus und luden sich bergeweise Croissants auf ihre Tabletts.

Sie hatten Charlie in einer Reihe von Plastiksitzen zurückgelassen, umgeben von einem Haufen schäbigen, nicht zusammenpassenden Gepäcks. Beth ging wieder zu ihm zurück und hätte beinahe das Tablett fallen gelassen, als sie sah, dass sich Clare Chessil zu ihm gesellt hatte. Die schamlose Frau wagte es, sich auf diese Reise zu begeben, auch wenn Charlie schwor, sie gewarnt zu haben. Jede anständige Frau hätte sich würdevoll verabschiedet. Bildete sich Ms Chessil etwa ein, sie könnte ihre Affäre (und Beth war sicher, dass sie eine Affäre hatten, ganz egal, was Charlie behauptete) direkt unter den Augen von Charlies Frau weiterlaufen lassen? Vielleicht, dachte Beth spöttisch, sollte ich ein Handtuch über ihn hängen, wie die Deutschen bei den Liegen am Pool.

Charlie blickte finster drein. Beth musste zugeben, dass er gut aussah. Clare sah so aus, als gehörte sie an seine Seite. Sie ließ Charlie um Jahre jünger aussehen. Sie war groß und dünn und auf eine knochige Art gutaussehend. Sie hatte große braune Augen. Ihr langes Haar fiel dunkel, glatt und füllig auf ihre Schultern.

Beth lächelte. »Hallo, Clare. Charlie hat uns erzählt, dass Sie möglicherweise auch kommen. Ist das nicht ein Zufall? Kinder, erinnert ihr euch an Clare? Sie war so freundlich, uns nach der Weihnachtsfeier nach Hause zu fahren.«

»Hi«, sagte Scarly.

»Wir haben ein paar andere Leute getroffen, die auch in dieses Schloss fahren«, sagte Bean mit vollem Mund. »Ein schwules Pärchen. Der junge ist wirklich nett. Ob das wohl ihre Flitterwochen sind?«

Clare stand auf (hatte sie etwa Tränen in den Augen? Frechheit). »Ich werde mal sehen, ob sie den Check-in-Schalter schon geöffnet haben. Es … es ist sehr nett, Sie getroffen zu haben.«

»Bis später«, sagte Beth.

Sie beobachtete, wie Clare hocherhobenen Kopfes durch die sommerlichen Menschenmassen schritt. Traurig wünschte sie sich, wie Clare auszusehen und auch diese Aura eleganter Melancholie auszustrahlen.

»Ich frage mich, wie es sein kann«, sagte Charlie bitter, »dass wir immer wie Flüchtlinge aussehen, wenn wir verreisen, egal wie sehr wir uns auch bemühen, einen anständigen Eindruck zu machen.«
Beths Augen fingen wieder an zu brennen, diesmal stiegen Tränen der Wut in ihr hoch. Es war grausam von ihm, seinen Groll der Familie gegenüber so offen zu zeigen.
»Iss auf, Bean«, sagte sie fröhlich. »Für uns wird es auch Zeit.«

Clare machte sich Gedanken darüber, ob Beth ihre Tränen gesehen hatte. Wie sagte Q zu James Bond, lass sie dich niemals bluten sehen. Die andere Frau brauchte jeden Fetzen von verfügbarer Würde. In dem Moment, in dem du deine Gefühle zeigst, stehst du als Verlierer da. Es war viel besser, den Ruf einer herzlosen Schlampe zu haben.
Sie hatte Charlie alleine sitzen sehen, während seine Frau und seine Töchter in der Schlange standen, um Kaffee zu holen. Das Erste, was er gesagt hatte, war: »Ich hatte gehofft, dass du nicht kommst. Ich hatte gehofft und gebetet, dass du Vernunft annehmen würdest.«
Das war der Moment, in dem Clare die Tränen in die Augen stiegen. Der Mann, den sie liebte, wollte sie nicht. Er war wütend. Er machte sie für seine absurde Situation verantwortlich, obwohl Beth diejenige war, die sich in letzter Minute eingemischt hatte.
Und dann war Beth zurückgekommen, umgeben von ihren Töchtern, und sie hätte es auch ruhig laut sagen können: »Du spielst überhaupt keine Rolle, solange ich hier bin … Ich kicke dich raus.«
Sie hat ein und denselben Mann dreiundzwanzig Jahre lang

gefickt, dachte Clare, und jetzt glaubt sie, ihre Fürze stinken nicht mehr. O Gott, was für eine Zicke ich doch bin, ich hasse es, wie Demütigung mich wütend macht, auch wenn man meinen könnte, ich hätte mich mittlerweile daran gewohnt.

Sie ging zu WH Smith's. Diese nächsten paar Tage würden einsam werden. Für die Zeit zwischen Anfällen von romantischem Verlangen und zerstörerischer Wut brauchte sie mehr zu lesen. Alle romantischen Romane gingen natürlich gar nicht – Clare bezeichnete sie als Handbücher für verheiratete Jungfrauen. Sie kaufte George Eliots »Die Mühle am Floss«, das sie seit der Schulzeit nicht mehr gelesen hatte, und dann noch eine interessant aussehende historische Saga über Mary, Königin der Schotten – »Während sie inhaftiert in Fotheringhay Castle auf ihre Hinrichtung wartet, blickt die dem Untergang geweihte Königin auf ein Leben voller waghalsiger Leidenschaften zurück.«

»Clare, Liebling ...« Charlie umarmte sie. Clare ließ sich in seine Arme fallen, bevor sie überhaupt wusste, was sie tat.

Er übersäte ihr Gesicht mit heißen Küssen. Er war ganz außer Atem. »Ich musste dich sehen. Es tut mir leid. Ich habe mich gerade wie ein Arschloch benommen – und das gerade dir gegenüber – Liebling, vergib mir.«

»Du warst wütend«, sagte Clare.

»Nicht auf dich.«

»Auf sie.«

Charlie schob Clare sanft weg. »Ich kann nichts machen. Es macht ihr viel zu viel Spaß, unsere Ferien zu ruinieren. Sie versucht, das Ganze als eine Midlife-Crisis abzutun. Sie sagt ständig, dass es genauso ist wie beim letzten Mal.«

»Beim letzten Mal?«

»Das habe ich dir doch erzählt ... Diane.«
»Ah.«
»Sie sagt, ich hätte mich damals in Diane verliebt, weil ich vierzig geworden bin, und jetzt habe ich mich in dich verliebt, weil ich fünfzig geworden bin. Sie sagt, dass ich mich wie ein Teenager benehme, und das würde mich irgendwie davon befreien, mich mit meinem Alter auseinanderzusetzen.«
»Aber es ist doch mehr als das, oder?«
»Oh, Liebling, Liebling, wie kannst du das fragen? Ich verzehre mich vor Sehnsucht nach dir. Diese Ferien werden die reinste Qual. Ich will dich jede Sekunde, jeden Tag, und muss doch so tun, als wäre ich nicht in dich verliebt.«
Unbesonnen sagte Clare: »Dann tu doch nicht so. Sag es ihr. Sag es deinen Töchtern. Sag es der ganzen Welt.«
Er schaute sie erst erstaunt an, so als hätte sie ihm eine geknallt, und dann verärgert: »Komm schon ... mach es nicht noch schlimmer.«
»Oh, ich weiß«, sagte Clare. »Es ist fast unmöglich, was wird sonst aus den Mädchen, dem Haus, der Katze? Ich weiß, ich kann nicht von dir erwarten, dass du das alles aufgibst.«
Charlie zuckte zusammen. Er sprach leise. »Ich weiß, dass du sauer bist. Das ist dein gutes Recht. Aber du kannst es dir immer noch anders überlegen.«
»Wage es nicht, mich nach Hause zu schicken.«
»Liebling, ich werde mit meiner Familie zusammen sein.«
»Wie schön«, sagte Clare. »Und ich werde in einem knappen Bikini am Pool liegen und meine festen jungen Schenkel einölen. Wir sehen uns im Flugzeug.«

Kapitel 3

Clare schaute durchs Fenster nach draußen in das gleißende Licht, und ihre Stimmung hellte sich ein wenig auf. Sie war wütend und gekränkt, aber in ein paar Minuten würde sie sich außerhalb des klimatisierten Flughafens befinden, umhüllt sein von der schweren Hitze und den Duft von Lavendel und Thymian einatmen. Sie liebte die träge Wärme des Südens, die Wonne, unter einem tiefblauen Himmel zu schwimmen und die in der Sonne glitzernden Punkte auf der Wasseroberfläche zu zerstreuen. Diese Ferien könnten erträglich werden, wenn sie nur imstande wäre, sich nicht dauernd nach Charlie zu sehnen.

Sein Zorn war schrecklich, aber noch schlimmer war, dass er sie ignorierte. Er schaute jetzt nicht mehr finster drein, sondern lachte über etwas, das Bean gesagt hatte. Beth lachte auch. Sie waren wieder eine Einheit, vertraut und ungeheuer rätselhaft. Für Fremde sahen sie aus wie eine perfekte, glückliche Familie. Clare, die hinter ihnen herging, kam sich ziemlich blöd vor.

Sie blieb stehen. Ihr Lederkoffer war prächtig, aber schwer. Er hatte ein kleines Vermögen gekostet. Als Charlie ihr angeboten hatte, ihr die Hälfte des Zimmerpreises zurückzuzahlen, wäre er nicht im Traum darauf gekommen, welche zusätzlichen Kosten ihr entstanden waren, nur um diesem Hirngespinst an Urlaub nachzulaufen.

»Kann ich den für Sie nehmen?«

Ein Mann blieb neben ihr stehen. Clare hatte ihn im Flugzeug gesehen. Er trug einen Anzug aus blauem Leinen, der heldenhaft verknittert war. Er war groß und dünn, mit lockigen braunen Haaren, die in der Mitte schon ein wenig dünn wurden, und einem unsicheren, schüchternen, erwartungsvollen Lächeln. Er sah freundlich aus, soweit Clare das mit dem Rest an Aufmerksamkeit, die nicht Charlie galt, beurteilen konnte.

»Danke«, sagte sie. »Es sind die Bücher, fürchte ich – das ist wirklich sehr nett von Ihnen.«

»Durchaus nicht, das ist das Mindeste, was ich tun kann. Ich habe im Flugzeug gesehen, dass Sie in meinem Roman gelesen haben.«

»Ihrem Roman?«

»Ich habe ihn geschrieben. Ich bin Alexandra MacDuff.«

Clare musste lachen. »Entschuldigen Sie. Es ist nur, dass ich nicht erwartet habe … Ich finde ihn super.«

»Vielen Dank. Mein richtiger Name ist Alick MacDuff – kurz für Alexander. Die Verleger dachten, dass es sich besser verkaufen würde, wenn es von einer Frau geschrieben wäre.«

»Wirklich? Ich bezweifle, dass das stimmt. Ich bin übrigens Clare.«

»Sehr erfreut. Es verkauft sich sehr gut, also werden sie wohl wissen, was sie tun.«

»Die Hintergrunddetails sind faszinierend. Sie beschreiben das alles mit einer solchen Sicherheit, als wären Sie selbst dort gewesen.«

Er nahm ihren Koffer. »Danke.«

»Für die Recherche müssen Sie Jahre gebraucht haben.«
»Ja und nein. Ich habe schottische Geschichte unterrichtet, verstehen Sie.«
»Und es ist so romantisch!« Für einen Moment sehnte sie sich nach Charlies Armen.
Sie holten Charlie und seine Familie ein. Beans Stimme drang zu ihnen herüber. »… und mal angenommen, alle anderen laufen oben ohne herum? Dann sehe ich ganz schön bescheuert aus.«
Daraufhin sagte Charlie: »Noch eine einzige Widerrede, Miss Bean, und du wirst dich in einer Burka sonnen.«
Beth und Scarlett fanden das lustig.
Bean schnaubte verärgert. »Boh! Du bist so gemein!«
Es war befremdlich und schmerzhaft, Charlie in seiner Vaterrolle zu sehen.
»Jemand mit dem Namen MacDuff soll mich hier abholen«, sagte Clare. »Jamie MacDuff.«
»Das ist mein Bruder. Wir fahren zu demselben Schloss.«
Alick lächelte sie noch einmal flüchtig und schief an. »Jetzt werden Sie meinen Roman wohl zu Ende lesen müssen, ob Sie wollen oder nicht.« Er zeigte auf die Absperrung vor ihnen. »Und wenn man vom Teufel spricht … Da ist der Mann höchstpersönlich.«
Jamie MacDuff war älter als Alick. Sein rötliches Haar lichtete sich vorne an der Stirn schon und lag hinten in unordentlichen Locken. Er war korpulent und hatte ein rotes, glänzendes Gesicht. Er hielt ein schlecht geschriebenes Schild hoch, auf dem CHÂTEAU CORNU stand. Er hielt es falsch herum.
Alick umarmte ihn und drehte gleichzeitig unauffällig das Schild richtig herum.
Jamie griff aufgeregt nach seinen Schultern: »Gott, es ist

ein Albtraum – aber ich denke, wir haben alles ganz gut im Griff.«

»Das ist Clare«, sagte Alick.

»Was?«

»Einer deiner Gäste, Jamie.«

Clare beobachtete, wie Jamie versuchte, einen Ausdruck des Willkommens auf sein Gesicht zu legen. »Ja, natürlich, Sie haben gestern gebucht. Schön, dass Sie da sind.« Er schüttelte ihr die Hand. Seine Handfläche war verschwitzt. Clare musste sich schwer zusammenreißen, ihre Finger nicht direkt abzuwischen. »Entschuldigen Sie, ich war ziemlich verwirrt wegen des zusätzlichen Zimmers«, fuhr er fort. »Aus irgendeinem Grund hatte ich eingetragen, dass Sie das Zimmer mit Mr. Charles Jennings teilen.«

»Nein«, sagte Clare viel zu laut. »Nein, das hat sich alles geändert. Ich meine, das war ein Fehler …«

»Ja, und ich kann mir überhaupt nicht erklären, wie das passiert ist, denn nun kommt er offenbar mit seiner Frau und seinen Töchtern.« Und zu Alick gewandt fügte er hinzu: »Ich fürchte, dass Angela die Buchungen durcheinandergebracht hat.«

Clare entfernte sich ein paar Schritte von den beiden, wobei sie so tat, als suche sie etwas in ihrer Tasche, während sich ihre Gesichtszüge entspannten. Das war ein gefährlicher Augenblick gewesen. Ihr wurde etwas Schreckliches bewusst. Wenn alle im Hotel die Wahrheit über sie und Charlie herausfänden, sähe sie ziemlich alt aus. Beth wäre die Bedauernswerte, Charlie der Schwache, und sie stünde wie ein Flittchen da.

Sie hörte Alick in einem leisen, nicht für die Öffentlichkeit bestimmten Ton fragen: »Wie geht es Angela?«

»Es geht ein bisschen auf und ab, weißt du«, sagte Jamie.

»Gestern war es ziemlich … aber heute geht es ihr gut, wirklich gut.«
Zwei weitere Personen gesellten sich zu den Brüdern – das Pärchen, das im Flugzeug hinter Clare gesessen hatte. Die Frau besaß eine grauenhafte Piepsstimme, mit der sie sich permanent über alles beschwert hatte, von der Temperatur in der Kabine bis zum Akzent des Piloten. Widerwillig und nicht gerade begeistert darüber, dass sie einen Swimmingpool teilen würden, sah Clare sie sich näher an. Sie musste so Ende vierzig sein, hatte goldbraunes Haar und war sehr gut angezogen: weiße Jeans und ein blassblaues Twinset. An ihrer mageren linken Hand stellte sie ihre Dienststreifen zur Schau – einen Ehering, einen Verlobungsring mit einem ordentlichen Klunker und einen Diamant-Eternity-Ring, den sie sich vermutlich durchs Kinderkriegen verdient hatte. Der Inbegriff einer verheirateten Jungfrau.
Clare checkte den Ehemann mit Expertenblick ab. Er war ungefähr so alt wie Charlie, hatte sich aber nicht annähernd so gut gehalten. Er hatte einen kleinen Bauch, ausgeprägte Falten um die Augen, und es schien so, als wüsste er nicht, was er mit seinen dicken, widerspenstigen und eisgrauen lockigen Haaren machen sollte. Seine erste Geliebte würde sie in Ordnung bringen, dachte Clare säuerlich – mit einer Frau wie Mrs Weinerlich war das nur eine Frage der Zeit.
Jamie küsste die Frau und umarmte den Mann unbeholfen. Plötzlich erkannte Clare, dass es sich um einen weiteren MacDuff-Bruder handelte. Als er neben Alick und Jamie stand, war die Ähnlichkeit nicht zu übersehen.
Die Frau fragte: »Und wie geht es Angela?«
»Gut!«, erklärte Jamie. »Sie ist gerade dabei, das Abendessen vorzubereiten.«

»Also kocht sie wieder, oder?«
»O ja, viel sogar – sie hat große Pläne für heute Abend.«
Auf ihrer Insel der Einsamkeit fragte Clare sich, was wohl mit dieser Angela los war. Sie beobachtete, wie Charlie sich und seine Frauen Jamie vorstellte, wobei es sie am meisten interessierte zu sehen, wie selbst in der Krise eine Familie der Umwelt gegenüber als eine stabile Front auftrat.
»... meine Töchter Scarlett und Beatrice und Beth, meine Frau. Entschuldigen Sie die Änderungen in letzter Minute.«
»Aber nicht doch – je mehr, desto besser. Schön, dass Sie alle da sind.«
Die zwei schwulen Männer, die ebenfalls im Flugzeug gesessen hatten, stießen zu der Gruppe. Clare vermutete zumindest, dass sie schwul waren. Sie hatte absolut keine Vorurteile, aber der Ältere mit dem viel zu schwarzen Haar und dem vulgär gebräunten Teint sah so schwul aus wie eine Gartenparty. Er nahm Jamie in den Arm.
»Trevor!« Jamie umarmte ihn innig. »Gott, wie lieb von dir.«
»Sei nicht albern«, sagte Trevor, »ich habe dir doch gesagt, dass ich dein erster Gast sein werde, oder nicht? Das ist so ein spannendes Projekt. Ich kann es kaum erwarten, das Schloss in natura zu sehen. Und ich brenne darauf, in diesen Pool zu springen.«
»Ach ja, der Pool«, sagte Jamie. »Da hat es ein paar Schwierigkeiten gegeben. Ich fürchte, der Pool wird nicht vor morgen früh fertig sein.«
Clares Laune sank auf den Nullpunkt. Sie lechzte danach, schwimmen zu gehen.
»Kein Pool!«, schrie die weinerliche Frau. »Kein Pool, bei vierzig Grad im Schatten und ohne Klimaanlage!«

Jamie verzagte sichtlich. »Nur für diesen Abend.«
»Wir werden es überleben«, sagte Alick schnell. Er war ein ganzes Stück jünger als seine beiden Brüder und hatte eine Eigenschaft, die Clare nicht erklären konnte – ihn umgab eine Aura des guten Kerls, wie Orlando Bloom in »Fluch der Karibik«, wenn auch nicht ganz so gutaussehend. Er lächelte die weinerliche Frau ermutigend an.
»Das ist Miles«, sagte Trevor und zog seinen jungen Begleiter nach vorne.
Jamie schüttelte seine Hand. »Ah, der neue Partner.«
»Jamie, ziehe keine voreiligen Schlüsse.« Er senkte seine Stimme. »Das ist nicht der neue Partner, hast du meine E-Mail nicht gelesen? Wir sind nicht liiert. Miles arbeitet als Aushilfe bei dem Magazin, und ich habe ihn beauftragt, ein paar Aquarelle zu machen, eins von ihnen wird mein Einweihungsgeschenk für dich und Angela sein.«
»Ich meine, das ist riesig – oh, also seid ihr nicht – äh – sozusagen zusammen?«
»Nein«, sagte Trevor sehr bestimmt, mit einem verlegenen Stirnrunzeln. »Wir arbeiten zusammen, das ist alles.«
»Deshalb wolltet ihr also getrennte Zimmer«, sagte Jamie.
»Ja, natürlich.«
»Oh.«
»Wie geht es Angela?«
»Phantastisch, danke. Sie ist wieder an Bord, sie macht gerade das Abendessen.«
Trevor wandte sich an Miles. »Sie ist die beste Köchin. Unmengen von Wein und Sahne und Gartenkräuter – mach dich auf eine Woche gastronomischer Glückseligkeit gefasst.«
Miles war ein ruhiger junger Mann. »Das ist Ihre Frau, nicht wahr?«

»Äh, ja.«
Der Ehemann der weinerlichen Frau, ganz klar der älteste der Brüder, legte die Hand auf Jamies Schulter. »Lassen Sie mich Ihnen helfen, die verschiedenen MacDuffs zuzuordnen. Ich bin Angus, und das ist meine Frau Julia. Das ist Jamie, unser Gastgeber im Schloss, verheiratet mit Angela. Und das ist Alick, das Nesthäkchen der Familie.« Er lächelte den Rest der Gruppe an. »Sehen Sie, wir sind im Begriff, eine Woche in demselben Haus zu verbringen – ich schlage vor, dass wir uns alle anständig bekannt machen.«
Angus erledigte die Angelegenheit schnell, wobei er niemanden übersah und mit aufrichtiger Wärme Hände schüttelte. Clare fand es schade, dass nicht er die Leitung des Hotels innehatte. Höflich nahm sie die Hand der weinerlichen Julia.
Julia sagte: »Sehr erfreut – Ihr Kleid ist toll – es ist von Agnes B., oder?«
Clare warf einen Blick hinüber zu Beth und stellte erschüttert fest, dass sie einen Hauch von Mitleid für sie empfand. Beths blasse Augen waren rot unterlaufen und geschwollen. Sie sah völlig fertig aus. Zum ersten Mal fragte sich Clare, was für eine Nacht sie wohl hinter sich hatte.
»Sind wir vollzählig?«, fragte Angus. »Jamie, fehlt noch jemand?«
»Äh, nein, ich glaube nicht …«
»Okay, dann lasst uns das überprüfen. Wir wollen doch niemanden vergessen. Du hast eine Liste, nehme ich an.«
Jamie starrte ihn voller Panik an. »Eine Liste? Oh, ja …«
Ein Stück Papier war an der Rückseite seines Schildes befestigt. Angus nahm es ihm vorsichtig, aber bestimmt ab. »Halt, eine Person fehlt noch – was in aller Welt soll das denn heißen? Starkey? Stiffkey?«

»Weiß der liebe Himmel«, sagte Jamie niedergeschlagen. »Ich muss in Eile gewesen sein.«
Alick sagte: »Vielleicht ist es der.«
Er zeigte auf einen Mann mit einem einzigen großen Koffer, der gemütlich auf sie zuschlenderte. Er erhöhte sein Tempo nicht, als er die verärgert dreinschauende Gruppe bemerkte.
»Ich bin auf der Suche nach jemandem mit dem Namen MacDuff«, sagte er. »Das Château Cornu.«
Er war groß und aufrecht, mit einer selbstbewussten Haltung, die Clare an die wohlhabenden Nachbarn ihrer Jugend in Lincolnshire erinnerte. Er hatte würdevoll zurückgehende rotblonde Haare und eine angriffslustige Art und Weise, die Unterlippe hervorzustrecken. Wenn sie nicht so völlig von Charlie absorbiert gewesen wäre, hätte sie ihn sehr attraktiv gefunden. Sie empfand, beinahe ohne Interesse, den Stromschlag der Anziehungskraft, die ihre Pawlow'sche Reaktion auf diese Art Männer war.
Jamie sagte: »Das ist die Reisegruppe zum Château Cornu.«
»Großartig«, sagte der Mann. Er lächelte Jamie unerwartet freundlich an. »Sharkey.«
»Bitte?«
»Robin Sharkey, aber niemand nennt mich Robin. Alberner Name.«
»Oh.« Jamies feuchtes Gesicht wurde puterrot. »Ja, natürlich. Richtig. Jetzt sind alle da. Ich würde vorschlagen, dass wir jetzt zum Bus gehen.«
Julia sagte: »Ich hoffe, dein Bus hat eine Klimaanlage.«
»Na ja …« Jamie warf seinem Bruder einen Hilfe suchenden Blick zu. »Nicht direkt – siehst du, es gab ein klitzekleines Problem …«

»Halb so wild«, sagte Angus. »Voran, MacDuff.«
Clare wandte sich schnell ab, um einen Anflug von Tränen zu verbergen. In ihren Gedanken brüllte sie eine Flut von unanständigen Wörtern. Wegen dieser Ferien hatte sie ihr Konto um fast tausend Pfund überzogen. Sie war auf dem besten Wege, eine Woche mitten in der Walachei mit einer heruntergekommenen schottischen Oberschicht-Familie, einer Frau, die einen Doktortitel in Nörgeln hatte, und mit der Ehefrau und den Töchtern des Mannes, den sie liebte, zu verbringen.
Ich muss gesündigt haben, dachte sie, und das ist meine gerechte Strafe.

Der Bus hatte angehalten. Beth quälte sich durch Schichten von heißem, schwerem Schlaf. Sie hatte das Bewusstsein zwei Stunden zuvor, irgendwo in den staubigen Vororten von Toulouse, verloren. Sie öffnete die Augen und ertappte sich dabei, wie sie aus dem Fenster auf zwei Zementmischer vor einem Hintergrund aus grüner Plastikplane blickte.
»O Gott«, sagte Bean hinter ihr, »sind wir da?«
Beth blinzelte und streckte sich und wurde wach genug, um der Realität ins Auge zu blicken. Sie waren offensichtlich an einer verlassenen Baustelle angekommen. Eine Hälfte des Gebäudes war umhüllt von einem Baugerüst und von Plastikplanen. Zementmischer und Schubkarren standen in der Hitze unnatürlich still, wie schwere Waffen, die auf dem Rückzug nach Dünkirchen zurückgelassen worden waren. Es war fürchterlich.
»Hier sind wir also«, sagte Jamie. »Willkommen im Château Cornu. Ich dachte, Angela wäre hier, um Sie alle zu begrüßen, na ja, was soll's.«

»Es ist nicht fertig«, sagte Julia fassungslos. »Du hast versprochen, dass es fertig sein würde.«
»Gut, nicht ganz – ich meine, die Arbeiten sind noch nicht ganz beendet. Aber was ich tatsächlich gesagt habe, ist, dass es *bereit* sein würde.« Jamie sprang aus dem Bus, bevor noch jemand widersprechen konnte. Beth hatte Mitleid mit ihm. Er hatte ganz offensichtlich Angst vor Konfrontationen.
Charlie saß auf dem Platz hinter ihr, mit Bean, und Beth konnte seine Verärgerung im Nacken spüren. »Das ist ja grauenhaft«, sagte er laut. »Ich verbringe mein ganzes Leben auf verdammten Baustellen. Ich hatte nicht erwartet, dass ich dafür zahlen muss, eine weitere zu besuchen.«
Sharkey sagte: »Schade, dass wir unsere Schutzhelme zu Hause gelassen haben.«
Trevor sagte: »Miles, es tut mir leid, hier scheint ein Missverständnis vorzuliegen – ich erwarte ganz sicher kein Aquarell von diesem Chaos.«
»Aber von innen ist es wahrscheinlich total schön«, sagte Angus loyal.
»Und auf der Rückseite auch«, fügte Alick hinzu.
Clare Chessil, die ihre langen Beine im vorderen Bereich des Busses ausstreckte, lachte plötzlich und sagte: »Das ist genau wie in ›Der total verrückte Sommerurlaub‹.«
»Gott, da haben Sie recht«, sagte Trevor. »Mögen Sie den Film?«
»Ich liebe Filme, Punkt.«
»Oh, ich auch! Allerdings würde ich nicht gerne in einem drinstecken.«
Das ist es also, dachte Beth plötzlich, deshalb hat Charlie seine Mitgliedschaft im National Film Theatre nach vierzehn Jahren wieder erneuert – weil Clare Filme mag. Viele Dinge, zu viele Dinge wurden auf einmal klar.

Möglich, dass Charlie diesen Augenblick der Erkenntnis gespürt hatte und sich unwohl fühlte. Er sprang auf, holte die Taschen der Kinder aus den Gepäckablagen über ihnen und scheuchte die schmollende Bean aus ihrem Sitz. Einer nach dem anderen stiegen die Gäste aus dem Bus in den tiefen Dinosaurier-Fußabdruck von irgendeiner schweren Maschine. Die trockene graue Erde war von Furchen durchzogen und zertreten.

Beth fiel auf, dass Miles Scarly gegenüber besonders aufmerksam war. Er half ihr aus dem Bus und nahm eine ihrer Taschen. Das war ein wenig verwirrend – sie hatte angenommen, er wäre schwul, aber in den letzten paar Jahren war Scarly ein sehr verlässlicher Indikator für die Sexualität eines Mannes geworden. Fast alle heterosexuellen Männer trugen Sachen für sie, öffneten Türen, hielten Schirme, und natürlich nahm Scarly das alles als völlig selbstverständlich hin. Beth hatte vage Erinnerungen daran, auch einmal ein strahlender Teenager gewesen zu sein. Du dachtest, Männer wären einfach von Natur aus freundlich.

Jamie öffnete den Kofferraum. »Angela!«, rief er. »Liebling!«

Trevor fragte: »Können wir irgendwelche Hilfe bei unserem Gepäck erwarten?«

»Ja, ja, ich mach das schon. Wir haben bis jetzt noch keine Angestellten, also bin ich Kellner und Portier in einem und das Zimmermädchen – ha-ha – Angela!«

Beth warf Charlie einen Blick zu. Er sah sie nicht an. Er stand abseits von ihr und abseits von Clare. Beth fragte sich, warum sie sich automatisch schuldig fühlte – niemand konnte sie für den Zustand dieses Ortes verantwortlich machen. Streng genommen war es Clares Idee gewesen, hierherzukommen. Charlie hatte zumindest das zugegeben, auch wenn er sich weigerte, irgendetwas sonst einzugestehen.

»Mum, hast du mein Ladegerät?«

»Was? Bean, hör auf, in meiner Tasche herumzuwühlen …«

»Ich suche mein Ladegerät!«

Beths geistige Fähigkeiten waren vom Schlaf noch ein wenig lahmgelegt. »Was?«

»Für meinen iPod – o Scheiße, jetzt sag nicht, dass du ihn vergessen hast!«

Manchmal, wenn sie extrem müde oder nervös war, schoss Beth plötzlich der erschreckende Gedanke durch den Kopf, dass Bean absolut schrecklich war. Warum konnten die Leute, die sie liebte, nicht netter sein?

Scarly war nett und kam Beth zu Hilfe. »Du bist diejenige, die es vergessen hat. Warum soll jetzt Mum dafür verantwortlich sein?«

»Weil ich sie gestern Abend daran erinnert habe. Ich habe sie extra gebeten, mein Ladegerät in ihre verdammte Tasche zu stecken. Und es ist nicht da!« Bean schnaubte und stampfte. »O Scheiße! Ihr habe ich es zu verdanken, dass ich keine verdammte Musik habe!«

»Das ist nicht ihre Schuld. Sie hatte gestern Abend ja wohl andere Sorgen.«

Beth sah, dass Scarly, auch wenn sie tief in ihrem eigenen Liebeskummer versunken war, gespürt hatte, dass es eine Krise gab. Wie auch nicht? Beth und Charlie hatten letzte Nacht so getan, als wäre alles in Ordnung, aber die Atmosphäre war ganz klar vergiftet gewesen. Verrat war von den Wänden getropft und in das Essen gesickert.

Das letzte Mal, dachte Beth, musste ich sie beschützen, jetzt beschützt sie mich.

»Ich wünschte, ich wäre mit Sausage zu Hause geblieben«, murmelte Bean. »Dieser Ort ist eine beschissene Halde.«

»Angela ist wahrscheinlich in der Küche«, sagte Jamie. »Ich gehe und hole sie.« Er eilte durch die massive Doppeltür im neueren Teil des Gebäudes davon.

Für ein paar Minuten standen die Gäste schweigend da und warfen sich gegenseitig unbehagliche Blicke zu.

Trevor wandte sich an Bean. Beth befürchtete, dass er mit ihr schimpfen würde, wie es die Leute manchmal taten, weil sie andauernd ›Scheiße‹ sagte.

Aber alles, was er sagte, war: »Ich habe ein Aufladegerät, und ich leihe es dir gerne aus.«

Beth überflutete eine Welle der Dankbarkeit. Ein Heiliger; sie hätte auf die Knie fallen können. In der Tat lächelte Bean ihn an und sagte danke – sehr süß, wenn man mal von den grünen Haaren absah.

Es folgte ein weiterer langer Moment des Schweigens. Beth lauschte dem Zirpen der Grillen, einem himmlischen Geräusch. Die steilen Hügel um sie herum sahen wundervoll aus. Angus MacDuff zog ein Taschentuch aus der Tasche und wischte sich über die Stirn.

Jamie kam heraus und schützte seine Augen vor der Sonne. »Es gibt ein kleines Problem.« Er sah Angus ratlos an. »Ich fürchte, Angela kann nicht herauskommen.«

»Zu beschäftigt, was?«, vermutete Angus.

Zu Beths Entsetzen zitterte Jamies Unterlippe. »Mit ein wenig Hilfe schaffe ich das eigentlich auch. Sie – liegt unter dem Küchentisch, und ich kriege sie nicht wach.«

Angus sagte leise: »O Gott.«

»Ich hab's gewusst!«, schnauzte Julia. »Wirklich fabelhaft, das Hotel ist eine Ruine, und Angela ist wieder betrunken.

Warum zum Teufel habe ich gedacht, es würde diesmal anders sein?«
»Liebling«, murmelte ihr Mann, »nicht doch.«
Julia schüttelte seine Hand von ihrem Arm ab. »Ich hätte mich niemals von dir zu dieser Sache überreden lassen sollen. Sei ehrlich, hast du gewusst, dass sie wieder trinkt?«
»Julia, um Himmels willen«, sagte Alick und blickte zum Rest der Gruppe herüber. »Das müssen wir doch jetzt nicht vor – du weißt schon – diskutieren.«
»Glaubst du, sie hätten es nicht bemerkt?«
»Entschuldigen Sie bitte«, sagte Jamie mit gebrochener Stimme. »Ich fürchte, dass ich nicht weiß, was ich machen soll.«
Angus sah sich in der Gruppe um und entschied, das Kommando zu übernehmen. »Also, wir können nicht den ganzen Tag hier draußen rumstehen, wir können unser Gepäck auch sehr gut selbst hineintragen. Ich werde jedem helfen, der Hilfe braucht. Und du, Jamie, bringst alle zu ihren Zimmern.«
Jamie starrte ihn ratlos an. »Was machen wir mit Angela?«
»Mach dir keine Sorgen um Angela, Alick und ich werden uns um sie kümmern.«
Julia sagte: »Tja, ihr habt da ja mittlerweile schon Routine.«
Alle drei Brüder sahen sie vorwurfsvoll an.
»Kommen Sie alle mit«, rief Angus mit energischer Stimme. »Lassen Sie uns hineingehen, und dann, denke ich, sollten wir erst mal einen ordentlichen Drink nehmen. Jamie?«
Verschwitzt, erschöpft und immer noch entsetzt über den Zustand dieses Anwesens folgten die Hotelgäste Angus

und Jamie durch die Doppeltüren in eine kühle Halle mit Marmorboden. Ein grünliches Licht fiel durch die Rollladen.

»Das ist aber entzückend!«, rief Angus erleichtert.

Beth stellte ihren Koffer auf den Boden. Eigentlich konnte sie in ihrer augenblicklichen Stimmung nichts begeistern, aber sie erkannte, dass die Halle des Schlosses ein Kunstwerk war. Ihr fiel ein Museum ein, das sie in ihrer Kindheit besucht hatte, wo man sich perfekt nachgebaute Räume quer durch die Jahrhunderte anschauen konnte. Das war, als beträte man einen Roman von Dorothy L. Sayers – der altmodische Mahagonischreibtisch mit den Messingglocken und den eleganten Fächern, die verblichenen Lehnstühle aus den Zwanzigerjahren, die um den leeren Kamin herum gruppiert waren, die großen Stehlampen mit malzbonbonfarbenen Stangen und Pergamentschirmen. Und das Beste von allem war ein Bücherregal, prall gefüllt mit alten Bänden. Beth versuchte, einige Titel zu lesen, während Jamie durch eine Tür unter der Treppe verschwand, um nach einer seiner Listen zu suchen.

»Mum«, sagte Bean, »hier ist es fürchterlich.«

Es war sehr schwer, ihr nicht zuzustimmen. Trotzdem hatte Beth den mütterlichen Drang, positiv zu sein. »Ach komm, wir lassen uns doch von so einem Baugerüst nicht unterkriegen. Findest du diesen Raum hier nicht auch wunderschön?«

»Nein, und ich sehe auch nicht ein, dass ich mit Scar in einem Zimmer schlafen muss, sie hackt andauernd auf mir rum.«

»Es ist ja nur für ein paar Tage.« Beth drehte sich um und sah Scarly an. Sie hatte sich die Haare aus dem Gesicht gestrichen und lächelte seit Tagen zum ersten Mal. Sie schaute in Miles' Gesicht, der sehr nahe bei ihr stand und irgendetwas Ernstes sagte. Wenigstens war eine ihrer Töchter glücklich.

Jamie tauchte wieder auf, errötet und atemlos, mit einem Stück Papier in der Hand. »Ich denke, jetzt habe ich alles im Griff. Es gibt zwei Flügel, wissen Sie, mit zwei Treppenhäusern. Einige von Ihnen werden in dem neuen Trakt schlafen, die anderen in dem älteren – Trevor und Miles und die beiden Jennings-Schwestern. Ich hatte gehofft, dass der erste Stock auch fertig sein würde, aber leider … Wie auch immer, die Dachgeschosse sind ganz ordentlich. Es wird ein bisschen eng werden, aber ich denke, wir kriegen alle unter.«

»Das hört sich aber verdächtig an«, sagte Trevor. »Ich hoffe doch wohl, dass du genügend Zimmer hast.«

Noch bevor er darauf reagieren konnte, schnappte sich Jamie blind den erstbesten Koffer und flitzte die Treppe hinauf. Was für ein Feigling, dachte Beth.

Ihr Mitleid mit ihm schwand nur so dahin. Ihr Koffer war schwer, und sie schwitzte fürchterlich. Alles, was sie wollte, war eine kalte Dusche und danach ein Glas kühlen Weißwein.

Am Ende der Treppe öffnete sich ein breiter Flur. Jamie öffnete die nächste Tür und schob Beth und Charlie in einen großen Raum. Licht strömte herein. Beth war überwältigt von der herrlichen Aussicht. Sie blickten auf ein Tal voller Bäume, die in das goldene Licht des frühen Abends getaucht waren. Sie wirkten diffus und schienen in der Hitze zu flackern. Durch dieses Tal schlängelte sich der Fluss Lot zwischen hohen felsigen Ufern hindurch. Durch das offene Fenster hörte sie die Grillen zirpen und atmete den Duft von Blumen und Gräsern ein. Eine warme Lavendelbrise streichelte ihre Wangen. Vor lauter Begeisterung vergaß sie völlig, dass sie nicht mehr mit Charlie sprach, und rief: »Wie wunderschön!«

Charlie sagte: »Ja, schöne Aussicht, aber das Zimmer ist grässlich.«

»Oh.« Beth riss sich von der schönen Umgebung los und nahm die untapezierten Rauputzwände, den farbbekleckten Boden und ein schmales, mit einer Plastikfolie abgedecktes Doppelbett wahr. Eine weitere Plastikfolie verhüllte einen großen düsteren Kleiderschrank aus dunklem Holz. »Oje, das ist ein bisschen spartanisch, nicht wahr?« Plötzlich wurde ihr klar, dass sie seit dem Morgengrauen – was nicht wirklich zählte, weil sie nur aufgestanden waren und sich wortlos angezogen hatten – zum ersten Mal alleine waren. Charlie zog die Plastikfolie vom Bett, wobei sich eine Staubwolke aus Putz bildete. »Das ist eine Schande. Ich habe hierfür ein Vermögen gelöhnt.«

Beth setzte sich auf das hohe, unnachgiebige Bett. »Du hast recht, es ist einfach grässlich. Vielleicht sollten wir lieber wieder nach Hause fahren.«

»Niemand hat dich gebeten mitzukommen. Du hast gestern den ganzen Tag damit gedroht, mich zu verlassen, wenn ich dich nicht mitnehme. Wir werden nirgendwo hinfahren, bevor ich nicht etwas für mein Geld bekommen habe.« Das Letzte, was Beth jetzt wollte, war ein Streit, aber die fiese Antwort sprudelte trotzdem einfach aus ihr heraus. »Wenn du immer noch glaubst, du könntest hier mit Clare Chessil herumknutschen, dann hast du dich geschnitten. Ich werde dich auf Schritt und Tritt beobachten.«

»Willst du so unsere Ehe retten? Indem du mir paranoide Anschuldigungen an den Kopf wirfst?«

»Ich weiß, dass du eine Affäre mit ihr hast, Charlie. Bitte

hör doch auf, es zu leugnen. Das macht mich einfach nur müde.«

Er atmete tief ein, so als wollte er etwas sagen, änderte dann aber seine Meinung. Sie starrten sich schweigend an. Der Zorn verschwand aus Charlies Gesicht, und er sah erschöpft aus.

»Du hast recht«, sagte er. »Das ist albern.« Es gab keine Stühle in dem Zimmer. Er setzte sich auf die andere Seite des Bettes. »Das Problem ist, dass ich das Wort ›Affäre‹ nicht mag. Es ist viel zu billig, um das zu beschreiben, was ich durchgemacht habe. Ich kann nicht glauben, dass du nichts bemerkt hast. Vielleicht wolltest du es einfach nicht wahrhaben.«

Der Schweiß gefror Beth auf den Schultern. Der Stoff ihres Kleides fühlte sich unangenehm klamm an.

»Was hätte ich bemerken müssen?«

»Meine – Traurigkeit«, sagte Charlie.

»Oh, entschuldige. Du hättest sie nicht hinter all deiner schlechten Laune verstecken dürfen.«

»Beth, bitte, können wir mal für eine Minute mit den Vorwürfen aufhören? Ich versuche hier gerade so offen zu sein, wie ich kann.«

Beth drehte den Kopf zum Fenster. Er hatte es zugegeben. Sie war sich noch nicht ganz sicher, wie sie sich damit fühlte. Irgendwo in ihrem Kopf war eine Stimme, die jammerte, dass das das Ende sei, es war vorbei, ihre Ehe war am Ende. Sie fühlte sich ganz benommen von der enormen Tragweite.

Charlie schien ihr Schweigen unbehaglich zu sein. »Mach schon, frag mich alles, was du willst.«

Beth fragte: »Wie lange schon?«

»Seit Februar. Sie hat mit mir an dem Projekt für das Wandsworth Council gearbeitet.«

»Und wie seid ihr zum ersten Mal zusammen ins Bett gestiegen?«
Er war verletzt. »Es geht nicht nur um Sex.«
»Aber ihr habt Sex miteinander, oder nicht, Charlie?«
»Natürlich ist das ein Teil unserer Beziehung. Ein großer Teil.«
»Ein großer, heißer, pochender Teil«, sagte Beth.
»Bitte … ich versuche wirklich, es dir so zu erklären, dass du es verstehst. Können wir darüber vernünftig reden?«
»Und wenn ich deinen ehebrecherischen Kurzurlaub nicht herausbekommen hätte, würdet ihr es wahrscheinlich in dieser Minute genau auf diesem Bett treiben.«
»Beth, du weißt genauso gut wie ich, dass es hier nicht um Sex geht. Clare und ich haben uns ineinander verliebt.«
»Und Liebe rechtfertigt den Seitensprung, ja … Ich hätte mich an diese kleine Lektion vom letzten Mal erinnern sollen.«
»Hörst du bitte auf, immer wieder vom letzten Mal anzufangen? Das hier ist etwas völlig anderes.« Er machte eine Pause, um seine Wut in den Griff zu bekommen.
»Natürlich hasse ich mich dafür, dass ich dir das antue – und den Mädchen. Aber ich kann und werde nicht so tun, als liebte ich Clare nicht. Nenn es Chemie, Alchimie, wie auch immer. Durch die Liebe zu ihr habe ich eine völlig neue Welt entdeckt. Ich mag den Menschen, der ich bin, wenn ich mit ihr zusammen bin.«
Lass diesen Moment für immer erstarren, dachte Beth, ich möchte nichts mehr hören.
»Was ist mit mir? Was mit uns … deiner Familie?«
Sein Schweigen dauerte zu lange. »Ich weiß es nicht genau. Ich bin sehr durcheinander.«
»Ist das größer als die Sache mit Diane oder kleiner?«

Die Matratze schwankte, als er aufstand. »Entschuldige, aber ich muss mal.« Er öffnete die Badezimmertür, und zum Vorschein kam Clare Chessil – splitternackt, die langen Haare hochgesteckt, war sie gerade dabei, in die Dusche zu steigen.
Für einen Moment starrten die beiden Frauen sich an, beide schockiert und fasziniert. Clares Körper war lang, schlank und schmalbrüstig, mit einem mädchenhaften Dreieck hellbrauner Schamhaare. Sie schien sich ihrer eigenen strahlenden Schönheit nicht bewusst zu sein. Beth kauerte sich instinktiv in ihr geblümtes Kleid hinein, so als könnte die andere Frau hindurchschauen und ihren schlaffen Hintern, die hängenden Brüste und ihre teilweise grauen Schamhaare sehen.
»O Gott … sorry …«, Charlie schlug die Tür zu.
»Wie ist sie in unser Badezimmer gekommen?«, flüsterte Beth.
»Keine Ahnung«, flüsterte er zurück. »Himmel, das ist ein Albtraum.«
»Ach, wirklich? Bist du sicher, dass da nicht gerade deine wildesten Träume wahr werden?«
Clares Stimme drang durch die geschlossene Tür zu ihnen herüber. »Das tut mir leid, ich hatte nicht gesehen, dass das Badezimmer zwischen zwei Zimmern liegt. Entschuldigung.«
»Clare, warte«, rief Charlie. »Kann ich reinkommen?«
Beth zischelte: »Wage es nicht, dieses Badezimmer zu betreten!«
»Und wo soll ich sonst pinkeln, verdammt nochmal? Clare!«
»Ja, komm rein«, rief Clare. »Ich gehe in mein Zimmer zurück. Sag mir Bescheid, wenn du fertig bist.«

»Sag ihr, dass sie nicht so einen Stress machen muss«, sagte Beth. »Sie hat dich doch bestimmt schon mal beim Pinkeln gesehen, oder?«

»Du bist unmöglich«, antwortete Charlie, ging ins Badezimmer und schlug die Tür hinter sich zu.

Beth fühlte sich eigenartig ruhig und gleichgültig. Es war sogar ganz interessant, ihre eigene Reaktion auf die schlimmste Neuigkeit ihres Lebens zu beobachten. Sie wandte ihren Blick wieder der wunderbaren Aussicht zu und versuchte, sich daran zu erinnern, wie sie sich beim letzten Mal gefühlt hatte, als sie von der Sache mit Diane erfahren hatte. Der Schock war damals größer gewesen, weil sie es nicht erwartet hatte, aber der Schmerz war jetzt stärker – ein körperlicher Schmerz, der in ihrem Magen brannte und an ihrem Rücken zerrte. Plötzlich machte ihr die Zerbrechlichkeit aller Dinge Angst. Ihr Zuhause war nicht mehr sicher. Ein treuloser Gedanke genügte, um das alles in die Luft zu sprengen.

Kapitel 4

Clare tupfte ihre nassen Augen mit einem Papiertaschentuch ab, sie wollte endlich Mascara auflegen, um aus diesem grässlichen Badezimmer verschwinden zu können. Sie war ein Idiot. Charlie hatte ihr glaubhaft versichert, dass seine Ehe am Ende sei, aber ihre Bewegungen verrieten sie – blinde, kleine Gewohnheiten und Gesten, wie Szenen aus einem eingespielten Ballett. Noch hatten sie die Gepflogenheiten eines glücklichen Paares nicht aufgegeben.

Und sie teilten das Badezimmer mit ihr. Das Badezimmer mit einem verheirateten Pärchen zu teilen, war unangenehm. Und es war doppelt unangenehm, wenn man eine leidenschaftliche Affäre mit dem Ehemann hatte und seine betrogene Ehefrau einen gerade nackt gesehen hat – Gott, Beths angewiderter Blick, als hätte sie Clare beim Stangentanz erwischt.

Clare hatte sich für den ersten Abend mit Charlie extra ein teures Kleid gekauft. Es war aus schwerer Seide, kurz und korallenrot, was ihre dunklen Haare sehr gut zur Geltung brachte. Traurig zog sie es an. In ihrer Wunschvorstellung sah sie sich selbst in ihrem korallenroten Seidenkleid, ordentlich durchgefickt und frisch geduscht, in der Gesellschaft von Glühwürmchen und französischen Kellnern, für die Essen eine Offenbarung war, auf der Terrasse speisen.

Das war wirklich ein Witz. An diesem Ort herrschte das reinste Chaos, kein anständiges Glühwürmchen würde sich jemals hierher verirren, und seit sie den Flughafen verlassen hatten, war ihnen nicht ein einziger Franzose begegnet.

Jemand – Charlie oder Beth – ging ins Badezimmer. Clare war still. Sie hörte, wie der Riegel an der anderen Tür vorgeschoben wurde, aber nicht an ihrer. Dann hörte sie, wie die Dusche anging.

Es klopfte so leise an Clares Badezimmertür, dass man es kaum hören konnte. War er das etwa? Hatte er ihren Kummer bemerkt und wollte sie trösten? Würde er sie in seine Arme schließen und ihren Nacken leise mit glühenden Küssen bedecken, so wie er es manchmal in der Materialkammer auf der Arbeit tat, wenn keine Gefahr drohte, gesehen zu werden?

Der Griff ihrer Badezimmertür bewegte sich. Die Tür wurde vorsichtig geöffnet. Charlie huschte ins Zimmer und schloss sie hinter sich.

»Sei ganz leise«, flüsterte er, »sie flippt aus, wenn sie uns reden hört – ich habe ihr gerade alles erzählt.«

Clare fühlte sich, als hätte er ihr an einem kühlen Morgen die Bettdecke weggezogen. »Ich dachte, sie hat es schon gewusst.«

»Ich habe ihr von meinen Gefühlen für dich erzählt und ihr gesagt, dass das, was uns verbindet, viel mehr ist als nur eine Büroaffäre. Das ist das Letzte, worüber ich diskutieren wollte, aber weil sie darauf bestanden hat mitzukommen – wie auch immer, sie ist im Bilde, und wir möchten beide nicht, dass die Mädchen irgendetwas davon erfahren. Also denke ich – ich meine, wo wir alle hier zusammengepfercht sind – ich denke, du und ich, wir sollten uns so gut es geht aus dem Weg gehen.«

Während dieser schnellen, geflüsterten kleinen Rede fühlte Clare sich schrumpfen, so als lasse man die Luft aus ihr heraus. Sie hatte zu viel von ihm erwartet. Menschen – Männer – schienen niemals die Worte zu sagen, die man gerne von ihnen hörte. Im Grunde genommen wollte er, dass sie verschwand.

»Lass uns direkt damit anfangen«, sagte sie und nahm ihre Tasche vom Bett. »Angenehmes Duschen!«

Sie war im Begriff, das Zimmer zu verlassen, aber Charlie machte einen Satz nach vorn und griff nach ihren Armen. Seine Hände fühlten sich heiß an auf ihrer nackten Haut. »Nein, warte, Clare, um Himmels willen, sei nicht böse! Ich weiß, ich habe es verdient, aber ich ertrage es nicht. Ich bin so leidenschaftlich in dich verliebt. Bitte beweise mir deine Liebe, indem du mir hilfst, diesen Albtraum von Ferien zu überstehen, und lass mich dich später dafür belohnen. Liebling, du siehst so bezaubernd aus in diesem Kleid –« Sein Mund bewegte sich auf ihr Ohr zu, sie spürte seinen Atem in ihrem Nacken. »Ich würde es dir am liebsten vom Leibe reißen – ich will –«

»Charlie!« Lautes Getrommel an der anderen Badezimmertür. »Dauert es noch lange?«

Er verzog in stiller Qual das Gesicht. Sanft schob er Clare von sich weg und ging ins Badezimmer zurück.

Clare hörte den Anfang eines Ehemann-Ehefrau-Austausches über Wasserdruck und die Position der Steckdose für den Fön und flüchtete die Treppe hinunter, bevor sie noch mehr mit anhören musste. Der Mann war soeben aus den Armen seiner Geliebten gerissen worden, die Frau hatte gerade gehört, dass ihre Ehe am Ende war, und trotzdem unterhielten sie sich in dieser Art und Weise. Solange sie lebte, würde sie verheiratete Menschen niemals verstehen.

Der Salon des Château Cornu war lang und elegant. Drei hohe Glastüren öffneten sich in Richtung Terrasse. Und es gab einen großen offenen Kamin aus Stein. Es hätte richtig schön sein können, wäre da nicht diese Schäbigkeit gewesen, die über allem lag. Die schweren antiken Möbel, die vergoldeten Spiegel und dunklen Ölgemälde ließen die ersten braunen Schandflecken des Verfalls erkennen – wie Helmut Bergers Zähne, dachte Clare träge, in diesem affigen Film über König Ludwig von Bayern.

Sie seufzte in diese Leere hinein. Charlie war gerade lange genug in ihrem Zimmer geblieben, dass sie sich nach ihm sehnte. Noch nie in ihrem Leben hatte sie so verzweifelt Sex gewollt. Sie war jetzt schon fast zwei Wochen nicht mit Charlie im Bett (oder auf irgendwelchen Büromöbeln) gewesen. Irgendwie hatte sie es geschafft, das auszuhalten, indem sie sich sagte, dass sie in den Ferien so viel davon haben konnte, wie sie nur wollte. Sie hatte sich vorgenommen, in Sex nur so zu schwelgen. Sie hatte sich vorgenommen, in Charlies Armen einzuschlafen und in seinen Armen aufzuwachen. Sie wünschte sich Intimität, den Heiligen Gral der anderen Frau. Zu Hause hatten sie nie genug Zeit für Intimität.

Von der Terrasse näherten sich Stimmen. Trevor und Sharkey kamen durch die Glastüren herein, wie jugendliche Hauptdarsteller in einer Operette.

»Oh, hallo«, sagte Trevor. »Ich hatte gehofft, dass Sie Jamie sind, der offensichtlich der Einzige ist, der uns etwas zu trinken besorgen kann.«

Er hatte sich umgezogen, trug jetzt einen cremefarbenen Leinenanzug mit einem aquamarinfarbenen T-Shirt und verströmte einen teuren Duft.
»Das ist das letzte Mal, dass ich etwas für einen Freund tue«, erklärte er Clare. »Ich hätte gleich daran denken müssen, dass Jamie notorisch unbrauchbar ist.«
Sharkey lächelte Clare an. Hinter Trevors Rücken zog er die Augenbrauen hoch, um ihr zu zeigen, dass er sich freute, sie zu sehen. »Entzückendes Kleid.«
»Danke.« Sie lächelte zurück. Es war schön, zur Abwechslung einmal willkommen zu sein. Erneut überkam sie ein Anflug von instinktivem Interesse, und sie fragte sich, was Sharkey wohl beruflich machte. Irgendetwas mit Pferden, dachte sie, oder vielleicht war er auch bei der Armee. Er hatte diese Alphaausstrahlung, die dazu führte, dass man ihn beachtete und ihm gehorchte, nichts Herrisches, einfach eine ganz natürliche Autorität. Sein Haar, das jetzt die Farbe von feuchtem Sand hatte, war einmal blond gewesen. Er hatte ein ausgeprägtes Kinn und wache Clint-Eastwood-Augen. Wenn sie im gleichen Büro arbeiten würden, hätte Clare auf der Stelle angefangen, für ihn zu schwärmen.
»Er hat geschworen, dass dieses erbärmliche Anwesen fertig ist«, fuhr Trevor fort, »und jetzt stellt sich heraus, dass er seit Ewigkeiten niemanden bezahlt hat und dass alle möglichen einheimischen französischen Gangster hinter ihm her sind.«
»Lasst uns ihnen sagen, wo er ist«, sagte Sharkey. »Das erspart uns die Mühe, ihm selber ins Knie schießen zu müssen.«
»Ich habe zwei Zimmer mit Bad gebucht«, sagte Trevor. »Ich habe eine Riesensumme im Voraus bezahlt. Und was habe ich bekommen? Eine groteske Dachkammer, mö-

bliert mit zwei harten Gefängnisbetten, und eine sehr angeschimmelte Dusche, die wir mit diesen beiden Mädchen teilen müssen.«

»Mein Zimmer sieht aus wie ein Burgverlies aus ›Herr der Ringe‹«, erzählte Sharkey Clare. »Es hat ein riesiges gezacktes Loch anstelle eines Fensters. Ich hoffe, Ihres ist besser.«

»Na ja ...«

»Und wissen Sie, was mich wirklich auf die Palme bringt?« Trevor setzte zu einem weiteren Vortrag an. »Es ist die Art, wie ich benutzt worden bin. Jamie hat mir einen Haufen Lügen über dieses Anwesen erzählt, weil ich eine Zeitschrift herausgebe und er kostenlose Werbung haben wollte.«

»Moment mal«, sagte Clare. »Ist das so ein Hochglanz Design-Magazin?«

»Ja – streng genommen der Marktführer in diesem speziellen Bereich: ›Inscape‹.«

»Ich habe meinen Urlaub wegen dieses Artikels gebucht!«

»Hey, ich auch«, sagte Sharkey. »Wie außerordentlich praktisch, dass Sie hier sind, Trevor, denn ich habe darüber nachgedacht, Sie zu verklagen.«

»Mich?«

»Es gab einen deutlichen Hinweis darauf, dass das Bild von dem Schloss neueren Datums war, würden Sie nicht auch sagen, Clare?«

»Ja, und es wurde auch angedeutet, dass die Arbeiten alle abgeschlossen seien.« Sie schaute Sharkey an, und beide fingen an zu lachen. Diese Ferien entwickelten sich zu einem solchen Desaster, dass man lachen musste, um sich daran zu erinnern, dass niemand gestorben war.

»Seien Sie nicht so fies.« Erleichtert stimmte Trevor in das Gelächter ein. »Oh, hören Sie, es tut mir leid. Ich weiß, ich hätte das überprüfen müssen, aber er war so verzweifelt.

Wenn das ein Trost ist, ich leide genauso wie Sie. Oder noch mehr, weil ich mein Zimmer teilen muss.«

»Oh«, sagte Clare, »ich dachte, Sie und Miles wären zusammen.«

Trevor seufzte. »Nein, das sind wir nicht. Vielleicht sollte ich mir ein Schild umhängen.«

»Entschuldigen Sie.«

»Nicht doch, schon okay. Das ist eine vollkommen angemessene Vermutung, angesichts der Tatsache, dass ich ganz offensichtlich eine alte Schwuchtel bin. Wo genau haben Sie meine Zeitschrift gesehen?«

»Bei der Arbeit«, sagte Clare. »Sie ist sehr beeindruckend.« Sie erinnerte sich jetzt, dass sie beeindruckend war – dick und glänzend, voller Fotos von unglaublichen Möbeln in unerreichbaren Räumen. Das Magazin schien genau für die Art von Designprofi gemacht zu sein, in der Regel männlich, der glaubt, dass es möglich ist, in einem Zustand der Perfektion zu leben.

»Danke.« Trevors Gesichtszüge wurden weicher. »Mir gehören noch ein paar andere Titel, ›Dream Décor‹ zum Beispiel, das ist mein großer Verkaufsschlager –«

»Oh, wow –« Für einen kurzen intensiven Moment wünschte sich Clare voller Sehnsucht, sie könne Charlie einen Blick zuwerfen. Sie hatten einen gemütlichen Nachmittag damit verbracht, sich über die affektierte Geschmacklosigkeit dieser Publikation lustig zu machen. »Das sehe ich überall.«

»Das hoffe ich, aber es ist nicht an Leute wie Sie gerichtet. Arbeiten Sie auch in der Designbranche?«

»Ich bin Architektin.«

»Was für ein Zufall«, sagte Sharkey. »Der Mann mit den zwei Töchtern ist auch Architekt.«

»Charles Jennings«, sagte Clare steif, versuchte beiläufig zu

klingen und Sharkeys durchdringendem Blick auszuweichen. »Ja, wir arbeiten zusammen – er ist ein weiteres Opfer der verhängnisvollen Bilder.«
Sie mussten beide darüber lachen. Clare war froh, dass sie diese Situation so geschickt in den Griff bekommen hatte.
»Was ist mit Ihnen?«, fragte Trevor Sharkey. »Sind Sie Designer?«
»Nein. Ich habe Ihre Zeitschrift im Lehrerzimmer meiner Schule gesehen. Ich bin Schulleiter.«
Na klar, ein Schulleiter – Clares erster ernsthafter Schwarm im Teenangeralter war ihr Schulleiter. Plötzlich hatte sie das Bild vor Augen, wie Sharkey angemessen gekleidet, vielleicht im Talar, hinterm Pult stand und seine glänzenden Augen über die jugendlichen Gesichter schweifen ließ, die ihm alle zugewandt waren.
Wo war seine Frau? Waren Schulleiter nicht immer verheiratet? Es war möglich, dass er geschieden oder verwitwet war. Oder dass er seiner Frau irgendeine Geschichte erzählt hatte, um alleine wegzukommen. Er hatte genau diesen Blick drauf.
»Eigentlich habe ich Jamie so kennengelernt«, sagte Trevor. »Wir sind zusammen zur Schule gegangen – der traditionelle britische Grund, einer nervigen Person zu helfen, mit der man nicht verwandt ist. Jamie ist immer bedürftig, wie die Armen.«
»Er könnte uns wenigstens einen Drink geben«, sagte Sharkey. »Wo zum Teufel steckt er denn?«
»Er kümmert sich um Angela, nehme ich an.« Trevor war sauer. »Sie hat ein winziges Alkoholproblem.«
Sharkey schnaubte. »Bewusstlos unter dem Tisch zu liegen, deutet nicht gerade auf ein ›winziges‹ Problem hin.«
»Sie war in einer Klinik. Jamie schien zu glauben, dass sie

geheilt ist. Dieser Hauskauf hier sollte für sie beide ein neuer Anfang sein.«

»Na, dann hoffen wir, dass sie es geschafft hat, unser Abendessen zuzubereiten, bevor sie das Bewusstsein verloren hat.«

Clares Laune näherte sich wieder dem Nullpunkt. Zuerst kein Pool und jetzt auch noch die Aussicht, kein Abendessen zu bekommen. Sie war hungrig, und sie hatte auf das formelle Ritual des Dinierens gesetzt, um den langen unerträglichen Abend zu überstehen, der vor ihr lag.

Als wäre es nicht schon schlimm genug, kamen nun Charlies Töchter ins Zimmer – nicht, dass Clare etwas gegen sie hätte. Sie waren nur die Kinder des Mannes, den sie liebte, große und unverdauliche Symbole seiner Ehe. Clare hatte die Mädchen eigentlich nur einmal so richtig gesehen, auf einer Büroparty, noch bevor sie eine Affäre mit ihrem Vater angefangen hatte.

Scarly lächelte sie schüchtern an: »Hi.«

Clare entspannte sich ein bisschen. Charlies Tochter hätte vermutlich nicht so lächeln können, wenn sie auch nur den kleinsten Verdacht gehabt hätte. So unbeschwert, wie Scarly ihr gegenübertrat, gab es für sie keinen Anlass, voreingenommen zu sein. Es war ein leichter Schock, daran erinnert zu werden, wie unglaublich jung die Jugendlichen waren. Wahrscheinlich weil es so heiß war, hatte sie ihr formloses Oberteil abgelegt, um ein leichtes, weniger formloses weißes Kleid zu präsentieren.

Bean blickte finster drein. »Der Ort ist scheiße. Ich will nach Hause.«

»Komm und reih dich in den Chor der Beschwerden ein«, sagte Trevor. »Euer Zimmer kann gar nicht so schlimm sein wie unseres.«

»Kann es wohl – wir müssen in Kojen schlafen, und im Schrank liegt muffige alte Wäsche. Es ist total scheiße.«

»Miles kommt in einer Minute runter«, sagte Scarly zu Trevor. »Er war der Letzte in der Schlange für die Dusche.«

»Mein Gott, das ist schlimmer als in der Schule!«

Angus eilte in den Salon. Seine wilden Haare waren zerzaust und hingen ihm in grauen Strähnen ins Gesicht. Er trug pinkfarbene Gummihandschuhe. Clare, die gehört hatte, dass Angela nach oben gebracht worden war, hatte keine Lust, über die Gummihandschuhe nachzudenken. Er lächelte alle an. »Hallo – ich hoffe, Sie haben sich eingelebt, entspannt und so weiter.«

»Haben wir nicht«, sagte Trevor. »Wir hatten eine ziemlich schreckliche Zeit.«

»Und wir wollen nach Hause«, fügte Bean hinzu.

»Nun ja.« Angus lächelte gequält. »Hat Ihnen jemand etwas zu trinken angeboten?«

»Nein«, sagte Trevor. »Wir haben niemanden zu Gesicht bekommen. Der Schrank mit den Drinks – wenn er das ist – ist abgeschlossen. Wo ist Jamie?«

»Warten Sie«, sagte Angus in herzlichem Ton, »ich hole ihn.«

Daraufhin verschwand er. Wenn Clare sich besser gefühlt hätte, hätte ihr seine Demütigung leidgetan. Unter den gegebenen Umständen hätte sie am liebsten wieder angefangen zu weinen.

»Scheiße«, sagte Trevor. »Entschuldigt meine Ausdrucksweise. Aber nochmal Scheiße. Glaubt ihr, dass es heute Abend noch irgendwelche Flüge gibt?«

Der Duft von Julias teurem, blumigem und ziemlich steifem Parfüm zog ihr voran in den Salon. »Wenn Sie an Flüge zurück nach Hause denken«, sagte sie, »vergessen Sie es. Ich hab's versucht. Bis morgen am späten Abend gibt es keine.«

Sie trug ein langes blaues Kleid mit einem Nackenband, das ihre orangen Schultern und den schicklichen Anflug eines Ausschnitts zeigte. Sie sah nicht jung aus, entschied Clare, weil mittelalte Leute das gar nicht konnten, ganz egal, was sie auch anstellten. Frauen wie Julia, schön und verhätschelt, veränderten oft ihre Farbe, wenn sie auf die fünfzig zugingen. Ihre Haut wurde dunkler, ihr Haar heller, und letztendlich wurden sie überall orange. Julias glattes rotbraunes Haar schien gefönt worden zu sein, und ihr dezentes Make-up war makellos. Sie hatte wahrscheinlich das beste Zimmer im ganzen Haus, dachte Clare, weil ihr Schwager sich vor ihr fürchtete, und trotzdem beschwerte sie sich immer noch. Einige verheiratete Jungfrauen waren eben nie zufrieden.

»Ich habe das geahnt, wissen Sie«, sagte Julia. »Ich habe Angus gesagt, dass es keine fünf Minuten dauern wird, bis sie wieder anfängt zu trinken.«

Charlie betrat den Salon, und alles andere verblasste. Seine Haare waren noch feucht von der Dusche. Sein weißes Leinenshirt schmiegte sich an seine Schultern. Clare blickte in seine glühenden dunklen Augen und spürte, wie ihr die Hitze in die Wangen stieg.

Er sah schnell weg. Das musste er tun, aber Clare war überrascht, wie weh ihr das tat. Sie fühlte sich geschlagen und verachtet, abgestellt in einer Ecke im Leben ihres Geliebten.

Beth war neben ihm, vertraut und verblüht. Sie trug so eine Art geblümtes Fick-mich-nicht-Nachmittagskleid. Die jüngere Tochter stürzte sich direkt auf sie.

»– es gibt morgen Abend einen Flug – BITTE, können wir nach Hause fliegen?«
»Hör auf, Bean, du weißt, dass das ein Vermögen kostet«, sagte Beth mit leiser Stimme.
»Dann nur ich – lasst mich alleine nach Hause fliegen.«
»Mach dich nicht lächerlich«, sagte Charlie. »Ich möchte nichts mehr davon hören.«
»Für dich und Mum ist es in Ordnung – ihr habt ein anständiges Zimmer – ihr müsst nicht in einem winzigen Raum schlafen, in dem es nach abgestandenem Pipi riecht.«
»Ja natürlich!« Trevor schlug sich theatralisch auf die Stirn. »Das ist es! Abgestandenes Pipi! Ich habe versucht, den Geruch zu identifizieren. Miles meint, es könnten Mäuse sein.«
»Ihhhhh!«, schrie Bean schrill auf.
Scarly und Beth kicherten. Scarly sagte: »Er verarscht dich nur.«
»Die Mäuse sind weg«, sagte Sharkey. »Sie sind nicht bezahlt worden.«
Alle – sogar Bean, sogar Charlie – lachten darüber.
Wenn sie lachte, sah Bean genauso aus wie er, dachte Clare. Das brachte sie durcheinander – es war unheimlich, verursachte Schuldgefühle und löste schemenhafte Erinnerungen an Bette Davis in »Reise aus der Vergangenheit« aus, wo sie das verwahrloste Kind ihres Liebhabers adoptiert. Die Hitze bremste die Verbindung zwischen ihren Gefühlen und ihren Gedanken. Theoretisch, wenn Charlie es jemals auf die Reihe kriegte, seine Frau zu verlassen, wären diese beiden langbeinigen, taufrischen jungen Frauen ihre Stieftöchter. Wie sollte das gehen? Sie würden sie auf jeden Fall hassen. Flüchtig bekam sie einen unangenehmen Eindruck von sich selbst, so als würde sie durch die Augen der

Mädchen schauen, und sie konnte ihnen das nicht einmal übel nehmen.

»Äh – hallo! Drinks ahoi!« Jamie schlurfte in den Raum und hielt eine einzige Flasche Weißwein und einen zerbrechlich aussehenden Korkenzieher in der Hand. Sein Gesicht war so rosa wie eine Krabbe und mit Schweiß bedeckt. »Entschuldigung, dass ich Sie alle warten lasse – nur noch ein oder zwei Minuten – äh – jede Menge Pannen –«

»Entschuldigen Sie, Jamie«, sagte Charlie, »aber es gibt ein paar Dinge, über die wir mit Ihnen sprechen möchten. Zum Beispiel darüber, dass das ganze Hotel eine komplette verdammte Schande ist.«

Sharkey und Trevor sagten: »Bravo, richtig!« und stellten sich ihm angriffslustig zur Seite. Schulter an Schulter – gestärkt durch die stille Unterstützung der Frauen – brachten sie einen Sturm von Beschwerden vor.

»Ich habe gerade gesehen, wo meine Töchter schlafen sollen – was auch dann skandalös wäre, wenn Sie mir dafür kein Vermögen berechnet hätten –«

»– es gibt kein Fenster, nur ein Loch, das Waschbecken ist nicht vernünftig angeschlossen, und das Wasser in der Dusche ist so heiß, dass ich verdammt nahe dran war, mich zu verbrühen –«

»Meine Dusche war eiskalt, es gibt keinen Stecker für die Nachttischlampen – ich habe für luxuriöse Ferien bezahlt, und abgesehen davon, dass es nicht das Geringste gibt, was man auch nur entfernt mit Luxus bezeichnen könnte, haben Sie noch nicht einmal für die elementarsten Annehmlichkeiten gesorgt –«

Jamie sah hilflos von einem zum anderen, so als wäre seine letzte Hoffnung dahin, dass seine Gäste den Zustand des Hauses irgendwie nicht bemerken würden.

Auch wenn Clare wirklich sauer war, empfand sie Mitleid. Er erinnerte sie an den dicken Jungen in »Herr der Fliegen«, dem die Brille zu Bruch geht. Das echte Pathos seiner Situation – zum Scheitern verurteiltes geschäftliches Projekt, betrunkene Frau – fügte der schrecklichen Symphonie nur eine weitere grässliche Note hinzu.

Seine Brüder kamen ihm zu Hilfe wie die Kavallerie. Für Clare als Einzelkind war es interessant zu sehen, wie sich die Brüder für ihn in die Bresche warfen. Das schien eine altehrwürdige Routine zu sein. Angus brachte vier Flaschen Champagner, Alick trug ein Tablett mit Gläsern.

Ein Hauch von Hoffnung wehte durch den heißen, wütenden, moderigen Raum.

»Das ist jetzt wohl genau das Richtige«, sagte Angus fröhlich. »Und Sie werden nicht eine Spur davon auf Ihren Rechnungen finden – das geht auf Jamie.«

»Was?«, schrie Jamie. »Aber das ist der – das kannst du nicht machen!«

»Ich war mir ziemlich sicher, dass du dich für das ganze Chaos hier entschuldigen willst«, sagte Angus, der immer noch fröhlich war, aber seinen Bruder jetzt ernst ansah. »Bis jetzt hat es hier noch nicht so etwas wie einen herzlichen Empfang gegeben, oder?«

»Ja, aber – ich meine. Ich weiß, und es tut mir auch sehr leid – aber ich dachte, ein Gläschen von dem Chablis ...«

»Ich denke, dass Champagner wohl angemessener ist, findest du nicht?« Angus' Stimme wurde eiskalt. Clare hörte den Dschungelruf des Alphamannes und war an ihm zum ersten Mal interessiert genug, um sich zu fragen, was er wohl beruflich machte – etwas Wichtiges, vermutete sie, denn wie Sharkey schien er es gewohnt zu sein, dass man ihm gehorchte. »Hilf Alick mit den Gläsern.«

Er öffnete eine Flasche Champagner. Der Korken knallte mit einem teuer klingenden trockenen Plopp.
»Na also, das ist schon besser«, sagte Charlie.
Clare hätte ihn beinahe daran erinnert, dass er keinen Champagner mochte. Sie schluckte es hinunter und sah automatisch zu seiner Frau.
»Dad, du magst keinen Champagner«, sagte Scarly.
»Ich will etwas für mein Geld«, sagte Charlie »Und das ist wahrscheinlich die einzige Chance, dass ich es auch bekomme.«

Nach dem Abendessen ging Beth hinaus auf die Terrasse. Der Abend war heiß und ruhig. Sie spürte die Weite der sie umgebenden Landschaft. Der Garten war dunkel und duftete, und überall konnte man mysteriöses Geknister in der unsichtbaren Vegetation hören. Die Grillen erfüllten die Luft mit dem ewigen Lied des Südens. Endlich allein, ließ Beth ihr öffentliches Gesicht fallen.
Charlie hatte sie den ganzen Abend ignoriert, aber er hatte auch Clare nicht beachtet. Er hatte angefangen mit Trevor und Sharkey zu zechen. Diese komische Mischung von Männern hatte so eine Art revolutionäres Komitee gegründet. Nach dem Champagner – der köstlich gewesen war – hatten sie Wein bestellt. Jetzt tranken sie in einer Ecke des Salons Cognac.
Das Abendessen war die reinste Peinlichkeit – gefrorene Pizza, von Alick aufgetaut und von Angus serviert. Zwei Stücke für jeden. Beths Magen gluckerte schmerzhaft. Eine Blase bitterer Leere mit Champagnergeschmack stieg ihr in die Kehle und sprang ihr ins Hirn. Sie war hundemüde und leicht betrunken. Charlie war betrunkener als auf der

Beerdigung seines Vaters vor sechs Jahren. Er würde nach Mitternacht aufwachen, in der Dunkelheit herumstolpern, um Aspirin zu suchen, und den Rest der Nacht unruhig und schnarchend verbringen. Sie wäre froh, wenn sie überhaupt ein Auge zumachen könnte.

Alle Familienferien, selbst die glücklichen, schienen solche Momente der Trostlosigkeit mit sich zu bringen, wenn die Menschen, die sie liebte, sich weit, weit entfernt von der vertrauten Umgebung plötzlich veränderten und ihr bewusst wurde, wie wenig sie sie eigentlich kannte. Hielt die Liebe eigentlich nur, weil sie Gewohnheit geworden war?

»Hallo«, sagte eine Stimme leise.

Beth zuckte zusammen. Angus saß an einem der kleinen schmiedeeisernen Tische.

»Oh, entschuldigen Sie, ich habe Sie nicht gesehen.« Aus welchem Grund auch immer sprachen sie beide in einem vertraulichen Flüstern. »Ich bin hinausgekommen, um ein bisschen frische Luft zu schnappen. Und ich flüchte, um ehrlich zu sein.«

Sie hörte ihn leise kichern. »Wovor?«

»Vor meinen hungernden Kindern und meinem betrunkenen Ehemann.«

»Ich fliehe vor meiner Frau. Kommen Sie, setzen Sie sich zu mir.«

Beth setzte sich an den Tisch. »Es ist so ein schöner Abend, und wenn man unglücklich ist, macht es das nur schlimmer.«

»Sind Sie unglücklich?«

»Ja.« Im Dunkeln war es nicht schwer, das zuzugeben, wenn man betrunken und weit weg von London war.

»Ich auch.«

»Es geht um meine Ehe.«

Er lachte wieder. »Um meine auch.«
»Die Leute verstehen nicht, wie schrecklich es ist, oder? Es würde mich nicht so beschäftigen, wenn ich auch nur die geringste Schuld daran hätte.«
»Was für ein Zufall, meine Schuld ist es auch nicht. Ich bin die netteste, umgänglichste Person der Welt.«
Beth kicherte. »Ich auch!«
»Ich wünschte, ich würde mit jemandem wie Ihnen zusammenleben.«
»Ich wünsche mir das auch oft«, sagte Beth, »mit jemandem wie mir zusammenzuleben.«
Sie lachten beide. Beth war erstaunt, ihr eigenes Lachen zu hören – sie war betrunkener, als sie dachte.
»Ich bin betrunken«, gab Angus zu. »Kümmern Sie sich einfach nicht drum. Erzählen Sie mir von sich, Beth.« Er beugte sich zu ihr hinüber. »Wo kommen Sie her, was machen Sie? Welche Bücher haben Sie mitgebracht?«
»In irgendeiner bestimmten Reihenfolge?«
»Fangen Sie mit den Büchern an.«
»Okay.« Sie hatte seit Jahren mit niemandem über sich selbst gesprochen. »Ich habe ›Die Mühle am Floss‹ mitgebracht und das neue Buch von Helen Simpson. Ich lebe im Süden von London, und außer Hausfrau zu sein mache ich eigentlich nichts. Manchmal schreibe ich Artikel über Dinge, die Hausfrauen so beschäftigen – ich war Journalistin. Was ist mit Ihnen?«
»Ich lebe in Edinburgh. Ich bin Richter.«
»Oh, wie herrlich – ich wette, Sie sehen umwerfend aus in Ihrem Talar.«
»Wie liebenswert Sie sind. Wie schön, mit jemandem zu sprechen, der nicht ständig geladen ist. Julia ist geladen«, sagte Angus, »absolut außer sich.« Seine Stimme war so

höflich wie immer, aber undeutlich und angestrengt. »Sie sagt, dass ich mich nicht für ihre Gefühle interessiere. Sie sieht, wie es hier aussieht, und ist trotzdem außer sich, weil sie ein Zimmer mit mir teilen muss.«

Beth war irritiert. »Entschuldigen Sie? Schlafen Sie normalerweise nicht in einem Zimmer?«

»Nein.«

»Oh.«

Für ein paar Minuten saßen sie schweigend beieinander und lauschten den gedämpften Stimmen aus dem Salon. Dann fing Beth wieder an. »Charlie hat eine Affäre.«

»Das ist hart. Sie Arme.«

»Ich denke, es läuft auf eine Scheidung hin.«

»Hmm, bei uns sieht es auch so aus, als wären wir am Ende der Straße.«

Für eine kurze Zeit schwiegen sie wieder. Spontan fragte Angus: »Wann hatten Sie und Charlie zum letzten Mal Sex?«

»Vor langer Zeit«, seufzte Beth. »Am zweiten Weihnachtsfeiertag.«

»Julia und ich haben seit acht Jahren nicht mehr miteinander geschlafen.«

»O Gott. Aber – Sie sind immer noch zusammen.«

»So ungefähr.«

»Weil Sie sie lieben«, sagte Beth betrübt.

»Ja, und weil ich durch alle möglichen anderen Dinge an sie gebunden bin. Die Jungen – auch wenn sie uns nicht mehr so zusammenhalten wie früher.«

»Ich habe mich gefragt, ob Sie Kinder haben. Wie viele Jungen haben Sie denn und wie alt sind sie?«

»Zwei. Hamish und Douglas, einundzwanzig und neunzehn.« Seine Stimme nahm einen warmen Klang an. Er

lächelte in der Dunkelheit vor sich hin. »Im Augenblick sind sie mit dem Rucksack in Nordspanien unterwegs. Julia ist überzeugt davon, dass sie beide umgebracht werden.«
Beth lachte. »Ich bin ganz genauso. Sie hätten mich sehen sollen, als Scarly aufs College gegangen ist. Ich habe mir die Augen ausgeheult.«
»Das ist etwas anderes. Wenn sie aufs College gehen, dann ist das einer dieser sakramentalen Momente – Stationen auf ihrem Lebensweg. Unsere beiden Jungen sind jetzt mehr oder weniger aus dem Haus, und es ist gespenstisch leer ohne sie. Es macht mir manchmal Angst zu sehen, wie wenig von Julia und mir übrig geblieben ist, aber noch mehr Angst habe ich davor, sie zu verlieren. Darf ich fragen – lieben Sie Charlie?«
»O ja«, sagte Beth ohne zu zögern. Sie hatte wie besessen auf dieser Frage herumgekaut. »Ich mag ihn nicht besonders, aber ich kann nicht aufhören, ihn zu lieben. Es geht einfach nicht weg.«
»Genau. Es wäre so, als würde man einem den Arm abschneiden.«
Er verstand es. Manche Leute konnten das nicht und warfen einem vor, Masochist zu sein. Beth war noch nie imstande gewesen zu erklären, welche unsichtbaren Elemente dazu führten, dass sie sich an dem Wrack ihrer Ehe festklammerte.
Sie fand es beruhigend, mit jemandem darüber zu reden, der in demselben sinkenden Boot saß, außerdem mochte sie Angus. Ein Zug stählerner Güte zeichnete ihn aus. Er war Sir Galahad im Herbst.
Sie sagte: »Ich wette, Sie hatten nie eine Affäre.«
»Da haben Sie recht. Ich bin nicht der Typ. Aber Sie auch nicht, oder?«

»Nein.« Beth lachte und errötete, ohne zu wissen, warum. »Nicht, dass ich mit Angeboten überschüttet worden wäre.«

»Charlie ist ein glücklicher Teufel.«

»Ich wollte gerade dasselbe über Julia sagen. Teufel haben immer Glück.«

Kapitel 5

Unterhalb der Terrasse führte der Rasen hinunter zu einem Garten, dicht bepflanzt mit Sträuchern und Blumen. Im Mondschein war es hell genug, auch ohne Taschenlampe herumzulaufen. Clare ging vorsichtig die engen gewundenen Wege entlang und schob immer mal wieder Äste zur Seite. Der volle Mond war mit Blau durchzogen wie Roquefort-Käse. Unsichtbares Leben schwirrte, summte und krabbelte in der trockenen Erde rund um ihre Sandalen herum.

Alle paar Schritte blieb sie stehen, um zu lauschen. Charlie konnte den Blick, den sie ihm zugeworfen hatte, gar nicht missverstanden haben. Er musste gewusst haben, dass sie ihm damit bedeutete, er solle ihr folgen.

Die Sträucher bewegten sich. Jemand kam den Weg hinter ihr entlang.

Sie flüsterte: »Charlie?«

Es war Sharkey. Er tauchte hinter den Blättern auf, die in überirdisches Mondlicht getaucht waren.

»Hallo.«

Clare verfluchte sich selbst für ihre Unachtsamkeit. Sie hatte seinen Namen gesagt, und es hätte jeder sein können – Beth oder eine der Töchter.

»Was für ein schöner Abend«, sagte sie. »Ich bin hinausgekommen, um einen Blick auf die Sterne zu werfen.«
»Großartig, nicht wahr?« Sharkey schien nicht gehört zu haben, dass sie den Namen ihres Liebhabers gesagt hatte. »Zu Hause schaue ich sie mir nie an.«
»In London kann man sie gar nicht sehen. Es wird niemals dunkel genug.«
»Und auf dem Land ist der Himmel immer wolkenverhangen. Dort lebe ich übrigens. Und vielleicht habe ich auch gar keine Zeit, sie mir anzusehen.«
Nach einem einsamen Abend war es angenehm, Sharkeys Gesellschaft zu haben. In seiner Stimme lag eine verbindliche Freundlichkeit, durch die sie sich sicher fühlte und die sie an Patrick erinnerte. Und in Momenten wie diesem wusste sie, dass sie bei allen leicht angegrauten Alphamännern immer automatisch nach Spuren von Patrick suchte. Wie lange, fragte sie sich, würde dieser hormonelle Dienst-nach-Vorschrift noch anhalten? So lange, bis sie eine leicht angegraute Betafrau würde und niemand sie mehr haben wollte? Dreiunddreißig war verdammt alt, um Vaterfiguren hinterherzujagen. Das Geld, das sie für diese Ferien ausgegeben hatte, hätte sie besser in eine Therapie gesteckt.
»Komisch«, sagte Sharkey, »wie können wir nur so blind sein? Da ist das ganze Sonnensystem ständig um uns herum, und wir beachten es gar nicht.«
»Vielleicht verletzt es ja unsere Würde, wenn wir uns so klein fühlen«, sagte Clare.
Sie gingen nebeneinander her. Äste trafen sich über ihren Köpfen und bildeten einen nach Pinien duftenden Tunnel. Sharkey nahm Clares Hand, um sie durch das Dunkel zu führen. Sie kamen auf eine kleine runde Lichtung.

Dort stand eine verwitterte Bank aus Stein zwischen zwei Delphinfiguren.
Er ließ ihre Hand nicht los, als sie sich setzten, und sie wollte das auch nicht. Wie zufällig lehnte sie sich leicht gegen seine Schulter.
»Ich glaube, ich bin betrunken«, sagte sie. »Zu Hause trinke ich nie so viel.«
»Ich auch nicht, aber ich musste dieses beschissene Essen irgendwie ausgleichen«, sagte Sharkey.
»Gott, war das nicht furchtbar?« Sie seufzte und lehnte sich noch ein bisschen näher an seine starke, warme Schulter. »Glauben Sie, dass wir überhaupt nochmal etwas zu essen bekommen?«
»Keine Ahnung. Ich bin auch überhaupt nicht mehr hungrig.«
»Ist es nicht lächerlich?«, überlegte Clare. »Wir alle dachten, wir würden hier Luxusferien verbringen, und stattdessen ist es wie so ein Wettbewerb auf einem dieser Orientierungsläufe, wo man mit einer Schachtel Streichhölzern und einem Kompass auf einem Hang ausgesetzt wird. Und ich hasse es, dass ich mich wie eine verwöhnte Luxuszicke fühle, wenn ich mich darüber beschwere.«
»Ich weiß genau, was Sie meinen«, sagte Sharkey. »Ich habe heute Abend empört Gänsestopfleber verlangt, so als wäre es ein absolut lebenswichtiges Nahrungsmittel. Ich klang genauso wie diese Julia. Und das hat mich nur noch wütender gemacht – ich habe nicht das ganze Geld bezahlt, um mich für meine extravaganten Gewohnheiten zu schämen.«
Sie lachten beide.
Clare sagte: »Ich habe mich nicht mehr so unwohl gefühlt, seit ich einen Tag mit den Pfadfindern in einem Sumpfgebiet außerhalb von Spalding verbringen musste.«

»Sie können unmöglich aus Lincolnshire sein – Sie sind zu groß.«
»Ich bin in Claggstone aufgewachsen, ungefähr 20 Meilen von dem sonnigen Spalding entfernt. Jetzt sagen Sie nicht, Sie kennen es.«
»Wir kommen aus derselben Gegend. Ich bin in der Nähe von Stamford aufgewachsen.«
»Du meine Güte.« Clare amüsierte sich. »Wir müssen in denselben Herrenhäusern herumgeknutscht haben.«
»Hat sich jemand getraut, mit Ihnen zu knutschen? Oder waren Sie zu furchteinflößend?«
»Ich bin nicht furchteinflößend.«
»Am Flughafen haben Sie ausgesehen wie eine Donnerwolke«, sagte Sharkey. »Ich fand Sie sehr schön und ziemlich einschüchternd.«
»Ich würde keiner Fliege etwas zuleide tun.«
»Oh, ich weiß. Sie haben sich inzwischen als ein sinnliches Geschöpf zu erkennen gegeben und auch noch als sehr lustig und ziemlich nett.«
»Danke schön.«
»Und da frage ich mich einfach, warum um alles auf der Welt Sie hier alleine sind.«
»Eigentlich sollte ich mit meinem Geliebten hier sein«, sagte Clare. »Aber er hat mich in letzter Minute im Stich gelassen.«
»Er ist ein Schwein und ein Idiot.«
»Er ist verheiratet. Ich bin eigentlich gar nicht so nett.«
»Ich verstehe«, sagte Sharkey nachdenklich. »Manöver abgeblasen.«
»Ja.«
»Ich dachte schon, Sie sähen deprimiert aus.«
»Ja, stimmt, das bin ich auch. Was ist mit Ihnen?«

»Hmm?«
Sie fragte: »Warum sind Sie hier alleine?«
»Sagen wir mal, ich flüchte.«
»Oh, Sie sind verheiratet«, sagte Clare. »Das hab ich vermutet. Ich habe mich das ganze Abendessen hindurch gefragt, in welche Kategorie flüchtender Ehemann Sie wohl gehören.«
Sharkey lachte leise, ganz nah an ihrem Ohr. »Sie sind eine Expertin, was?«
»Ich war mit mehreren verheirateten Männern zusammen. Und ich kann sie normalerweise ganz gut in unterschiedliche Typen einteilen. Entschuldigen Sie, wenn sich das zynisch anhört, aber so ist es nun mal.«
»Und was für ein Typ ist Ihr momentaner Liebhaber?«
»Der schuldige Typ«, sagte Clare prompt. »Er hasst sich für das, was er seiner alten langweiligen Ehefrau antut – aber nicht genug, um damit aufzuhören.«
»Und Sie sind natürlich wahnsinnig in ihn verliebt.«
»Hoppla – das gefällt Ihnen wohl nicht.«
»Nein, nein – bitte glauben Sie nicht, dass ich Sie verurteilen will. Sie lieben ihn, oder nicht?«
»Ja, und ich wünschte, ich täte es nicht.«
»Ich habe nur ›natürlich‹ gesagt, weil ich auch schon ein paar Mal in dieser Situation war. Es ist so aufreibend, dass man wirklich total verliebt sein muss, sonst würde man das gar nicht mitmachen.«
»Ein paar Mal? Heißt das zweimal?«
Sharkey lachte leise. »Mehr als zweimal.«
»Wie viel mehr? Im zweistelligen Bereich?« Clare hörte sich angeheitert kichern und stellte fest, dass sie sich amüsierte. Es war angenehm mit einem Mann zu sprechen, dem sie nicht erlaubt hatte, sie unglücklich zu machen.

»Na gut«, sagte Sharkey, »offen gestanden sind die meisten Frauen, in die ich mich verliebe, verheiratet.«
»Die meisten?«
Er lächelte. »Wenn Sie darauf bestehen, absolut alle. Es sieht wohl so aus, als hätte ich eine Schwäche für verheiratete Frauen.«
»Wir leiden beide an derselben Krankheit«, sagte Clare. »Ich habe, was Sie eine Schwäche für verheiratete Männer nennen würden. Wir sollten eine Selbsthilfegruppe gründen.«
»Leute wie wir – verbotene Liebende der Verheirateten – haben einen schlechten Ruf«, sagte Sharkey. »Wir werden geschmäht und gefürchtet, aber eigentlich leisten wir eine sehr wertvolle Arbeit – ich weiß, dass ich diverse Ehen gerettet habe.«
»Ja! Ich auch! Oh, wie befreiend, mal so darüber zu reden! Ich habe mindestens eine Ehe in einem besseren Zustand verlassen, als ich sie vorgefunden hatte.«
»Und der Sex ist selbstverständlich großartig«, sagte Sharkey. »Beim Ehebruch geht es hauptsächlich um Sex, und Geschlechtsverkehr ist am besten, wenn zwischen Körper und Gewissen der Funkkontakt abbricht. Allerdings möchte ich nicht behaupten, dass ich die Heimlichtuerei mag. Es laugt einen aus.«
Clare seufzte. »Ich hasse es auch. Und ich hasse es, Männer, die ich liebe, lügen zu sehen.«
»Die Heimlichtuerei macht einen fertig, finden Sie nicht? Ich fühle mich manchmal, als würde ich mein ganzes Leben damit verbringen, mit den Schuhen in der Hand die Treppe hinunterzuschleichen. Ich bin auch schon einmal aus einem Fenster im ersten Stock gesprungen, als die Chorprobe des Ehemanns ausgefallen war. Dabei habe ich mir das Bein gebrochen.«

»Sie Armer!«
»Und dann musste ich so tun, als wäre ich von der Leiter gefallen. Ich kam mir absolut lächerlich vor, aber ich konnte ja wohl kaum die Wahrheit erzählen.«
»Oh, was für ein verworrenes Netz wir weben«, sagte Clare und hörte förmlich, wie ihre Mutter dieses Sprichwort intonierte. »Die Sache ist die, ich lege es ja gar nicht darauf an, mich in verheiratete Männer zu verlieben. Ich kann einfach nicht anders, ich finde nun mal eine bestimmte Art von Mann attraktiv, und die sind immer verheiratet.«
»Ja, so geht es mir auch«, sagte Sharkey. »Und in meinem Job ist es besonders schwierig. Ich muss mich verdammt zusammenreißen, dass ich nicht auf die Mütter der Schüler abfahre. Ein Junge zum Beispiel – er ist ein Albtraum, und ich hätte ihn eigentlich hinauswerfen müssen –, aber seine Mutter war so ein kleines polnisches Luder, und als sie in meinem Arbeitszimmer weinte, hat mich das doch tatsächlich total angetörnt.« Er seufzte gedankenverloren. »Ich hatte mich natürlich unter Kontrolle. Ich will doch meinen Job nicht verlieren.«
»Ich habe mal einen Job verloren«, sagte Clare. »Es war mein erster Job. Ich habe mich in meinen Chef verliebt, und er hat mich rausgeworfen, als seine Frau schwanger wurde.«
»Na, hoffentlich hat er Ihnen ein anständiges Zeugnis ausgestellt.«
»Das musste er ja wohl, oder? Was ist mit Ihnen?«
»Ich habe vor achtzehn Jahren einen ziemlich guten Job verloren«, sagte Sharkey. »Beim ersten und einzigen Mal, bei dem ich mich in eine der Mütter verliebt hatte. Es kam heraus, und ich musste ein Jahr lang in Papua-Neuguinea verbringen. Also, das werde ich jedenfalls nicht noch einmal

machen. Mein Bischof hat mich gewarnt – nächstes Mal ist es Haiti.« Er sah Clares Verblüffung und fügte hinzu: »Entschuldigen Sie, ich hätte sagen sollen, dass ich, wenn ich arbeite, ein katholischer Priester bin.«

»Ein Priester?« Clare nahm an, dass er Witze machte. »Sie haben doch gesagt, dass Sie Schulleiter sind.«

»Das bin ich. Aber ich bin auch ein Priester. Es ist ein Internat für katholische Jungen.«

»Aber – Sie sind nicht –« Clare bemühte sich, diese Information richtig einzuordnen, zu betrunken, um zu wissen, was sie davon halten sollte. »Ich meine, Sie sind so –«

»Sie sind nicht katholisch, hoffe ich.«

»Nein.«

»Gut. Vergessen Sie die Sache. Ich habe Ihnen das nur erklärt, um meine Position deutlich zu machen. Das müssen Sie ja niemandem anderen erzählen, wenn Sie nichts dagegen haben – ich bin im Urlaub.«

»Okay.«

»Danke.« Sharkey legte den Arm um ihre Taille.

Clare wehrte sich nicht. Es fühlte sich stark und warm an – ein Arm, der wusste, was er tat und dem man vertrauen konnte, dass er es ordentlich machte. Es gab nichts daran zu rütteln, dass Sharkey sexy war. Sie murmelte: »Haben Sie keine Keuschheitsgelübde abgelegt?«

»Oh, das sind nur Richtlinien. Und wie ich schon sagte, ich bin im Urlaub. Im Urlaub herrschen andere Regeln.«

»Haben Sie vor zu sündigen?«

»Ich hoffe ja.« Er legte eine Hand auf ihren nackten Oberschenkel. »Ich habe ein überwältigendes Verlangen nach reinem, unpersönlichem Sex, so ungeheuer leise und heimlich, dass er eigentlich fast gar nicht passiert.« Seine Finger wanderten nach oben und schickten Wellen der Lust durch ihren ganzen Körper. »Sex ohne Komplikationen und Konsequenzen. Verstehst du?«

Clare schloss die Augen. »Ja.«

»Es wäre nicht besonders romantisch.« Seine Lippen fühlten sich warm an auf ihrem Ohr. »Entspann dich. Ich bin sehr gut darin.«

»Hmmm. Ja, das bist du – ich sollte dich bremsen –«

»Warum?«

»Ich weiß es nicht –«

»Möchtest du, dass ich aufhöre?«

»Nein!«

Clare war heiß, träge und schmolz dahin. »Aber ich mache solche Sachen nicht – normalerweise bin ich nicht so verdorben.«

»Niemand wird uns sehen oder hören. Niemand wird es erfahren.«

»Wird Gott nichts dagegen haben?«

»Nein«, sagte Sharkey. »Welche Zimmernummer hast du?«

»Vier.« Sie sehnte sich nach ihm. Plötzlich schien alles so einfach.

»Du bist eine wunderschöne Frau, Clare. Es ist gegen meine Prinzipien, eine solche Schönheit umkommen zu lassen.«

»Ich mache solche Sachen nicht.«

»Ich weiß. Das hast du schon gesagt, und ich glaube dir.« Er zog seine Hand langsam zurück. »Wenn du in dein Zimmer gehen willst, könnte ich dich in zehn Minuten dort treffen, und keine Menschenseele würde mich sehen.«

Sie sehnte sich danach, berührt zu werden. »Ich sollte das nicht – die Verwicklungen –«

»Charlie wird es nicht herausbekommen, wenn es das ist, was du meinst – ich habe gerade gehört, wie du ihn gerufen hast. Du hattest gehofft, dass ich er wäre, nicht wahr?«

»O Gott.« Dieser Mann unterlief auf eine so clevere Art all ihre Gegenwehr, dass sie noch nicht einmal versuchte, dagegen anzugehen. Auf eine gewisse Art und Weise war sie sogar erleichtert. Es gefiel ihr ganz und gar nicht, Lügen zu erzählen.

»Du armes Ding«, sagte Sharkey freundlich. »Ich kann mir zwar nicht vorstellen, wie es dazu kommen konnte, dass du die Ferien mit seiner ganzen Familie verbringst, aber ich bin sicher, dass das kein Zufall ist.«

»Es war ein grauenhafter Fehler. Du kannst lachen, wenn du willst.«

Sharkey lachte nicht. Er legte den Arm um sie und küsste sie, und damit war die Sache erledigt.

Langsam ließ er sie los. Sie schauten einander an.

Clare stand auf. Sie flüsterte: »Zehn Minuten«, drehte sich um und bahnte sich schwankend ihren Weg durch die schwarzen Schatten.

Beth träumte von Sägewerken und wurde von Charlies betrunkenem Schnarchen geweckt – so laut schnarchte er immer nur dann, wenn er getrunken hatte. Er lag ausgestreckt auf dem Rücken, nahm mindestens drei Viertel der harten fremden Matratze ein und verbreitete eine ziemliche Hitze. Beths Zunge war so trocken, dass sie beinahe hören konnte, wie sie sich von ihrem Gaumen ablöste. Sie rollte sich vom Bett hinunter, wobei sie unbeholfen taumelte, weil sie die Höhe nicht gewohnt war. Der Boden unter ihren nackten Füßen schien staubig. Das Mondlicht warf silberne Bilder der Fenster auf die Holzdielen.

Sie schlurfte ins Badezimmer, knipste das Licht an und erschrak über das fleckige Spiegelbild, das sie aus dem Spiegel über dem Waschbecken anstarrte. Mein Gott, sie war eine alte Schrulle. Kein Wunder, dass Charlie sie nicht mehr wollte! Es gab kein Glas, keinen Becher oder irgendein anderes Gefäß, also trank sie das Wasser direkt aus dem Hahn. Sie bespritzte sich das Gesicht mit Wasser, bis der Kragen ihres T-Shirts, das sie in der Nacht trug, ganz nass war.

So todmüde sie auch war, ging sie nur widerwillig ins Bett zurück. Aus Clares Zimmer auf der anderen Seite des Badezimmers hörte sie einen stürmischen Seufzer und einen Körper, der sich auf der Matratze hin- und herwälzte. Es war einfach zu heiß, um durchzuschlafen. Vielleicht hatte Clare einen unruhigen Schlaf. Wusste Charlie das? Hatten er und Clare jemals eine ganze Nacht miteinander verbracht? Beth versuchte sich daran zu erinnern, wie oft Charlie seit Februar nicht nach Hause gekommen war.

Ihr zog sich der Magen zusammen. Während des letzten Ehebruch-Anfalls hatte Beth fast dreizehn Kilo abgenommen. Immer wenn sie jetzt eine Frau traf, die plötzlich stark abgenommen hatte, wusste sie, dass sie einen untreuen Ehemann hatte oder Krebs, die einzigen Diäten auf der Welt, die wirklich funktionierten. Das Leben konnte für Frauen mittleren Alters ganz schön hart sein.

Sie hörte noch eine Regung aus Clares Zimmer und ein weiteres längeres Stöhnen. Das Geräusch des Hin- und Herwälzens, das emsige Knarren der Bettfedern – wenn Beth nicht ganz sicher gewesen wäre, dass Charlie in ihrem eigenen Schlafzimmer schnarchte, hätte sie geschworen, dass Clare Sex hatte. Vielleicht waren die Träume der Frau ja von Gewissensbissen durchzogen, obwohl sich das Stöhnen nicht sehr reumütig anhörte.

Beth machte das Licht aus, wartete, bis sich die Augen an die Dunkelheit gewöhnt hatten, und ging wieder ins Bett.

Charlie hatte ihr einen schmalen Streifen von ungefähr zwanzig Zentimetern gelassen. Sie quetschte sich vorsichtig hinein. Ihr halber Hintern hing über der Kante, aber sie wollte Charlie nicht wecken. Sie klammerte sich tapfer fest und wartete darauf einzuschlafen.

»AAAAAAAAAAAH!«

Ein markerschütternder Schrei erschallte. Beth war sofort hellwach, ihr Herz klopfte wie verrückt.

»AAAGH – NEIN NEIN NEIN!«

»Oh, mein Gott!« Charlie setzte sich neben ihr auf. »Was um alles in der Welt war das?«

»GIB MIR EINFACH MEIN BESCHISSENES LEBEN ZURÜCK! DAS WAR ALLES DEINE VERRÜCKTE IDEE – DU HAST MICH MIT HIERHER GESCHLEIFT – DU BESCHISSENER PASSIV-AGGRESSIVER KONTROLLIERENDER MISTKERL!«

Es war die Stimme einer Frau, hasserfüllt und bösartig. Sie drang durch das schlafende Schloss wie ein übler Feueralarm.

Beth flüsterte: »Glaubst du, dass das Angela ist?«

»Mein Gott«, flüsterte Charlie, »Mrs. Rochester! Kein Zweifel, sie halten sie hier gefangen.«

»NIMM DIE FINGER WEG VON MIR – DU EKELST MICH AN –!«

Sie erblickten ihre schockierten Gesichter und ihre wilden Haare und schütteten sich beide plötzlich aus vor Lachen. Sie lachten und lachten, während Mrs. Rochester auf der anderen Seite des Flures ganz im Stil von Charlotte Brontës Roman »Jane Eyre« wilde Schreie ausstieß. Man hörte dumpfe Schläge. Porzellan wurde zerschmettert. Beth und Charlie lachten so laut, dass sie die Gesichter in den Kopfkissen verstecken mussten.

»NEIN! ES INTERESSIERT MICH EINEN SCHEISSDRECK, WAS JULIA DENKT – VERKNIFFENE BOTOX-KUH! HÖRST DU MICH, DU VERKNIFFENE BOTOX-KUH?«
Beth fiel plötzlich ein, wie sie früher auch so zusammen gelacht hatten, in ihren Ferien in Italien. Das Pärchen im Nachbarzimmer hatte extrem lauten Sex gehabt. Die Kinder waren noch klein, Beth und Charlie hatten Angst, dass sie aufwachen würden, und sie hatten sich aneinandergeklammert und ihre heimlichen Lachsalven erstickt.
Auf die Schreie folgte ein Wimmern, das allmählich leiser wurde und sich schließlich in der nächtlichen Stille verlor. Beth und Charlie hörten auf zu lachen, aber sie verwandelten sich nicht wieder in Fremde. Das war die andere Seite der Ferien – es gab diese Momente der großen Waffenruhe, die als Folge eines Notfalls auftraten.
»Ich habe zu viel getrunken«, murmelte Charlie. »Gott, ich fühl mich miserabel – warum sind französische Kopfkissen nur so verdammt hart? Mir brummt der Schädel.«
»Ich hol dir eine Aspirin.«
»Hmmm. Danke.«
Beth kletterte aus dem Bett, ging wieder ins Badezimmer und nahm zwei Schmerztabletten aus dem Ferien-Medikamente-Sortiment in ihrer Kulturtasche. Es gab nichts, wo sie Wasser hätte hineinfüllen können. Also nahm sie den großen Deckel der Mundwasserflasche.
In Clares Zimmer knarrte eine einzelne Diele, und Beth war sich sicher, dass sie gehört hatte, wie sich leise eine Tür schloss.

Kapitel 6

Da sieht aber jemand munter aus«, sagte Trevor. »Sagen Sie nicht, dass Sie es geschafft haben, ein wenig Schlaf zu bekommen.«

»Doch, danke«, sagte Clare. »Ich habe sehr gut geschlafen.«

Sie hob die Hand, um ihre Augen vor der grellen, fröhlichen Morgensonne zu schützen. Die große, kiesbedeckte Terrasse des Château Cornu sah hinreißend aus. Der Swimmingpool glänzte wie ein Saphir. Girlanden von dunkelroter Bougainvillea überdachten die runden Tische, die für das Frühstück einladend gedeckt waren. Clare atmete auf, als sie die vollbeladenen Teller mit frischen Croissants, Brioches, langen dünnen französischen Baguettes und die Würfel von weißer Butter auf einem Eisbett sah. Das war schon besser.

Der Sex letzte Nacht war großartig gewesen – leise, so wie Sharkey es versprochen hatte, abgesehen von ein paar befreienden Seufzern und gedämpftem Stöhnen. Es war nicht sentimental gewesen, und auch nicht verdorben durch die üblichen Schuldgefühle wegen der Ehefrauen, der Kinder und Haustiere, und doch war da so eine Art Zärtlichkeit. Danach, während des Geschreis, hatte er sie in seinen Armen gehalten. Sie hatte die Wange an seine Brust gelegt und zugehört, wie sein Herzschlag wieder die normale Geschwindigkeit annahm. Er hatte sich davongeschlichen, als sie gerade dabei war, in einen herrlichen Schlummer hinüberzugleiten, und ihr ›Gute Nacht‹ ins Ohr geflüstert. Clare war jetzt erfüllt und strahlte.

»Ich hatte eine entsetzliche Nacht«, sagte Trevor, während er fettige Krümel von seiner cremefarbenen Leinenhose aufsammelte. »Ganz abgesehen von dem nächtlichen Geschrei, glaube ich, dass meine Matratze früher einem indischen Fakir gehörte. Und dann noch Miles' Geschnarche –«

»Ich habe dich gewarnt«, sagte Miles. Er saß Trevor gegenüber und zeichnete mit einem Bleistift schnell auf einem großen weißen Block. Clare sah sich ihn genauer an. Letzte Nacht hatte sie sich nur einen flüchtigen Eindruck verschafft; sie hatte kein großes Interesse an Männern, die jünger waren als sie. Neben Charlie und Sharkey sah Miles unfertig aus. Er hatte feste Gliedmaßen und glänzendes braunes Haar. Seine großen braunen Augen hatten kindlich dicke Wimpern. Ihm fehlten die Spuren der Erfahrung, die Clare an älteren Männern so sexy fand.

»Was ist mit Ihnen?« Trevor drehte sich zum Nachbartisch um, an dem Sharkey mit einem dicken Buch saß. »Haben Sie einigermaßen geschlafen?«

Sharkey trug eine Brille und sah wie ein Schulleiter aus. »Nicht viel«, sagte er ernst.

Letzte Nacht hatte er ihr sehr zärtlich ins Ohr geflüstert: »Morgen früh benehmen wir uns beide, als wäre das hier nie passiert, aber ich möchte nicht, dass du glaubst, ich hätte es vergessen. Wenn ich dich ansehe und die Augenbrauen hochziehe, dann heißt das, dass du hinreißend aussiehst.«

Er lächelte Clare höflich und öffentlich an und zog kurz

die Augenbrauen hoch. Clare musste beinahe kichern. Sein Buch, stellte sie fest, war »Anna Karenina«. Sie hoffte doch, dass keine von Sharkeys verheirateten Liebhaberinnen unter einem Zug gelandet war.

Alick MacDuff kam mit einem Tablett auf die Terrasse. Er trug eine blaue Schürze. Er stellte Kaffeekannen und aufgeschäumte Milch auf die Tische.

Clare strahlte ihn an, wobei sie dachte, sie müsste versuchen mit dem Lächeln aufzuhören, weil sie sonst riskierte ziemlich albern auszusehen. »Wie es aussieht, haben Sie sich dem Personal angeschlossen.«

»Er ist das Personal«, sagte Trevor. »Jamie schläft offensichtlich noch – ganz der innovative Profi, der er ist.«

Alick nahm das leere Tablett unter den Arm. Sein schlecht geschnittenes lockiges Haar (warum wurde eigentlich keiner der MacDuffs mit seinen Haaren fertig?) stand in einem überraschenden braunen Büschel hoch. Alick sagte: »Bedient euch mit den Croissants und so weiter, ich hole noch Kaffee.«

»Übrigens, der Kaffee ist verdammt gut«, sagte Sharkey.

»Er wird Sie noch zum Präfekten ernennen«, sagte Trevor.

Sharkey ließ sein Buch sinken. »War das ein weiterer Schulleiter-Witz, Trevor? Haben Sie schon vergessen, was wir gestern Abend vereinbart haben? Keine Witze mehr – oder ich bin so frei und erwähne, dass Sie in diesem T-Shirt wie eine absolute Tunte aussehen.«

Miles prustete vor Lachen. Wie jung er doch war, dachte Clare; an seinen eigenen Schulleiter konnte er sich wahrscheinlich noch ziemlich gut erinnern.

»Entschuldigung«, sagte Trevor, »jetzt erinnere ich mich. Ich werde es hundertmal aufschreiben.«

Jetzt lachten alle, und unter dem Schutz des Gelächters nahm Clare an einem der kleinen Tische Platz. Sie konnte sich nicht zu Sharkey setzen. Frauen wie sie traten in der Öffentlichkeit immer allein auf. Sie nahm Alicks Roman zur Hand. Es war wirklich sehr fesselnd. Die Figur des Earl of Bothwell, von Alexandra MacDuff dramatisch entworfen, wirkte enorm sexy.
Clare blickte aus ihrer schattigen Ecke unter der Bougainvillea auf und sah Alick neugierig dabei zu, wie er am Nachbartisch vier Plätze eindeckte. Er sah aus, als wäre er der Betreiber eines alternativ angehauchten Cafés in einem provinziellen Kulturzentrum. Ihr angebeteter Vater, der gestorben war, als sie einundzwanzig war, hätte gesagt, dass Alick ein ›Weichei‹ sei, weil er eine Schürze trug und historische Romane schrieb. Er war tatsächlich genau die Art von nettem, nichtbedrohlichem Mann, den ihre Freundinnen heirateten. Clare fragte sich, ob sie einen nichtbedrohlichen Mann haben wollte. Und wenn nicht, was war dann los mit ihr? Hieß das, dass sie sich genau genommen bedroht fühlen wollte?
»Das gefällt mir richtig gut, wissen Sie«, sagte sie.
Alick blickte von seinem Tablett mit Tellern und Besteck auf. »Danke.«
»Ich wette, es verkauft sich gut.«
Er lächelte schüchtern. »Extrem gut, eigentlich – oh, entschuldigen Sie mich.«
Charlie war herausgekommen, mit seiner Frau und seinen Töchtern. Beth trug einen geblümten Kaftan, der einem Bettüberwurf ähnelte. Clare wartete auf den quälenden, stechenden Schmerz des elektrischen Zaunes, der sie immer traf, wenn sie ihren Geliebten in seinem Käfig sah. Aber nichts passierte. Sie war abgeklärt genug, um sie an-

zulächeln. Die vier setzten sich an den Tisch – eine typische griesgrämige Familie im Urlaub, die einem in jedem Ferienort auf der Welt begegnen konnte, von Mustique bis zu den Shetland-Inseln.

»Ich bringe Ihnen Kaffee.« Alick eilte davon.

Kaum war er gegangen, beugte Charlie sich zu Trevor hinüber. »Was ist hier los? Warum trägt Alexandra MacDuff eine Schürze? Himmel, was für eine Nacht! Haben Sie einen von den beiden heute Morgen schon gesehen?«

»Nein – bis jetzt sind sie noch nicht aufgetaucht.«

»Ich hatte richtig Angst, als Jamies Frau so geschrien hat«, sagte Bean. »Ich dachte, sie würde jemanden umbringen.«

»Bis jetzt können wir noch nicht ganz sicher sein, dass sie es nicht auch getan hat«, erwiderte Trevor.

Alle lachten wieder, aber sehr leise.

»Wissen Sie, sie hat das schon einmal gemacht«, sagte Trevor. »Als sie ihr Restaurant in Edinburgh betrieben, kam Angela mit brennender Kochmütze aus der Küche gestürmt und hat Jamie vor den Gästen angeschrien.«

»Warum lässt er sich das gefallen?«, fragte Clare.

Beth sagte: »Er muss sie sehr lieben.«

Die beiden sprachen fast zur selben Zeit.

»Er betet sie an«, sagte Trevor. Er senkte die Stimme dramatisch. »Aber, wenn Sie mich fragen, hat sie ihn nie wirklich geliebt – sie lässt ihn ständig spüren, dass sie ihn nur geheiratet hat, um über die Enttäuschung wegzukommen, dass ein anderer Mann ihr Herz gebrochen hat.«

Angus und Julia betraten die Terrasse, und alle schauten auf ihre Teller.

Angus trug ausgeleierte Khakishorts und ein weites Leinenshirt. Clare warf Charlie einen langen verstohlenen Blick zu; groß und schlank, mit wohlgeformten Muskeln, gelang es ihm, selbst in Badehose und einem einfachen T-Shirt eine gewisse Eleganz auszustrahlen – neben ihm sah der gute alte Angus wie ein Bündel Wäsche aus.

Julia trug ein hauchdünnes Kleidchen über ihrem Bikini und eine große Sonnenbrille wie ein Frontscheinwerfer. Die Worte ›Verkniffene Botox-Kuh‹ gingen allen durch den Kopf.

»Guten Morgen allerseits«, sagte Angus. »Oh, sieh nur, Liebling, mein Bruderherz hat uns die Ehre erwiesen – möchtest du ein Croissant?«

»Nein«, sagte Julia. »Ich bin zu erschöpft, um etwas zu essen. Seien wir ehrlich, niemand von uns hat heute Nacht auch nur ein Auge zugetan.«

»Liebling –«

»Glaubst du etwa, sie hätten es nicht gehört?« Julia ließ sich auf ihren Stuhl fallen. »Du kannst froh sein, dass niemand die Polizei gerufen hat.«

Angus straffte die Schultern und streckte die nackten Beine durch. Er schaute sich unter allen um. »Mein Bruder und seine Frau machen im Moment eine schwierige Zeit durch«, sagte er ihnen. »Ich weiß, dass ihm der – äh – Tumult von letzter Nacht sehr leid tut.«

Bean fing plötzlich an zu kichern.

»Jetzt ist alles okay«, fuhr er tapfer fort. »Und – äh – völlig unter Kontrolle. Wir wären Ihnen dankbar, wenn Sie den Vorfall vergessen könnten.«

Niemand konnte dem Mann dabei zusehen, wie er um den letzten Fetzen an Würde für seinen Bruder kämpfte, ohne davon berührt zu sein.

Beth fragte: »Ist sie okay?«

»Oh – oh, ja – ihr geht es gut.«

Clare widmete sich wieder ihrem Buch, konnte sich aber

nicht konzentrieren. Der Anblick von Charlies Familie gab ihr ein schlechtes Gefühl. Frühstück hatte etwas entsetzlich Intimes – alle waren schweigsam, zerknittert und leicht gereizt. Clare konnte nicht anders, als die längst vergangenen Morgenrituale ihrer eigenen Familie heraufzubeschwören. Freundliche Stille. Der Geruch von verbranntem Toast. Das Geraschel des *Daily Telegraph*. Für einen Moment war es erstaunlich, dass diese Szene nicht ewig währte und sie nicht dorthin zurückkehren konnte.

Charlie wie einen Fremden zu betrachten, der von seiner Familie umgeben war, führte dazu, dass sie sich völlig unbedeutend vorkam, sie hatte beinahe das Gefühl, gar nicht vorhanden zu sein. Und plötzlich kam es ihr merkwürdig vor, dass sie diesen Mann so sehr lieben konnte, wo sie doch von der Hälfte seines Lebens ausgeschlossen war.

Beth lehnte sich auf ihrem Stuhl zurück gegen das Leinenkissen im stickigen Schatten unter dem Sonnenschirm. Die Sonne brannte. Das Sonnenlicht spiegelte sich an jeder blanken Oberfläche wider. Träge streckte sie die Hand zu dem Kübel mit Lavendel aus und rieb eine der violetten Blüten zwischen ihren Fingern. Zum Lesen war es zu heiß. Ihr Buch »Die Mühle am Floss«, das sie seit dem College nicht mehr gelesen hatte, lag vor ihr auf dem Tisch.

Sie war allein. Scarly und Bean waren im Pool – vollgestopft mit gutem Essen, Gott sei Dank – und jammerten nicht länger, dass sie nach Hause wollten. Sie kreischten und plantschten, und Bean versuchte, Trevor und Miles dazu zu bringen, dass sie synchron schwammen. Zu sehen, dass die Kinder – zumindest für einen Moment – glücklich waren, nahm Beth eine wahnsinnige Last von den Schultern.

Charlie war wieder ins Bett zurückgestürmt. Er war erschöpft, sagte er, und wollte noch eine Runde schlafen, solange es ruhig war. Das war sein gutes Recht, aber Beth vermutete, dass es auch etwas damit zu tun hatte, dass Clare Chessil mit Alick in die nahegelegene Stadt gefahren war, um ihm beim Einkaufen zu helfen. Charlie verkroch sich oft im Bett, wenn er wütend war.

»Haben Sie etwas dagegen, wenn ich mich zu Ihnen setze?« Angus stand neben ihr und hielt zwei Tassen Kaffee in der Hand. Er setzte sich, ohne eine Antwort abzuwarten. »Ich dachte, Sie könnten das gebrauchen.«

Beth war zu Tränen gerührt. »Das ist so nett von Ihnen – aber Julia – wo ist sie überhaupt?«

»Julia hat sich wieder hingelegt«, sagte Angus.

Beth musste plötzlich lachen. »Charlie auch.«

»Ich habe die strenge Anweisung, sie erst kurz vor dem Mittagessen zu wecken. Sie hat sich Ohrstöpsel in die Ohren gesteckt.«

»Oh, da kann ich noch einen draufsetzen«, sagte Beth. »Charlie schläft mit Ohrstöpseln und einer Augenbinde – so einem Ding, das man in Flugzeugen bekommt – und mit einem Stöpsel in seinem Hintern, soviel ich weiß.«

»Ich höre Regungen der Rebellion anklingen«, sagte Angus.

»Bei mir geht es allerdings niemals über diese Regungen hinaus.« Sie nahm einen Schluck von ihrem Kaffee.

Für ein paar Minuten saßen sie in kameradschaftlichem Schweigen zusammen und blickten über die Steinbalustrade der Terrasse.

»Der Pool sieht einladend aus«, sagte Beth. »Vielleicht gehe ich später auch einmal hinein.«

»Ich muss vorher noch ungefähr eine Tonne Gebäck verdauen.«

»Scarly und Bean finden es klasse – sehen Sie sie sich an. Was so ein Pool ausmacht.«
»Mir ist aufgefallen, dass Miss Bean sich heute Morgen wesentlich weniger beschwert hat.«
Beth lächelte. »Sie hat kein Problem damit, ihre Gefühle nach außen zu tragen.«
»Warum sollte sie auch? Leute wie Ihre Bean –«
»Die geborenen Querulanten –«
»Ich wollte sagen, dass Leute, die es nicht einsehen, mit ihren Gefühlen hinterm Berg zu halten, immer glücklicher zu sein scheinen als Leute, die das tun.«
Sie lachten wieder beide. Beth lehnte sich auf ihrem Stuhl zurück, trank guten starken Kaffee und fühlte sich zum ersten Mal so richtig wohl.
Angus sagte: »Wo wir schon einmal davon sprechen, Gefühle nach außen zu tragen, ich hoffe, ich habe Sie gestern Abend nicht allzu sehr gelangweilt. Ich hatte ziemlich viel getrunken.«
»Eigentlich«, sagte Beth, »war es unterhaltsam. Es war die erste vernünftige Unterhaltung, die ich seit Wochen hatte. Wie geht es Ihnen? Ich meine, wie ist es?«
Er seufzte komisch. »Hundsmiserabel. Sie konnte nicht entspannen, solange ich mit im Bett lag, also landete ich irgendwann auf dem Fußboden. Es war die Hölle.«
»Sie Armer!«
»Und dann noch die ganze Sache mit Angela – Sie wissen schon – ›die verkniffene Botox-Kuh‹.«
Er fing plötzlich an zu lachen. »Das hört sich an wie der Name eines Pubs, oder nicht?«
»Obwohl mir Jamie ganz schön leid tut.«
»Genau das ist es, er tut einem so wahnsinnig leid. Er dachte, es würde sich ändern, wenn sie hierherzögen.«

»Das ist immer so eine Sache mit dem Auswandern«, sagte Beth traurig. »Die Leute erwarten unmögliche Dinge. Sie glauben, dass sie alles hinter sich lassen können, um andere Menschen zu werden. Und natürlich werden sie enttäuscht.«
»Was für eine vernünftige Einstellung. Ich hätte Jamie so etwas in der Art auch gesagt, aber er hat diese Halde – entschuldigen Sie, dieses wunderschöne Anwesen – hier gekauft, ohne jemanden um Rat zu fragen. Also kann ich jetzt nur noch das Beste daraus machen.«
»Sie haben recht«, stimmte Beth ihm zu. »Man muss halt gute Miene zum bösen Spiel machen.«
»Ja, genauso sehe ich es auch«, sagte Angus freundlich. »Ich wünschte, Julia würde sich ein wenig mehr bemühen. Sie – war mit meinen Brüdern noch nie einer Meinung.«
Beth sah, dass ihm das wehtat. Er wollte Trost. Sie legte die Hand flüchtig auf seine. Für einen Augenblick blieb die Zeit zwischen ihnen stehen.
»Ich muss sagen«, sagte Angus mit lebhafterer Stimme, »Ihre Mädels sind ganz reizend.«
Dieses altmodische, nach Lavendel duftende Kompliment amüsierte Beth. »Danke – das finde ich auch, naheliegenderweise.«
Sie warf einen sentimentalen Blick auf die Mädchen und war überrascht, wie perfekt das ganze Bild wirkte – wenn diese verfluchte, großmäulige Lizzie Parr sie jetzt nur sehen könnte. Die südliche Sonne brannte vom Himmel herunter auf die Fülle violetter und roter Blumen. Bean ließ sich auf dem Rücken treiben, ein langer, fauler Strich in einem knappen Bikini. Scarly saß in einer schattigen Ecke an der flachen Seite des Pools und ließ verträumt die Füße im Wasser baumeln.

Beth fühlte sich fast ein wenig beunruhigt wegen ihrer Schönheit. Scarly jammerte permanent darüber, dass sie zu fett sei, und versteckte sich unter sackartigen schwarzen Klamotten, aber jetzt schälte sich die kurvenreiche Figur eines 50er-Jahre-Sternchens aus all der Verhüllung.
Miles tanzte im Wasser um ihre Füße herum.
Angus grinste in sich hinein. »Dieser Junge ist nicht schwul, oder? Hoffentlich weiß Trevor das.«
»Manchmal«, sagte Beth, »kann ich es fast nicht ertragen, sie anzusehen, weil sie gar nicht wissen, wie schön sie sind – wie zerbrechlich alles ist. Sie sind wie Eier mit einer ganz dünnen Schale.«
Ein durchdringender Schrei drang aus dem Pool zu ihnen herüber. Es war Bean, sie schrie und schrie, als hätte sie schlimmste Schmerzen. Beth knallte ihre Tasse auf den Tisch und war im nächsten Moment am Pool.
»Oh, Scheiße! Scheiße! Das ist so beschissen ekelhaft!«
Bean war nicht verletzt. Sie kletterte wild um sich spritzend aus dem Wasser. Beth fing wieder an zu atmen. Dieser Schrei – es war schon erstaunlich, wie viele grauenvolle Bilder man in ein paar Sekunden der Panik packen konnte.
Eine große braune Ratte schwamm geschäftig im Pool herum – eigentümlich würdevoll, wie ein alter Herr im Serpentine-See im Hyde Park.
»Sie ist gerade einfach aus diesem Rohr herausgeplumpst! Scheiße!« Bean schluchzte und zitterte. Beth legte ihr ein Handtuch um die Schultern, beruhigte und bemutterte sie, wünschte sich aber auch, dass sie endlich aufhören möge, Scheiße zu sagen.
Mit der Ausstrahlung eines Menschen, der es gewohnt ist, das Kommando zu übernehmen, schnappte Angus sich das

Nylonfischernetz, mit dem man den Pool sauber machte. »Wir werden den Lümmel gleich los sein.«

»Mum, ich will nach Hause! Ich will nicht wo sein, wo es Ratten gibt!«

»Nun, Schätzchen, es ist nur eine Ratte, und die ist gleich verschwunden.«

Angus schwenkte das Netz über den Pool. Die Ratte schwamm aus seiner Reichweite. Er rannte auf die andere Seite, und wieder flüchtete die Ratte. »Die ist nicht doof«, erklärte er den Zuschauern. »Sie weiß, dass ich hinter ihr her bin.«

»Sie sind bekanntlich hochintelligent«, sagte Trevor. »Vielleicht sollten wir versuchen, vernünftig mit ihr zu reden.«

Bean klammerte sich an Beths Arm fest. »Was, wenn sie ins Haus kommen? Kann ich heute Nacht bei euch schlafen?«

»Sei doch nicht albern!« Beth versuchte so standhaft wie möglich zu bleiben, ohne zänkisch zu klingen. Diese Idee musste schon im Keim erstickt werden. Charlie fühlte sich auch ohne Beans Kleinkindallüren unbehaglich und unglücklich genug. »Im Haus gibt es keine Ratten.«

»Woher willst du das wissen?«

Sharkey hatte noch ein Netz gefunden und übernahm die andere Seite des Pools. Die Ratte merkte offenbar, dass sie verloren war. Beth bewunderte unfreiwillig den Mut dieses grässlichen Viehs, das so verzweifelt weiterschwamm, bis sich das Netz über seinem Kopf zusammenzog.

»Ich hab sie«, sagte Sharkey. Er hielt sein Netz hoch, sodass Beth leicht angeekelt sah, wie die gefangene Ratte hin und her zappelte. Angus, Miles und Trevor klatschten und jubelten. Beth und ihre Töchter blickten ernst drein.

»Ich kann mithelfen, sie zu beseitigen«, sagte Angus. »Sie ist unglaublich clever.«

»Oh, bitte!«, schrie Bean. »Bitte, töten Sie sie nicht!« Ihre Augen füllten sich mit Tränen, ihre Unterlippe zitterte, und sie hätte locker wieder sechs Jahre alt sein können.

»Ich fürchte, wir haben keine …«

»Natürlich werden wir sie nicht töten«, sagte Trevor bestimmt. »Mach dir keine Sorgen, Bean, wir werden ihr nichts zuleide tun, nicht wahr?«

»Wir können ihr ja eine Standpauke halten«, sagte Sharkey. »Oh, schon gut, wir werden unseren Blutdurst ausnahmsweise mal nicht herauslassen.« Er trug die Ratte zu dem dichten Laubwerk hinter dem Swimmingpool. Trevor lief hinter ihm her.

Beth mochte Trevor, weil er Bean mochte. Viele Leute, die sie in den Ferien kennenlernten, mochten sie nicht – aber es gab immer einen oder zwei, die ihr treu ergeben waren. Trevor war in diesem Jahr ganz klar das Opfer. Es war niemals die Person, von der man es erwartet hätte.

Sie lauschte ängstlich und hoffte, dass sie es irgendwie schafften, die Ratte zu töten, ohne Krach dabei zu machen, denn natürlich würden sie sie töten. Sie wollte, dass sie das taten. Wenn sie sie wirklich freiließen, käme sie wieder. Sie war erleichtert und empört, als die beiden Männer ohne das Netz wiederkamen.

»Alles erledigt«, sagte Trevor.

Angus sagte: »Gut gemacht. Und nach dieser Aktion brauchen wir alle frischen Kaffee.«

Hinter ihm schlurfte eine geschwächte Figur in einem weißen Frotteebademantel auf die Terrasse.

»Ah, Jamie!« Angus versuchte freundlich zu klingen. »Da bist du ja.«

Es gibt keine Stille, dachte Beth, die so tief ist wie die Stille intensiver britischer Verlegenheit. Jamie hatte ein blaues Auge und eine böse rote Beule auf der Nase. Er machte nicht einmal den Versuch, wie der Besitzer dieses Luxushotels auszusehen.

»Was ist hier los? Was war das für ein Geschrei?«

»Nichts Ernstes, alter Knabe.« Angus legte ihm den Arm um die Schultern und versuchte, ihn wieder hineinzuführen. »Unser kleiner Bruder ist zum Markt gefahren und besorgt etwas zum Mittagessen, also ist alles in Ordnung. Wir dachten, wir lassen dich noch ein wenig schlafen.«

Jamie bewegte sich nicht. Er sah sich um, als sähe er diesen Platz zum ersten Mal. »Angela schläft noch.«

Bean prustete heraus und vergrub das Gesicht in ihrem Handtuch. Beth versuchte, ihren Blick einzufangen, um sie anzufunkeln.

»Sie haben einen weiteren üblen Vorfall verpasst«, sagte Sharkey. »Wir haben gerade eine große Ratte beseitigt.«

»Ohne sie zu verletzen«, fügte Trevor schnell hinzu.

»Es sah so aus, als sei sie durch eins der Rohre in den Pool gelangt. Sie sollten etwas dagegen unternehmen. Ich bin nicht in den Urlaub gefahren, um als unbezahlter Kammerjäger zu arbeiten.«

»Am besten rufst du die Firma an, die den Pool installiert hat«, sagte Angus. »Wo sitzen die, Jamie? Was meinst du, können die heute noch kommen?«

Jamie lächelte ihn schief an. »Das bezweifle ich, sagte der Schreiner und vergoss bittere Tränen.«

»Wie bitte?«

»Ich habe sie nicht bezahlt.«

Sharkey fragte: »Haben Sie eigentlich überhaupt jemanden bezahlt?«

Jamie blinzelte ihn an und strich die Falten seines Morgenrocks glatt. »Es gab so viele zusätzliche Ausgaben, versteht ihr. Angela …«

»Komm schon«, unterbrach ihn Angus laut, »ich mache dir ein Eispäckchen für dein Auge.«

»Danke, das ist sehr nett. Sie – sie hat eine Lampe nach mir geworfen, versteht ihr?«

»Schon gut – du kannst dich in Ruhe anziehen, und wir kochen noch eine Runde Kaffee.« Er straffte die Schultern. »Der Pool wird so schnell wie möglich repariert, und das Mittagessen ist auch schon unterwegs. In der Zwischenzeit können wir alle das schöne Wetter genießen.«

»Ja, gute Idee«, sagte Trevor schneidend. »Das ist etwas, das noch nicht einmal er versauen kann.«

Kapitel 7

Clare amüsierte sich beinahe. Für eine ganze Weile vergaß sie das Elend rund um Charlie. Sie saß in einem klimatisierten Auto und schaute hinaus auf die Hochlandweiden oberhalb der steilen Berghänge, an denen der Wein in ordentlichen Reihen wuchs. Sie fuhren durch malerische mittelalterliche Dörfer, wo selbst der Mann, der vor seiner winzigen Werkstatt seine ölige Hand abwischte, in einem Zustand ewiger Glückseligkeit zu schweben schien.

»Ich weiß, warum die Briten so schlecht über die Franzosen sprechen«, sagte sie. »Ganz offensichtlich, weil sie eifersüchtig sind. Warum kommen wir nicht einfach hierher und bewundern das? Dieses Land ist viel schöner als unseres. Die Landschaft ist schöner, das Wetter ist besser, das Essen ist besser, und soviel ich weiß, ist auch der Sex besser. Stellen Sie sich vor, Sie hätten jeden Tag diese Aussicht, wenn Sie aus dem Fenster schauten. All Ihre Sinne würden auf der Stelle zum Leben erweckt. Kein Wunder, dass viele Leute davon träumen hierherzuziehen.«

»Ich für meinen Teil bin mir allerdings nicht sicher, ob ich den Rest meines Lebens auf dem Land verbringen könnte«, sagte Alick. »Zurzeit lebe ich in den schottischen Highlands. Der Blick aus meinem Fenster ist atemberaubend, und alle erzählen mir immer, was für ein Glück ich doch habe. Sie haben keine Ahnung, wie langweilig das sein kann.«

»Oh, keine Sorge, ich höre schon auf, über die Freuden des Landlebens zu reden. Ich bin am Arsch der Welt aufgewachsen und konnte nicht schnell genug wegkommen.«

»Wo denn genau?«

»Lincolnshire.«

»Plattes Land, habe ich gehört.«

»Eigentlich hat das sogar einen gewissen Charme. Der Himmel ist überwältigend.«

»Vorsicht, wenn Sie das so erzählen, hört sich das gefährlich attraktiv an.«

»Die Aussicht ist ja nicht alles. Es ist der langweiligste Ort auf der Welt. Wenn man auf dem Land lebt, kann man nicht einfach machen, was man will. Wenn man nicht sehr einsam sein möchte, muss man so tun, als würde man die Konservativen und Pferde mögen. Das ist ziemlich anstrengend.«

Alick lächelte. »Bei mir ist es so verdammt einsam, dass ich ein Pferd oder sogar einen Konservativen mit offenen Armen empfangen würde.«

»Warum bleiben Sie dann da?«

»Ich hatte ehrlich gesagt bis jetzt keine andere Wahl. Vor ein paar Jahren habe ich meinen Job verloren, und meine Ehe ging in die Brüche. Wenn Angus mich nicht in seinem Ferienhaus hätte wohnen lassen, wäre ich obdachlos gewesen.«

Irgendwo in ihrem Kopf hörte Clare das Wort ›Versager‹. Sie schämte sich, aber es war da. Wenn ein Mann Anfang vierzig alleine war, stimmte mit ihm in der Regel etwas nicht. Armer Alick. Besser nicht fragen, welche Katastrophe ihn den Job und die Ehe gekostet hatte. Die MacDuffs schienen mit Frauen nicht sehr viel Glück zu haben. »Was hält Julia von dieser Abmachung?«

»Sie nimmt es ihm übel – ist aber so frei, mich als unbezahlten Hausmeister zu benutzen.«

»Das kann ich mir gut vorstellen. Entschuldigen Sie, ich hätte nicht fragen sollen, aber Ihre Familien-Seifenoper ist so unterhaltsam.«

Alick war nicht verletzt oder verlegen. »Na ja, wenigstens haben Sie ja dann doch etwas von Ihren Ferien.«

»Sie mögen Julia nicht, oder? Nicht, dass Sie unhöflich wären. Gerade Ihre perfekte Höflichkeit ist es, die Sie verrät.«

Jetzt war er verlegen, aber er lachte. »Um ehrlich zu sein, hat sie mich nie besonders gemocht. Als ich an der Universität gearbeitet habe, wurde ich so gerade noch akzeptiert, aber sie kann es nicht ertragen, dass sie einen geschiedenen, arbeitslosen Versager in der Familie hat.«

Clare schämte sich wieder, weil sie gerade dabei erwischt worden war, dass sie mit Julia einer Meinung war.

»Was ist mit Ihrem Roman?«

»Julia hat sich noch nicht ganz entschieden, was sie davon halten soll. Sie braucht immer ein bisschen, bis sie Unerwartetes verdaut hat.«

Sie waren in der von Mauern umgebenen mittelalterlichen Stadt angekommen. Alick parkte den Wagen in einer engen Straße in der Nähe des Marktplatzes. Sobald sie die Türen öffneten, schlug ihnen die Hitze entgegen.

Clare betrachtete die alten Stadtmauern, die Linden rund um den Marktplatz, die Stände, die mit Pyramiden von Obst und Gemüse vollgepackt waren, Leute, die gutmütig umherliefen wie Komparsen in »Jean de Florette«. Der Ort war auf eine schonungslose, eitle Art großartig. Er verfügte

über all die französischen Accessoires, wie sie im Buche stehen – eine Kirche mit Wasserspeiern am Dach, einen Polizisten, der aussah wie Jacques Tati mit einer Pistole, ein Straßencafé mit einem anmutigen Kellner. »Das ist ja wundervoll«, sagte sie zu Alick. »Ich habe zum ersten Mal das Gefühl, dass ich wirklich in Frankreich bin.«
Eine Frau eilte an ihnen vorbei und sagte laut: »– und um Himmels willen, tu diese Wurst in den Kofferraum – sie stinkt ...«
Sie mussten beide lachen. Clare sagte: »Die ganze Welt verwandelt sich in einen englischen Vorort. Ich hoffe, dass wir bald mal einen Franzosen zu Gesicht bekommen. Wo fangen wir an?«
»Das ist wirklich nett von Ihnen.« Alick blieb neben einer langen Reihe von reifen Käselaibern stehen. »Soweit wie ich das sehe, schließt hier in ungefähr einer Stunde die ganze Stadt und macht bis Weihnachten nicht mehr auf. Wir sollten besser auch etwas für das Abendessen einkaufen, solange wir hier sind.«
»Wird Angela imstande sein zu kochen?«
»Wahrscheinlich nicht. Das wird wieder an mir hängen bleiben, und Sie haben ja gestern Abend gesehen, was dabei herauskommt. Wir müssen uns wohl für ein paar Tage mit Salat und Käse begnügen. Lassen Sie uns mit dem Käse anfangen, bevor die Gerüche uns in die Knie zwingen.«
Er kaufte ein, ernst und verschwenderisch. Sie füllten ihre Taschen mit cremigen Brie-Rädern, Ziegenkäse-Blöcken und schrumpeligen Camembert-Kreisen.
Sie stellten sich beim Bäcker an, um riesige Laiber französischen Brotes und glänzende Obsttörtchen zu kaufen. Sie beluden das Auto mit Salaten, frischen Kräutern, Obst und Gemüse. Es war unglaublich heiß. Clare spürte, wie

ihr der Schweiß durch die Haare lief und sich unter ihren Brüsten sammelte. Alick hatte feuchte Flecken auf seinem verwaschenen blauen T-Shirt. Man fühlt sich besser, dachte Clare, wenn man nicht ständig versucht so auszusehen, als würde man nicht schwitzen.

Als der Kofferraum und der Rücksitz mit Proviant vollgestopft waren, setzten sie sich schließlich an einen der Café-Tische unter den Linden, und Alick bestellte zwei frischgepresste Zitronensäfte.

»Dieses Getränk schmeckt nur in Frankreich«, sagte Clare. »In der französischen Hitze – Gott, ist es nicht drückend?«

»Unglaublich.«

»Ganz das Gegenteil von den schottischen Highlands, nehme ich an.«

»Ja.« Alick war plötzlich verlegen. Clare beobachtete, wie er sich durch die Haare fuhr, und fragte sich, was los war – auch wenn er ein sehr unkomplizierter Begleiter war, hatte es zwischendurch auch Momente der Befangenheit gegeben.

Er räusperte sich. »Schauen Sie, ich muss Ihnen etwas sagen. Ich würde es normalerweise gar nicht erwähnen, aber wo wir schon in demselben Haus wohnen – wissen Sie, ich habe Sie gestern auf dem Flughafen gesehen. Sie und Charlie Jennings.«

»Oh«, sagte Clare. »Oh.« Sie fühlte sich schuldig, schämte sich und war wütend auf sich selbst, weil sie so empfand. In diese Ferien zu fahren, war so eine dumme, dumme Idee – wie konnte sie sich nur einbilden, dass es niemand bemerken würde.

»Es war in dem Buchladen. Sie – nun, ich fürchte, ich habe Sie weinen sehen. Und dann kam Charlie rein und – na ja, es war ganz offensichtlich, dass Sie beide ein ziemlich ernsthaftes – Sie wissen schon – Verhältnis miteinander haben. Und dann stellte sich heraus, dass Sie an denselben Ort fahren wie ich.«

Clare hatte sich noch nie in einem so traurigen Licht gesehen – der Seitensprung, der seinem Liebhaber in einen Urlaub mit der Familie folgt. Das große Rätsel war, warum ihr plötzlich zum Lachen zumute war.

»Ich wollte, dass Sie wissen, dass ich das weiß, wenn Sie mir folgen können – und Ihnen versichern, dass ich nichts sagen werde, um Ihre Situation nicht noch schlimmer zu machen.« Er war sehr ernst.

»Meine Situation?« Jetzt konnte sie nicht lachen.

»Es muss – das kann doch keinen Spaß machen.«

»Sind Sie gerade dabei, mir zu sagen, was Sie von Frauen halten, die etwas mit verheirateten Männern haben?«

»O Gott, nein, das ist das Letzte – schauen Sie, es tut mir leid, wenn ich Sie in Verlegenheit gebracht habe. Ich musste Ihnen das sagen.«

Sie seufzte. »Ja, natürlich. Es tut mir leid, dass ich Sie angeblafft habe. Es ist nur so, dass viele Leute das, was Sie ›meine Situation‹ nennen, persönlich nehmen. Sie hatten entweder einen untreuen Partner oder sie waren selber untreu.«

»Die Betrogenen und die Betrüger«, sagte Alick nachdenklich.

»Ich nehme an, dass die meisten Leute sich schon einmal auf der einen oder anderen Seite befunden haben.«

»Na ja, durchaus. Aber ich habe es nicht darauf angelegt, Charlie von seiner Frau wegzulocken. Ich habe mich in ihn verliebt.«

»Bitte, ich will hier nicht über Sie richten. Es hat nur irgendwie verhindert, dass wir offen miteinander sprechen. Wenn es Ihnen ein Trost ist, mir ist das jetzt sehr peinlich. Ich hätte es nicht erwähnen dürfen.«

Clare lachte. »Ich bin froh, dass Sie es getan haben. Es ist viel zu heiß zum Lügen.«

»Diese Brise tut aber gut, oder? Lassen Sie uns noch etwas trinken, bevor wir in das Schloss des Verderbens zurückkehren.«

Clare mochte dieses typisch britische Taktgefühl, das eine potenziell unangenehme Unterhaltung auf das Wetter lenkte. »Ich übernehme das. Sie haben heute Morgen schon genug ausgegeben, und ich bezweifle, dass Sie auch nur einen Cent zurückbekommen.«

»Nein, es sieht nicht so aus. Jamies Finanzen sind ein bisschen durcheinander.«

Die Getränke kamen, das Lüftchen wurde stärker und wehte Clare die Haare ins Gesicht. Zuerst war die Kühle angenehm. Sie ließ sie über sich wehen und wünschte sich, nicht in dieses elende Château zurückkehren zu müssen, wo sie doch nur von dem Anblick des Mannes, den sie liebte, im Schoße seiner Familie gequält wurde.

Die Temperatur fiel weiter. Das Lüftchen hatte sich in einen Wind verwandelt, der die Äste über ihnen tanzen ließ. Graue Wolken waren am Horizont aufgezogen wie eine wütende Meute. Dicke Regentropfen fielen auf den Staub. Alick und Clare rannten zum Wagen zurück und erreichten ihn, kurz bevor der Regen sich in eine Sintflut verwandelte.

»Das war knapp«, sagte Alick. »Sind Sie okay? Sie zittern ja.«

»Es ist auf einmal ziemlich kalt geworden.«

»Hat Charlie vor, seine Frau zu verlassen?«

»Ich – entschuldigen Sie?« Clare nahm an, dass sie sich verhört hatte.
Alick machte den Motor nicht an. Er saß da und schaute auf seine Hände, während der Regen auf das Dach prasselte und an den Fenstern hinunterlief. »Hat er Ihnen erzählt, dass er seine Frau verlassen wird?«
»Wir lieben uns«, sagte Clare. »Und wir planen, die Zukunft miteinander zu verbringen.«
»Ich glaube, dass er das will«, sagte Alick, »aber ich glaube nicht, dass er es auch tun wird.«
»Oh, wirklich? Warum nicht?«
»Die Frau und die Töchter werden sich nicht in Luft auflösen, das ist alles. Er ist Teil eines Bündels.«
Und wieder, ohne zu wissen, warum, wollte Clare lachen. »Was ist das hier, die Warnung eines Hellsehers?«
Er ließ den Motor an. »Ich finde einfach, dass Sie etwas Besseres verdient haben, das ist alles.«

»Was muss denn noch alles passieren, bevor ihr aufgebt und uns nach Hause fahren lasst?«, fragte Bean. »Wartet ihr noch auf einen Mord?«
Charlie lachte grimmig. »Das Opfer wäre wohl Jamie, und wir wären alle verdächtig.«
»Ein Mord würde die ganze Sache noch verzögern«, warf Scarly ein. »Wir müssten alle tagelang hierbleiben, bis Hercule Poirot oder wer auch immer den Mörder fände.«
»Für das Wetter kann man Jamie nicht verantwortlich machen«, meinte Beth klarstellen zu müssen.
Die vier wischten den nassen Parkettboden im Salon. Das Wasser tropfte von der Decke in drei Plastikeimer.

Beth kam der Notfall im Château ganz gelegen, denn er gab dem Notfall ihrer Ehe einen gewissen Aufschub. Ein allmächtiges Donnern hatte Charlie geweckt, und er war sofort heruntergekommen, um mit den anderen Männern herumzurennen und Anweisungen zu geben. Er hatte die Möbel von den Wassertropfen weggerückt und die Eimer in einem der Küchenschränke gefunden. Er genoss das Ganze, und Beth stellte fest, dass es ein schlimmer Wirbelsturm war, der für niemanden etwas Gutes bedeutete. Hier waren sie, alle vier, und arbeiteten glücklich zusammen, so als hätte Clare niemals existiert – als wäre das hier nichts weiter als eine dieser vergnüglichen Ferienkatastrophen, die einem ganzen Jahr die Würze gaben.

Jamie betrat den Raum mit zwei bemoosten Holzscheiten unter dem Arm. »Ich dachte, ich mache ein Feuer.« Das blaue Auge machte die vorgespielte Würde nur umso herzergreifender.

»Was für eine gute Idee«, sagte Beth ermutigend. »Es ist ganz schön kalt geworden.«

»Vielen Dank, dass ihr – ihr wisst schon – all das hier macht.«

»Keine Ursache.«

»Im Gegenteil, wir unterhalten uns bestens«, sagte Charlie. »Sagen Sie, Jamie, haben Sie irgendetwas an diesem Ort gemacht, seit Sie ihn gekauft haben? Das Dach ist ja das reinste Sieb.«

»Wir haben das Dach des alten Flügels repariert.« Jamie hievte ein Holzscheit auf den Kaminrost. »Das war vorrangig – da waren Tauben im Dachboden.«

»Das erklärt auf jeden Fall den Gestank«, sagte Bean. »Taubenscheiße.«

Die beiden Mädchen kicherten.

»Trevor und Sharkey haben es geschafft, die schlimmsten Löcher oben zu stopfen, also müsste es auch hier jeden Augenblick aufhören.«

»Und die Schlafzimmer sind noch einmal verschont worden«, sagte Beth in dem Bemühen, Trost zu spenden.

»Ja – außer dem von Julia und Angus, bedauerlicherweise.« Jamie kniete auf dem Kaminvorleger. Er riss nach und nach Seiten aus dem Tatler heraus, offensichtlich als Anzünder. »Julia ist davon wach geworden, dass Wasser auf ihren Kopf tropfte.«

»Sie schmolz dahin«, sagte Charlie.

Die Mädchen kicherten wieder und Beth auch. Sie fing aber beinahe auch an zu weinen, weil Charlie so liebenswert sein konnte – der Mann, dem es Spaß machte, alle zum Lachen zu bringen. Diesen Charlie hatte sie schon eine ganze Weile nicht mehr gesehen. Er wischte kräftig und brachte seine Töchter zum Quieken, indem er den nassen Mob über ihre nackten Füße flitzen ließ.

Beth bemerkte plötzlich, dass Bean nicht die lilafarbene Strickjacke von Marks & Spencer trug, die sie ihr geliehen hatte (natürlich war Bean nicht auf die Idee gekommen, selbst etwas Warmes einzupacken). Stattdessen war ihre schlaksige Figur in etwas Großes, Weiches und Blassblaues gehüllt. Beth dachte, dass sie furchtbar süß aussah – und Momente von reiner Bean'scher Anmut waren heutzutage eher selten.

»Wo hast du das her?«

»Das ist von Trevor«, sagte Bean.

»War die Strickjacke nicht warm genug?«

»Nein, und er hat gesagt, dass die Farbe mir nicht steht.«

»Du siehst ausnahmsweise sehr gut aus«, sagte Charlie.

»Ich habe dir doch gesagt, Beanie, dass du auf Trevor hö-

ren sollst«, sagte Scarly. »Sein Geschmack ist viel besser als deiner.«
Beth wischte sich ihren Weg über den Boden zu Bean, um mit der Hand über einen ihrer Ärmel zu streichen. »Das muss teuer gewesen sein – bekleckere dich nicht, hörst du?«
»Scheiße, Mum, ich bin keine vier mehr.«
Ich kann es nicht ertragen, das alles zu verlieren, dachte Beth, was wäre ich bloß ohne all das?
Aber dann musste Alick alles zerstören, indem er Clare Chessil zurückbrachte, anstatt sie über den Rand der nächsten Schlucht zu stürzen.
In dem Moment, in dem Clare klitschnass und mit Plastiktüten beladen die Halle betrat, spürte Beth, wie sich Charlies Aufmerksamkeit von ihr abwandte – ein physischer Schmerz, so als würde man ein Pflaster abreißen.
»Ist hier irgendjemand, der sich um das Mittagessen kümmert?« Julia tauchte am oberen Ende der Treppe auf und trug einen von Angus' Pullovern (selbst in dieser Situation war Beth aufmerksam genug, um festzustellen, dass Julia nicht zu der Sorte von Frauen gehörte, die in einem Männerpullover reizvoll aussahen; wie grotesk, dass Frauen selbst in größter Verzweiflung noch imstande waren, die Klamotten einer anderen Frau zu kritisieren).
»Clare und ich waren gerade weg, um es zu besorgen«, sagte Alick.
»Oh. Aber Angela wird es wohl kaum schaffen, es zuzubereiten.«
»Wir brauchen Angela nicht – es gibt nur Brot, Käse und Salat. Es könnte kaum einfacher sein. Vielleicht hast du Lust, es uns anzurichten.«
»Was?«
»Ich sagte, vielleicht …«

»Ich?« Julia war außer sich.
»Nun, du bist Jamies Schwägerin, und wir sind hierhergekommen, um zu helfen, oder nicht?«
»Ich habe schon genug geholfen, vielen Dank. Ich habe zugesehen, wie mein Mann sein Geld für dieses Projekt hier zum Fenster hinausgeworfen hat – und jetzt kommst du auch noch damit, dass ich das verdammte Mittagessen machen soll!«
Automatisch schauten alle Alick an, so als warteten sie darauf, dass er zurückschlüge. Er sagte aber nichts.
»Und du – du hättest besser das Geld, das du mit diesem Buch verdient hast, für etwas Sinnvolles ausgeben sollen – wie zum Beispiel eine eigene Wohnung –, oder hast du vor, für immer in unserem Ferienhaus zu bleiben?« Julia stieß einen wütenden Seufzer aus und rannte wieder nach oben. Dann hörte man eine Tür knallen.
»Oje«, sagte Jamie. »Das hat gesessen!«
Scarly und Bean schauten sich verdutzt an und brachen in Gelächter aus. Beth sah, dass Clare sich bemühte, nicht zu lachen, und diese kleine Geste, die Respekt für Alicks Gefühle ausdrückte, genügte, um Charlies Eifersucht überkochen zu lassen.
»Ein Punkt für Julia«, sagte er zu Alick. »Warum sollte sie helfen? Warum sollte überhaupt jemand von uns helfen? Ich habe ein kleines Vermögen ausgegeben, um das große Vergnügen zu haben, den Boden zu wischen, und Sie haben Clare dazu gezwungen, einkaufen zu gehen – im strömenden Regen.«
»Ich bin nicht gezwungen worden, was auch immer das heißen soll«, sagte Clare. »Die Stadt ist absolut bezaubernd. Und als wir losgefahren sind, war das Wetter noch schön.«

Sie nahm Alick in Schutz, und Charlie hasste das. Beth sah einen Ausdruck auf seinem Gesicht, den sie als echten Schmerz kannte, und plötzlich wusste sie, wie furchtbar diese absurde Szene für ihn sein musste – ein romantischer Mann, ein leidenschaftlicher Mann, der eigentlich vorgehabt hatte, diese Woche in den Armen der Frau zu verbringen, die er anbetete.

»Es geht ums Prinzip«, sagte er scharf. »Wir sind keine Gäste, die höflich zu unserem Gastgeber sein müssen. Wir sind zahlende Kunden, die zufälligerweise ein furchtbar schlechtes Geschäft gemacht haben.«

»Liebling«, sagte Beth. Armer Mann – armer ehebrecherischer Schuft von einem Mann – in gewisser Weise blutete ihr Herz für ihn. Wenn er sich sehen könnte, wie er um diese Frau herumscharwenzelte und seine Hände ganz offensichtlich zuckten, um Alick eine runterzuhauen. Die Mädchen hatten aufgehört zu lachen und starrten ihn unsicher an.

»Was?«, schnauzte er, ohne sich umzudrehen. »Was gibt's?«

Beth sah, was Charlie nicht sehen konnte, dass Clare irritiert war durch die unfreundliche Art, in der er mit ihr sprach. Schau genau hin, dachte sie säuerlich, das ist die andere Seite des Mannes in der Midlife-Crisis, die Seite, die man nie zu sehen bekam.

»Ich gehe nach oben und ziehe meine Jeans an.« Beth stürmte aus dem Raum. Sie ertrug es nicht mit anzusehen, wie er sich zum Affen machte. War es ihm egal, dass seine Töchter ihn beobachteten?

Beths Oberschenkel waren mit Gänsehaut überzogen. Im Schlafzimmer zog sie ihre Strickjacke aus und stellte plötzlich fest, wie fürchterlich sie in dem geblümten Kaftan ausgesehen haben musste. O Gott, sie sah aus wie eine gebrechliche alte Dame in einer Klinik – alles, was noch fehlte, waren Pantoffeln und rotblaue Knöchel. Sie wühlte in ihrem Koffer (er war immer noch nicht ausgepackt, und die Pilzinfektionstabletten vom letzten Urlaub befanden sich noch in der Vordertasche) und zog eine Jeans heraus, die sie für den Fall mitgenommen hatte, dass es kalt werden würde. Bean nannte sie ›deine Alte-Dame-Jeans‹, weil es eine Schlupfhose mit Stretchbund war, aber sie war zumindest besser als der Kaftan.

Charlie kam ins Zimmer, während Beth immer noch in ihrem grauen BH vor dem regenverhangenen Fenster stand und versuchte, sich zwischen zwei T-Shirts zu entscheiden, die ihr jetzt furchtbar schäbig vorkamen.

»Hosen«, sagte er als Erklärung.

Zum ersten Mal hatten sie getrennte Koffer gepackt. Charlie fand seine Jeans. Er zog seine Badehose aus. Beth sah seinen Penis und seine Hoden unter dem Saum seines T-Shirts tanzen. Er fand eine Unterhose und zog sie an, als ob er einen Groll gegen sie hegte.

»Die Scheißfamilie«, sagte er.

»Meinst du die MacDuffs?«

»Natürlich meine ich diese verdammten MacDuffs!«

Tränen traten Beth in die Augen. »Es gibt keinen Grund«, sagte sie ruhig, »in diesem Ton mit mir zu reden.«

»In welchem Ton?«

»Hör dich doch an«, zischte sie.

Charlie hielt inne, während er sich den Hosenschlitz zuknöpfte, und schaute Beth an. Für einen Augenblick waren sie beide still.

»Entschuldige«, sagte er. »Ich bin – ein bisschen genervt.«

»Du bist wütend, weil Alick MacDuff so offensichtlich auf Clare abfährt.«

»Oh, das gefällt dir, oder?« Sein Zorn ging wieder mit ihm durch. Er brauste auf: »Du siehst, dass ich unglücklich bin, und genießt es.«
»Warum sollte Alick nicht auf Clare stehen? Er ist Single.« Sie machte eine kurze Pause und genoss hinterhältig ihren Vorteil. »Und sie ist es auch.«
Charlies Stimme zitterte. »Das sehe ich nicht so.« Er musste sich sehr anstrengen, ruhig zu bleiben. »Solange die Situation nicht geklärt ist, ist sie kein Single. Und sie hat diesen Fiesling sicherlich nicht ermutigt. Eine Frechheit von ihm zu glauben, er könnte eine Frau wie Clare abschleppen.«
»Ja«, sagte Beth. »Aber er hat den großen Vorteil, dass er nicht verheiratet ist.«
»Ich bin ein Scheißkerl, okay? Ich weiß, dass ich das bin – ich weiß, dass ich mich entsetzlich benehme –, aber ich lasse mir von deiner konventionellen Einstellung keine Fesseln anlegen. Ich lasse mich nicht damit unter Druck setzen, was der Rest der Welt denkt. Mir ist es egal, was die anderen von mir halten – du oder Lizzie Parr oder das ganze Nachbarschafts-Beobachtungs-Komitee!« Er ergriff den hölzernen Bettpfosten und atmete tief durch, um sich zu beruhigen. »Ich lasse nicht zu, dass meine Gefühle für Clare herabgewürdigt und lächerlich gemacht werden!«
»Oh, wie dramatisch«, sagte Beth. »Ich hab dich erwischt.«
»Du fährst wirklich drauf ab, dich moralisch turmhoch überlegen zu fühlen, nicht wahr? Wie ist das Wetter da oben?«
»Deine Gefühle sind peinlich, Charlie, und lachhaft – und eigentlich weißt du das, sonst würdest du nicht deine Gesetzestafel-Stimme auflegen. Du hast dich in eine jüngere Frau verliebt, weil du dich durch sie jünger fühlst.« Die

T-Shirts fielen ihr kläglich auf den Schoß. Sie blickte hinaus auf die verregnete Landschaft. »Vor zehn Jahren hast du deinen ersten Aufstand gegen das Älterwerden veranstaltet, indem du dich in Diane verliebt hast. Keith Parr hat sich eine elektrische Eisenbahn gekauft.«

»Keith Parr? Was hat der denn damit zu tun?«

»Alles, was ich sagen will, ist, dass die elektrische Eisenbahn sein Ventil war. Diane war deins. Und Clare ist die nächste Station auf deinem Weg ins Grab.«

»Oh, um Himmels willen!« Gegen seinen Willen musste Charlie darüber lachen. »Was ist dann wohl Keiths nächste Station? Ein neues Weichenstellwerk?«

Beth lächelte, und dann lachten beide und stellten mit Erleichterung fest, dass sie nun einlenken konnten.

»Es tut mir leid«, sagte Charlie, »ich möchte dich nicht unglücklich machen.«

»Ja, ich weiß.« Das stimmte, Beth war sich darüber im Klaren, dass seine Wut auf sie einem gewissen Schuldgefühl entsprang. Sie zog sich ein T-Shirt über den Kopf. Er wollte sie nicht unglücklich machen, aber, Herrgott nochmal, er machte es. Sie war so unglücklich wie der traurige Blick aus dem Fenster. Charlie war es auch. Sie konnten nichts dagegen tun. Es war zu spät.

Kapitel 8

»Ich muss mit dir reden!« Charlies heiße Finger schlossen sich um ihr Handgelenk.
»Worüber?«
»Muss es etwas Spezielles sein?« Er war gekränkt. »Ich möchte einfach wieder bei dir sein. Und zwar ohne dass dieser verdammte Mann um dich herumscharwenzelt.«
»Welcher Mann? Meinst du Alick?«
»Ja. Mir zuliebe musst du einen Weg finden, um ihn abblitzen zu lassen.«
Clare war erleichtert, was dazu führte, dass sie kichern musste. »Oh, mein Gott! Du glaubst doch nicht ernsthaft, dass ich auf ihn abfahre?«
»Ich weiß es nicht, weil ich keine Gelegenheit habe, mit dir zu reden, ich wage ja kaum, dich anzusehen. Ich kann es nicht ertragen mit anzusehen, wie Alick sich benimmt, als wärst du zu haben – als hätte er das gottgegebene Recht, dich zu verführen, nur weil er auch noch frei ist.«
Clare entschied, Charlie nicht zu erzählen, dass Alick über sie Bescheid wusste. Sie hatte Charlies Aufregung an diesem Abend mehrfach bemerkt. Warum sollte sie es noch schlimmer machen? Er war sehr attraktiv und sehr unglücklich, und er liebte sie. Mit einem zärtlichen Gefühl

führte sie ihn über den Marmorboden in den Speiseraum. In dem verlassenen, nach Mauerschimmel riechenden Raum waren die Lichter ausgeschaltet. Der Duft von Speck und Eiern zog herein. Angela war immer noch unpässlich. Angus war Meilen zu einem großen Supermarkt gefahren, und sie hatten alle ein ordentlich gebrutzeltes Pfannengericht genossen. Große Mengen von gesättigten Fettsäuren versetzten die Briten eindeutig in eine bessere Stimmung. Alle außer Charlie hatten bessere Laune.

In dem dunklen Raum legte er die Arme um sie. Draußen heulte der Wind, und der Regen tanzte.

»Du stehst nicht auf ihn, oder?«

»Mal ehrlich, Charlie, wie kannst du mich das fragen? Du weißt doch, was ich für dich empfinde.«

»Ich habe Angst und mache mir Sorgen, dass du dich mit einem Mann zufriedengeben könntest, der dich nicht warten lässt.«

»Einem Barzahler«, sagte Clare, »an Stelle von jemandem, der erst einen anderen Besitz verkaufen muss.«

»Clare! Bitte mache darüber keine Witze, Liebling.«

»Entschuldige.« Das war nicht nur witzig gemeint. Die Verbitterung tauchte manchmal auf, wenn sie sich fragte, was er für sie zu tun bereit war.

Jenseits des Flurs öffnete und schloss sich die Tür zum Salon. Eine von Charlies Töchtern lachte und murmelte etwas Undeutliches. Füße rannten flink die Treppe hinauf. Clare spürte Charlies Enttäuschung, als er sie langsam losließ. Aber er hatte sie losgelassen. Er konnte sie loslassen. Ihr wurde klar, dass es seine Wahl war. Er hatte sich nicht für sie entschieden.

»Ich gehe ins Bett«, sagte sie. »Es ist schon fast Mitternacht.«

»Ja, du hast recht, das hier ist lächerlich riskant – geh du zuerst, ich komme nach.«
Clare hatte einen ihrer seltsam verrückten Momente, in denen das Leben sich in einen Film zu verwandeln schien. Sie waren ehebrecherische Liebende, derart klischeehafte Charaktere, dass sie nicht anders agieren konnten als nach althergebrachtem Drehbuch – sie schlichen zur Tür, linsten in den verlassenen Flur, warfen sich flüchtige Küsse zu und rannten nach oben.
Sie sah sich vor ihrem Zimmer noch einmal um, um sich zu vergewissern, dass sie unbeobachtet war, und ging hinein.
»Sorry«, sagte sie leise, »man hat mir aufgelauert.«
»Charlie?«
»Ja.«
»Ich habe dir das hier mitgebracht.« Sharkey hielt ihr einen Becher Tee hin – echten britischen Tee, ziegelrot, dick wie Bratensaft.
Clare lachte laut und hielt sich eine Hand vor den Mund.
»Wie konntest du das wissen? Von all den Dingen auf der Welt, die ich gerne gehabt hätte –«
»Der perfekte Schlummertrunk nach all dem Alkohol.«
»Ich habe zu viel getrunken.« Sie nahm ihren Teebecher.
»Schon wieder. Ich möchte wirklich wissen, was im Moment mit mir los ist. Ich scheine mich in ein trunksüchtiges Flittchen zu verwandeln.«
»Das kommt mir entgegen«, sagte Sharkey. »Zieh dich aus und komm ins Bett.«
Sie zogen sich beide aus und kletterten in Clares großes Bett. Sie fand es angenehm und gesellig, neben Sharkey zu sitzen und ihren Tee zu schlürfen.
Sharkey flüsterte: »Was wollte Charlie?«
»Oh, das Übliche«, flüsterte Clare.

»Fummeln?«
»Im Grunde ja. Und er ist eifersüchtig auf Alick.«
»Das überrascht mich nicht«, sagte Sharkey und lächelte. »Er war die ganze Zeit mit dir zusammen. Worüber habt ihr denn gesprochen?«
»Wann?«
»Nach dieser kläglichen Imitation eines Abendessens, in der Ecke.«
»Über Bonnie Prince Charlie, den Thronprätendenten 1745. Das ist der Hintergrund seines nächsten Romans und in der Tat sehr interessant, deshalb brauchst du nicht zu lachen.«
»Ich lache nicht. Ich mag Alick. Du hättest es wesentlich schlimmer treffen können.«
»Oh, bitte.«
»Ich habe halt den Eindruck, als hättest du vom Ehebruch die Nase voll, das ist alles«, sagte Sharkey trocken. »Das ist keine Karriere für dich, anders als bei mir.«
Clare machte es sich an seiner Schulter noch ein bisschen bequemer. »Weißt du, du schockierst mich schon etwas.«
»Die Priester-Geschichte?«
»Ja, in der Tat. Auch wenn ich nicht katholisch bin und nicht an Gott glaube. Es ist ja nicht so, dass du nicht heilig genug bist – du bist so eine Art Antiheiliger.«
»Ich neige dazu, ein wenig zu sündigen, wenn ich im Urlaub bin.«
»Na, jetzt kommst du schon wieder mit dieser Entschuldigung. Aber so läuft das nicht. Polizisten rauben in den Ferien schließlich auch keine Banken aus.«
»Ah, was für einen phantastischen Jesuiten du abgäbest. Wenn ein Polizist außergewöhnlich engagiert ist, könnte es

doch sein, dass er eine Bank ausraubt, um zu verstehen, wie so ein Krimineller tickt.«

»Willst du damit sagen, dass man eine Sünde begehen muss, um sie zu verstehen?«

»Einige Sünden ja.«

»Die angenehmen.«

Etwas krachte und donnerte gegen die andere Seite der Wand. »VERSCHWINDE! LASS MICH IN RUHE!«, kreischte die Stimme von Angela.

Sharkey seufzte. »Das nächtliche Varieté.«

»Nicht doch – die arme Frau –«

»ENTSCHEIDE DICH – VOR EINER MINUTE WOLLTEST DU NOCH, DASS ICH KOCHE – UND JETZT VERSUCHST DU, MICH DARAN ZU HINDERN – VERSUCHE NICHT, MICH AUS MEINER EIGENEN KÜCHE ZU VERTREIBEN!«

Dann hörte man eine männliche Stimme, die in flehendem Ton etwas sagte.

»BIN ICH NICHT! ICH BIN VERDAMMT NOCHMAL NICHT BETRUNKEN!«

Sharkey stellte seinen Becher ab und nahm Clare ihren aus der Hand. Er nahm sie in seine Arme, und sie lagen aneinandergekuschelt und lauschten den Stimmen und dumpfen Geräuschen, die durch die Wand zu hören waren, und dem Donnern auf der anderen Seite des Tales.

»ICH MUSS JETZT KOCHEN! ICH BIN RUHELOS!«

»Die sind nicht gerade eine gute Reklame für die Ehe, oder?«, flüsterte Sharkey. »Es ist erschreckend, wie zwei Menschen sich gegenseitig so fertigmachen können.«

»Ich dachte, deinesgleichen hält nichts von Scheidung.«

»Meinesgleichen? Clare, versuche bitte, meinen Brotberuf zu vergessen. Jeder kann sehen, dass diese beiden ohne einander besser dran wären. Selbst der Papst höchstpersönlich würde sie nicht zusammenhalten.«

Sie rieb die Wange an dem grauen Haar auf seiner Brust. »Vor einer Sekunde wolltest du mich noch ermutigen zu heiraten.«

»Bei manchen Leuten funktioniert das ja auch. Ich habe immer schon gewusst, dass es etwas ist, das ich vermeiden sollte.«

»DAS IST DENEN DOCH SCHEISSEGAL NACH DIESEN SCHEISS RÜHREIERN MIT SPECK!«

Clare fragte: »Hast du jemals mit dem Gedanken gespielt zu heiraten? Bevor du Priester geworden bist, meine ich.«

»Einmal war ich nahe dran.«

Sie fühlte sich sicher genug, um zu flüstern: »Ich auch.«

»Wer hat denn den Rückzieher gemacht – du oder er?«

»Er«, sagte Clare. »Wie war es bei dir?«

»Ich«, sagte Sharkey. »Das ist keine schöne Geschichte. Lass uns lieber über dich sprechen. Ich habe den ganzen Tag damit verbracht, heimlich deine Schönheit zu bewundern.«

»Und ich dachte, du hättest Tolstoi gelesen.«

»Ich fürchte nein. Ich war viel zu sehr damit beschäftigt, mir zu überlegen, was ich mit dir anstellen wollte.«

»Was zum Beispiel?«

Er legte seine Lippen zärtlich an ihr Ohr und deutete kurz eine beliebte sexuelle Aktivität an. Sie spürte seinen warmen Atem im Nacken und sehnte sich wie verrückt nach ihm.

»Das ist ja schweinisch«, flüsterte sie. »Was würde wohl der Papst dazu sagen?«

»Der soll sich verpissen.« Er lachte leise. »Nur damit du es weißt, ich werde es dir so lange besorgen, bis du um Gnade flehst.«

Im Zimmer nebenan hatte sich die fürchterliche Stimme in

ein freudloses Gebrumm verwandelt und war allmählich verstummt. Clare legte sich auf den Rücken und schloss die Augen. Sie versuchte, nicht laut zu stöhnen, während sich Sharkeys Mund immer weiter Richtung Süden vorarbeitete.

»Charlie? Was ist das?«
»Nichts. Geh wieder ins Bett.«
»Das ist doch nicht wieder Angela, oder?«
»Nein. Schlaf weiter.«
»Mein Gott – weinst du etwa?«
Beth war jetzt hellwach. Sie streckte die Hand aus, um die billige Funzel auf ihrem Nachttisch anzuknipsen.
»Nicht –« Charlies Hand fuhr hoch, um seine feuchten Augen zu bedecken. Tränen liefen ihm über das Gesicht. »Lass mich in Ruhe, okay? Ignoriere mich einfach.«
Beth setzte sich im Bett auf. Seit dem Tag, an dem sein Vater gestorben war, hatte sie ihn nicht mehr weinen sehen. Damals hatte sie ein zärtliches Gefühl für ihn empfunden. Jetzt jedoch nicht.
»Entschuldige«, murmelte Charlie. »Ich wollte dich nicht aufwecken – ich befinde mich wohl kaum in der Position, in der ich Mitleid erwarten könnte.«
»Vielleicht weinst du ja, weil du mein Leben ruiniert hast.«
»Nein – und ich habe dein Leben nicht ruiniert –, auch wenn ich annehme, dass es genau das ist, was du all deinen Freunden erzählen wirst.«
Beth war wütend und wäre aus dem Raum gestürzt, wenn sie nur gewusst hätte, wohin. »Du beschissenes Arschloch. Du schluchzt ihretwegen, oder nicht?«

»Beth, bitte – ich gehe durch die Hölle – ich weiß nicht, wie ich den Rest meines Lebens meistern soll. Ich habe sie gehört, alles klar? Oh, dir wird das gefallen – ich bin in dieses verdammte Badezimmer gegangen, und ich habe gehört, wie sie aufgeschrien hat.«
»Warum?«
»Weil sie einen Orgasmus hatte.«
»Oh«, sagte Beth. »Und du hast dieses Geräusch natürlich erkannt.«
»Ja, das habe ich. Sie hat Sex gehabt.«
»Vielleicht hat sie sich selbst befriedigt.«
Aus irgendeinem Grund beleidigte ihn das. »Mach dich nicht lächerlich!«
»Entschuldige mal, was ist daran lächerlich?«
»Wer schreit denn, wenn er masturbiert? Ich weiß, dass jemand mit ihr da drin war – nachdem ich den Schrei gehört habe, habe ich mein Ohr an die Tür gehalten.«
»Du meine Güte, das war würdevoll.«
Charlie stützte sich auf einen Ellenbogen. »Du weißt, was das heißt, oder?«
»Dass sie ein Flittchen ist?«
»Das ist dieser schottische Idiot – er hat es irgendwie geschafft, sie ins Bett zu bekommen – er hat ihre Einsamkeit ausgenutzt.«
»Das war's dann wohl«, sagte Beth.
»Was soll das heißen?«
»Na ja, wenn Clare wirklich mit Alick MacDuff im Bett ist, heißt das dann nicht, dass sie mit dir fertig ist?«
»Nein!«, fauchte Charlie heftig zurück. »So einfach ist das nicht – ich weiß ganz genau, was sie dazu gebracht hat. Das ist ihr Schutz gegen den Schmerz, mich hier mit dir zu sehen.«

Beth konnte sich nur wundern. In Momenten wie diesem wünschte sie sich ein Publikum herbei, das an den entsprechenden Stellen vor Entsetzen oder Hohn nach Luft schnappt. »Es ist also alles meine Schuld. Du hast Clare mit Alick im Bett gehört, vergibst ihr aber, weil ich sie dazu getrieben habe.«

»Ich hätte wissen müssen, dass du mir die Worte im Mund rumdrehst.«

»Was habe ich denn hier verdreht? Du bist derjenige, der das tut – du kannst es nicht ertragen, dass Clare dich abserviert hat.«

»Das hat sie nicht! Du hast sie dazu getrieben, als du von mir verlangt hast, dich mit in diesen Urlaub zu nehmen!«

»Was sagst du da?«, zischte Beth zurück. »Dass alles in Ordnung wäre, wenn ich dich mit deiner Geliebten in deine Vögelferien hätte fahren lassen?«

»Wir lieben uns«, sagte Charlie. »So einfach ist das. Clare und ich lieben uns, und du stehst zwischen uns.«

»Ich bin deine Frau.«

»Oh, die verdammte Ehe – es geht alles zurück auf dieses eine magische Stück Papier – das du mir ständig unter die Nase hältst, so als würde es dich immun machen gegen jegliche Form der Kritik.«

»Was erwartest du von mir? Soll ich dir meinen Segen geben?«

»Du könntest dich für meine Einsamkeit auch ein wenig verantwortlich fühlen – warum konnte es passieren, dass ich mich in Clare verliebt habe?«

»Weil du mit einer mittelalten Frau keinen Sex haben wolltest«, sagte Beth traurig. »Ich bin dir zu alt und zu langweilig – meine Titten hängen meilenweit herunter, und mein Hintern sieht aus wie ein Rolodex.«

»Sei doch nicht so oberflächlich!«, fauchte Charlie. »Es geht hier nicht um Sex, das ist eine geistige Angelegenheit. Warum musst du alles auf die eine Sache reduzieren?«

»Weil die Dinge in der Regel genau so sind, wie sie scheinen.«

»Was?«

»Ich meine, wenn etwas wie eine Ente quakt, dann ist es auch eine Ente. Du kannst es herausputzen und es spirituell nennen, so viel wie du willst, aber ich kann immer noch das Quaken hören.« Beth wurde plötzlich von einem enormen Gähnen überwältigt. »Weißt du, was mich wirklich verzweifeln lässt? Es ist gar nicht das Vögeln oder das Lügen – es ist das Ausmaß deiner Selbsttäuschung. Du bist einfach so davon überzeugt, nicht im Unrecht zu sein. Du bist so davon überzeugt, dass du diesen ausgeklügelten Mist nur deshalb fabrizierst, weil du ein missverstandener romantischer Held bist – Gott, dass ist echt ermüdend.«

»Jetzt erzähle ich dir mal, was mich ermüdet«, sagte Charlie. »Ich erzähle dir, was mich schwächt und mir die Energie aussaugt. Es ist das Bewusstsein, dass ich – gefangen bin.«

Beth war irritiert durch das melodramatische Tremolo, mit dem er dieses Wort aussprach.

»Sei nicht albern, du bist nicht gefangen. Du kannst gehen, wann immer du willst, ziehe zu Clare – nimm das Ruth-Aram-Sofa mit, wenn du willst. Noch besser, geh doch einfach durch dieses Badezimmer und leg dich zu ihr ins Bett.«

»Hör auf«, sagte er ruhig. »Ich wünschte, es gäbe eine Möglichkeit, es dir zu erklären.«

»Aber ich verstehe doch, das ist ja das Problem.«

Er wischte sich mit dem Handrücken übers Gesicht. »Hast du dich noch niemals – wie soll ich sagen – wie in einer Falle gefühlt? Eingeschränkt? Hast du noch nie auf dein Leben geschaut und dich beschissen gefühlt und dich gefragt, ob das alles gewesen sein soll?«

Er bemühte sich wirklich, ehrlich zu sein, aber diese Beichte verletzte sie zutiefst. Beth wurde plötzlich klar, wie unterschiedlich sie ihr gemeinsames Leben bewerteten. Natürlich war auch ihr aufgefallen, wie unbedeutend es geworden war, wie routiniert und vorhersehbar. So wie verheiratete Menschen es eben taten, hatten sie das Chaos abgehalten und in einer kleinen sicheren Nussschale gelebt. Der Unterschied war nur, dass Beth ihre Nussschale mochte und zu schätzen wusste. Sie hatte mitgeholfen, sie aufzubauen, indem sie all ihren Ehrgeiz (und sie war einmal ehrgeizig gewesen) in Charlies Karriere gesteckt hatte. Und jetzt wollte Charlie das alles kaputtschlagen und sie ohne irgendetwas zurücklassen.

»Ich habe, was ich will«, sagte sie. »Und ich will, was ich habe.«

Schweigen, bevor er antwortete: »Ich will mehr.«

Kapitel 9

Clare wachte auf und wusste sofort, dass sie von Patrick geträumt hatte. Sie konnte sich nicht an Einzelheiten erinnern, aber sein Flair hing noch in der Luft, so als habe er gerade erst den Raum verlassen. Bevor diese dünne Seifenblase zerplatzte, hatte sie für einen Moment den Schnappschuss einer Erinnerung an sein Gesicht, und es versetzte ihr einen kurzen Stich, als sie sich daran erinnerte, wie es gewesen war, in ihn verliebt zu sein.

Auf der Uhr, die sie vergessen hatte abzulegen, war es Viertel vor neun. Im Badezimmer lief die Dusche und wetteiferte mit dem Geräusch des Regens, der draußen immer noch ununterbrochen herunterprasselte. Mattes, gräuliches Licht sickerte durch die Ritzen in den Fensterläden. Clare seufzte und streckte sich. Sie hatte außerordentlich gut geschlafen – die Art von schwerem wohligen Schlaf, der auf guten Sex folgte.

Während ihrer herrlichen Woche mit Patrick im Westen von Irland (er hatte eine Konferenz an der Uni von Cork besucht) hatte sie eines Morgens halb wach gelegen und in perfekter Glückseligkeit das Licht der Morgendämmerung auf den weißen Wänden beobachtet. Patrick hatte neben ihr gelegen, tief und fest geschlafen und ihr seinen warmen

glatten Rücken zugedreht. Seine linke Hand mit dem Ehering lag auf der Bettdecke. Clare hatte in diesem Moment ein so leidenschaftlich zärtliches Gefühl für ihn empfunden, dass sie ihn auf die Schulter geküsst hatte.
Patrick hatte sich daraufhin bewegt, im Schlaf gestöhnt und gemurmelt: »Lieb dich, Liebling.«
Und da war der Zweifel, diese giftige Schlange, zum ersten Mal aufgetaucht, als Clare sich fragte, mit wem von beiden er glaubte, gerade zusammen zu sein.
Clare war damals neunzehn und studierte, und Patrick war Universitätsdozent und achtundvierzig. Er hatte ihr erklärt, dass er seine Frau nicht mehr liebte und dass ihr Sexualleben fast auf dem Nullpunkt angekommen war. Aber natürlich hatte er seine Frau einmal geliebt. Das Traurigste an der Liebe zu einem verheirateten Mann ist der Moment, in dem man feststellt, dass die alte Liebe nicht so tot ist, wie er glaubt, sondern lebendig und wohlauf in seinem Unterbewusstsein lauert.
Damals hatte sie sich zum ersten Mal ausgeschlossen gefühlt, zurückgewiesen, und hatte sich auf seltsame Art und Weise dafür geschämt, die falsche Frau zu sein. Sie hatte Patrick dermaßen angebetet, dass ihr auch nur der kleinste Temperaturwechsel zwischen ihnen Höllenqualen bereitete. Alles – die Beziehungen, die nach ihm kamen – ging auf Patrick zurück. Sie war ein Stück Wachs gewesen, in dem er einen tiefen Stiefelabdruck hinterlassen hatte. Ihre Mutter hatte in einem ihrer seltenen Gefühlsausbrüche einmal gesagt: »Ich glaube, dieser Mann hat dich ruiniert.«
Dieses Wort war in dem lauen Vokabular ihrer Mutter total fehl am Platze. Clare war damals verletzt und durcheinander gewesen, aber inzwischen amüsierte sie es leicht. Bei ›ruiniert‹ musste sie an eine viktorianische Jungfrau

denken, die von ihrem Gutsherrn verführt und verstoßen wurde, und so war es ganz und gar nicht gewesen. Clare war auf Patrick abgefahren, hatte aber angenommen, dass er einfach nur einer ihrer Schwärme werden würde, für die sie anfällig war.

Er hatte ein Buch übers Kino geschrieben, und Clare war Vorsitzende des Französischen Filmclubs gewesen. Sie hatte ihn gebeten, einen kurzen Vortrag über Jean Renoir zu halten, nach dem »Eine Landpartie« gezeigt werden sollte.

»Ich würde mich gerne länger mit Ihnen unterhalten«, hatte Patrick gesagt, als sie nach dem Film die letzten beiden Menschen im Raum waren, »aber ich sterbe vor Hunger. Lassen Sie uns doch bei einem Curry weiterreden.«

Er hatte sich einige Mühe gemacht, ein Restaurant zu finden, das von seinen üblichen Lokalen weit genug entfernt war. Er nahm sie in seinem Auto (ein Volvo voller kleiner Fußballschuhe und herumfliegender Buntstifte) mit zu einem trostlosen indischen Restaurant in der Nähe der Umgehungsstraße. Dort zwischen bedruckter Tapete, schäbigen Plastikblumen und unbeschreiblichen Bildern von Tirol hatten sie sich ernsthaft über das französische Vorkriegskino unterhalten und waren Hand in Hand in einen Strudel von Gefühlen gesprungen.

Jetzt, als sie so im Bett lag und an die Decke starrte, überkam sie eine Welle der Nostalgie. Sie sah Patrick mit seinen breiten Schultern in einem ausgewaschenen Baumwollshirt, das über der Taille leicht spannte, und die schwere Locke grauen Haares, die ihm in die Stirn fiel. Das trostlose Restaurant war ihre ganz persönliche Version der Bar in Truffauts »Die süße Haut« gewesen.

Die Dusche ging aus – endlich – und Clare trat in das klitschnasse Badezimmer hinein. Von dem Kondenswasser war ihr Handtuch sofort klamm. Die Toilettenrolle war aufgebauscht wie eine feuchte Chrysantheme. Sie rannte fröstelnd in ihr Zimmer zurück, um die Jeans und die Strickjacke von gestern noch einmal anzuziehen. Sie stanken nach Kaminrauch. Das wurde ganz sicher wieder so ein Tag wie gestern, den sie im Salon verbracht hatten, wo Sharkey und Charlie sich um das Feuer gekümmert und es nicht zugelassen hatten, dass jemand anderes sich einmischte. Bevor sie hinunterging, versicherte sich Clare noch einmal, dass sie ihr Buch auch in die Tasche gesteckt hatte.

Auf dem Treppenabsatz traf sie Alick. Er hatte seine Schürze an und trug einen Krug mit dampfender Milch.

»Morgen«, sagte Clare. »Ist es nicht fürchterlich? Ich nehme an, dass wir nicht auf der Terrasse frühstücken.«

»Nein, im Speiseraum.« Er blickte ernst drein. »Möchten Sie Tee oder Kaffee?«

»Tee, bitte. Sind Sie okay?«

»Wie bitte?«

»Sie sehen irgendwie unglücklich aus. Ist jemand gestorben?« Kaum hatte sie es ausgesprochen, erinnerte sie sich an die ganze Situation mit Angela und hätte sich für ihr mangelndes Taktgefühl ohrfeigen können – was, wenn die erbärmliche Frau plötzlich abgekratzt wäre, dann würde sie wie der letzte Arsch dastehen. »Ehrlich, ich hoffe, dass alles in Ordnung ist. Sie wissen schon, mit Jamie.«

Alicks Reaktion kam ihr seltsam vor. Er war durch ihre Anteilnahme besänftigt, aber immer noch todernst.

»Oh, ja, sie sind beide – äh – wir dachten, wir lassen sie heute Morgen schlafen. Nach der Szene von gestern Nacht, Sie wissen schon.«

Sie sah, dass er auf das Buch in ihrer Tasche schaute, und

zog es heraus, um es ihm zu zeigen. »Das lese ich jetzt, nachdem ich Ihren Roman zu Ende gelesen habe.«

Sie hatte gestern fast den ganzen Tag damit zugebracht, in Alicks Buch zu schmökern, und hatte es kurz vor dem Abendessen durch. Darüber hatten sie nach dem Speck und den Eiern gesprochen. Alick war ein anderer Mensch, wenn er über schottische Geschichte redete – lebhaft, romantisch und sogar ein bisschen poetisch. Sie hatte das Gefühl gehabt, dass sie sich glänzend verstanden hatten.

»Oh, ›Die Mühle am Floss‹«, sagte Alick, »Beth Jennings liest das auch gerade.«

»Ja? Das ist schön.« Clare konnte nicht verstehen, warum er plötzlich so distanziert war. War er irgendwie beleidigt, dass sie dasselbe Buch las wie Charlies Frau? Sie ging in den Speiseraum. Bei Kerzenschein strahlte dieser Raum eine verblasste Eleganz aus. Bei Tageslicht wirkte er ohne Zweifel heruntergekommen. Das Fenster war halb von Ranken zugewuchert, und eine einzige Glühbirne brannte schwach in dem staubigen Kronleuchter.

Clare war die Letzte, die sich an den langen Tisch setzte, gegenüber von Charlie und Beth. Beide lasen in ihren Büchern – Charlie hatte einen Wälzer über Corbusier und Beth »Die Mühle am Floss«. Beide murmelten sie »Guten Morgen« zu Clare.

Charlie war ernst. Zum ersten Mal in diesem Urlaub hatte Clare das Gefühl, dass seine ganze Aufmerksamkeit ihr galt. Auch wenn er sie nicht ansah, gingen seine Gedanken in ihre Richtung. Er war wütend. Er war unglücklich. Clare vermutete, dass er einen Riesenkrach mit seiner Frau gehabt haben musste.

Aber Beth, wenn auch blass und angeschlagen, schien merkwürdig heiter.

Es ist meinetwegen, dachte Clare, ich habe etwas gemacht – aber was?
O Gott.
GOTT!
Was, wenn Charlie den Schrei gehört hatte, den sie letzte Nacht ausgestoßen hatte?
Das Brioche blieb ihr im Hals stecken. Sie wusste nicht, was sie jetzt machen sollte. Ihre Mutter wäre ihr sicher mit dem Spruch über das verworrene Netz, das wir weben, wenn wir erst einmal mit dem Betrügen anfangen, gekommen. Vielleicht sollte ich mit dem Weben anfangen, dachte sie. Sie fand es furchtbar, dass Charlie wusste, dass sie untreu war, und sehnte sich danach, ihm zu erklären, dass es ganz anders war – aber warum war es anders? Die Wahrheit zu sagen, kam überhaupt nicht in Frage.
Alick brachte ihr eine Tasse Tee. Charlie warf ihm einen bösen Blick zu. Er glaubte doch wohl nicht, dass sie und Alick – das war lächerlich. Sie entschied sich, Charlie aus dem Weg zu gehen, bis sie sich eine Geschichte zurechtgelegt hatte. Nach dem Frühstück fand eine allgemeine Bewegung in Richtung Salon statt. Charlie sah so aus, als warte er auf Clare. Sie stapelte ein paar Teller und lief schnell hinter Alick her.
Man erreichte die Küche durch einen Tunnel aus Baugerüsten und grüner Abdeckplane. Clare war beeindruckt, als sie den Raum betrat. Die Wände waren aus weiß getünchtem Stein. Die mächtige Steinfeuerstelle mit einem antiken gusseisernen Herd war so kunstvoll wie eine flämische Orgel. An einer Wand hing eine Reihe Personalglocken. Diese Relikte der 20er-Jahre waren sorgfältig erhalten worden und passten so gar nicht zu den schlichten neuen Küchengeräten.
»Das ist ja phantastisch«, sagte sie.

Alick war es aus welchem Grund auch immer unangenehm, dass sie ihm gefolgt war. »Äh – ja.«
Er stellte sein Tablett mit dem Geschirr auf das Abtropfbrett und fing an, Reste von Milch und Kaffee ins Spülbecken zu schütten. »Danke für Ihre Hilfe, aber das müssen Sie wirklich nicht.«
»Das macht mir nichts aus.«
»Das gibt ein schlechtes Beispiel. Sie haben dafür bezahlt, von vorne bis hinten bedient zu werden.«
Clare stellte die Teller ab. »Alick, würden Sie mir bitte sagen, was los ist?«
»Nichts – wirklich.« Er schaute sie nicht an und strahlte so eine Art empörte Unschuld aus.
»Habe ich irgendetwas gemacht? Gesagt? Ich will wirklich nicht nerven – aber wir haben uns doch gestern Abend hervorragend verstanden, oder nicht?«
»Ja«, sagte er. »Das haben wir.«
»Also, was ist passiert?«
Jetzt sah er sie an. »Ich – habe Sie gehört.«
Clare war verblüfft. »Mich gehört? Wann?«
»Gestern Nacht«, sagte er ruhig. »Ich war vor Ihrer Zimmertür.«
Ihr Verstand schlug einen panischen Purzelbaum. Ganz ruhig bleiben, befahl sie sich selbst, und nichts zugeben. »Was haben Sie denn vor meiner Zimmertür gemacht?«
»Ich habe nicht absichtlich gelauscht – ich war dabei, Jamie mit Angela zu helfen. Ich bin an Ihrem Zimmer vorbeigegangen, und da habe ich es gehört.«
»Könnten Sie bitte ein bisschen konkreter werden? Was genau haben Sie gehört?«
Alick hatte es nicht erwartet, ins Kreuzverhör genommen zu werden. »Ich muss wohl nicht ins Detail gehen, oder?«

»Doch, das müssen Sie – es sieht so aus, als würden Sie mir irgendetwas vorwerfen. Was haben Sie gehört?«
»Sie – na ja, Sie – haben aufgeschrien.« Er war äußerst verlegen. »So eine Art Stöhnen.«
»Etwa so?« Clare stieß ein leichtes Keuchen aus. Sie amüsierte sich.
Er bekam einen hochroten Kopf. »Nein. Es war lauter.«
»Eher so?« Sie stieß ein langes, schauderndes Orgasmusstöhnen aus.
»Irgendwo dazwischen«, sagte er wütend. »Der Punkt ist, dass ich gehört habe, dass Sie Sex hatten. Und um ehrlich zu sein, war ich, nachdem wir uns so vertraulich unterhalten hatten – enttäuscht.«
Jetzt war es wichtig, einen klaren Kopf zu behalten. Er nahm an, dass sie mit Charlie geschlafen hatte. Sie schaffte es irgendwie, einen Gesichtsausdruck erstaunter Empörung aufzulegen. »O mein Gott – ich habe Sie ins Vertrauen gezogen, und so denken Sie jetzt von mir? Natürlich hatte ich keinen Sex mit – mein Gott, als könnte ich so etwas tun, während seine Frau im Nachbarzimmer liegt!«
Er schwankte. Bestürzung kam auf. »Aber ich habe Sie gehört!«
»Haben Sie ihn auch gehört?«
»Na ja, nicht direkt –«
»Bitte, glauben Sie mir, ich habe nicht mit Charlie geschlafen.«
»Aber wie erklären Sie sich dann, was ich gehört habe?«
Clare richtete sich zu ihrer vollen Größe auf. »Wenn Sie es unbedingt wissen wollen, ich habe mich selbst befriedigt. Ich bin etwas überrascht, dass Ihnen das nicht von allein eingefallen ist.«
»Oh.« Alick. »Aber es war – na ja – laut.«

»Ich mache viel Krach«, sagte Clare eisig, »wenn ich glaube, dass mich niemand belauscht.«
Alick sagte: »Es tut mir wirklich leid. Ich könnte absolut verstehen, wenn Sie nie wieder mit mir reden würden. Ich bin ein kompletter Idiot.«
»Vergessen Sie's.«
»In meinem ganzen Leben war mir noch nie etwas so peinlich. Am liebsten würde ich abhauen und mich der Fremdenlegion anschließen.«
Clare lachte. »Die Entschuldigung genügt. Und jetzt lassen Sie uns die ganze Sache vergessen.«
Sie verließ den Raum in einer Wolke von unverdienter Ehrbarkeit und war von ihrem Talent zu lügen schwer beeindruckt.

So musste das Fegefeuer sein, dachte Beth – Millionen von Jahren in einem schlechten Hotel, mit zu wenig Klamotten und nichts zu tun. Sie wollte »Die Mühle am Floss« nicht mehr lesen, jetzt wo Clare es auch las. Konnte diese Frau ihre Finger eigentlich von gar nichts lassen?
Müde schaute sich Beth im Salon nach ihrer Familie um.
Charlie war mit dem Feuer beschäftigt, genau wie in ihren ersten gemeinsamen Ferien in Devon. Das Ferienhaus hatte einen mächtigen offenen Kamin, und er hatte Gefallen daran gefunden, sich um die Holzscheite, das Einschüren und das Sichern der Glut in der Nacht zu kümmern. Jetzt knieten er und Sharkey Seite an Seite auf dem Kaminvorleger, wie im Gebet, während sie kräftig auf ein schwach glühendes Holzscheit pusteten.
Scarly saß in einem Sessel in der Ecke und las in einem Buch, während sie von Miles gezeichnet wurde. Er hockte

auf einem Schemel neben ihr und starrte sie mit dem intensiven künstlerischen Blick an – vielleicht ein bisschen intensiver als nötig. Beth musste über Scarlys Pose des ›Lesenden Mädchens‹ unwillkürlich lächeln. Dreimal auf Holz geklopft, sie schien die Trauer um Wie-war-noch-mal-sein-Name überwunden zu haben, was eine große Erleichterung wäre, wenn sie nach Hause kämen.
Wie reizend sie ist, dachte Beth liebevoll. Sie hatte enge Jeans angezogen und einen engen Pulli, in dem ihre Figur absolut – meine Güte, das war die M&S-Strickjacke, die sie Bean geliehen hatte. An Scarly wirkte sie wie ein völlig anderes Kleidungsstück. Miles fand sie ganz offensichtlich umwerfend.
Beth hatte plötzlich eine lebhafte Erinnerung daran, wie sie Scarly gestillt hatte. Ihr Hinterkopf war wie warmer Samt auf der nackten Haut der Arme ihrer Mutter. Aber jetzt war sie eine junge Frau und brauchte ihre Mutter nicht mehr. Schade, dass Mütter niemals aufhören können, es zu brauchen, gebraucht zu werden. Bean räkelte sich auf der anderen Seite des langen Sofas, hatte die Ohrstöpsel ihres iPods in den Ohren und war versunken in ihre eigene Welt. Beth hatte einen bitteren Vorgeschmack von der Wüste, in die sich ihr Leben verwandeln würde, wenn alle gegangen wären.
Clare unterdessen – die Frau, die zumindest teilweise dafür verantwortlich war, dass ihr Leben ruiniert war – Clare lag in einem Sessel, wurde von Charlie angestarrt und von Alick mit Kissen und Kaffee versorgt. Schau dir Lady Goodiva an, dachte Beth, sie hat keine Ahnung, dass sich das alles in dem Moment in Luft auflöst, wo man Cellulite und Babys bekommt. Junge Frauen regieren die Welt und sind sich dessen erst dann bewusst, wenn sie ihres Amtes enthoben werden.

Beth war ruhelos, fühlte sich unerwünscht und dementsprechend unsichtbar, als sie in den Flur hinausging, um sich die alten Tauchnitz-Ausgaben von veralteten Vorkriegs-Bestsellern – »Sinister Street«, »Fortitude«, »Anthony Advers« – anzusehen. Sie beschworen eine angenehme, melancholische Erinnerung an das Walnuss-Bücherregal im Hause ihrer Großmutter herauf. Wo war die Vergangenheit nur geblieben? Warum wurde sie im Laufe der Zeit lebendiger anstatt zu verblassen?

Oben wurde eine Tür laut geschlossen – dies war ein Haus, das wie eine Trommel widerhallte.

Angus kam die Treppe hinunter, trug einen großen Lederkoffer und runzelte die Stirn.

»Sie wollen doch wohl nicht abreisen?«, rief Beth.

»Ich nicht«, sagte Angus. »Julia. Ich fahre sie zum Flughafen.«

»Oh – aber Sie kommen zurück, oder?«

»Natürlich.«

»Da freue ich mich«, sagte Beth. »Ich hätte Sie vermisst.«

Seine gerunzelte Stirn entspannte sich. »Wie lieb von Ihnen, das zu sagen. Es lässt mich hoffen, dass Sie nicht nur höflich sind. Ich habe Julia das natürlich nicht gesagt, aber Sie sind einer der Gründe, warum ich nicht abreisen kann.«

»Ich?«

»Das hört sich ja unheimlich an – ich wollte nicht, dass es so rüberkommt. Ich meine nur, na ja, es gibt noch vieles, über das ich mit Ihnen sprechen könnte. Sie haben so etwas herrlich Normales an sich.«

Beth lachte leise, hauptsächlich, um die Stimmung aufzulockern. »Charlie und die Kinder glauben, dass ich beknackt bin. Bean sagt, dass ich mich wie eine Geisteskranke anziehe.«

Angus lachte nicht. »Mir gefällt es, wie Sie sich anziehen. Ich mag diesen Pullover.«
»Diesen? Der ist schon uralt.«
»Er steht Ihnen sehr gut.«
Die ernsthafte Art, in der er das sagte, berührte sie. »Danke.«
»Aber Sie sehen immer gut aus, auch wenn Sie es gar nicht drauf anlegen – Sie verbringen nicht den halben Tag damit, sich die Nägel zu lackieren und Gift in Ihr Gesicht zu spritzen.«
»Wow, sie hat sich Botox spritzen lassen!«, platzte Beth heraus. »Dann hatte Scarly also recht!«
Widerwillig musste Angus lachen. »O Gott, ja, Julia regt sich so sehr über Falten auf, dass sie entschieden hat, ihr Gesicht nie mehr zu bewegen.«
»Sie sind ihr böse, nicht wahr?«
»Beth, ich könnte sie auf der Stelle umbringen. Sie benimmt sich wie eine absolute Hyäne. Sie kann es nicht abwarten, von hier wegzukommen, und das ist schon schlimm genug. Aber sie erwartet auch noch, dass ich mitkomme – und weigert sich einzusehen, dass das schlicht und einfach nicht möglich ist.«
»Sie sind doch hierhergekommen, um Ihrem Bruder zu helfen.«
»Julia findet, dass meine Brüder viel zu abhängig von mir sind und es ihnen guttäte, mal eine Zeit lang unter der Brücke zu leben.« Er machte eine Pause, um seinen Ärger verrauchen zu lassen. »Ihnen gegenüber gebe ich gerne zu, dass wir eine der schlimmsten Auseinandersetzungen hatten, an die ich mich erinnern kann – schlimmer noch als die, als ich herausfand, wie viel sie für den Wintergarten ausgegeben hat.«

Die Tür oben schloss sich wieder. Julia erschien auf der Treppe – wie Kleopatra, dachte Beth, bereit, in ihren Kahn zu steigen. Sie hielt einen kleinen ledernen Kosmetikkoffer in der Hand, war in einen Trenchcoat gehüllt und trug eine Sonnenbrille.

»Ich bin so weit.« Sie schien Beth gar nicht zu sehen, wahrscheinlich wegen der dunklen Brille.

»Dann komm«, sagte Angus.

»Du kannst es dir immer noch anders überlegen.«

»Du auch.«

»Ich bleibe nicht hier«, sagte Julia mit zusammengebissenen Zähnen. »In diesem Haus bin ich nicht erwünscht.«

Sie ging durch den Flur in den Regen hinaus und duckte sich wütend, als sie an Beth vorbeiging.

Beth und Angus blieben zurück, starrten sich gegenseitig an und versuchten, nicht betreten zu schauen.

Beth murmelte: »Ist sie – okay?«

»Ich weiß es nicht mehr. Wir scheinen auf unterschiedlichen Planeten zu leben. Wie auch immer, es ist nichts, über das Sie sich Gedanken machen müssten.«

»Und was ist mit Ihnen? Sind Sie okay?«

Er schaute sie gedankenverloren und mit zusammengekniffenen Augen an: »Sie sind sehr süß. Wirklich sehr süß.« Er folgte seiner Frau hinaus in den Regen.

Beth stand in dem leeren Treppenhaus, während das ›süß‹ ihr noch in den Ohren klang und die Süße in der Luft um sie herum hing.

Kapitel 10

Es hatte aufgehört zu regnen. Clare ging im Garten spazieren und merkte, dass ihr jemand folgte. Dieses Mal machte sie nicht den Fehler, einen Namen zu rufen, sondern ging weiter bis zu der steinernen Bank und den Delphinen. Allen Widrigkeiten zum Trotz war es ein Abend der angenehmen Sorte gewesen. Die Dinge hatten sich zum Besseren gewendet, als Angus unverkennbar munter vom Flughafen zurückkam. Er hatte sie alle in den Bus gepackt und sie zum Abendessen in einen netten Landgasthof kutschiert, den er entdeckt hatte, als er einmal falsch abgebogen war.

Clare hatte fürstlich gegessen, und zwar ein kochend heißes Cassoulet und Käse aus der Region, der so reif und zerlaufen war, dass (wie Trevor sagte) man ihm eigentlich hätte hinterherrennen müssen. Und endlich hatten sie ein paar Franzosen getroffen – mit ihrem Eifer, ihre besten Redewendungen an ihr zu testen, hatten sie die *Patronne* ein wenig aus der Fassung gebracht.

Es ist interessant, dachte Clare, was für einen Unterschied es macht, wenn sie alle gut gegessen haben. Auf leeren Magen zu trinken, schien einen boshaft zu machen. Zu einem ausgiebigen französischen Abendessen zu trinken, führte dazu, dass man die ganze Welt liebte. Auf dem Rückweg hatten sie im Bus gesungen. Alick hatte neben Clare gesessen und seine Versuche, »Yellow Submarine« zu singen, waren höchst unterhaltsam. Sie war so angeheitert, dass der Anblick von Scarly und Miles, die auf der anderen Seite des Ganges Händchen hielten und so eine Art unschuldiger Begierde ausstrahlten, sie mit Zärtlichkeit und Nostalgie erfüllte. Die Jugendlichen waren frei für die reine Liebe ohne Schuldgefühle.

Der herrliche Nachthimmel war von Wolken durchzogen, die den Mond bedeckten wie schwarzer Tüll. In der Luft lag eine angenehme Frische und ein britischer Geruch nach tropfnassem Rhododendron. Clare betrat die Lichtung und wartete, um zu sehen, wer da hinter den Blättern auftauchte.

Es war Charlie. »Ich bin's«, sagte er überflüssigerweise.

Er kam auf sie zu und schloss sie in die Arme. Er hielt sie einfach nur an seine Brust gepresst, und schon spürte sie die alte Welle der Liebe und Leidenschaft.

Nach einer langen Phase des Schweigens murmelte Charlie: »Bitte, sage mir, dass du mir nicht mehr böse bist.«

»Ich bin nicht böse. Und du?«

»Natürlich nicht.«

»Aber du warst es«, sagte Clare, während ihre Wange auf dem weichen Stoff seines T-Shirts lag. »Ich habe es jedes Mal, wenn du mich angesehen hast, gespürt.«

»Ich war wütend auf die ganze Welt. Es war nicht gegen dich gerichtet. Immer wenn ich dich angesehen habe, habe ich gesehen, was mir fehlt. Starke sexuelle Frustration bringt nicht gerade das Beste von einem zum Vorschein.«

»Wahrscheinlich nicht.« Clare hatte ein flüchtiges Bild von sich selbst und Sharkey im Bett vor Augen. Sie konnte dem wohl kaum widersprechen.

»Ich habe ernsthaft nachgedacht. Diese Krise hat mich dazu gezwungen, der Wahrheit ins Auge zu sehen.«

»Welche Krise?«

»Na ja, du weißt schon«, er ließ sie langsam los. »Diese – Situation.«

»Oh.«

»Clare, ich liebe dich. Darum geht es letzten Endes.«

»Oh, Liebling, ich –«

»Nein, lass mich das zu Ende bringen, solange wir die Möglichkeit dazu haben. Wir sind ungestört – Beth ist zu Bett gegangen. Wollen wir uns nicht setzen?«

»Das geht nicht, die Bank ist klitschnass.«

»Dann hör mir einfach zu, ich muss dir etwas sagen.«

»Schieß los.«

»Clare«, sagte Charlie. »Clare, mein Liebling. Ich habe mich entschieden, dich zu heiraten.«

»W – Wie bitte?« Sie hatte erwartet, dass er sich an das gewohnte Drehbuch hielt. Diese plötzliche Abweichung schockierte sie.

»So schnell wie möglich und nicht irgendwann in einer unbestimmten Zukunft. Ich kann nicht bei Beth bleiben. Ich bete meine Töchter an, aber ich glaube nicht, dass es gut ist, wenn sie in einer Atmosphäre der Scheinheiligkeit leben. Es ist ganz sicher nicht gut für sie, mit einem Vater zusammenzuleben, der eigentlich nur weg will. Und es bringt mich um. Ich gehöre zu dir.«

»Oh.« Clare atmete tief ein. Sie war überrumpelt, sie wusste nicht, was sie davon halten, geschweige denn sagen sollte. Charlie war nach Patrick der erste ihrer Liebhaber, der über ein Zusammenleben sprach, so als könnte es tatsächlich eines Tages eintreten.

»Ich konnte gestern Nacht nicht schlafen«, sagte Charlie.

»Ich musste über all das nachdenken. Du hast mir einmal vorgeworfen, dass ich viel zu sehr auf mein Haus fixiert bin. Du hast recht – aber nicht, weil ich es behalten will. Die Ungerechtigkeit macht mich verrückt – die Tatsache, dass Beth alles behalten wird, wenn ich mich in jemand anderen verliebe. Na ja, und gestern Nacht ist mir klar geworden, dass mir das egal ist. Ich bin bereit, auf jegliche Ansprüche, die ich vielleicht habe, zu verzichten und einfach wegzugehen. Ich werde es Beth an dem Tag sagen, an dem wir wieder nach Hause kommen.« Er legte die Hände auf ihre Schultern.

»Und dann komme ich sofort in deine Wohnung. Du kannst mein Gepäck als Pfand nehmen.«

»Oh«, sagte Clare wieder. Ihr schwirrte der Kopf. Sagte Charlie jetzt wirklich, dass sie in ein paar Tagen gemeinsam in ihrer Wohnung leben würden? Sollte das etwa das Ende der Lügerei sein? Würde er ihr einen Ring kaufen? Würde er es im Büro offiziell bekannt geben? Würden sie zusammen ein Kind bekommen? Halt – halt – das hier geriet völlig außer Kontrolle.

»Und am nächsten Tag werde ich meinen Anwalt anrufen«, sagte Charlie. »Und dann heirate ich dich, sobald die Scheidung durch ist.« Er nahm die Hände von ihren Schultern. »Kann ich davon ausgehen, dass du dich freust?«

»Entschuldige – ich bin einfach verblüfft. Das ist ziemlich viel auf einmal.«

»Aber das ist doch, was du willst, oder nicht?«

Clare sagte absolut wahrheitsgemäß: »Es ist das, was ich mir wünsche, seit ich das erste Mal mit dir ausgegangen bin. Ich träume davon, frei mit dir zu leben, neben dir aufzuwachen und in deinen Armen einzuschlafen. Ich habe noch nie genug von dir gehabt. Nie.«

»Du hast dich nie beschwert.«

»Das wäre doch sinnlos gewesen.«

»Du hast nicht geglaubt, dass ich es jemals fertigbringe, Beth zu verlassen«, sagte Charlie. »Du bist noch immer skeptisch.«

»Ich habe dir gesagt, dass ich verblüfft bin. Du erinnerst dich doch an meine Wohnung, oder? Ich fürchtete, dass du nichts mitbringen kannst – ich habe einfach nicht genug Platz.«

»Über solche Details müssen wir uns doch jetzt keine Gedanken machen«, sagte Charlie. »Ich kann meine Sachen immer noch einlagern. Wir werden uns ja sowieso ein Haus kaufen.«

»Werden wir das?« Clare war für einen Moment von Entzücken geblendet. Das war eine Unterhaltung, die sie in ihren Träumen schon oft geführt hatte.

»Natürlich, ich werde schließlich Zimmer für Scarly und Bean brauchen. Oder wenigstens ein Zimmer. Sie werden die Hälfte der Zeit bei mir verbringen.«

»Ja, sicher.« Dieses Detail hatte in ihren Träumen keine Rolle gespielt. Sie wollte nicht mit Charlies Töchtern zusammenleben. Sie sah nicht ein, warum er davon ausging, dass sie die Hälfte der Zeit bei ihm wären. Sie waren schließlich erwachsen – Scarly befand sich gerade im vollen Rausch einer heißen Ferienromanze. Sah er nicht ein, dass es absurd war, sie wie kleine Mädchen zu behandeln?

»Für sie wird es nicht einfach sein«, fuhr Charlie fort. »Sie werden bestimmt verletzt und irritiert sein. Sie werden sicher ganz viel Bestätigung brauchen, dass sie immer noch im Mittelpunkt meines Lebens stehen.«

»Sicher«, sagte Clare noch einmal.

»Ich denke, dass es fürs Erste das Beste wäre, deine Wohnung zu vermieten, bevor mit dem Haus alles geklärt ist, dann können wir uns eine größere Bleibe mieten. Ich trage dazu bei, was ich kann, aber denke bitte auch daran, dass ich eine Menge Rechnungen zu bezahlen habe – Gott sei Dank ist die Hypothek abbezahlt. Du bist doch glücklich darüber, mein Liebling, oder nicht?«

»Oh – ja –«

»Liebste.« Er legte seinen Arm um ihre Taille. »Ich weiß, dass es nicht einfach wird, aber ich möchte nicht alles zu negativ sehen. Wir beide müssen uns jetzt auf die Zukunft konzentrieren. Scarly und Bean werden eines Tages erwachsen sein und ihr eigenes Leben leben, und wir werden so frei sein wie die Luft. Wir können unglaubliche Abenteuer und stürmischen Sex haben, wo immer wir wollen. Die Welt wird uns zu Füßen liegen.«

Clare lächelte: »Was wirst du im Büro erzählen?«

»Einfach die Wahrheit: dass ich mich unsterblich in dich verliebt habe. Derek weiß es schon.«

»Du hast es Derek erzählt?« Das war einer der anderen Partner.

»Im Vertrauen, und ich weiß, dass er es für sich behält«, sagte Charlie ernst. »Er konnte es sehr gut verstehen – er deutete so etwas von einer eigenen Affäre an.«

»Nein!« Dereks Ehe galt gemeinhin als ein Musterbeispiel einer echten Romanze, und Clare war fasziniert: »Wer war es? Hat er ernsthaft darüber nachgedacht, Alison zu verlassen?«

»So viel hat er mir nicht erzählt. Eigentlich drängte er darauf, mich mit Beth auszusöhnen.«

»Scheiße.« Der glücklichste Abend ihres Lebens strotzte nur so vor Störungen. Clare hatte sich gefragt, warum Derek plötzlich so kalt und abweisend zu ihr war. »Ich hoffe, du hast ihm gesagt, dass er sich um seine eigenen Angelegenheiten kümmern solle.«

»Das konnte ich nicht. Er musste für Beth Partei ergreifen.«

»Für sie Partei ergreifen? Was zum Teufel heißt das? Hatte er die Pflicht, moralischen Druck auf dich auszuüben, damit du deine Meinung änderst?«

»Clare!« Charlie war überrascht. »Er war unser Trauzeuge.«

»Vermutlich war er eifersüchtig. Ich wette, er ist nur mit Alison zusammen, weil sie so viel Geld hat und weil das Haus auf ihren Namen läuft.«

»Wie um alles in der Welt hast du –«

»Jeder weiß es.«

»Na ja, vergiss es – hier geht es um uns. Lass uns die Lügerei und die Peinlichkeit ein für alle Male beenden. Vielleicht wäre es gar nicht schlecht, wenn du die Firma verließest –«

»Moment mal«, sagte Clare. »Ich sehe nicht ein, dass ich plötzlich meinen Job aufgeben soll.«

»Würde es dir nichts ausmachen, wenn alle über uns Bescheid wüssten?«

Sie lächelte. »Ich freue mich schon darauf. Ich habe es satt vorzugeben, dass ich ein Single bin. Außerdem bin ich sowieso sicher, dass sich einige Leute so etwas schon gedacht haben. Du weißt doch, wie Bürotratsch funktioniert.«

»Ich hoffe, dass sie alle den Anstand besitzen, so zu tun, als wären sie überrascht.«

Clare sagte frotzelnd: »Frage bitte Dereck nicht, ob er nochmal Trauzeuge werden will.« Kaum hatte sie es ausgesprochen, begriff sie, dass es genau das war, was Charlie vorhatte.

»Was hast du gegen ihn? Er ist seit dem College mein bester Freund, Herrgott nochmal.«
»Er mag mich nicht. Er hält mich für ein Flittchen.«
»Liebling, das ist albern, wir streiten uns hier über unsere Hochzeit, und ich bin noch nicht einmal geschieden.« Er strich ihr zärtlich übers Haar. »Ich habe dir noch nicht oft genug gesagt, wie sehr ich dich liebe. Ich werde den Rest meines Lebens damit verbringen, es dir richtig zu sagen.«
Ein Windstoß schüttelte die Tropfen von den Blättern. Charlie küsste Clare.
Es war der erste ernsthafte Kuss, den Charlie ihr gegeben hatte, seit sie in diesem Tempel des Unbehagens angekommen waren. Clare überkam ein überwältigendes Gefühl der Liebe zu ihm.
Sie murmelte in seinen Mund hinein: »Ich liebe dich, ich liebe dich.« Es laut zu sagen war der absolute Luxus. »Liebling, ich liebe dich.«
Sie befreiten sich voneinander, um entrückt in die Augen des anderen zu schauen und etwas verlegen zu lachen.
»Die Kulisse ist jedenfalls romantisch«, sagte Charlie. »Auch wenn ich jetzt noch nicht mit dir ins Bett gehen kann – auch wenn wir mit der Heimlichtuerei noch ein paar Tage weitermachen müssen.«
»Wird Beth überrascht sein, was glaubst du?«
»Nein. Um die Mädchen mache ich mir Sorgen. Ich habe Angst, ihre Liebe zu verlieren, Clare.«
»Das wirst du nicht – sie werden dir verzeihen.«
»Gott, das hoffe ich.« Er runzelte die Stirn. »Könntest du dir denn vorstellen, deinen Job zu wechseln?«
»Ich mag meinen Job.« Clare dachte, das hätten sie schon geklärt. »Es ist der beste, den ich jemals hatte. Und ich bin wertvoll für die Firma.«

»Ich habe nie gesagt, dass du das nicht bist.«
Das musste sofort geklärt werden. »Ich werde nicht gehen. Da musst du mich schon feuern.«
»Sei nicht so dramatisch«, sagte Charlie allmählich leicht gereizt. »Denk doch einmal darüber nach – zusammenarbeiten und zusammenleben –«
»Abgesehen von allem anderen brauche ich das Geld.«
»Ich kann dich unterstützen.«
Sie seufzte. »Du hast selbst genug um die Ohren. Schau, Charlie, du weißt, dass ich gerne hart arbeite. Ich bin ehrgeizig – du weißt, dass ich nicht vorhabe, das alles an den Nagel zu hängen, um sofort ein Baby zu bekommen.«
»O Gott, davon habe ich doch gar nicht gesprochen – ein verdammtes Baby ist das Letzte, was wir brauchen.«
»Ich hätte gerne eines Tages eins, denke ich.«
»Warum ist denn das plötzlich ein Thema?«, fragte Charlie. »Du hast noch nie erwähnt, dass du ein Kind haben willst.«
»Nein, aber bis jetzt habe ich auch noch nie ernsthaft über unsere Zukunft nachgedacht.«
»Wir müssen das ja nicht alles sofort entscheiden, oder?«
»Nein, natürlich nicht.« Clare fühlte sich äußerst unbehaglich. Sie wusste nicht genau, warum sie nicht überglücklich war. Sie musste darüber gründlich nachdenken, wenn sie alleine war.
»Ich bin verdammt erleichtert, dass ich das hinter mir habe.« Charlie sah nicht sehr erleichtert aus. »Ich habe das Gefühl, dass du ganz mir gehörst. Letzte Nacht, das war ein Alarmsignal.«
»Letzte Nacht?«
»Komm schon – du und Alick. Ich verstehe jetzt, dass du mich verletzen musstest. Du musstest mir einen Schrecken

einjagen, damit ich mir ein Herz fasse, mich zwingen, endlich eine Entscheidung zu treffen. Es war hart, aber es hat gewirkt.«

»Wovon redest du?«

»Komm schon! Ich – ich habe gehört, dass du Sex hattest. War das nicht der Sinn der Sache? Nicht, dass ich dir das übel nehme – wie schon gesagt, ich habe die Botschaft verstanden.«

»Du glaubst«, sagte Clare langsam, »dass ich mit Alick MacDuff Sex hatte, nur um zu erreichen, dass du mich heiratest?«

»Nein, natürlich nicht – schau, ich würde es nicht so ausdrücken – lass uns nicht in Schuldzuweisungen abdriften – aber er ist völlig vernarrt in dich, Clare. Ich musste dem ein Ende setzen, bevor er sich noch mehr mit dir eingelassen hätte.«

Einen Moment lang empfand Clare eine gewisse Distanz, so als sähe sie sich diesen Strudel in einem Film an – das war die klassische französische Vorkriegsposse mit einem Schuss Lars von Trier.

Charlie glaubte, sie hätte Sex mit Alick gehabt.

Alick glaubte, sie hätte Sex mit Charlie gehabt.

Und beiden gegenüber konnte sie ruhigen Gewissens ihre Unschuld beteuern.

»Ich habe mit Alick keinen Sex gehabt. Ich weiß nicht, was du gehört haben willst, das war es jedenfalls nicht.«

»Es ist zwecklos, das zu leugnen«, schnauzte Charlie. »Mit meinen Ohren ist alles in Ordnung.«

»Das Haus ist voller Geräusche. Du musst dich geirrt haben.«

»Unsinn – ich habe im Badezimmer gelauscht.«

Clare überraschte sich selbst – und beunruhigte Charlie –,

indem sie plötzlich anfing zu lachen. »Das gibt's nicht! Hast du dein Ohr etwa an das Schlüsselloch gehalten? Oder hast du ein Glas an die Tür gepresst? Oh, ich habe vergessen, dass es in unserem Bad gar kein Glas gibt.«

»Ich war mindestens genauso gedemütigt«, sagte Charlie ruhig, »wie du es geplant hast.«

»Charlie, bleib locker. Ich habe es nicht drauf angelegt, dir wehzutun. Ich habe mit Alick MacDuff keinen Sex gehabt, alles klar?«

»Und wie willst du dann erklären, was ich gehört habe?«

»Um nur eine Sache zu nennen, warst du fürchterlich betrunken«, sagte Clare vernünftig. »Hier kann man ja auch nicht viel mehr machen, als sich zu betrinken, sodass wir alle schon seit Tagen nicht mehr ganz bei Trost sind. Kein Wunder, dass Angela so schnell wieder zur Flasche gegriffen hat.«

Er war still. Clare merkte, dass sie Zweifel gesät hatte, und fühlte sich sicherer. Charlie konnte, anders als Alick, nicht mit der Selbstbefriedigungsgeschichte abgespeist werden – er wusste sehr genau, dass sie ohne einen Partner nicht so jodelte. Aber sie baute darauf, dass sie ihn mit einem Vorwurf ablenken könnte.

»Ich sollte wütend sein. Du hältst mich offensichtlich für das letzte Flittchen.«

»Ich glaube, du wolltest ein Zeichen setzen.«

Jetzt war sie echt sauer. »Glaubst du wirklich, dass ich Fremde ficke, nur um ein Zeichen zu setzen?«

Seine Zweifel waren größer geworden, trotzdem hielt er immer noch dagegen. »So etwas habe ich dir nie vorgeworfen.«

»Doch, das hast du! Charlie, du musst mir glauben – ich habe gestern Nacht nicht mit Alick geschlafen.«

Das Schweigen dauerte diesmal ein bisschen länger. Sie konnte fast hören, wie er nachdachte.

»In Ordnung, es könnte ja möglich sein, dass ich mich in diese Sache verrannt habe, und wenn das so ist, entschuldige ich mich. Aber das ändert überhaupt nichts. Ich liebe dich, ich möchte dich heiraten, und nichts weiter zählt.«

Für Clare hatten sich einige Dinge geändert, und ein oder zwei Punkte zählten durchaus für sie. Das Problem war, dass sie keine Worte fand, mit denen sie argumentieren konnte. Als er sie wieder umarmte, klammerte sie sich an ihn und versuchte, an seinem Körper Bestätigung zu gewinnen.

»Jetzt gehörst du mir«, sagte er. »Du kannst aufhören Alick MacDuff zu ermutigen.«

»Ich habe ihn niemals ermutigt!«

Charlie hatte das nicht gehört. »Du solltest besser zuerst hineingehen.« Er entließ sie mit einem warmen, ehemännlichen Kuss auf die Wange. »Ich gebe dir zehn Minuten Vorsprung – ist es nicht wundervoll, dass wir bald nicht mehr so herumschleichen müssen?«

»DAS INTERESSIERT MICH NICHT – ICH WERDE GEHEN, UND DU KANNST MICH NICHT AUFHALTEN – DANN WERDE ICH NICHT LÄNGER VERSTECKT SEIN – UND DANN MÜSSEN ALLE DAMIT AUFHÖREN, MIR DIE SCHULD ZU GEBEN!«

Beth drehte den Kopf herum, um gründlich zu schniefen, ohne Charlie zu wecken. Es war erstaunlich, wie er es schaffte, die nächtliche Show von Mrs. Rochester zu verschlafen. Sie hatte leise geweint, seit Charlie eingeschlafen war. Ihre

Wange lag auf dem durchnässten Kopfkissen. Tränen liefen in ihr Ohr. Ihr erschöpfter Körper wurde von Schluchzern geschüttelt. Sie wollte, dass es aufhörte, aber es war so, als wäre sie besessen. Der Schmerz war unbeschreiblich.

»O JA – DAS WIRD DAZU FÜHREN, DASS ICH AUFHÖRE ZU TRINKEN – WARUM SOLLTEST DU DAS HAUS NICHT MIT DEINER VERDAMMTEN FAMILIE UND EINEM HAUFEN FREMDER FÜLLEN?«

Alle litten. Die unsichtbare Angela vergiftete das Haus mit ihrem Schmerz. Liebe weigerte sich, leise und ruhig zu sterben. Beth hasste die gemeine Person, zu der Charlie geworden war. Sie trauerte um den alten Charlie, der sie so abgöttisch geliebt hatte, als ob er gestorben wäre. Stattdessen lag er schlummernd neben ihr und träumte von Clare Chessil und ihren kessen Titten.

»ICH WILL NICHT IN DIE KLINIK ZURÜCK – GUT, ICH HABE ES NICHT ERNST GEMEINT – ICH HABE NUR GESAGT, WAS SIE HÖREN WOLLTEN, DAMIT ICH RAUSKOMME UND EINEN VERDAMMTEN DRINK BEKOMMEN KANN! UND WER WIRD DAS BEZAHLEN? TREVOR? HA! TRÄUM WEITER –«

Charlie rührte sich und drehte sich um. Er sah jung aus, das Gesicht von ihr weggedreht, und sein Haar war so schwarz und voll wie es immer gewesen war. Beth konnte sich nicht vorstellen, ohne den Körper dieses herzlosen Mannes neben sich einschlafen zu können.

»DU HÄTTEST IHN HALT FICKEN SOLLEN, ALS DU NOCH JUNG UND KNACKIG WARST – O JA, DAS IST ER – ER IST SCHON SEIT JAHREN IN DICH VERLIEBT – DU HÄTTEST DAS GELD BEKOMMEN, ANSTELLE DIESES DIEBISCHEN RUSSEN –«

Beth fragte sich, ob sie jetzt glücklich wäre, wenn sie die

Sache mit Clare und Charlie nicht herausgefunden hätte. Wäre es besser gewesen, es nicht zu wissen?
Wenn sie es nicht herausgekriegt hätte, läge Clare jetzt auf dieser Matratze, neben diesem Mann. Und Beth wäre zu Hause in Putney und in angenehme Ahnungslosigkeit gehüllt.
Es gab wahrscheinlich Hunderte – Tausende – Menschen, die durchs Leben schlendern und keine Ahnung von all den Abgründen haben.
»ER HASST MICH – SIE HASSEN MICH ALLE – MEIN GESTOHLENES LEBEN – MEIN VERSCHWENDETES LEBEN – GIB ES MIR –«
Angela wurde langsam ruhiger. Beth erkannte die einzelnen Phasen. Sie lallte, sie brabbelte und hörte schließlich auf. Ruhe breitete sich aus, und man konnte die Erleichterung durch das ganze Haus strömen hören.
Beth musste sich die Nase gründlich putzen. Vorsichtig stieg sie aus dem Bett und nahm die Birkenstocks und die Jeans, um sie über den Slip und das T-Shirt zu ziehen, die sie immer im Bett trug (nackt zu schlafen hatte mit der Geburt des ersten Kindes aufgehört). Sie nahm sich noch ein Päckchen Taschentücher aus ihrer Handtasche, schlich sich aus dem Raum, lief hinunter zum Fuße der Treppe und putzte sich die Nase wie ein trompetender Elefant. Das tat sie einige Male. Es war unglaublich befriedigend.
Am Ende des Tunnels aus Abdeckplane, der zur Küche führte, konnte sie Licht sehen. Irgendjemand war noch auf – wahrscheinlich ein MacDuff, aufgrund der Nachwehen von Angelas letzter Krise. Wie schön, dachte Beth, wenn das Angus wäre. Sie ging in die Küche und entdeckte Trevor.
Er saß mit dem Rücken zu ihr an dem großen Küchentisch.

Sein Haar war schwarz und ordentlich, und er trug einen Bademantel aus irgendeinem weichen, teuren dunkelroten Material.

»Hallo«, sagte Beth näselnd.

Trevor fuhr herum. »Beth! Gott, haben Sie mich erschreckt.«

»Entschuldigen Sie. Ich gehe wieder, wenn Sie lieber allein sein wollen.«

Er hatte geweint. Beth fiel jetzt ein, dass sein Name in Angelas Vortrag vorgekommen war. Sie lächelten sich verlegen mit ihren verheulten Gesichtern an.

»Sie auch, was?« Trevor stand auf. »Was für wunderschöne Ferien das doch sind. Möchten Sie eine Tasse Tee?«

»Ja, bitte.«

Er hatte eine Teekanne gefunden. Die Bänder von drei Lipton-Teebeuteln hingen über den Rand. Er schenkte Beth einen Becher voll ein, und sie setzten sich beide an das eine Ende des Tisches.

»Keine Sorge«, sagte Trevor, »ich habe nicht vor, Fragen zu stellen. Sie wissen genau, was mit mir los ist, wage ich zu behaupten, es sei denn Sie sind taub.«

»Angela?«

»Ich sollte mir ihre Sprüche nicht so zu Herzen nehmen.« Er seufzte zitternd. »Gott, dieser Tee – Sir Thomas Lipton würde sich im Grab umdrehen.«

»Die Franzosen können keinen Tee machen«, sagte Beth mit ihrer verstopften Nase. »Sie haben nicht das richtige Wasser, nicht die richtige Milch, und selbst wenn man seine eigenen Teebeutel mitbringt, kriegt man keinen anständigen Aufguss zustande.«

»Wie recht Sie haben. Und in einem Augenblick wie diesem braucht man ganz dringend einen.« Noch einmal seufzte er. »Wenn sie nur eine nette Betrunkene wäre – aber die Sache ist die, dass Angela es genießt, Leute zu verletzen, wenn sie betrunken ist. Ich glaube manchmal, dass sie sich absichtlich betrinkt, um Leuten wehzutun«, bemerkte Trevor.

»Ich glaube nicht, das jemand dem große Beachtung geschenkt hat«, bot Beth an.

»Oh, das ist es nicht, was mich beschäftigt. Es ist mir egal, ob es jemand gehört hat, und es ist mir auch egal, wenn Sie alle glauben, ich wäre in Jamie verliebt. Es war die andere Sache, die mich aufregt.«

»Der Russe?«, riet Beth.

»Sehen Sie, Sie haben zugehört. Ja, der diebische Russe. Das hat einen empfindlichen Nerv getroffen. Was ist mit Ihnen? Ich vermute Eheprobleme.«

»Ja«, sagte Beth. »Wir machen gerade eine – na ja, Sie wissen schon –«

»Der sprichwörtliche Schwarze Tag?«

Darüber musste sie lachen. »Ja.«

»Ich wäre gerne neugierig, aber ich bin es nicht – ich muss Ihnen beiden morgen beim Frühstück in die Augen schauen können.«

Beth putzte sich wieder die Nase. »Es ist sehr ermüdend, dass alles in einem Hotel durchzumachen. Es ist so öffentlich.«

»Sehen Sie es einmal von der angenehmen Seite, wenigstens hat Angela es nicht jedem verkündet wie eine Bahnhofsdurchsage.«

»Was ist denn eigentlich mit ihr los? Ich meine, dass sie Alkoholikerin ist, weiß ich ja, aber warum ist sie so grausam zu Jamie? Was hat er ihr getan?«

»Absolut nichts«, sagte Trevor. »Außer dass er sich in sie

verliebt und sie geheiratet hat. Aber sie gehört zu diesen enttäuschten Leuten, und ihr war ziemlich schnell klar, dass Jamies Liebe ihr nicht gut genug war. Ich persönlich habe sie immer für eine Hexe gehalten, und das sogar in der Zeit, als sie ihre Trinkerei so einigermaßen unter Kontrolle hatte. Aber ich habe ihnen Geld geliehen – nun, Sie kennen ja die alte Redewendung, über die guten Taten, die niemals ungestraft bleiben. Einige Leute können einfach nicht dankbar sein.«

»Das ist sehr wahr«, stimmte Beth ihm zu. »Charlies Mutter kann für gar nichts dankbar sein. Wenn man ihr ein Geschenk mitbringt, findet sie mit Sicherheit irgendetwas, was daran nicht stimmt, und muss sich nicht bedanken.«

»Hmmm, Weihnachten muss ja richtig Spaß machen.«

Beth lachte herzlich. Sie spürte die unglaubliche Ruhe, die einem Heulanfall folgte. »Es ist ein Kampf – wir müssen sie mit allen Mitteln von Bean fernhalten.«

»Das kann ich mir vorstellen.« Trevor lächelte jetzt. »Noch etwas Tee, Frau Pfarrer?«

»O ja, bitte – ich weiß gar nicht, warum ich so durstig bin.«

Sie hoben ihre Becher und schlürften einvernehmlich. Draußen im Flur schlug die große Wanduhr dreimal.

»Drei Uhr«, sagte Trevor. »Geisterstunde – Walpurgisnacht für all die Dämonen. Alles ist am schlimmsten.«

Er knallte seinen Becher auf den Tisch. »Ich kann das nicht mehr trinken – ich brauche einen anständigen Drink. Und Sie auch.«

»Oh, nein –«

»Nehmen Sie es als ärztliche Verordnung. Im Salon steht eine Flasche Cognac, und es wird uns beiden guttun.« Er stand abrupt auf. »Kommen Sie mit.«

Beth dachte, warum nicht? Normalerweise – aber es war ja mittlerweile nichts mehr normal. Sie folgte Trevor durch den Tunnel aus Abdeckplanen und durch den tristen dunklen Flur. Im Salon roch es stark nach Holzqualm. Trevor knipste das Deckenlicht an.

Zwei nackte Personen lagen auf dem Sofa.

Beth schwirrte der Kopf von dem wilden Durcheinander an Eindrücken – erstens der Schock, zwei nackte Personen zu sehen, die heftigen hüftschwingenden Sex hatten, und zweitens dass die Person, die unten lag, Scarly war.

Wie schön sie war. Bevor das entsetzte Mädchen ihren Bademantel ergriffen hatte, hatte sich der schnappschussartige kurze Blick auf ihre Schönheit für alle Zeit in Beths Gehirn gebrannt. Es nahm ihr den Atem – sie hatte vergessen, dass Brüste so aussehen können.

Trevor erholte sich als Erster. »Miles, du Lausejunge – meine Güte, du hast mir den Schock meines Lebens verpasst!«

»Entschuldigung –« Miles schaute Beth unbehaglich an.

Jetzt, da sein geschmeidiger junger Körper halbwegs bedeckt war, wagte Beth ihn anzusehen. Sie konnte ihm das nicht übel nehmen, aber er machte ihr ein wenig Angst – vielmehr der Gedanke, dass Scarly ihn liebte, wo niemand etwas über ihn wusste – auch wenn er richtig nett zu sein schien – Charlie würde jetzt wieder mit dem guten alten Gejammer kommen, dass Scarly offensichtlich unfähig sei, sich in einen Mann mit einem anständigen Beruf zu verlieben – als würde ein 19-jähriges Mädchen jemals mit einem führenden Industriellen ausgehen.

»Wir gehen wieder in die Küche«, sagte Trevor. »Ich hole nur schnell den Brandy, wenn ihr nichts dagegen habt. Und dann macht bitte weiter.«

Romeo und Julia war das alles furchtbar peinlich. Scarly

ließ beschämt den Kopf hängen. Ihre Wangen glühten rot zwischen den Strähnen ihrer langen Haare. Ihre Augen brauchten ein wenig, bis sie ihre Mutter fanden.

»So«, sagte Beth. »Das bedeutet ja wohl, dass du über Wie-war-noch-mal-sein-Name weg bist.« Sie hörte, wie das klang und kicherte nervös. »Na ja, offensichtlich.«

Scarly war erleichtert. »Du erzählst es aber nicht Daddy, oder?«

Das war nur fair. Die Vorstellung, dass seine Töchter Sex hatten, gefiel Charlie überhaupt nicht, und er neigte dazu, unangemessen herumzubrüllen, wenn er damit konfrontiert wurde. Bean war kurz vor dem Cannabis-Zwischenfall dabei erwischt worden, und sie war wirklich noch zu jung dafür, aber was Scarly betraf, wirkten seine Einwände langsam ein bisschen albern. »Nein, das werde ich nicht.«

»Was ist denn los? Es ist alles in Ordnung, oder?« Sie war immer noch ein Kind, das besorgt war, wenn ihre Mutter aus dem normalen Rahmen fiel.

»Ja, natürlich ist es das«, sagte Beth. »Ich konnte nicht schlafen, und Trevor auch nicht.«

Miles und Scarly sahen sich an. Miles nahm Scarlys Hand.

Sie sagte: »Dann gute Nacht.«

Beth bewunderte das Bild der Unschuld, das ein junges Liebespaar abgab – auch wenn sie gerade ziemlich kräftig gevögelt hatten. Ein segnendes Licht schien sie zu umgeben, als sie den Raum verließen.

»Jetzt gehen mir natürlich tausend Dinge durch den Kopf«, sagte Trevor, als sie gegangen waren. »Lassen Sie uns schnell Alkohol trinken, bevor ich anfange mich zu fragen, wohin meine Jugend entschwunden ist.«

»Ich glaube, ich habe einen Schock«, sagte Beth. »Vermutlich wusste ich, dass Scarly Sex hat, aber ich war nicht darauf vorbereitet, es zu sehen.«

»Wenn ich an Ihrer Stelle wäre, würde ich es so schnell wie möglich wieder vergessen.«

»Sie hat ihn gerade erst kennengelernt!«

»Sie sind jung. Für sie sind es Jahre. Haben Sie nicht bemerkt, mit welch knisternden Blicken sie sich angesehen haben?« Er ging zum Getränkeschrank. Der war abgeschlossen, zum einen wegen des Angela-Problems und zum anderen, weil Jamie geizig war, aber Trevor und Sharkey hatten einen Weg gefunden, das Schloss mit dem Ende des Korkenziehers aufzukriegen. Trevor schüttete zwei großzügige Gläser Cognac ein und reichte Beth eins. »Trinken Sie ihn langsam.«

Er war köstlich. Er schmeckte nach Weihnachten. Sanfte, leichte Wärme umgab sie. Sie war ein wenig beschämt, dass sie offensichtlich die aufkeimende Romanze ihrer Tochter nicht wahrgenommen hatte. Jetzt, wo Trevor es erwähnt hatte, erinnerte sie sich an Blicke, die man als ›knisternd‹ beschreiben konnte.

»Als ich in ihrem Alter war«, sagte Trevor, »wäre ich nie auf die Idee gekommen, dass alte Leute Sex haben könnten. Ich nahm an, dass sie das alles schon hinter sich hatten, und manchmal beneidete ich sie darum. Ich glaubte nicht, dass ihre Herzen noch brechen können. Ich hatte nicht die geringste Ahnung, dass es tatsächlich schlimmer werden würde.«

»Ist Ihr Herz gebrochen?«, fragte Beth.

»Das ist vielleicht ein bisschen übertrieben, aber ich bin ganz schön unglücklich.«

»Ich hoffe, Sie haben nichts dagegen, dass ich das frage – aber sprechen wir über den diebischen Russen?«

»Ja. Ich war unvorsichtig. Ich habe mir erlaubt zu glauben, wir würden für den Rest unseres Lebens zusammenbleiben.« Das Deckenlicht schmeichelte ihm nicht gerade. Es zeigte all die kleinen Falten auf dem gebräunten Teint, wie Sprünge im Glas. »Er hat mich zum Narren gehalten, und ich habe ihm dabei geholfen. Er – er hat mir Geld gestohlen.«

»Das ist ja schrecklich!«

»Ich war nicht der Einzige – und ich hatte keine Ahnung, bis eines Tages die Polizei vor meiner Tür stand.«

»Nein! Das ist wirklich schrecklich.« Seit sie dem Club der Mütter angehörte, traten in ihren schlimmsten Vorstellungen Polizisten vor der Tür auf.

»Abgesehen von allem anderen war es absolut peinlich, zugeben zu müssen, dass man ein schwachköpfiger Furz ist, den man total geleimt hat. Und ich war früher so attraktiv, Beth, so sicher, dass mir so etwas niemals passieren würde!«

Beth nahm einen tiefen, brennenden Schluck Cognac. »Sie und Miles – wir dachten alle –«

»Dass wir ein Paar sind – ja, ja«, führte Trevor den Satz mit übertriebener Geduld zu Ende. »Er ist mir zu jung und – wie Sie gerade gesehen haben – alles andere als schwul. Aber er ist ein netter Junge und ein hervorragender Maler – und um ehrlich zu sein, habe ich ihn mitgebracht, weil ich keine Lust hatte, mit Jamie und seiner grässlichen Familie alleine zu sein.«

»Aber Angus ist nett.«

»Okay, der Richter ist ein guter, aufrechter Mann. Aber er kann sein Unbehagen Homosexuellen gegenüber nicht so ganz verbergen und das macht mich nervös. Die Art, in der Angus mich ansieht, erinnert mich an die Zeit, als meine

Onkel es herausgefunden haben.« Er schüttete sich noch einen Zentimeter Cognac ein. »Und es ist nicht so, als hätte er noch nie einen Schwulen gesehen. In der schottischen Justiz wimmelt es nur so davon.«

»Tatsächlich?« Beth war gelassen und erschöpft. Sie rutschte zwischen den weichen Brokatkissen noch ein wenig tiefer.

»Alick kenne ich eigentlich nicht so gut, aber ich hatte immer das Gefühl, dass er für meinen Geschmack ein bisschen öko war – ich erinnere mich, dass seine Frau total auf Radfahren und organische Linsen stand. Die MacDuffs sind alle Masochisten, was Frauen angeht – na ja, schauen Sie sich Julia an. Möchten Sie noch einen Schluck?«

»Nein danke«, sagte Beth. »Ich denke, ich gehe wieder ins Bett.«

Trevor beugte sich vor. »Darf ich noch etwas sagen? Geben Sie sich nicht auf.«

»Entschuldigung?«

»Sie sind eine sehr schöne Frau, das ist alles, und sie scheinen sich dessen nicht bewusst zu sein.«

Beth war gerührt. »Sie sind – Sie sind wirklich nett.«

»Ich bin nicht nett, ich sage nur die Wahrheit. Eine schöne Frau sollte sich nicht selber aufgeben.«

»Wie meinen Sie das?«

»Schmeißen Sie zunächst einmal diese Jeans weg.«

»Sie haben gehört, was Bean gesagt hat.«

Trevor kicherte. Sein gespanntes Gesicht platzte an hundert Stellen, als er richtig anfing zu lachen. »Sie hat allerdings recht –«

»Die sind bequem!« Beth lachte jetzt auch. »Ich bin eine alte Schachtel mit Bauchspeckröllchen.«

»Die Röllchen können kaschiert werden. Sie müssen einfach mehr Geld für sich ausgeben. Entwickeln Sie einen gewissen Sinn für das, was Ihnen zusteht. Wenn eine Frau im Großen und Ganzen so gut aussieht wie Sie, ist es nur eine Frage der Einstellung.«

Beth dachte darüber nach, als sie die Treppe hinaufstapfte. Hatte sie sich selbst aufgegeben? War es das, was Charlie in Clares Arme getrieben hatte?

Kapitel 11

»*Le Gouffre de Padirac* ist ungefähr eine Stunde entfernt«, erzählte Angus am Frühstückstisch, »und sehenswert – eine herrliche Ansammlung von unterirdischen Höhlen, und ein Teil der Tour findet auf einem Boot statt, was sich nach jeder Menge Spaß anhört. Und weil es immer noch wie aus Kübeln schüttet, dachte ich, so ein guter alter Tagesausflug würde uns aus diesem Haus herausbringen. Also, jeder, der mitkommen möchte, sollte um zehn Uhr fertig sein – pünktlich um zehn bitte, denn ich habe für uns zum Mittagessen in einem kleinen Gasthof reserviert.«

Angus benahm sich wie der absolute Alphamann, erteilte in bestimmter Freundlichkeit Instruktionen und war sicher, dass sie befolgt wurden. Allerdings war das nicht der Grund, warum ihn alle anstarrten. Er hatte die Haare geschnitten. Clare fand, dass das eine enorme Verbesserung war. Ein vernünftiger Schnitt hatte die absurden grauen Strähnen ersetzt. Er sah jünger aus und schien irgendwie der modernen Welt näher. Es war interessant, dass er sich die Haare hatte schneiden lassen, nachdem er seine Gattin los war. Clare konnte den zynischen Gedanken nicht unterdrücken, dass eine Frau dahintersteckte.

Sie blickte zu Beth. Vielleicht bildete sie sich das nur ein, aber Beth schien sich ein bisschen besser als üblich zurechtgemacht zu haben. Sie hatte ihr Haar ordentlich getrocknet und gebürstet und trug eine relativ attraktive Strickjacke in einem hellen Grün, das sehr gut zu ihrer blassen Haut passte.

So, so, dachte Clare, eine ironische Wendung, eines Marcel Carne höchstpersönlich würdig.

Sie schaute über den Rand ihrer Teetasse zu Charlie, der ruhig ein Croissant aß.

Das ist der Mann, den ich liebe, der Mann, den ich heiraten werde, der Vater meiner Kinder.

Warum dachte sie ständig an Kinder? Charlie wollte kein Kind mit ihr. Clare hatte nicht über ein Baby nachgedacht, bevor Charlie ihr gesagt hatte, dass er keins wollte. Jetzt blieb die Idee hartnäckig in ihrem Kopf.

»Nun dann, sag es ihm«, hatte Sharkey letzte Nacht geflüstert. »Du hast um nichts für dich selbst gebeten.«

»Er hat gesagt, dass ich unvernünftig bin.«

»Es ist nichts Unvernünftiges daran, wenn eine gesunde junge Frau sich ein Baby wünscht. Mach es zu einer deiner Bedingungen. Schließlich erwartet er von dir, dass du mit seinen Töchtern zusammenlebst und deine Wohnung aufgibst.«

Clare hatte den Mund an seine behaarte Brust gepresst. »Du hast absolut recht – was würde ich nur ohne dich tun?«

An diesem Morgen war Sharkey am anderen Ende des Frühstückstisches in sein Buch vertieft und nahm keine öffentliche Notiz von ihr. Aber er zog die Augenbrauen hoch, als niemand sonst es sah, und die Wärme in seinen Augen machte sie stärker. Sie erlaubte sich, im Geiste einen Film abzuspulen, wie ihr Leben werden könnte – Clare und Charlie und ihr Kind. Sie konnte die drei ganz deutlich sehen, aber Scarly und Bean passten nicht in die Szene hinein, und irgendwie war Charlies häusliche Freude nicht sehr überzeugend. Wenn sie das nicht wirklich wollte, was wollte sie dann?

»Im Reiseführer steht, dass man einen Mantel oder einen Pullover mitnehmen sollte«, rief Angus über den Tisch. »Es ist offensichtlich kalt dort. Fünfundsiebzig Meter tief.«

Ich könnte eigentlich auch mitfahren, dachte Clare, ich glaube nicht, dass ich es noch einen Tag länger aushalte, in diesem Salon zu sitzen und wie ein Räucherhering vom Kamin zu stinken.

Sie ging nach oben, um sich einen Pullover zu holen. Im Zimmer nebenan konnte man laute Stimmen hören, aber nicht weil Charlie und Beth sich stritten. Sie riefen auf dem Flur nach Bean – Clare hörte Gesprächsfetzen über Regenklamotten, und Charlie machte einen Witz. Er wollte, dass Clare seine Frau wurde und schien sich nicht im Klaren darüber zu sein, dass diese Stelle gar nicht frei war. Sie ging nach unten und hatte das Gefühl, dass sie etwas wesentlich Intimeres mitbekommen hatte als einen Streit.

Alle außer Jamie und Angela kamen mit, um sich die unterirdischen Höhlen anzusehen. Angus (durch seinen Haarschnitt kraftvoll wie ein umgekehrter Samson) fuhr den Bus.

Clare fragte sich, ob er dafür einen Führerschein hatte, und entschied, dass es ihr egal war. Der Richter machte einen zuversichtlichen und kompetenten Eindruck.

Es regnete in Strömen. Sie liefen über die zerfurchte Einfahrt zu dem Bus, der am Tor wartete. Scarly saß neben Miles – beide versuchten so auszusehen, als wären sie nur zufällig nebeneinander gelandet, verzehrten sich aber so offensichtlich nacheinander, dass Clare lächeln musste.

Bean saß neben Trevor. Das zwang Charlie und Beth, sich nebeneinanderzusetzen. Clare wurde an Busfahrten in der Schule erinnert, als sich die Beziehungen von der einen zur anderen Woche veränderten. Sie setzte sich hinter sie, und sofort tauchte Alick neben ihr auf – verdächtig schnell, so als hätte er gewartet.

»Haben Sie etwas dagegen, wenn ich mich zu Ihnen geselle?«

»Nein, solange Sie mir versprechen, nicht zu singen.«

»Keine Angst, wenn ich nüchtern bin, passiert das nicht.«

Der Bus fuhr los. Sie krochen durch das Tor und fuhren auf engen, kurvigen Straßen an tiefen Felsspalten vorbei.

Clare sah blicklos auf ihr Spiegelbild, das sich vor der grauen, verregneten Landschaft abzeichnete. Der Mann, den sie liebte, ihr zukünftiger Ehemann, saß direkt vor ihr. Seine ihm gesetzlich angetraute Ehefrau saß neben ihm. Alles daran war ungeheuer falsch, und zwar auf eine Art, die Clare nicht so recht erklären konnte. Plötzlich wirkte die Liebe zwischen ihr und Charlie brutal und zerstörerisch. Das hatte sie vorher nie beschäftigt, und sie fragte sich säuerlich, was nur in sie gefahren war. Fing man sich durch Sex mit einem Priester automatisch den katholischen Glauben ein, so wie Herpes? Plötzlich berührte es sie, dass diese Familie sich im Begriff der Zerstörung befand, und sie hatte etwas dagegen, die Abrissbirne zu sein.

»Hier«, Angus legte seinen Pullover über Beths Schulter. »Sie sehen aus, als wäre Ihnen kalt.«

Beth war kalt. Die aquamarinfarbene Strickjacke, die sie als Teil ihrer neuen Motivation, sich mehr zu bemühen, trug, war zu dünn. Angus' großer marineblauer Pullover war noch ganz warm von seinem Körper und roch nach ihm.

»Danke, aber ist Ihnen jetzt nicht zu kalt?«

»Ich koche im positiven Sinne über. Ich habe nicht erwartet, einen Gewaltmarsch unternehmen zu müssen.«

Sie saßen nebeneinander auf dem flachen Boot, das Touristen über die stillen schwarzen unterirdischen Tümpel beförderte. Sie waren stundenlang durch große Gesteinshöhlen wie durch die Hallen der Bergkönige gewandert. Das Licht war trüb und kämpfte schwach gegen die enorme Dunkelheit an, die sie umgab. Beth fröstelte.

»Es dauert nicht mehr lange.« Wie zufällig wanderte Angus' Arm um ihre Taille. »Geht es Ihnen gut?«

»Ja, natürlich. Aber finden Sie nicht, dass das alles ein bisschen unheimlich ist? Ich muss immer an den Fluss Styx denken – Münzen unter der Zunge, um den Fährmann zu bezahlen.«

»Nicht doch – dass ist ja geradezu lächerlich morbide. Wenn wir aussteigen, werden wir zum Mittagessen gehen und nicht in die Unterwelt.«

Sie lachten beide, und er zog seinen Arm zurück.

Beth sagte: »Übrigens, mir gefällt Ihr Haarschnitt.«

»Sie sind die Erste, die das erwähnt. Ich habe ihn mir spontan machen lassen, als ich heute Morgen Brot kaufen war.«

»Wie sind Sie denn darauf gekommen?«

»Ich stieß unerwartet auf mein Spiegelbild und habe den alten Depp mit den verrückten Haaren nicht erkannt. Also bin ich direkt zum Friseur gegangen. Ich muss sagen, ich fühle mich jetzt ziemlich leicht und cool.«

»Julia wird überrascht sein.«

»Ich bezweifle, dass sie es überhaupt bemerken wird«, sagte

Angus bitter. »Sie hat mich schon seit Jahren nicht mehr richtig angesehen.«

»Ich denke, das ist einer der Nebeneffekte, wenn man lange verheiratet ist«, sagte Beth mit leiser Stimme, sodass niemand sonst sie hören konnte. »Man hört einfach auf, den anderen wahrzunehmen, bis er etwas Aufsehenerregendes macht. Ich habe manchmal das Gefühl, dass ich splitternackt ausgehen könnte und Charlie es nicht bemerken würde.«

»Ihr Ehemann«, murmelte Angus ihr ins Ohr, »kümmert sich einfach nicht anständig um Sie. Er knallt Ihnen die Tür vor der Nase zu, und entweder ignoriert oder kritisiert er Sie, bis ich Lust habe, ihm eine reinzuhauen.«

Beth lachte ein wenig zittrig, seine Entrüstung berührte sie. »Ich könnte dasselbe über Julia sagen – ich kann die Art, wie sie an Ihnen herumnörgelt und sich beschwert, wenn Sie versuchen nett zu sein, nicht ertragen. Ist es nicht seltsam, in was Liebe sich verwandeln kann? Charlie ist ein wirklich guter Mann, aber er ist kein gütiger Mann – nicht so wie Sie –, und er kommt niemals auf die Idee, dass er meine Gefühle schonen könnte, indem er seine für sich behält.«

»Es ist eine Schande«, sagte Angus, »dass wir immer an den Punkt kommen, uns über unsere fürchterlichen Ehepartner zu unterhalten. Ich würde viel lieber über Sie reden.«

»Ja, ich bin in der Tat faszinierend und wichtig. Ich gebe den Chisolm-Gardens-Elterngruppen-Newsletter heraus – aber ich werde meine Macht nicht missbrauchen.«

Er kicherte. »Hören Sie auf, sich selbst klein zu machen. Ich nehme das nicht hin.«

»Sie müssen zugeben, dass das Leben eines Richters ein bisschen interessanter ist.«

»Eigentlich nicht. Man sieht keine großen Leidenschaften bei der Arbeit, nur das traurige Ergebnis – und das ist immer dasselbe. Sie sagen, dass ich gütig bin, und ich hoffe, dass das stimmt, aber Güte macht keinen so großen Unterschied. Wie auch immer, Arbeit ist nicht alles. Die beste Arbeit, die ich in meinem ganzen Leben gemacht habe, ist – na ja, meine Jungen zu erziehen.«
»Das ist ganz reizend«, Beth seufzte, »aber was passiert, wenn das vorbei ist?«
»Das ist niemals vorbei.«
»Sie wissen, was ich meine. Wenn Ihre Jungen erwachsen sind, dann sind Sie immer noch Richter. Ich bin nur eine gescheiterte Journalistin.«
»Nein, das sind Sie nicht«, sagte Angus entschlossen. »Ich hasse diese moderne Angewohnheit, Leute über ihren bezahlten Job zu definieren. Sie werden der erfolgreiche Elternteil von zwei bezaubernden Mädchen sein, die den Wert dessen, was Sie ihnen gegeben haben, Schritt für Schritt erkennen werden – all das Zeug, das Sie für selbstverständlich halten.«
»Hat Julia jemals gearbeitet?«
»Nein, abgesehen von ein paar Monaten als Sekretärin. Offen gesagt wollte ich keine Frau mit einer strahlenden Karriere. Ich wollte ein Zuhause. Der ultimative Luxus.«
»Ich wünschte, Charlie würde es auch so sehen«, sagte Beth. »Er empfindet es als Gefängnis.«
»Nun, ich sollte weiß Gott nicht dozieren.« Angus fuhr mit der Hand über seinen neuen Kurzhaarschnitt. »Mein Zuhause ist im Augenblick auch nicht gerade ein Zuckerschlecken. Ich habe nicht mehr mit Julia gesprochen, seit ich sie am Flughafen abgesetzt habe.«
»Was, überhaupt nicht?«

»Nein, kein einziges Wort. Ich habe sie nicht angerufen, und wenn sie mich anruft, gehe ich nicht dran.«
Für ein paar Minuten sagten sie nichts. Beth sah hinauf zu der großen Decke der Höhle, die weit über ihnen lag und förmlich in der mysteriösen Dunkelheit verschwand. Das Boot glitt dahin, und die gelegentlichen Spritzer und kleinen Wellen unterstrichen die Stille des Wassers.
»Dann ist es also ernst«, sagte sie.
»O ja.« Er war ruhig. »Ich habe mich oft gefragt, ob ich jemals an den Punkt komme, an dem ich genug habe, und der scheint jetzt gekommen zu sein. Ich habe endlich akzeptiert, dass der Versuch, sie glücklich zu machen, reine Zeitverschwendung ist. Ich kann ihr Gewächshäuser und Botox kaufen und nach ihrer Pfeife tanzen, und sie verachtet mich dafür. Sie wird weiter über meine Brüder herziehen – sie hält mich für einen Trottel, weil ich ihnen immer noch helfe.«
»Ich finde das wunderbar«, sagte Beth warm. »Ohne Sie wären sie beide verloren.«
Er war berührt. »Ich tue, was ich kann, das ist alles – was jeder halbwegs anständige Mensch tun würde. Was hätte ich denn machen sollen? Jamies Frau ist Alkoholikerin, und er steht kurz vor dem Bankrott. Alick hat sich gerade erst von einem Nervenzusammenbruch erholt. Erwartet Julia ernsthaft, dass ich sie hängen lasse?«
»Sie macht sich wahrscheinlich Sorgen, dass Sie den Jungen etwas wegnehmen.«
»Haben Sie unsere Streitgespräche mit angehört oder sind Sie zufällig Hellseherin? Ja, ich bestehle offensichtlich unsere Jungen. Das ist natürlich Unsinn. Sie kann es nicht ertragen, dass wir uns bei den Gewächshäusern etwas einschränken müssen – o Gott, hören Sie mich an, ich

jammere schon wieder über meine Ehe. Entschuldigen Sie bitte.«

Beth lachte leise. »Keine Ursache. Ich hatte keine Ahnung von Alick. Was ist denn genau passiert?«

»Na ja, es fing an, als seine Frau ihn verließ.«

»Oh«, sagte Beth. Ehe, natürlich. Opfer, wo man auch hinschaute.

»Ich brachte ihn in eine private Klinik. Das musste ich, denn das Krankenhaus war so – ich hätte es nicht ertragen, ihn dazulassen. Er war erst siebzehn, als unsere Mutter starb, und ich habe ihr versprechen müssen, dass ich mich um ihn kümmere.«

Beth war so gerührt, dass sie beinahe angefangen hätte zu weinen. Sie sah sich auf ihrem eigenen Totenbett liegen und Scarly inständig bitten, sich um Bean zu kümmern. Da sie niemand beobachtete, außer der mürrische Charon am Steuer, nahm sie Angus' Hand und drückte sie zärtlich. Er erwiderte den Druck. Sie saßen schweigend und hielten Händchen.

»Sie sind müde«, sagte Angus.

»Eigentlich nicht. Die Leute denken, dass ich müde bin, weil ich alt aussehe.«

Angus sagte: »Sie sehen genauso aus, wie Sie aussehen sollten. Sie haben die üblichen Falten und so weiter – haben wir das nicht alle? Aber ich bin sehr gut in der Lage, hinter all das zu schauen. Und genau genommen schaue ich Sie deshalb nur noch intensiver an, so als würde ich die Hülle von etwas Seltenem und Wertvollem lüften.«

Sehr, sehr ruhig sagte Beth: »Ich glaube, Sie flirten mit mir.«

»Ja, das tue ich. Soll ich aufhören?«

»Bitte nicht – das ist reizend –, aber ich habe das Gefühl,

dass ich zurückflirten müsste, und ich habe vergessen, wie das geht.«

»Sie sind so höflich wie immer.«

»Ist das schlecht?«

»Nein, überhaupt nicht, es ist charmant, aber hören Sie auf, sich übers Flirten Gedanken zu machen. Sie können gar nicht so eingerostet sein wie ich. Sie inspirieren mich, mal poetisch zu sein.«

Beth war es egal, ob er das ernst meinte oder nicht, das war einfach Balsam für ihre angekratzte Seele. »Vielleicht hat es etwas mit Ihrem Haarschnitt zu tun.«

»Ich fühlte mich danach jedenfalls energisch und fit«, sagte Angus. »Und ich bin sicher, dass mein Französisch besser geworden ist. Ich habe mich ziemlich lange mit dem Kerl in der Bäckerei über all den Trubel heute Abend unterhalten.«

An diesem Abend fand das alljährliche Stadtfest statt. Angus wollte sie alle mit dem Bus dorthin fahren. »Das Tanzen geht scheinbar bis weit nach Mitternacht. Versprechen Sie, mit mir zu tanzen?«

»Wenn ich es schaffe, ohne dass es meinen Töchtern peinlich ist.«

»Und – na ja, ich wollte Sie noch um einen anderen Gefallen bitten. Sie können Nein sagen.«

»Ich werde wahrscheinlich Ja sagen.«

»Ah, Beth, Sie sind so vertrauensvoll. Nach allem, was Sie wissen, könnte es gut sein, dass ich Sie bitte, mit mir durchzubrennen.«

»Schießen Sie los. Es würde Charlie recht geschehen, wenn ich mit einem Richter abhauen würde.«

»Die Sache ist die«, sagte Angus. »Ich habe heute Morgen ein phantastisches Restaurant entdeckt, mit einem wunderschönen Blick über den Fluss. Sie haben nur eine kleine

Karte, aber die Gerichte sind alle regionale Spezialitäten, und das Ende vom Lied ist, dass ich einen Tisch reserviert habe.«

»Das klingt wundervoll.«

»Für zwei.«

»Oh.« Beth war verblüfft, weil sie total rot wurde, was ihr seit Jahren nicht mehr passiert war.

Angus war schwer verheiratet, und wenn sie zustimmte, mit ihm essen zu gehen, würde sie eine Grenze überschreiten oder den ersten Schritt machen – aber was spielte das jetzt für eine Rolle? Sie konnte keinen großen Unterschied erkennen zwischen dem Regen und der Traufe.

»Gehen Sie mit mir essen?«

»Ich weiß es nicht – was ist mit den Mädchen? Was mit Charlie?«

»Wir werden es ihnen nicht erzählen – wir werden uns in dem festlichen Gedränge einfach davonschleichen. Ich werde in Ruhe mit Ihnen reden können und in Ihre strahlend blauen Augen schauen und versuchen, Sie zum Lächeln zu bringen, sodass ich das Funkeln in Ihren Augen sehen kann – Gott, hören Sie mich an, Sie müssen ja glauben, dass ich schon betrunken bin.«

»Aber nein, Sie sollten mit sich nicht so streng ins Gericht gehen – entschuldigen Sie, ich konnte nicht widerstehen.«

»Kommen Sie also mit?«

»Ja.« Sie hielten immer noch Händchen. Plötzlich war alles so unglaublich einfach.

»Ja, gerne.«

»Es gibt eine Legende, über die ich in diesem Reiseführer gelesen habe«, sagte Alick. »Der heilige Martin traf einmal den Teufel am Rand der Tropfsteinhöhle. Der Teufel trug einen Sack auf den Schultern, voller Seelen der Verdammten. Ich habe vergessen, wie die Geschichte ausging, aber da vorne ist ein Abdruck im Stein, der vermutlich von seinem Huf stammt.«

»Du lieber Himmel«, sagte Clare. »Sie gehören also zu denen, die Reiseführer lesen.«

Alick und Clare befanden sich am Ende der Gruppe, die auf den Lift und das Tageslicht zusteuerte. Zuerst war Clare beeindruckt von der düsteren Schönheit der unterirdischen Höhlen. Jetzt, nach ungefähr eineinhalb Stunden, hatte sie das Gefühl, dass sie schon viel zu lange hier unten war.

»Oh, ich lese immer die Reiseführer«, sagte Alick. »Ich habe einen Ort gerne im Griff.«

Clare war sich sehr wohl bewusst, dass Charlie mit ihr reden wollte, aber er wurde von seiner jüngeren Tochter mit Beschlag belegt und in den Familienkreis geschleift. Es gefiel ihm ganz und gar nicht, dass sie mit Alick zurückblieb, aber er konnte nichts machen.

»Wunderbar, wie solche lokalen Legenden entstehen«, sagte Alick.

Der Mann, den Clare liebte, litt. Sie litt. Sie konnten die Knoten nicht lösen, ohne sich bloßzustellen. Das eigentlich Gemeinte dröhnte unter der höflichen Konversation, und sie musste so tun, als hörte sie es nicht.

»Dieser Ort ist großartig«, sagte sie vorsichtig. »Majestätisch.«

»Ich dachte mir, dass er die Architektin in Ihnen anspricht.«

»Das wäre ein hervorragendes Versteck für den Bösewicht in einem James-Bond-Film.«
»O ja – mit einer Menge Gefolgsmännern in abgefahrenen schwarzen Uniformen.«
Unerwartet und ohne Vorwarnung fügte er hinzu: »Meine Exfrau hat einmal eine Hausarbeit über unterirdische Höhlensysteme geschrieben.«
»Oh.«
»Sie ist Geologin.«
Clare sagte: »Ich hatte vergessen, dass Sie mal verheiratet waren.«
»Na ja, ich versuche auch, nicht dauernd darüber zu reden.« Alick sah auf seine Füße hinunter. »Die Trennung war ziemlich dramatisch, und nicht dauernd darüber zu reden war ein wichtiger Teil des Genesungsprozesses.«
»Entschuldigen Sie, Sie müssen nicht darüber reden.«
»Ich würde aber gerne«, sagte Alick. »Offen gesagt habe ich nur auf eine Chance gewartet, es anzusprechen. Ich hatte schon darüber nachgedacht, wie ich es am besten mache, ohne dass Sie ausrasten.«
»Ich raste nicht so schnell aus – es sei denn, Sie wollen mir erzählen, dass Sie sie umgebracht haben.«
Er lächelte. »Nicht annähernd so interessant. Ihr Name ist Deborah, und wir waren neun Jahre zusammen. Ich dachte, wir seien sehr glücklich gewesen.«
»Aber sie dachte das nicht?«
»Es ging alles den Bach runter, als wir versuchten, Kinder zu bekommen.« Seine Stimme hatte den flachen, gleichgültigen Ton, in dem Leute sprechen, für die etwas Schreckliches seine zerstörerische Wirkung verloren hatte. »Es stellte sich heraus, dass Deb nicht schwanger werden konnte, weil ich unfruchtbar bin. Und sie war sechsunddreißig. Sie war ver-

rückt nach einem Baby. Wenn die Sehnsucht nach einem Baby dich überwältigt, dann stellt das alles andere in den Schatten.«

»Haben Sie über In-vitro-Befruchtung und Samenspende und all das gesprochen?«

»Natürlich. Aber bevor wir diese Gespräche beendet hatten, ist sie – von alleine schwanger geworden, durch eine Samenspende, und mit dem Spender durchgebrannt.«

»Das muss ja fürchterlich gewesen sein.«

»O ja, das war es«, sagte Alick.

Für eine kurze Zeit gingen sie schweigend nebeneinander und schauten sich die Felsen rundherum an.

»Ich hatte so eine Art Zusammenbruch«, sagte er plötzlich. »So wie ein Auto kaputtgeht. Die Dinge spitzten sich zu, als ich plötzlich mitten in einer Vorlesung anfing zu weinen und nicht mehr aufhören konnte. Ich musste in eine Klinik, und danach stand ich ganz oben auf der Abschussliste, als die Uni in der Abteilung für Schottische Geschichte Stellen streichen musste. Ich hatte alles verloren – die Frau, den Job und mein Zuhause.«

»Und so kam es schließlich dazu, dass Sie in Angus' Ferienhaus leben.«

»Ja. Angus war wunderbar. Er hat mir wahrscheinlich das Leben gerettet. Ich habe mich selbst aus dem Dreck gezogen, indem ich meine schwülstige historische Romanze geschrieben habe.«

»Ihr Roman ist nicht schwülstig«, sagte Clare mit Nachdruck. »Er ist großartig. Ihre alten Kollegen müssten gelb werden vor Neid.« Sie konnte nicht zulassen, dass er sich so klein machte. Jede normale Frau, die nicht heimlich mit einem katholischen Priester herummachte, hätte ihn bewundert.

Es wurde heller. Sie betraten wieder den Raum, der sich nach oben öffnete und den weißen Himmel weit über ihnen freigab. Die Leute vor ihnen gingen langsamer.
»Clare –«
»Hmm?«
»Falls ich Sie nicht zu sehr abgeschreckt habe, würden Sie dann mit mir essen gehen, wenn wir wieder zu Hause sind?«
Clare drehte sich zu ihm um und versuchte, nicht zu lächeln – als ob ihr Leben nicht schon kompliziert genug wäre. Er schien offenherzig und verletzlich zu sein. »Das ist wirklich nett von Ihnen, und natürlich haben Sie mich nicht abgeschreckt«, sagte sie vorsichtig, »aber es könnte ein wenig heikel sein.«
»Charlie.«
»Ja.« Sie schaute nach vorne, um sicher zu sein, dass niemand sie hörte. »Und leben Sie nicht sowieso in Schottland?«
»Ich werde bald nach London kommen, um meinen Verleger zum Thema Bonnie Prince Charlie zu treffen. Wir könnten uns dann treffen.«
»Ich kann nicht, Alick. Ich bin fest liiert – ich verstehe nicht, warum Sie das nicht glauben wollen.«
»Er ist verheiratet.«
»Er wird sich scheiden lassen – nicht, dass Sie das irgendetwas angeht.«
»Ich glaube das erst, wenn ich es sehe«, sagte Alick ruhig. »Und in der Zwischenzeit werde ich Sie weiter bitten, mit mir essen zu gehen.«
»Und ich werde weiter Nein sagen.«
»Ich würde das ja akzeptieren, wenn ich wüsste, dass Sie glücklich sind.«

»Ich bin glücklich!«
»Das glaube ich nicht, Clare. Charlie wird Sie in absehbarer Zeit sitzenlassen.«
Mit leiser Stimme fragte Clare: »Warum tun Sie das?«
»Weil Sie eine reizende Frau sind, und er ein Schuft ist«, sagte Alick. »Und sagen Sie nicht, das ginge mich nichts an. Das geht mich sehr wohl etwas an, weil ich mich in Sie verliebt habe.«
Bevor Clare antworten konnte, hatten sie den Rest der Gruppe eingeholt. Er drängte sich vor ihr in den Lift und drehte sich die ganze lange, langsame Fahrt nach oben nicht zu ihr um.

Kapitel 12

Beth zog den Koffer in die Mitte des Zimmers. Sie wollte so verführerisch aussehen, wie Angus sie offensichtlich fand, und hatte nichts anzuziehen – packe in Eile, bereue mit Weile. In BH und Höschen sah Beth stirnrunzelnd auf das Durcheinander von schäbigen, mütterlichen Kleidungsstücken und entdeckte plötzlich eine Plastiktüte, die sie in letzter Minute hineingestopft hatte. Sie enthielt die elegante schwarze Leinenhose, die sie sich in der vergangenen Woche gekauft hatte, um sie auf der Party zu Eleonor Lightfoots fünfzigstem Geburtstag zu tragen.

Ihre Freunde fingen an, die Fünfzig zu erreichen, und wenn sie noch verheiratet waren, gaben sie gerne große Geburtstagspartys. Eleonor und ihr Mann schmissen eine Party in einem Bootsclub auf dem Fluss, die sich wirklich herrlich anhörte.

Wenn ich fünfzig werde, dachte Beth traurig, wird es keine Party geben, denn dann werde ich geschieden sein.

Frauen, die geschieden oder Single waren, begingen ihre halben Jahrhunderte diskret auf reinen Frauenversammlungen in Restaurants und bekamen von allen Duftkerzen geschenkt – so als könnte man den Zustand, mit fünfzig alleine zu sein, durch einen Duft verbessern.

Ich gehöre jetzt zu der neuen Klasse der überschüssigen Frauen, dachte sie. Die Viktorianer sorgten sich um all die überschüssigen Frauen, die nicht geheiratet hatten. Beth war überschüssig, eben weil sie geheiratet hatte. Sie war auf dem besten Wege, der unsichtbaren Armee von Secondhand-Frauen beizutreten, die durch neuere Modelle ersetzt worden waren, und sie glaubte nicht, dass sie selbst noch genug Laufzeit hatte, auch den eifrigsten Schnäppchenjäger zu beeindrucken.

Beth nahm die Hose aus der Tüte und riss den Preiszettel ab. In jenen weit zurückliegenden unschuldigen Tagen der letzten Woche hatte sie die üblichen Schuldgefühle wegen des Preises gehabt, was dazu geführt hatte, dass sie in blinder Panik kaufte und die Hose nur anprobierte, um sicher zu sein, dass sie passte. Sie zog sie jetzt an und sah ihr Spiegelbild in dem strengen Spiegel in der Innenseite der Schranktür. Sie war beinahe schockiert, als sie sah, wie der Schnitt der Hose ihrer Figur schmeichelte, auch wenn sie nur mit nackten Füßen und einem langweiligen BH kombiniert wurde.

Das Problem mit teuren Klamotten war, dass sie den Rest der Garderobe ziemlich alt aussehen ließen. Was sollte sie dazu tragen? Es müsste wohl wieder die aquamarinfarbene Strickjacke sein. Das Wetter war nach dem Mittagessen wesentlich besser geworden, sodass sie nichts Wärmeres brauchen würde. Sie zog sie an und staunte über die Frau, die sie sein könnte, wenn sie sich immer so anziehen würde. Die Birkenstocks passten nicht dazu, aber sie hatte ein Paar ziemlich abgelatschte Pumps mitgebracht, die nicht übel aussahen.

Die Dusche ging aus, und die andere Badezimmertür fiel zu. Clare war endlich fertig und hatte alles wie immer total nass hinterlassen. Beth ging nur kurz in den Regenwald, um ihre Kosmetiktasche herauszuholen (und was war das für ein trauriger Anblick, vollgestopft mit Medizin und Salben und vertrocknetem Mascara; Clares Make-up lebte in einem eleganten Lederetui; Beth hatte heimlich einen Finger in den Tiegel mit der Feuchtigkeitscreme getaucht – wow – man konnte ganz schön viel lernen, wenn man das Badezimmer mit der Geliebten des eigenen Mannes teilte).

Charlie kam herein, als Beth nach einem passablen Lippenstift suchte. Ohne ein Wort ging er ins Badezimmer und pinkelte geräuschvoll bei offener Tür.

Über dieses Geräusch hinweg brüllte er: »Sind die Mädchen heute Nachmittag im Pool gewesen?«

Charlie hatte den ganzen Nachmittag geschlafen.

»Ja«, sagte Beth. »Und sie hatten viel Spaß.«

Er kam aus dem Badezimmer und zog sich das T-Shirt über den Kopf. Beth schaute auf seine nackte Brust. Er hatte abgenommen. Seine Muskeln waren wohlgeformt. »Vielleicht sollten wir es ihnen nicht erzählen – aber ich habe wieder eine Ratte im Pool gefunden.«

»Oh, nein! Ich dachte, dass jetzt alles repariert ist!«

Charlie stieg aus seinen Shorts und suchte seine Klamotten in abwesender, unbefangener ehemännlicher Nacktheit. »Paradoxerweise dachte ich gerade daran, wie schön es ist, wenn die Sonne rauskommt – und dann war da diese verdammte Ratte – eine tote diesmal, die mit den Füßen nach oben auf dem Rücken trieb.«

»O Gott!«

»Ehrlich gesagt hätte ich beinahe gekotzt – dieser Pool ist ein offener Abwasserkanal.«

»Was hast du gemacht?«

Er lächelte reumütig. »Ich konnte mich nicht aufraffen, etwas zu tun, außer reinzurennen, um Angus zu holen. Und dann habe ich ihm das Problem überlassen. Er war sehr nett und so weiter, aber er hat mich offensichtlich für einen totalen Schlappschwanz gehalten.«

»Das hat er sicher nicht – und überhaupt, warum solltest du dich verantwortlich fühlen?«

»Ich weiß, es ist schon komisch, wie wir alle allmählich vergessen, dass wir zahlende Kunden sind. Die Frage ist, ob wir die Mädchen wieder in den Pool lassen sollen, bevor das Rattenproblem beseitigt ist?«

»Oh.« Beth erkannte den Ernst der Lage. »Ich glaube nicht – aber Bean wird uns richtig auf die Nerven gehen, wenn wir ihr nicht erlauben zu schwimmen. Der Pool wird sie davon abhalten, mir den letzten Nerv zu rauben. Sie hat mich heute Nachmittag doch tatsächlich lesen lassen.«

»Sie hat es nicht so mit der Stillbeschäftigung«, stimmte Charlie ihr zu. Er zog die blaue Leinenhose und ein weißes Leinenhemd an. »Schade, dass sie sich nicht in ein Buch vertiefen kann, so wie Scarly.«

»Ich glaube nicht, dass Scarly im Moment viel zum Lesen kommt«, sagte Beth. »Es scheint so, als würde sie die meiste Zeit damit verbringen, mit Miles zu turteln.«

»Glaubst du, dass es was Ernstes ist?« Charlie runzelte die Stirn, während er sein Hemd zuknöpfte.

»Es sieht so aus.«

»Hast du mit ihm gesprochen?«

»Worüber?«

»Einfach nur so – um etwas über ihn zu erfahren.«

»Eigentlich nicht. Er zeichnet sagenhaft gut, soweit ich das bei einem Blick über seine Schulter beurteilen konnte.«

»Alles gut und schön«, sagte Charlie, während er die Ärmel

hochkrempelte, »aber ist Scarly nicht alt genug für einen Freund mit einem anständigen Job? Hat er so etwas wie Ehrgeiz?«

Beth lächelte, als sie diesen alten Lieblingsspruch hörte. Sie antwortete so, wie sie es immer getan hatte. »Gib ihm eine Chance, er kann nicht älter als dreiundzwanzig sein. Er ist zu jung, um einen anständigen Job zu haben. Du hattest in dem Alter auch noch keinen festen Job.«

»Glaubst du, dass sie schon Sex miteinander hatten?«

»Natürlich nicht«, log Beth. »Wann hätten sie das denn machen sollen?«

Er seufzte. »Ich mache mir Sorgen, das ist alles. Wo bleibt die Romantik? Die Kids kommen heutzutage nicht auf die Idee, dass man auf etwas warten sollte – es geht immer nur um sofortige Befriedigung. Scarly hüpft mit diesen Typen ins Bett, ohne irgendetwas über sie zu wissen.«

»Wir sind auch sofort miteinander ins Bett gehüpft«, hob Beth hervor.

»Ja, das sind wir, nicht wahr?« Charlie drehte sich um, um sie genauer anzusehen, und Beth spürte, wie traurig er über die Distanz zwischen ihnen war. Sie waren beide bemüht, auf neutralem Boden zu bleiben. »Aber irgendwie empfinde ich das als etwas anderes. Scarly ist so gutgläubig, das ist es, was mir Sorgen macht. Ich habe das Gefühl, ich müsste vorhersehen, was passieren könnte, für den Fall, dass sie es nicht tut. Komischerweise habe ich bei Bean nicht solche Bedenken – wenn Jungs im Spiel sind, meine ich.«

»Seltsam«, stimmte Beth zu. »Ich auch nicht – mir tut ihr zukünftiger Ehemann sogar leid.«

Sie lachten beide kurz, weil es schon immer unmöglich gewesen war, über ihre ungezogenen Töchter zu reden, ohne zu lachen. Beth spürte einen kurzen stechenden Schmerz.

Sie fragte sich, ob es in Zukunft solche Momente des Verständnisses noch gäbe, wenn sie geschieden wären und Charlie eine neue Familie hätte.

Eine andere Familie. Beth durfte nicht daran denken, dass Charlie noch mehr Kinder haben würde, sonst hätte sie losgeheult. Sie musste an ihr Make-up denken und an die Verabredung zum Abendessen mit einem anderen Mann.

»Ich werde mit Angus über den Pool sprechen«, sagte sie. »Ich gehe heute Abend mit ihm essen.«

Das war ein Test, bei dem Charlie kläglich versagte. »Gut, sage ihm, dass er es diesmal nicht Jamie überlassen soll – du weißt schon, es wird nichts passieren, wenn Angus da nicht selbst anruft.«

»Okay.« Beth nahm ihre Handtasche. »Wir sehen uns unten.«

Clare war gerade dabei, neben dem Fenster, wo das Licht am besten war, Lippenstift aufzutragen, als die Badezimmertür aufsprang und Charlie hereingestürmt kam. Er umarmte sie, bedeckte ihr Gesicht, ihren Nacken und ihre nackten Schultern mit feurigen Küssen.

Clare war beunruhigt. Er hatte sie beide mit Lippenstift vollgeschmiert – er ließ sie mit einem Stöhnen los, und sein gequältes Gesicht war mit mattem Pink übersät.

»Mein Gott, den ganzen Tag kann ich es nicht erwarten, das zu tun – du bist die Frau, die ich liebe, und ich kann dich nicht berühren – ich werde noch verrückt.«

Clare nahm zwei Tücher aus der Box neben ihrem Bett und reichte Charlie eines. »Danke«, sagte er. »Lippenstift auf meinem Kragen wäre zu diesem Zeitpunkt geschmacklos.«

»Mir wäre es lieber, wenn du nicht hereinplatzen würdest, ohne anzuklopfen.«

»Entschuldige – es ist nur so, dass ich ungeduldig darauf gewartet habe, dass Beth hinuntergeht, um dich einmal vernünftig sehen zu können.«

»Gut, hier bin ich.« Clare drehte ihr Gesicht zum Licht und besserte ihr Make-up nach.

»Du bist sauer«, sagte Charlie betrübt. »Alle sind sauer auf mich.«

Er stand im Licht, und es schien so, als rückte er drohend näher und verkleinerte den Raum. Jetzt wusste Clare plötzlich, was sie störte. Diese Erkenntnis überkam sie wie eine riesengroße Welle. So sehr sie ihn auch liebte, so sehr sie ihn auch wollte, sie wollte nicht, dass Charlie und seine Habseligkeiten in ihre kleine, makellose, weiß gestrichene Wohnung am Mornington Crescent gestopft wurden.

Sie sagte: »Es gibt tatsächlich etwas, worüber ich mit dir sprechen möchte. Ich glaube, wir müssen – unsere Pläne überdenken.«

Er war skeptisch, aber interessiert. »Wie meinst du das?«

»Vielleicht solltest du es Beth doch nicht so schnell erzählen – ich meine, es ist ein bisschen brutal, oder nicht? Einfach am Flughafen anzukündigen, dass du dein Gepäck an meine Adresse schicken wirst? Es muss doch eine zivilisierte Möglichkeit geben, das zu tun.«

»Gott, du bist schon eine faszinierende Frau – ich habe dasselbe gedacht, aber nichts gesagt, weil ich nicht wollte, dass du denkst, ich würde einen Rückzieher machen. Ich war ein bisschen hitzköpfig, das sehe ich jetzt absolut ein. Macht es dir etwas aus, wenn wir die ganze Sache verschieben, nur für – ich weiß nicht – ein paar Wochen? Ich mache keinen Rückzieher, ich schwöre.«

»Liebling, ich verstehe!« (Und das, dachte Clare, war der offizielle Mannschaftsslogan der Anderen Frauen.)
»Es gibt keinen Grund, ein Drama zu veranstalten, das ist alles. Und keinen Grund, zu hart zu Beth oder den Mädchen zu sein.«
»Ich habe mir Gedanken über deine Arbeit gemacht«, sagte Clare. Charlie hatte sich unten in seinem Garten ein Büro gebaut und mindestens einen Tag in der Woche dort gearbeitet. »In meiner Wohnung kann ich nicht einen einzigen Zentimeter entbehren.«
»Um ehrlich zu sein, habe ich darüber noch nicht nachgedacht. Das ist alles so kompliziert.« Er nahm ihr Gesicht zwischen seine Hände. »Das einzig Unkomplizierte daran bist du und die Liebe, die mich völlig überwältigt, immer wenn ich dich sehe.«
Sie sahen beide, wie der Gedanke in den Augen des anderen aufkam – dass sie eigentlich nichts daran hinderte, schnellen befreienden Sex zu haben, bevor der Bus abfuhr. Charlies Lippen bewegten sich auf ihre zu.
Da ertönte ein kurzes Klopfen an der Tür.
»Scheiße«, murmelte Charlie. Er nahm die Hände von Clares Gesicht und zog sich ins Badezimmer zurück.
Clare öffnete ihre Tür.
»Hi.« Es war Alick, adrett und rasiert.
»Hi«, sagte Clare.
»Entschuldigen Sie, dass ich Sie störe, aber ich wollte Ihnen etwas geben, ohne dass es sonst jemand sieht.«
»Mir etwas geben?«
Alick hielt ihr eine Rose hin, mit Blütenblättern in einem tiefen Rot. »Die fand ich so wunderschön und wollte sie Ihnen geben.« Er fügte hinzu: »Ich habe sie auf der Jauchegrube wachsen sehen. Darauf scheint alles zu gedeihen.«

»Oh, danke – sie ist –« Clare nahm die Rose und war sich völlig im Klaren darüber, dass Charlie auf der anderen Seite der Badezimmertür jedes einzelne Wort hörte. »Danke.«

»Wenn Sie sich vorstellen können, sich heute von der Gruppe davonzuschleichen«, sagte Alick, »könnten wir zusammen zu Abend essen.«

Sie lächelte. »Sie geben nicht auf, oder?«

»Nein.«

»Wie ich Ihnen schon erzählt habe, ich bin in festen Händen.«

»Ja, aber er ist heute Abend nicht frei. Er wird mit seiner Familie zusammensein.«

»Schauen Sie, ich kann jetzt nicht übers Abendessen nachdenken.« Es war Clare bewusst, dass das keine ungefährliche Unterhaltung war. »Wie auch immer, die ganze Stadt ist wahrscheinlich komplett ausgebucht. Lassen Sie uns einfach warten, bis wir dort sind, und es spontan entscheiden.«

»Na gut, aber versprechen Sie mir einen Tanz.«

»Entschuldigen Sie, aber ich glaube nicht, dass ich tanzen werde – ich mag solche Dinge eigentlich nicht.«

»Vielleicht kann ich die Tänzerin in Ihnen wecken.«

»Lassen Sie sie, wo sie ist«, sagte Clare lächelnd. »Ernsthaft, ich mache auf der Tanzfläche keine gute Figur – ich bin unglaublich groß und sehe aus wie eine krampfende Giraffe.«

»Sie sind viel zu erpicht auf Ihre Würde.«

»Das bin ich sicher – ich bete meine Würde an.«

Er lachte leise. »Na gut, wenn Sie nicht tanzen und nicht essen wollen, dann kommen Sie mit aufs Karussell.«

»Auf – was?«

»Angus sagt, dass es auf dem Marktplatz eine Kirmes gibt, mit einem nostalgischen Karussell.«

Clare sagte: »Ich erinnere den ehrwürdigen Herrn an meine vorherige Antwort.«
»Sie sind aber eine Frau, die sich nicht leicht umstimmen lässt, Clare.«
»Gehen Sie jetzt – und danke für die Rose.«
»Wir sehen uns später – Sie werden mir nicht aus dem Weg gehen können –«
Die letzten Worte wurden von der Tür verschluckt, die Clare lächelnd vor Alicks Gesicht zudrückte.
Eine Tür wurde geschlossen, die andere öffnete sich. Charlie schoss aus dem Badezimmer. Er war still, aber bebte vor Wut. Er legte den Finger auf die Lippen und warf einen kurzen Blick hinaus auf den Gang, um zu gucken, ob Alick weg war.
Die Aussicht auf schnellen Sex war vergangen. »Warum kannst du diesem fiesen Typen nicht einfach sagen, dass er sich verpissen soll?«
»Das habe ich doch«, sagte Clare. »Oder hast du nicht zugehört?«
»Gehen Sie jetzt, und danke für die beschissene Rose? O ja, das ist genau das richtige Signal für ihn.«
»Ich habe eben versucht, es auf nette Art zu machen.«
»Du hast geflirtet – das ist es, was er denkt. Du musst ihn abschütteln, Clare.«
»Ich habe doch gesagt, dass ich es versuche. Was erwartest du eigentlich von mir?«
»Du bist meine zukünftige Frau, verdammt nochmal. Er würde es nicht wagen, zu dir zu kommen, wenn wir offiziell zusammen wären.«
»Nun, das sind wir aber nicht, oder?«
»Mein Liebling«, sagte Charlie, »es dauert nicht mehr lange, das schwöre ich – es ist nur noch eine Frage von ein paar

Wochen – Tagen – also hör auf, nett zu ihm zu sein, denn das bringt mich zur Raserei. Du gehörst zu mir, und ich bin kurz davor, mein ganzes Leben für dich auf den Kopf zu stellen.« Er hielt inne, überwältigt von dem ungeheuren Ausmaß seiner Pläne. »Das Ganze treibt mich noch in den Wahnsinn.«

Clare prüfte ihr Gesicht und ihre Haare im Spiegel und erhaschte den bitteren Zug um ihre zusammengepressten Lippen. Erwartete er einen Orden? Niemand zwang ihn, sein Leben auf den Kopf zu stellen. Sie glaubte nicht, dass er es nur für sie tat, und ärgerte sich darüber, dass ihr die volle Verantwortung für diesen Umbruch zugeschoben wurde. Er hatte schließlich den ersten Schritt getan. Wenn er sie an jenem kalten Nachmittag im letzten Februar nicht plötzlich geküsst hätte, würde sich die heftige Schwärmerei einzig und allein in ihrem Kopf abspielen.

Sie drehte sich zu Charlie um und berührte zärtlich sein Gesicht. »Ich weiß, Liebling, und ich verstehe.« (Da war er wieder, der AF-Mannschaftsslogan – wir sollten ein Lied haben, dachte Clare, ›Verständnis‹ reimt sich hervorragend auf ›Geheimnis‹!)

Charlie entspannte sich ein wenig. »Entschuldige, du bist großartig, und ich benehme mich schrecklich. Aber ich leide Höllenqualen, ich kann es nicht ertragen, einen anderen Mann um dich herumscharwenzeln zu sehen, auch wenn es nur dieser schlappe Schotte ist.«

»Geht es dir besser, wenn du den armen Alick beleidigst?«

»Ja.« Charlie legte die Hand auf ihre Schulter und drückte sie besitzergreifend. »Warum tut er dir leid?«

»Ich weiß es nicht – weil es zu leicht ist, ihm wehzutun.«

»Komm, lass ihn nicht auf deine Tränendrüse drücken.«

»Oh, Charlie, ehrlich!«

Draußen hörte man ein lautes Hupen.

Sein Griff wurde fester. »Ich wünschte, es würde mir nichts ausmachen«, sagte er. »Ich wünschte, ich hätte nicht das Gefühl, ich müsste es allen recht machen – und auf die verdammten Gefühle von allen Rücksicht nehmen, außer auf meine eigenen.« Er küsste sie. »Wenn ich tatsächlich so ein großes Stück Scheiße wäre, wie Beth von mir glaubt, dann würde ich dem Busfahrer und allen anderen sagen, dass sie zur Hölle gehen sollen – und dann würde ich die ganze Nacht damit verbringen, dich schamlos durchzuficken. Aber so ein Mann bin ich nun mal nicht.«

»Schade«, sagte Clare. »Ich mag, wie er sich anhört – der herzlose, sexbesessene Schuft.«

Die Hupe ertönte wieder, und der eher prinzipientreue Bruder des Schurken sagte: »Ich gehe besser durch das Badezimmer. Man muss ja nicht sehen, wie ich aus deiner Tür komme. Gib mir ein paar Minuten Vorsprung.«

Nachdem er sie noch einmal geküsst hatte, verließ er den Raum. Clare nahm ihre Handtasche und wartete. Sie fragte sich, wie es ihnen jemals gelingen sollte, die Routine der Heimlichkeit zu durchbrechen, die eine so zentrale Rolle in ihrer Beziehung spielte. Würden sie, wenn sie in die Flitterwochen führen, automatisch aus zwei verschiedenen Türen herauskommen?

Und dann gestand sie sich plötzlich ein, was sie seit Charlies Anruf letzten Samstag tief in ihrem Inneren wusste.

Das wird niemals passieren.

Kapitel 13

Ein als Gans verkleideter Mann reichte Beth einen Prospekt über Pastete. Der Bereich auf der einen Seite des Marktplatzes, rund um das Kriegerdenkmal, hatte sich in ein Festival regionaler Erzeugnisse verwandelt. Beth und Angus schlenderten durch die Menschenmenge, vorbei an Buden, die vollgepackt waren mit Schinken, Wein und Käse aus Lot et Garonne, aus Aveyron und Quercy. Es war heiß und voll, und auf dem Jahrmarkt, der in der Mitte des Platzes aufgebaut worden war, begann es laut zu werden.

»Ich muss schon sagen«, bemerkte Angus, »die Franzosen sind schrecklich gut in solchen Dingen. Was, schätzen Sie, ist das für ein schwarzes Zeug in diesen Dosen?«

Beth fächerte sich mit dem Gänse-Prospekt Luft zu. »Auberginen, nehme ich an.«

Sie gingen nebeneinander her, allerdings noch nicht wie ein Paar, das auf dem Weg ist, ein intimes Abendessen zu genießen. Die Gruppe war immer noch locker zusammen.

»Ich hoffe, Sie sind hungrig«, sagte Angus. »Ich sterbe vor Hunger – kann es nicht erwarten, die anderen abzuschütteln. Was haben Sie mit Ihren Töchtern gemacht?«

»Ich habe ihnen eine ganze Menge Geld gegeben, und ich

weiß, dass sie Charlie auch bequatscht haben. Ich werde sie für Stunden nicht zu Gesicht bekommen.« Das konnte sie mit Gewissheit behaupten. Scarly war sofort mit Miles verschwunden, als sie angekommen waren, und Beth tat ihr Bestes, nicht daran zu denken, dass sie sich davongeschlichen hatten, um miteinander zu schlafen. Bean war unterdessen ganz dick mit Trevor – zuletzt wurden sie dabei gesehen, wie sie sich warme Apfelkrapfen von einem Wagen auf dem Marktplatz geholt hatten und dann in Richtung Schießstand verschwunden waren. Ohne Angus und seine galante Art wäre Beth sich ein wenig überflüssig vorgekommen.

»Und, äh – Charlie?«

»Machen Sie sich um ihn keine Sorgen.« So behütet, wie sie sich im Moment fühlte, tat Charlie ihr fast ein bisschen leid. Die arrogante Clare zeigte ihm die kalte Schulter, und er machte sich ziemlich lächerlich, indem er mit Alick ganz offen um ihre Aufmerksamkeit buhlte. Er war viel zu gefangen in diesem Drama, um seine Frau wahrzunehmen – egal ob sie mit Angus, der Stadtkapelle oder dem walisischen Männergesangverein zu Abend aß.

Angus nahm ihren Arm, damit sie auf dem schmalen Bürgersteig nicht länger angerempelt wurde. »Sie sehen übrigens reizend aus.«

»Danke. Ich habe mir Mühe gegeben.«

»Ich auch.«

»Ihr Hemd gefällt mir«, sagte Beth. Er trug ein edles, glänzend gestreiftes Hemd mit goldenen Manschettenknöpfen. Seine Wangen waren rosa und frisch rasiert. Er hatte sich mit einer teuren Lotion eingecremt, die schwer nach Sandelholz roch.

»Julia meinte, ich sollte es mitnehmen«, sagte er. »Als sie

noch annahm, es würde in unserem Luxushotel elegante Diners geben.«
Beth war froh, dass er den Namen zuerst erwähnte. »Ich hoffe nicht, dass Sie denken, ich wäre neugierig, aber haben Sie inzwischen mit Julia gesprochen?«
»Nein«, sagte Angus. »Nicht ein Wort. Sie ruft mich rund um die Uhr an, sie versucht über die Jungen an mich heranzukommen, aber ich bleibe hart. Ich möchte nicht mit ihr reden, bevor ich nicht wirklich dazu bereit bin.«
»Was hat sie den Jungen gesagt?«
Angus lächelte plötzlich. »Ich habe keine Ahnung, aber heute Morgen haben sie mir einen großartigen Text geschickt – ›Hi Dad – halte durch, Kumpel.‹«
»Wie süß.«
»Ja, es ist gut zu wissen, dass sie auf meiner Seite sind.« Er trieb Beth vorwärts zu den Stufen auf der anderen Seite des Kriegerdenkmals, wo die Buden endeten und die Menschenmenge dünner wurde. »Lassen Sie uns auf die anderen warten – dann werde ich sie höflich daran erinnern, dass sie heute Abend auf sich gestellt sind und nicht erwarten können, dass ich ihnen sage, was sie machen sollen.«
»Sie haben mal einen freien Abend verdient«, sagte Beth.
»Allerdings, das habe ich. Hat Charlie Ihnen von der Ratte erzählt?«
»Ja. Er hatte ein schlechtes Gewissen, Sie damit alleine zu lassen.«
»Na ja, es hat mir eigentlich nichts ausgemacht, diese Sache mit der Ratte zu erledigen – sie war schließlich schon tot. Viel unangenehmer war es, die Pool-Firma anzurufen und eine riesige offene Rechnung mit meiner Kreditkarte zu begleichen.«
»Autsch.«

»Das war die einzige Möglichkeit, sie zum Kommen zu bewegen. Sobald das Geld eingegangen war, waren sie sehr freundlich und versprachen, es gleich morgen früh als Erstes zu reparieren. Ich hoffe, das Wetter hat die Güte anzuhalten. Das sieht lustig aus, oder?«

Angus schaute auf den Stand neben ihnen. Ganz anders als einige der aufwendigen Aufbauten bestand er lediglich aus einem Tapeziertisch, auf dem schlicht und einfach bauchige schwarze Flaschen aufgereiht waren und stapelweise billig gedruckte Prospekte lagen. Zwei echte Mönche standen dahinter, der eine jung und der andere im mittleren Alter. Sie trugen lange hellbraune Gewänder mit Kapuze, und um ihren Hals hingen Bänder mit verbeulten Metallkreuzen. Allerdings hörte hier auch schon die Ähnlichkeit mit den frommen Ordensbrüdern auf, an die sich Beth aus ›Mein erstes Buch der Heiligen‹ erinnerte – man würde den hl. Gerard oder den hl. Francis wohl kaum in modernen Turnschuhen, mit blinkenden Uhren und glänzenden Sonnenbrillen erwischen.

Beth war seit ihren Tagen als Klosterschülerin nicht mehr im Gottesdienst gewesen, und bei dem Gedanken an die uniformierten Organisationen der katholischen Kirche fühlte sie sich unbehaglich und defensiv. Die Sonnenbrillen der Mönche erschienen ihr tadelnd; unerbittliche Augen, die ihren Kopf öffnen konnten wie den Deckel einer Keksdose und die ehebrecherischen Gedanken sahen, die darin herumschwirrten. Wenn man an all das glaubte (das hatten weder sie noch ihre Eltern getan; sie waren beide in zweiter Generation London-Iren und machten nur aus Gewohnheit mit), war Ehebruch eine ernste Sünde.

Beth wandte den Mönchen den Rücken zu, um zu dem Kriegerdenkmal hinaufzuschauen. Es war riesig. Die Trauer der Gemeinde war kostspielig und gewaltig gewesen. Ein lebensgroßer bronzener Krieger liegt in den Armen eines muskulösen Engels unter dem bronzenen Schutzdach des Engelflügels. Jede einzelne Feder des Flügels, jeder Streifen und jede Schnalle an der Uniform des Soldaten war liebevoll hervorgehoben. Der Soldat sah recht ordentlich aus, dachte Beth, wenn man bedachte, dass er in die Luft gesprengt worden war.

»Hier seid ihr – ich habe schon gedacht, ich hätte euch verloren.« Jamie tauchte auf – so als hätte jemand an einer von den Flaschen der Mönche gerieben, dachte Beth wütend, und ein fetter rosa Flaschengeist wäre herausgeplatzt. Ein Flaschengeist mit dunklen Augen, in riesigen Khakishorts, Sandalen mit Socken und einem Strohhut.

Jamie fächerte seinem feuchten, roten Gesicht mit dem Hut Luft zu. »Ich zerfließe förmlich«, informierte er sie. »Angus – hast du dir schon Gedanken über das Abendessen gemacht?«

Angus war ganz ruhig. »Ich habe dir doch gesagt, dass wir heute Abend alle getrennte Wege gehen, bis wir uns um Mitternacht am Bus wieder treffen.«

»Oh.« Das rote Gesicht fiel verzweifelt in sich zusammen. »Gut, wo wirst du denn essen?«

»Allein«, antwortete Angus bestimmt. »Ich bin kein Reiseführer.«

»In Ordnung. Dann hole ich mir besser irgendetwas an einer der Buden.«

Beth war irritiert. Jamie erinnerte sie an den Maulwurf in »Der Wind in den Weiden« – diesen Meister der emotionalen Erpressung, der immer allen damit drohte, in Tränen auszubrechen, falls sie sich nicht am Flussufer versammelten und für ihn durch den Reifen sprangen.

»Ich nahm an«, sagte Angus, »du würdest zum Château zurückfahren, um ein Auge auf Angela zu haben.«
»Sie schläft.«
»Sie könnte aufwachen. Der Gedanke, sie alleine zu lassen, gefällt mir nicht.«
Jamie blieb stur. »Ich habe ihr ein paar Schlaftabletten gegeben. Sie wird für Stunden nicht aufwachen.«
»Du willst damit ja wohl nicht sagen, dass du ihr die Tabletten mit genau dieser Absicht gegeben hast.«
»Oh – nein – natürlich nicht.« Er sah unglaublich durchtrieben aus, und Beth war sich sicher, dass er log.
»Jamie, du solltest wirklich zurückfahren und nach ihr sehen – Beth – entschuldigen Sie mich –«
Angus zog seinen Bruder zur Seite und senkte die Stimme. Trotzdem konnte Beth jedes Wort verstehen. »Abgesehen von allem anderen, stell dir vor, sie wacht auf und kommt an den ganzen Alkohol.«
»Okay, okay.« Jamie schmollte jetzt, weil er wusste, dass er verloren hatte. »Ich fahre nach Hause, sobald ich etwas zu essen bekommen habe.«
»Gut.«
Die anderen holten jetzt auf. Sharkey gesellte sich zu ihnen und schlenderte hinüber zu dem Stand der Mönche, um ihn sich genauer anzusehen. Er setzte seine Brille auf, um den Werbeprospekt zu lesen. Dann sagte er auf Französisch etwas zu dem älteren Mönch – Beth, deren Französisch nicht so toll war, konnte es nicht verstehen – und nahm eine der bauchigen kleinen Flaschen. Auf dem Etikett befand sich der 50er-Jahre-Cartoon eines fetten, feist grinsenden Mönchs.
Beth fragte sich, warum sie sich in Sharkeys Gesellschaft so unwohl fühlte. Die Kinder blieben ihm gegenüber auf Dis-

tanz, wahrscheinlich weil sie zu jung waren, um mit einem Schulleiter Kontakt zu knüpfen. Aber Beth verstand nicht, weshalb sie selbst das Gefühl hatte, sich nicht mit ihm unterhalten zu können, so wie Charlie. Seine unabhängige Ausstrahlung hatte etwas leicht Beunruhigendes. Waren Schulleiter eigentlich nicht immer verheiratet? Vielleicht hatte er seine Frau ja unter den Fußbodendielen versteckt und in aller Ruhe seinen Europatrip unternommen, wie eine Figur aus einem Roman von Patricia Highsmith. Aber sie musste aufhören, alle Männer für schlecht zu halten. Selbst Charlie, der in fast jeder Hinsicht schuldig war, außer vielleicht des Diebstahls oder Mordes, war nicht durch und durch schlecht.

Da war er, klebte an Clares Seite und starrte an ihr vorbei auf Alick, der an ihrer anderen Seite klebte. Clare ging sich den Stand der Mönche anschauen, und Charlie und Alick gingen mit. Beth erinnerte sich plötzlich an das Bild, das bei ihrer Großmutter in der Küche gehangen hatte. ›Zwei an ihrer Angel‹ hieß es. Eine junge Frau mit einem Hut stolzierte selbstgefällig einen Feldweg entlang, flankiert von zwei eifersüchtigen jungen Männern.

Kaum war ihr dieses Bild eingefallen, konnte Beth den ständigen Geruch des Lavendel-Poliermittels und den Kohlgestank im Hause ihrer Großmutter förmlich riechen und die Staubflöckchen sehen, die in dem Sonnenstrahl herumwirbelten, der auf die rechte Ecke des lackierten Holzrahmens fiel. Solche Erinnerungsblitze, eindringlicher und lebhafter als Fotos, waren ein weiteres Phänomen des mittleren Alters – Beth fing langsam an zu verstehen, warum alte Leute ständig von der Vergangenheit redeten.

Sie trat zu dem Rest der Gruppe am Stand der Mönche und hoffte, dass Angus es schaffte, sie schnell loszuwerden.

Er betrachtete eine der Flaschen. »Er wird im Kloster von St. Hilaire hergestellt«, erzählte er ihr. »Sie machen ihn offensichtlich schon seit Jahrhunderten.«

»Was ist es, ein Likör?« Beth, die schon unangenehme Begegnungen mit obskuren fremden alkoholischen Getränken gehabt hatte, war skeptisch.

»Er ist ohne Alkohol – aus Kräutern gemacht.«

»Das Rezept ist ein Geheimnis«, sagte Sharkey. »Die Menschen im Mittelalter glaubten, dass er gegen alles half, sogar die Pest.« Er reichte dem älteren Mönch, eine echsenartigen Gestalt, eine große Banknote, die sofort in der Kutte verschwand. Es gab kein Wechselgeld. Sharkey nahm zwei Flaschen und steckte sie in die beiden Taschen seiner Leinenjacke.

»Das ist ja ein Vermögen«, sagte Jamie kritisch, »für etwas Antialkoholisches.«

»Ich habe einen Freund, der schwört darauf als Stärkungsmittel.«

»Ich verstehe nicht, wie er einen stärken soll, wenn kein Alkohol drin ist.« (Beth fand, dass Jamies offenes Interesse an Alkohol unter den gegebenen Umständen eine Schande war – wie sollte die unbekannte unsichtbare Angela jemals trocken werden?)

»Wahrscheinlich ist er voll von natürlichen Antioxidantien und Vitamin B und Eisen«, erzählte Alick ihnen allen. »Deshalb schrieb man früher vielen Hausmittelchen magische Eigenschaften zu. In Zeiten sehr schlechter Ernährung hat dieses Zeug möglicherweise lebenserhaltende Wirkung gehabt. Mon frère – s'il vous plaît –« Er suchte in seinem Rucksack nach dem Portemonnaie.

»Herrgott, du kaufst doch wohl keine?« Jamie war empört.

»Ein Teil des Geldes fließt in die Erhaltung des Klosters.«
Wie anders als seine Brüder Alick doch war, dachte Beth, so sachlich und ernst und voller nützlicher Informationen – der Typ Mann, der ohne Fahrradklammern nicht angezogen aussieht.

»Also, ich werde welche mitnehmen«, sagte Angus. »Ich hab im Reiseführer etwas über das Kloster gelesen. Ich habe es als ein mögliches Ausflugsziel angestrichen, falls wir noch einen Regentag haben. Die Bilder sehen fabelhaft aus.«

»Oh, das ist ein wunderschöner Ort«, sagte Sharkey. »Oben in den Bergen, Kilometer von unbefestigten Straßen entlang. Das wäre eine ganz schöne Herausforderung, den Bus da raufzubekommen.«

»Sie waren schon einmal da?«

»Ja, vor Jahren. Es wird sich wohl nicht verändert haben.« Er lächelte in die Runde. »Wie auch immer, ich bin weg, wir treffen uns um Mitternacht.«

»Warten Sie«, sagte Jamie. »Sind Sie vielleicht auf der Suche nach etwas Essbarem?«

»Nein, ich wollte mir die Kirche ansehen.«

»Oh.« Da war er wieder, der verletzte Maulwurfblick.

Sharkey sah ihn ernst an. »Sie ist aus dem 14. Jahrhundert, mit einem bemerkenswerten Lettner.«

Und keine stämmigen rosagesichtigen Männer, die versuchen, sich ein kostenloses Abendessen zu verschaffen, dachte Beth gemein. Sie beobachtete Sharkey, wie er selbstbewusst wie immer in der Menschenmenge verschwand.

Angus bezahlte die Flasche von St. Hilaire und steckte sie in seine Hosentasche.

»Erinnern Sie mich daran, dass sie da drin ist«, sagte er lachend zu Beth. »Ich möchte mich nicht draufsetzen.«

Die Menschenmenge, die in Richtung Jahrmarkt auf dem

Marktplatz unterwegs war, wurde jetzt größer. Man hörte Geschrei und Musikgeklimper.

Der jüngere Mönch stellte geschäftig eine Reihe von kleinen Plastikbehältern auf, die den Messbecherchen ähnelten, mit denen man Hustensaft einnimmt. Er füllte sie mit einer dicken, dunkelgrünen Brühe und bedeutete Angus, dass das kostenlose Proben waren.

»Oh, *merci*, warum nicht.« Angus reichte die Becherchen herum.

»Für mich nicht, danke«, sagte Beth.

»Kommen Sie schon, das kann nicht schaden – oh, komm schon, Jamie – das wird deine Fahrkünste nicht beeinträchtigen, oder? Wohl bekomm's.«

Beth kippte ihren Schluck herunter. Er war sehr eklig – sauer und schleimig mit einem Nachgeschmack von krankem Furz. Sie alle stöhnten und husteten und zogen Gesichter.

»Jetzt wisst ihr, warum sich dieses Zeug nicht durchgesetzt hat«, sagte Clare. »Es schmeckt wie verfaulter Broccoli.«

Charlie sagte: »Es schmeckt eher wie Rosenkohl, gekocht in verdünntem Tapetenkleister.«

Clare kicherte. »Wir sollten eine Flasche für Derek kaufen.«

Beth hätte beinahe laut losgelacht – ihrer Meinung nach war Derek ein Depp und seine Frau ein Drachen, und sie hätten eine Flasche von diesem keimenden Fusel verdient. Natürlich traf sie Clares unbekümmertes ›Wir‹ – aber es schien ihr nicht so wehzutun wie sonst, und sie hätte beinahe über die Witze dieser Frau gelacht. Sie war plötzlich hingerissen von der Farbe des dunkel werdenden Himmels, einem satten, tiefen Blau, das umrahmt war von dem Violett der letzten Sonnenstrahlen. In den Linden über ihnen hingen Lampions, die sanft und verschwommen durch die

Blätter hindurchschienen. Die heiße Dunkelheit war extrem bezaubernd.

Alick studierte den Prospekt. »Der regionalen Tradition zufolge ist das offensichtlich ein Liebestrank. Ludwig der XIII. nahm ihn einmal ein, um einen Anfall von Impotenz zu heilen. Er soll bei den Leidenschaftslosen Leidenschaft hervorrufen.«

»Diese Warnung kommt zu spät.« Angus sah Beth bedeutungsvoll an. »Wir haben das Zeug getrunken, und jetzt sind wir zu einer Nacht voller Leidenschaft verdammt.«

»Huh«, sagte Jamie. »Das ist das Letzte, was ich gebrauchen kann.«

»Ich glaube, ich bin bereit für den Jahrmarkt«, sagte Clare. »Es könnte sogar sein, dass ich meine Meinung über das Karussell ändere.« Sie ging los, ohne sich noch einmal umzusehen, und zog an den Strippen ihrer Gecken, die sofort hinter ihr herliefen.

»Wartet!«, rief Jamie. »Bruderherz, warte! Hast du dir über das Abendessen irgendwelche Gedanken gemacht?« Der Strohhut kämpfte sich durch die Menge wie ein Lachs, der flussaufwärts schwimmt. »Bruderherz!«

»Endlich alleine«, sagte Angus. Er nahm Beths Hand. »Machen wir uns aus dem Staub, solange wir die Chance haben.« Er führte sie in eine schmale mittelalterliche Gasse, die von kleinen Geschäften gesäumt war. Sie gingen um die Ecke in eine andere Gasse, die gerade breit genug war, um nebeneinander zu gehen.

Beth fragte: »Haben wir uns verirrt?«

»Nein, aber würde es Ihnen etwas ausmachen, wenn es so wäre?«

»Eigentlich nicht.« Ihr Kopf schwirrte angenehm. »Aber ich habe einen Riesenhunger.«

»Es ist nicht mehr weit bis zum Restaurant, lassen Sie uns hier für einen Moment anhalten.«
Er blieb vor einer knorrigen und rußbedeckten Tür stehen, die aussah, als wäre sie seit tausend Jahren nicht mehr geöffnet worden. Beth hatte keine Ahnung, warum Angus hier stehen bleiben wollte, und es war ihr auch egal. An diesem einsamen, verlassenen Ort, an dem die Geräusche des Jahrmarkts gedämpft und weit weg waren, empfand sie einen tiefen Frieden. Angus starrte sie lange an, während er mit den Fingern durch ihr Haar strich. »Ich werde etwas tun«, sagte er, »wofür ich mich schon im Vorhinein entschuldige.«
Und während Beth noch dabei war, diesen Satz zu verarbeiten, legte er die Arme um sie und küsste sie.

Das wird niemals passieren.
Diese Einsicht wollte nicht mehr verschwinden. Sie verfolgte Clare auf Schritt und Tritt, zupfte an ihren Klamotten herum, lauerte hinter jeder Ecke und stand jedem anderen Gedanken im Weg. Sie vermutete, dass Charlie das ganz tief in seinem Inneren auch wusste und dass ihn das aggressiv machte. Er tauchte an ihrer Seite auf wie ein Gefängniswärter, wobei er andere grob aus dem Weg schob und Alick anschnauzte, sobald dieser nur den Mund aufmachte.
Alick tat so, als würde er es nicht bemerken, aber in einer Art, die selbst für Clare erkennbar provozierend wirkte.
»Zum ersten Mal war ich in dieser Gegend, kurz nachdem ich die Uni hinter mir hatte«, erzählte er ihr, »und man konnte die alten Leute *Languedoc* reden hören, den alten

lokalen Dialekt, eigentlich so eine Art Küchenlatein. Die moderne Welt war bis vor etwa fünfzig Jahren nicht in diesen Teil Frankreichs vorgedrungen.«

Charlie gähnte laut.

Clare fragte: »Wird die Sprache noch gesprochen?«

»Das hoffe ich. Es ist traurig, diese Dinge aussterben zu sehen.«

»Na, ich weiß nicht«, sagte Charlie. »Ich sehe keinen Grund, eine Sprache zu erhalten, die niemand mehr spricht – ich halte das für reine Sentimentalität. Allein die Tatsache, dass Leute so ein Theater darum machen, ist ein Zeichen für die entsetzlichste Form der Modernität – das Verklären einer Vergangenheit, die nie existiert hat.«

»Danke für deinen Beitrag«, sagte Clare. »Tatsache ist, dass ich in diesem Punkt mit Alick übereinstimme. Ja, es ist verrückt, die Vergangenheit zu glorifizieren, aber der Gedanke, die Geschichte, all die kollektiven Erinnerungen zu verlieren, gefällt mir auch nicht.«

Hör dich an, dachte sie, du klingst wie der letzte Kulturwichser, aber ich lasse nicht zu, dass er wegen eines aussterbenden französischen Dialekts einen Krach anfängt.

Mit dreizehn hätte sie es vielleicht romantisch gefunden, wenn zwei Männer um ihre Gunst geworben hätten. Zwanzig Jahre später erkannte sie, dass die Männer viel mehr an sich selbst interessiert waren.

»Alick kommt aus der Geschichtsbranche«, sagte Charlie. »Er hat ein klares Eigeninteresse daran, tote Dinge duftend einzubalsamieren.«

»Das also, glauben Sie, mache ich?«

»Natürlich glaubt er das nicht«, sagte Clare.

»Sie sagen das, weil Sie Architekt sind«, sagte Alick, »und Sie haben ein Eigeninteresse daran, alles Alte zu zerstören.

Ihnen widerstrebt der Gedanke der Erhaltung. Sie haben den Drang, alles abzureißen.«

Clare hätte beinahe laut geseufzt – diesen alten Fehdehandschuh musste Charlie unweigerlich aufnehmen.

»Oh, ja«, sagte er spöttisch, »das ist absolut richtig, nicht wahr, Clare? Wir Architekten verbringen unsere Zeit damit, Städte zu ruinieren, indem wir unsere grausamen Bürogebäude planen.«

»Aber eine Stadt, die organisch wachsen kann –«

»Was zum Teufel soll das denn heißen? Städte wachsen nicht organisch – sie werden von Menschenhand gebaut, und sie müssen sich verändern, um den Bedürfnissen der Menschen zu entsprechen. Sie können nicht einfach einen Stein einpflanzen und darauf warten, dass er wächst wie eine verdammte Tomatenstaude.«

»Bitte!« Das kam nachdrücklicher heraus, als Clare es gewollt hatte, und sie musste einen Moment durchatmen, um den richtigen Ton zu treffen. »Ich dachte eigentlich, dass wir uns amüsieren wollten.«

Alick sagte: »Entschuldigen Sie, dieses Streitgespräch müssen Sie wohl schon hundertmal geführt haben.«

»Jedes Mal, wenn ich auf eine Party gehe«, sagte Charlie. »Irgendjemand macht mich immer persönlich für eine grässliche Turmuhr oder so etwas verantwortlich –«

»Ich frage mich«, sagte Clare, »was sich Historiker so auf Partys anhören – müssen Sie sich von den Leuten auch irgendwelche Vorwürfe anhören?«

Alick lächelte und ging auf den Themenwechsel ein. »Manchmal werfen die Leute mir vor, für geschichtliche Fakten verantwortlich zu sein, die sie nicht mögen – unangenehme Massaker oder so etwas. Jede Tatsache, die ihr eigenes Weltbild stört.«

»Und sie protestieren wahrscheinlich«, sagte Charlie, »gegen die Art und Weise, wie der Historiker gern Fakten manipuliert, um daraus politisches Kapital zu schlagen.«

»Oh, Himmelherrgott, Charlie!« Sie hatte genug. »Hör auf, ihm in jeder Hinsicht Kontra zu geben! Zum allerletzten Mal, ich versuche mich zu amüsieren.«

»Wir sollten uns auf angenehme Themen beschränken, oder? Sichere Themen? Ist es das, was du willst?«

»Ja«, sagte Clare.

Sie gingen in gereiztem Schweigen weiter.

Von dem herrlichen nostalgischen Karussell in der Mitte des Platzes ertönte plötzlich laute Musik – passenderweise der Marsch der Gladiatoren. Neben dem Karussell befand sich so eine Art überdachter Bahn, grell angemalt mit Bildern von nackten Frauen, wo die Autoscooter untergebracht waren. Zwei oder drei der kleinen Autos, wie VW Käfer ohne Räder, stießen halbherzig zusammen. Discomusik drang aus den Lautsprechern über der leeren Tanzfläche auf der anderen Seite des Platzes. Die Stimmung war noch nicht auf dem Höhepunkt.

»Ich brauche etwas zu trinken«, sagte Charlie. Sie standen vor einem der zahlreichen Lokale in der Stadt. »Lasst uns hier einkehren und auftanken.« Ein Pärchen war gerade aufgestanden, um einen der kleinen Tische auf dem Bürgersteig zu verlassen. Er schnappte sich einfach ihren Tisch und setzte sich.

»Hier sind nur zwei Stühle«, sagte Clare.

»Setzen Sie sich«, sagte Alick. »Ich wollte noch zum Geldautomaten, und da steht eine lange Schlange. Wir treffen uns später wieder.«

»Na gut, wenn Sie wollen – sollen wir Ihnen etwas zu trinken bestellen?«

»Nein, danke – ich nehme lieber noch einen Schluck St. Hilaire.« Er nahm die Flasche aus dem Rucksack. »Schon komisch, er ist wirklich fürchterlich, schmeckt aber seltsamerweise trotzdem nach mehr – bis später.«
Er machte sich auf den Weg, um sich in die lange Schlange vor der *Credit Agricole* einzureihen.
»Sie müssen sich nicht beeilen«, sagte Charlie zu laut.
Clare sagte: »Er ist weg, du kannst jetzt aufhören.«
»Womit aufhören?«
»Dich wie ein Scheißkerl zu benehmen.«
»Ich habe lediglich versucht, den Schotten loszuwerden. Dir gegenüber benehme ich mich doch nicht wie ein Scheißkerl, oder?«
»Eigentlich nicht«, sagte Clare. »Aber ich mag diesen Tonfall an dir ganz und gar nicht.«
»Entschuldigung, Entschuldigung«, sagte er übertrieben ruhig. »Ich war mir nicht im Klaren darüber, dass ich in einem bestimmten Ton gesprochen habe.«
»Das ist der Ton, den du deiner Frau gegenüber anschlägst. Ist es das, was auf mich zukommt, wenn wir verheiratet sind? Soll ich mich schon einmal darauf einstellen?«
Das war das liebloseste Gespräch, das sie jemals mit ihm geführt hatte, und es war ihr egal.
Er zuckte wütend zusammen. »Gott, Clare – was ist denn heute Abend nur los mit dir?«
Clare dachte darüber nach. Es hatte sich etwas verändert, oder verschoben. »Ich weiß es nicht. Ich habe eine Menge nachgedacht.«
»Über das Heiraten?« Sein Ausdruck wurde sanfter. »Ich auch.«
»Wir haben diese Unterhaltung noch nicht abgeschlossen.«

»Monsieur?« Der Kellner kam an ihren Tisch. Clare musste warten, bis Charlie einen doppelten Whisky für sich und einen Gin Tonic für sie bestellt hatte.

»Ich kann keinen Wein mehr sehen«, sagte er zu Clare, als der Kellner wieder weg war. »Von dem Zeug zum Mittagessen hatte ich fürchterliches Sodbrennen.«

»Ich habe gesagt, dass wir unsere Unterhaltung nicht abgeschlossen haben.«

»Oh, ja – natürlich will ich – was haben wir nicht besprochen?« Er zeigte sich nachsichtig, so als glaubte er, sie würde sich über irgendetwas Triviales wie Vorhänge Sorgen machen. Sie war gereizt, und das ließ sie zur Sache kommen.

»Charlie, ich möchte ein Baby.«

»Was? Gott, nicht das schon wieder – Liebling, warum um alles in der Welt fängst du plötzlich von Babys an?«

»Ich bin dreiunddreißig. Wenn ich eins will, kann ich nicht mehr lange warten. Wir sollten es so schnell wie möglich machen.«

»Nun, einen Moment«, sagte Charlie, »mein Engel, ich hatte zwei Babys, und du weißt nicht, was du da verlangst. Ich habe das die ganze Zeit gerne gemacht, aber ich würde tatsächlich lieber sterben, als das alles noch einmal durchzumachen. Herrgott – die Windeln, der Lärm, die Gerüche – in jedem Zimmer des Hauses sah es aus wie in einer Kinderkrippe – ich bin zu alt. Ich habe zu lange auf meine Freiheit gewartet.«

Clare hätte argumentieren können, dass sie schon viel zu lange auf einen Mann gewartet hatte, der bereit war, sich zu ihr zu bekennen. Sie ließ es sein. Was sollte das bringen? Kein Streit der Welt könnte diese Mauer zwischen ihnen einreißen. Sie hatte den wunden Punkt getroffen, kaum dass sie davon angefangen hatte.

»Also«, sagte sie, »wenn ich dich heirate, muss ich mich damit abfinden, kinderlos zu bleiben.«
Er bewegte gereizt die Schultern, so als fühlte er sich eingeengt. »Komm schon, das ist ein bisschen pathetisch – warum müssen wir plötzlich so ein Drama darum machen?«
»Mit anderen Worten, ja.«
»Das ist kein reiner Egoismus. Ich muss an meine Töchter denken.«
»Es könnte doch sein, dass sie ein Baby gut finden würden.«
»Und sie könnten das Gefühl haben, dass sie ersetzt werden.« Charlie machte ein ernstes Gesicht.
Es wird noch schlimmer, dachte Clare – ich bin zur Kinderlosigkeit verdammt, bloß weil zwei verzogene Teenager sich ›ersetzt‹ fühlen könnten.
Der Kellner brachte ihre Drinks. Charlie stürzte seinen doppelten Whisky in einem Zug hinunter. Clare nahm von ihrem Gin Tonic nur einen kleinen Schluck. Sie war mehr an Essen interessiert – Gott, der verführerische, fettige, heiße, klebrige Duft dieser Apfelkrapfen. Der Wagen war nur ein paar Meter entfernt, nah genug, um zu beobachten, wie die Kunden weiße Ströme von Zuckerguss über die knusprigen goldenen Apfelkrapfen laufen ließen, die gerade frisch aus der Friteuse gekommen waren –
»Ich wüsste gerne, wo das jetzt herkommt«, sagte Charlie. »Du hast noch nie über Kinder gesprochen, du hast sie ja kaum wahrgenommen. Als Serafina mit dem Baby hereinkam, hast du nichts weiter getan, als dich über den Kackgeruch zu beschweren.«
Das stimmte alles. Serafina, die einmal Charlies Chefsekretärin gewesen war, war ins Büro gekommen, um ihr neugeborenes Baby vorzuführen, und Clare konnte sich nicht

einmal daran erinnern, welches Geschlecht es hatte. Das Geschrei und das Gekacke waren ihr auf die Nerven gegangen. Sie hatte selber nicht die geringste Ahnung, wie sie plötzlich auf die Idee kam, eins haben zu wollen.

»Ich habe nie irgendwelche Babys gekannt«, sagte sie. »Vielleicht ist das der Grund, warum ich bei ihrem Anblick nicht sentimental werde. Früher habe ich sie immer gesehen, natürlich, weil meine Mutter jeden Dienstagnachmittag eine Baby-Sprechstunde hatte. Ich kam aus der Schule, und das Wartezimmer auf der anderen Seite des Flures war immer voll.«

»Wenn du wirklich ein Baby haben wolltest, wäre dieser Wunsch schon viel früher aufgetaucht.« Charlie nahm über den Tisch hinweg ihre Hand. »Meinst du nicht, es wäre möglich, dass du – unbewusst – nach etwas suchst, um mich festzunageln?«

Erstaunlicherweise machte sie das nicht wütend. Er schoss aus einer zu großen Distanz. Sie hatte bereits akzeptiert, dass das nicht existierende Baby der Felsen war, an dem sie zerschellen würden.

Sie sagte: »Im Moment ist alles, was ich sicher weiß, dass ich nicht kein Baby haben möchte. Ich möchte mir die Möglichkeit nicht nehmen lassen, bevor ich überhaupt Zeit hatte, darüber nachzudenken.«

Er seufzte ungeduldig. »Willst du damit sagen, dass du mehr Zeit brauchst?«

»Nein, du hörst mir überhaupt nicht zu. Ich will damit sagen, dass ich dich nicht heirate, wenn ich kein Kind mit dir haben kann.«

»O Gott, Clare – was passiert mit uns? Das ist ja die reinste Erpressung! Gerade wo ich an dem Punkt bin, meine Frau zu verlassen, erzählst du mir, dass ich dich nicht haben

kann, wenn – ich kann das nicht, das ist alles.« Er stürzte den Rest seines Whiskys hinunter. »Du scheinst zu vergessen, dass ich fast zwanzig Jahre älter bin als du.«
»Viele Männer mit fünfundfünfzig haben Babys«, sagte Clare.
»Ich kann nicht ein Kleinkind und einen Seniorenausweis in ein und demselben Leben haben, Clare. Ich liebe dich leidenschaftlich, aber ich kann den Gedanken nicht ertragen, nochmal ein Kind zu bekommen.«
Clare dachte: Das war's dann wohl. Nachher, wenn sie sich nicht mehr so seltsam, so leichtsinnig und so hungrig fühlte, wäre sie wahrscheinlich zutiefst unglücklich.
Charlie schien nicht verstanden zu haben, dass ihre Liebesaffäre soeben gestorben war. Er winkte den Kellner herbei und bestellte noch zwei Drinks. »Ich bin eigentlich ganz froh, dass wir dieses Thema vom Tisch haben«, sagte er. »Ich weiß, dass ich mich schrecklich egoistisch anhöre, Liebling – aber du weißt wirklich nicht, was es heißt. Nachdem Bean zur Welt gekommen war, hatte ich einen schweren Anfall von Depressionen.«
»Ich dachte, es sind die Mütter, die Depressionen bekommen.«
»Niemand spricht über die Väter.« Charlies schöne braune Augenbrauen zogen sich zusammen zu einem mürrischen Brando-Runzeln. »Beth war überhaupt nicht deprimiert. Sie hatte alles, was sie auf der Welt wollte. Sie hatte eine Dreijährige und ein neugeborenes Baby, und manchmal graute es mir nach einem harten Arbeitstag davor, nach Hause zu gehen. Ich trottete die Putney High Street entlang, fix und fertig von der Arbeit und der Ochsentour nach Hause durch London, und wusste, wenn ich die Haustür öffnete, erwartete mich eine Welt voller Geschrei und Keks-

krümeln auf dem Sofa.« Er sah bei der Erinnerung daran richtig elend aus; Clare erkannte, dass sie besonders quälend sein musste. »Manchmal war unser Haus voll von den Gören anderer Leute, und um meinen Küchentisch saß ein gackernder Hexenzirkel aus Müttern und Kindermädchen. Lizzie Parr war immer da – du weißt schon, die alte Ziege, die uns die Ferien versaut hat.«

»O ja, die Frau des Chefarztes vom Krankenhaus-Komitee.«

»Genau, sie hat Kinder im selben Alter wie unsere, und sie wohnten in der Nachbarschaft. Ich habe sie vermutlich öfter gesehen als ihr Ehemann, Gott stehe ihm bei. Ich hatte das Gefühl, dass mein Leben komplett in andere Hände übergegangen war. Ich hatte das Gefühl, dass meine Konturen langsam verschwammen, so als wäre ich gar nicht mehr richtig sichtbar.«

»Hattest du eine Affäre?«

»Ich hatte Sex mit jemandem«, sagte er. »Ich würde es nicht Affäre nennen. Ich glaube, ich wollte einfach die körperliche Erlösung der sexuellen Leidenschaft. Der Sex zu Hause war nicht besonders gut. Als Bean zahnte und fünfmal in der Nacht wach wurde, kam Beth mit diesen riesigen Wollsocken ins Bett – nicht dass sie jemals Sex wollte.«

»Sie war wahrscheinlich zu müde«, sagte Clare.

»Sie war erschöpft. Das waren wir beide.«

»Dad! Hier ist er – Dad!«

Die anstrengende Bean rannte höchstpersönlich durch die Menschenmenge auf sie zu, mit Trevor im Schlepptau. Sie drückte verschiedene Porzellanschmuckstücke an ihren knochigen Busen, und auf diesem großen, auf eigentümliche Weise attraktiven Mund lag ein vergnügtes Grinsen.

»Hi – hi Clare – o Gott, wir hatten verdammt viel Spaß – du glaubst nicht, was ich am Schießstand gewonnen habe.« Sie hielt ihm eine rosafarbene Porzellanvase in Form eines lächelnden Kaninchens hin. Es spottete jeder Beschreibung und war so scheußlich, dass es Charlie körperlichen Schmerz bereitete.

»Wunderschön, Schätzchen«, sagte er schwach.

»Passt es nicht ganz toll auf die Anrichte?«

»Hmm. Lass uns darüber reden, wenn wir zu Hause sind.« Die ›Anrichte‹ aus schimmerndem Granit in einem perfekten Eisengrau war ein unglaubliches Möbelstück, das Charlie entworfen hatte. Es hatte ein Vermögen gekostet und ihm einen Preis eingebracht. Clare vermutete, dass das der Hauptgrund war, warum er es nicht auf die Reihe bekam, seine Frau zu verlassen. Bei dem Gedanken daran, wie Beans rosa Kaninchen sie verunstalten würde, unterdrückte sie ein prustendes Lachen.

»Wo ist Mum?«, fragte Bean.

»Keine Ahnung, fürchte ich. Wir haben uns aus den Augen verloren.«

»Machst du es dann?«

»Was?«

»Auf meine Gewinne aufpassen. Wir wollen gerne zum Autoscooter gehen. Komm schon, Trev – bevor es zu voll wird.« Bean legte ihre drei scheußlichen Porzellanteile auf den Tisch, schnappte sich Trevors Hand und zog ihn in Richtung Autoscooter.

»Ich weiß nicht, was ich mit diesem Zeug machen soll«, sagte Charlie missmutig. Die anderen zwei Preise waren kleiner als das Kaninchen und weniger abstoßend – eine beinahe chinesisch aussehende Schäferin und eine Nachbildung von Snoopy. »Hast du noch Platz in deiner Tasche?«

Clares Tasche war groß und enthielt nichts außer ihrem Portemonnaie und ihrer Sonnenbrille. Sie mochte es nicht, so viel Zeug mit sich herumzutragen. »Ich glaube ja.«

»Weißt du was?«, sagte er zu Clare, »ich lasse das Kaninchen hier und erzähle Bean, dass es kaputtgegangen ist. Sie wird Theater machen, aber wenn ich sie es mit nach Hause nehmen lasse, wird sie darauf bestehen, es auf meine Anrichte zu stellen – wenn sie es sich einmal in den Kopf gesetzt hat, dann war's das.«

»Warum sagst du ihr nicht einfach, dass sie es nicht tun soll?«

Er lachte freudlos. »Du arme Ahnungslose, kein Elternteil würde jemals eine solche Frage stellen.«

»Und warum nicht?«

Die Getränke kamen. Charlie nahm sich seinen Whisky. »Du verbringst dein Leben damit, Konflikte zu vermeiden, darum. Wenn ich das Kaninchen mitnehme, kann ich mich auf mehrere Tage Geschrei und Nörgelei einstellen. Wenn ich aber sage, entschuldige Schätzchen, ich habe es kaputtgemacht, aber hier ist stattdessen etwas anderes, möglicherweise sogar Geld – na ja, dann bleibt meine Anrichte rein, und wir alle haben einen ruhigen Abend.«

»Ist es das alles wert, nur um einen ruhigen Abend zu haben?«

»Oh, glaube mir, ja – tausendmal ja – alle Eltern werden das bestätigen, ein ruhiger Abend ist dein Heiliger Gral. Jetzt, wo sie Teenager sind, ist es ein bisschen besser, aber mein Haus wird immer noch von Emotionen heimgesucht, die jeden Winkel durchdringen und den Geschmack des Essens verderben und dir das Gefühl geben, du befändest dich in einem Film von Ingmar Bergman –« Er trank seinen zweiten Whisky aus.

»Scarly zum Beispiel – vor nur einer Woche glich das Haus einem Mausoleum, weil irgendein kleiner Mistkerl sie hat sitzen lassen. Und jetzt schwebt sie hier herum, als hätte sie die Liebe erfunden.«

Clare lachte leise. »Ja, aber es ist richtig süß.«

»Hmm. Soweit ich das beurteilen kann, hat Miles keinen richtigen Job und verschwendet auch keinen ernsthaften Gedanken an seine Karriere.« Sein Gesicht verfinsterte sich. »Und ganz egal, was Beth sagt, ich bin sicher, dass er sie vögelt.«

»Oh, Charlie, du machst ja einen Kinderschänder aus ihm.«

»In Ordnung, so schlecht ist er nicht.« Er kippte einen Spritzer Tonic in Clares unberührten zweiten Gin und nippte geistesabwesend daran. »Bist du mir noch böse?«

»Das fragst du mich andauernd.« Sie war nicht sauer.

»Ich war so ehrlich, wie ich kann.«

»Ja, ich weiß.« Glaubte er, er hätte diese Frage geklärt?

»Ich habe einen Riesenhunger – lass uns ein paar von diesen Apfeldingern holen. Der Geruch lässt mich ganz schwach werden.«

Er zahlte die Getränke. Ohne dass er es bemerkte, nahm Clare das rosa Kaninchen und steckte es in ihre Tasche.

Kapitel 14

»Vergiss, dass ich das getan habe«, sagte Angus. »Ich habe es gemacht, weil ich vorgeben wollte, jung und unabhängig zu sein. Was ich natürlich nicht bin. Also bitte ich dich, es zu vergessen und so zu tun, als ob das unser erstes Date wäre. Könntest du einem älteren Mann diesen Gefallen tun?«

»Oh, hör auf«, sagte Beth. »Du bist kein älterer Mann. Und hör auf, dich zu entschuldigen.«

Das war in den letzten dreiundzwanzig Jahren ihre erste Knutscherei mit einem Mann, der nicht Charlie war, und um die Wahrheit zu sagen, sie hatte es nicht genossen. Das hatte nichts mit Schuldgefühlen zu tun. Angus hatte sich als einer der feuchten Knutscher herausgestellt, die sie ihre ganze Jugend über zu vermeiden versucht hatte. »Alles Zunge«, wie Fiona, ihre beste Freundin vom College, gesagt hätte, »und er sabbert an dir herum wie ein großer Hund.« Sie hatte Charlie vermisst, der wunderbar küssen konnte, auch wenn sie sich seit Jahren nicht mehr anständig geküsst hatten.

»Du bist sehr liebenswürdig, Beth. Wenn wir uns nur fünfundzwanzig Jahre früher kennengelernt hätten. Was hast du damals gemacht?«

»Ich war Reporterin beim ›Reading Mercury‹. Und du?«

»Ich war Anwalt bei Gericht. Wie schön wäre es gewesen, wenn du eines Tages auf der Pressetribüne aufgetaucht wärst.«

»Aber dann hätten wir niemals unsere Kinder bekommen, oder? Ich möchte mir ein Leben ohne sie gar nicht vorstellen.«

»Hör auf, über die Realität nachzudenken. Wir tun nur so. Das ist unser erstes Date – wie findest du es bis jetzt?«

»Wunderbar«, seufzte Beth.

Angus' Restaurant lag am Ufer des breiten Flusses Lot, der die Altstadt in zwei Hälften teilte. Die Tische standen in Reihen am Ufer unter bunten Lichtern, die sich im Wasser widerspiegelten wie die Geister von Weihnachtsbäumen. Die mittelalterliche Brücke in der Nähe war voller Menschen. Viele Leute bummelten oder saßen, tranken und lachten in der heißen Dunkelheit. Auf dem Platz hatte die Stadt-Band angefangen zu spielen, und die traditionelle Hum-Tata-Musik gab der ganzen Szenerie etwas Märchenhaftes.

»Das ist wie die Party in diesem zauberhaften Roman«, sagte sie. »Wie heißt er nochmal? Wo der Junge über die Mauer des Hauses klettert – und da sind wunderschöne Leute in Kostümen –«

»›Der große Kamerad‹. Frag mich nicht, wer ihn geschrieben hat.«

»Fournier.« Beth zog den Namen triumphierend in die Länge, während sie sich fragte, was bloß mit ihrer Erinnerung los war – in einigen Situationen so klar und deutlich, in anderen so benebelt. »Ich habe schon seit Jahren nicht mehr daran gedacht.«

Der Besitzer des Restaurants (in modischen Hosen, T-Shirt und mit einer protzigen Uhr wie ein Geschäftsmann an seinem freien Tag) brachte ihnen eine große Platte *charcuterie*, einen Korb Brot und eine Flasche Rotwein. Beth erinnerte sich nicht daran, dass sie irgendetwas davon bestellt hatten. In ihrer Erinnerung hatte sich zwischen dem Hinsetzen und Angus' Bitte, den feuchten Kuss zu vergessen, ein schwarzes Loch aufgetan. War das der Anfang von Alzheimer?

Angus unterhielt sich mit dem *Patron*. Der örtliche Akzent war näselnd und unverständlich, sodass Beth in ihrem verwirrten Zustand schnell den Faden verlor. Der Mann stellte zwei Gläser St. Hilaire auf den Tisch.

»Die gehen aufs Haus«, sagte Angus. »Ich befürchte also, dass wir die trinken müssen. Sein Bruder ist einer der Mönche – einer von nur zweien, die mit dem geheimen Rezept vertraut sind.«

»Du meine Güte«, sagte Beth höflich.

»Napoleon nahm anscheinend eine Kiste von dem Zeug mit nach Elba – als *Digestif* schwor er darauf.«

Beth hatte sich vorgenommen, ihr Glas St. Hilaire in den nächsten Geranientopf zu schütten, aber der Mann ging einfach nicht weg. Er stand neben ihrem Tisch und lächelte freundlich, bis Beth sich verpflichtet fühlte, es zu trinken. Danach konnte sie Angus nicht ansehen, weil sie all ihre Konzentration dafür brauchte, das Gesicht nicht zu verziehen.

Als der klosterverbundene *Patron* sie endlich allein ließ, nahmen sie beide ihre angewiderten Gesichtsausdrücke wahr und lachten leise.

»Eine von Napoleons weniger guten Ideen«, sagte Angus. »Wie der Einmarsch in Russland.«

»Ich werde nicht schlau aus dem Französisch, das sie hier in der Gegend sprechen. Was hat er noch erzählt? Ich habe etwas von der EU aufgeschnappt.«

»Ja, die Mönche haben im Moment Krach mit der EU. Die

europäischen Wichtigtuer mögen keine geheimen Rezepte und drohen damit, die Produktion einstellen zu lassen, wenn die Brüder nicht ihre Inhaltsstoffe verraten.« Er nahm einen Schluck Rotwein. »Eigentlich ein ganz interessanter Fall. Ich habe mal die einzigartigen Herstellungsmethoden eines berühmten Käses verteidigt – es gibt einen ganzen Wust von Bestimmungen.«

Beth nahm einen großen Schluck von dem Wein. Es war ein reifer, alter Tropfen, voll des warmen Südens, dachte sie, mit perlenden Bläschen, die am Rande blinzelten – was um alles in der Welt war nur mit ihren Gedanken los? Sie brachten alle möglichen strahlend bunten Fetzen hervor.

Er fragte: »Alles in Ordnung?«

»O ja – es ist nur so, dass ich mich plötzlich glasklar an alles Mögliche erinnere – Gedichtstellen – und Dinge über meine Großmutter. Was glaubst du, woran das liegt?«

»Du hast sie gern gehabt«, schlug Angus vor.

»O ja, ich habe sie geliebt. Sie war eine alte irische Lady, und sie lebte in einem kleinen roten Steinhaus in Kilburn, wo ich total gerne hingefahren bin. Mir ist noch eines ihrer Bücher eingefallen. Was ist aus ihnen geworden, Angus? Wo sind sie?«

»Meine Theorie ist, dass sich bestimmte Dinge im Laufe der Zeit in Luft auflösen«, sagte er. »Ich bin permanent auf der Suche nach alten Dingen, die mir plötzlich einfallen. Was war das für ein Buch?«

»Die Mönche haben mich daran erinnert. Großmutter hatte einen alten Roman, der ›Der Garten Allahs‹ hieß. Er handelte von dem geheimen Rezept eines Mönchs – nur wette ich, dass es nicht so schrecklich geschmeckt hat wie dieses hier.«

»Vor ein paar Monaten«, sagte Angus, »dachte ich plötzlich

an ein Bild, das meinem Großvater gehörte, und wollte es unbedingt noch einmal sehen, aber ich habe es nicht gefunden. Julia und die Jungen fragten mich immer wieder, wie es denn aussah, und ich konnte es ganz genau beschreiben. Ich habe Wochen damit verbracht, zu überlegen, was ich damit gemacht habe.«

»Hast du es jemals gefunden?«

Er lächelte kläglich. »Eines Morgens, als ich wieder einmal darüber gejammert hatte, sagte Hamish: Moment mal – ist das nicht das Bild im Flur? Und, mein Gott, er hatte recht.«

»Wie peinlich!«

»Ich bin mir wie ein kompletter Idiot vorgekommen. Ich hatte es mir schon so lange angeschaut, dass ich es nicht mehr sehen konnte. Ein schöner kleiner Vorgeschmack des Alters.«

Beth verschlang das kalte Fleisch, als hätte sie seit Tagen nichts zu essen bekommen. Der salzig scharfe Geschmack war himmlisch. »Ich würde gerne deine Söhne kennenlernen.«

Es war schön zu sehen, wie sich Angus' Gesichtszüge entspannten. »Ich wünschte, du könntest das. Ich würde sie dir gerne vorführen. Hamish ist mir ziemlich ähnlich und wird zunehmend wie Alick, und Dough ist das Abbild von Julia.«

Auch er schlang gierig, nahm große Stücke des kalten Fleisches und kaute, während er sprach. »Auch was das Temperament angeht, ist er wie Julia, und man könnte meinen, dass sie das einander näherbrächte. Aber sie streiten sich ununterbrochen. Hamish und ich verbringen einen großen Teil unseres Lebens damit, den Frieden zwischen ihnen zu bewahren.« Beth kicherte gesellig, wobei sie sich nicht dar-

um kümmerte, dass ihre Backen mit Brot vollgestopft waren wie die eines Hamsters. »Das ist genauso wie bei Charlie und Bean! Sie haben das Talent aneinanderzugeraten, und sie sind genau gleich.«
»Ja, sie ist ihm wie aus dem Gesicht geschnitten«, sagte Angus. »Ihr mürrisches Stirnrunzeln ist eine Kopie von seinem.«
Das fand sie wahnsinnig lustig. »O ja, das ist es. Wenn sie eine ihrer Auseinandersetzungen haben, kriege ich das mürrische Stirnrunzeln stereo.«
»Ich nehme an, als du ihn kennengelernt hast, fandest du das sehr sexy«, sagte Angus mit dem Mund voller *saucisson.* »Ich nenne das den Heathcliff-Effekt – romantische Frau trifft den attraktiven, missmutigen Mann wie in Emily Brontës ›Sturmhöhe‹ und glaubt, das sei die Liebe ihres Lebens, weil er sie leiden lässt. Bei Gericht begegnet mir das die ganze Zeit.« Er schaute betrübt auf den leeren Brotkorb. »Ich glaube, dass Julia es besser gefunden hätte, wenn ich ein bisschen mehr der Heathcliff-Typ gewesen wäre. Ich glaube, ich habe sie enttäuscht.«
»Für mich ist das schwer nachzuvollziehen«, sagte Beth, »wie eine Frau von einem Richter, der sie anbetet, enttäuscht sein kann.«
»Bete ich sie an?«
Beth fühlte sich ungewöhnlich klar und brillant. »Du redest ununterbrochen von ihr. Es scheint so, als hättest du dein ganzes Leben damit zugebracht, sie zufriedenzustellen.«
Gedankenverloren kaute er auf dem letzten Stück Wurst herum. »Ich kriege sie nicht aus dem Kopf, das ist das Problem. Wenn ich nur dich an ihrer Stelle getroffen hätte. Deinen Erwartungen wäre ich möglicherweise gerecht geworden.«
»Was um alles in der Welt hat sie denn erwartet?«

»Ich habe Julia«, sagte Angus, »auf einem Ball in Edinburgh kennengelernt.«

»Das hört sich ja romantisch an – ich habe Charlie auf einer Baustelle kennengelernt. Hast du einen Kilt getragen?«

Er lächelte. »Natürlich.«

»Ich wette, dass du phantastisch ausgesehen hast. Ich kann mir vorstellen, dass dir eure ausgefallenen Trachten extrem gut stehen.«

»Süß, dass du das sagst.«

»Ein vornehmer Schotte zu sein«, sagte Beth, »bedeutet wahrscheinlich, dass man sich ständig herausputzen muss.« Sie freute sich zu sehen, dass ihn das amüsierte; er verdiente es, amüsiert zu sein, weil er so nett war, und weil Beth sich entschlossen hatte, dass sie, sollte sie jemals Ehebruch begehen, das nicht mit einem feuchten Küsser tun würde.

»Ich nehme an, ich bin deshalb ein, wie du es nennst, vornehmer Schotte, weil ich in eine schottische Oberschicht-Familie hineingeboren wurde und in einem Schloss aufgewachsen bin.«

»In einem echten Schloss! Ich bin furchtbar beeindruckt.«

»Es ist nur halb so beeindruckend, wie es sich anhört. Das Schloss war viktorianisch und hässlich. Wir haben es verkauft, nachdem unser Vater gestorben war. Es ist heute ein Rehabilitationszentrum für psychisch Kranke. Ehrlich gesagt lag unsere Vornehmheit bereits in den letzten Zügen, als ich Julia kennenlernte. Sie wurde das Gefühl nicht los, dass sie erst dazukam, als die guten Zeiten vorüber waren.« Er beugte sich vor und nahm Beths Hand. »Ich bete sie nicht an, aber ich kann sie nicht aus meiner Seele verbannen, ohne die Hälfte davon zu verlieren. Und ich weiß immer noch nicht, ob es gut oder schlecht ist, mich frei zu machen. Ich weiß, dass du das verstehst, weil es genau das ist, was du deinem selbstgefälligen Grobian von Ehemann gegenüber empfindest.«

Charlie schlang wie ein Schwein. Clare, die ein Mädchen vom Lande war, hatte Schweine schlingen sehen. Ihre Schnauzen zitterten an den Seiten, und sie fielen mit einer Lust, die fast sexuell war, über Abfälle her. Charlie stopfte sich zwei Apfelkrapfen auf einmal in den Mund. Er kaute wollüstig. Zuckerreste glitzerten auf seiner Oberlippe.

Ich sollte versuchen, mich daran zu erinnern, dachte Clare, wenn ich Sehnsucht nach ihm bekomme.

Sie fragte: »Sollen wir einen Blick in die Kirche werfen?«

»Scheißkirche«, sagte Charlie. »Wer schert sich schon um alte Kirchen?«

»Oh, Architekten und solche Leute.«

»Wie du weißt, stehe ich nicht auf kirchliches Zeug, auf jeden Fall nicht aus der Zeit vor Lutyens.« Er knüllte das leere, zuckerbestreute Papier zu einem Ball zusammen und warf es in einen nahe stehenden Papierkorb.

»Lass uns noch einen Drink nehmen.«

»Wir trinken schon seit Tagen. Lass uns nicht mehr trinken.«

»Scheiße«, schnauzte Charlie auf einmal. »Der schon wieder.«

»Wer?«

»Der Schotte – dreh dich nicht um – und tu so, als hättest du ihn nicht gesehen.«

»Charlie.« Clare legte die Hand auf seinen Arm. »Reiß dich zusammen.«

»Hallo!« Alick kam zielstrebig auf sie zu. Er war gefasster als Charlie, außer dass sein Haar völlig wirr und quasi erstaunt aussah.

»Na, schau mal, wer da ist«, sagte Charlie. »Jockina McStrap, die berühmte Roman-Lady.«

Alick schien das nicht gehört zu haben. Er lächelte Clare an. »Ist das nicht phantastisch? Ich bin über den Platz geschlendert und war ganz benommen von den Lichtern und den Geräuschen – ich habe mich gefühlt, als hätte ich mich in diesen französischen Film ›Le Grand Meaulnes‹ verirrt.«

»Der große Kamerad«, sagte Clare wie aus der Pistole geschossen. »Gott, Sie haben recht – hast du ihn jemals gesehen, Charlie?«

»Nein. Wie du genau weißt, verabscheue ich französische Filme der prätentiösen Sorte, was so viel heißt wie alle.«

Clare wünschte sich, sie könnte ihn ausschalten oder eine Decke über seinen Käfig werfen. »Es ist ein sehr schöner Film«, sagte sie zu Alick, »und ich weiß gar nicht, warum er nicht öfter gezeigt wird. Ich kriege ihn einfach nicht auf DVD, und in den Programmkinos muss man ihm regelrecht hinterherlaufen.«

»Vor zwei Jahren habe ich ihn das letzte Mal erwischt«, sagte Alick, »im National Film Theatre.«

»Echt? Ich glaube, ich war in derselben Vorstellung! Ich weiß noch, dass es brechend voll war.«

»Normalerweise mag ich diese Art von hochtrabendem romantischen Zeug gar nicht, aber was mich anlockte, war das berühmte Kapitel in diesem Patrick-North-Buch – kennen Sie das?«

»Oh, ja.« Natürlich kannte sie das. Es war immer noch ein Schock, wenn Patricks Name plötzlich und unerwartet auftauchte. Sie hätte sich denken können, dass Alick genau der Typ war, der das Buch gelesen hatte. Als sie Patrick kennenlernte, war das Buch ganz neu und in aller Munde, und Clare war begeistert, als er zusagte, vor ihrem kleinen und absonderlichen Filmclub zu sprechen. »Ich habe Ja gesagt, weil ich dich gesehen hatte«, hatte er ihr später erzählt, als ihr Kopf auf seiner nackten Brust lag. »Du bist an meinem Fenster vorbeigegangen und hast dich von all den anderen abgehoben – du hast so etwas Souveränes an dir, das mit Silber eingefasst ist wie Man Rays Fotos von Lee Miller.«

Sie hatten den ›Großen Kamerad‹ zusammen gesehen, auf einem grobkörnigen Video, in Patricks Zimmer an der Uni – oh, welche Glückseligkeit, wenn sie die doch noch einmal empfinden könnte. Draußen in dem dunkel werdenden Innenhof hatte es geschneit, und die großen Fenster der Universitätskapelle hatten in den alten Steinwänden golden geglänzt. Sie hatten sich nach dem Vögeln halbnackt aneinandergekuschelt und sich in der Wärme des Kaminfeuers den Film über Verlangen und Verlust und dem Untergang geweihter jugendlicher Leidenschaft angesehen.

»Letztlich hat er mir sehr gut gefallen«, sagte Alick.

»Wie auch immer«, sagte Charlie laut. »Lassen Sie sich nicht von uns aufhalten.«

Alicks blasses Gesicht lief rot an. »Ich weiß, warum Sie das machen.«

»Was mache ich?«

»Ich weiß über Sie und Clare Bescheid.«

»Oh«, sagte Charlie. »Was genau?«

»Er weiß es«, sagte Clare. »Ich musste ihm erzählen, dass wir – du weißt schon – ein Verhältnis haben.« Das Wort war grauenhaft unpassend. Sie spürte, wie ihr Gesicht vor lauter

Verlegenheit, die unter diesen Umständen enorm war, heiß wurde. Mit allen Mitteln musste sie verhindern, dass die beiden herausbekamen, dass sie in diesen Ferien mit keinem von ihnen geschlafen hatte. »Er hat uns am Flughafen gesehen.«
»Oh«, sagte Charlie. »Ich hoffe, du hast ihm die ganze Wahrheit erzählt – die da wäre, dass du und ich ineinander verliebt sind. Nicht, dass ihn das irgendwas anginge.«
Alick stellte sich aufrecht hin, in einer Art, die würdevoller gewesen wäre, wenn er keinen Rucksack getragen hätte. »Und was ist mit Ihrer Frau?«
»Wagen Sie es nicht, meine Frau zu erwähnen – das hat nichts mit ihr zu tun.«
»Weiß sie, dass Sie eine Affäre haben?«
»Ich habe Ihnen doch gerade gesagt, dass Sie das nichts angeht. So, und wenn Sie jetzt nicht in der Lage sind, die Wörter ›dich‹ und ›verpiss‹ in die richtige Reihenfolge zu bringen, dann nehme ich diesen Kleinmädchenrucksack und schiebe ihn in Ihren Arsch.«
»Charlie!«, zischte Clare entsetzt, »reiß dich zusammen!«
Charlie nahm ihre Hand von seinem Arm. »Hör auf, mir zu erzählen, dass ich mich zusammenreißen muss. Es macht mich krank, um die Wahrheit herumzuschleichen.«
Clare wandte sich an Alick. »Schauen Sie, vielleicht lassen Sie uns jetzt besser alleine – wissen Sie, in der Stimmung, in der er gerade ist – und es gibt eine Menge Dinge, über die wir reden müssen –«
»Sie meint: Verpiss dich«, sagte Charlie.
»Das werde ich nicht!«
»In Ordnung, sie meint BITTE verpiss dich. Und jetzt verpiss dich.«
»Nein«, sagte Alick.

»Selbst dann nicht, wenn Clare Sie bittet?«
»Nein.«
»Wir wollen Sie nicht – welchen Teil davon haben Sie nicht verstanden?«
Alick sah euphorisch aus, so als handelte er im Traum. Er wandte sich mit schwärmerischem Blick an Clare. »Dieser Mann hat Sie widerwärtig behandelt.«
»Widerwärtig? Clare, Liebling – würdest du bitte für mich Partei ergreifen? Wie habe ich dich behandelt? Ich hoffe doch, nicht zu schlecht.«
»Hör auf.«
»Sage es ihm, damit er es aus deinem eigenen Mund erfährt. Sage ihm, dass wir heiraten werden.«
»Wir werden heiraten«, log sie.
»Er ist bereits verheiratet«, sagte Alick.
»Okay, wenn Sie unbedingt Haare spalten wollen«, schnauzte Charlie, »zuerst werde ich mich scheiden lassen. Dann werden wir heiraten. So, lassen Sie uns jetzt endlich allein? Clare, sage dem Mann, dass er sich verpissen soll.«
»Nein«, schnauzte Clare zurück. »Ich lasse mich nicht in einen so dummen Streit mitten auf dem Marktplatz hineinziehen. Ich werde ein bisschen über den Jahrmarkt schlendern. Ihr könnt mir folgen, wenn ihr wollt. Ich kann euch nicht aufhalten.«
Sie ließ die beiden stehen und trat gereizt in die Menge. Die Kirmes war jetzt lauter, und die Karussells und Buden waren nicht länger leer. An dem nostalgischen Karussell, dem Schießstand und einem tödlich aussehenden Ding, das einen herumwirbelt, während man in einer riesigen Teetasse sitzt, hatten sich lange Schlangen gebildet. Bean und Trevor standen ganz vorne in der Schlange zu diesem Ding. Bean hatte eine lange ausgestopfte Schlange wie einen Schal um

ihren Hals gewickelt und strahlte die einfache, ungetrübte Freude eines Kindes aus.

»Hi, Dad!«, rief sie Charlie zu. »Das musst du einmal ausprobieren – das ist echt krass!«

Charlie schüttelte den Kopf und drehte Bean den Rücken zu. »Wir sollten uns entscheiden, wie wir den Rest des Abends verbringen. Wir können nicht einfach auf diesem Platz herumlaufen, bis die Busse fahren. Ich schlage vor, wir suchen uns ein Restaurant, aber ich weigere mich, mit deinem Stalker zu Abend zu essen.«

»Und ich weigere mich, mit Ihrem verheirateten Liebhaber zu Abend zu essen«, sagte Alick.

»Sag ihm, dass ich dein Verlobter bin.«

»Clare, Sie müssen nicht auf diesen faltigen alten Lüstling hören. Er benimmt sich wie ein absoluter Schuft.«

»Wie was?«, explodierte Charlie. »Ein Schuft? Haben Sie das aus dem Wörterbuch für viktorianische Beleidigungen?«

Die Leute schauten sie an. Clare hasste solche Szenen in der Öffentlichkeit. »Alick –« Sie griff nach seinem Ärmel und versuchte ihn zur Seite zu ziehen. »Ich fühle mich sehr geschmeichelt, aber es ist wahrscheinlich wirklich eine gute Idee, uns alleine zu lassen. Wir waren gerade dabei, über etwas Wichtiges zu reden.«

»O ja«, sagte Charlie laut, »du hast gerade versucht, mich dazu zu überreden, noch ein Kind zu zeugen.«

»Charlie!«

»Glaube ja nicht, Alick würde mit dir ein Baby kriegen, wenn ich es nicht tue – Jamie hat mir erzählt, dass er unfruchtbar ist. Es gibt nur ein einziges Spermium da drin, und es schwimmt ganz alleine herum wie das Ungeheuer von Loch Ness.«

»Du Scheißkerl«, sagte Alick ruhig. »Ich hoffe, du schmorst

in der Hölle.« Er drehte sich um und ging weg in die Menschenmenge rund um den Schießstand.
Clare sagte: »Das war widerlich.«
»Ich habe versucht ihn loszuwerden.«
»Widerlich uns beiden gegenüber.«
»Was kümmern dich eigentlich seine Gefühle?«, fragte Charlie. »Warum denkst du nicht an meine?«
Zum allerersten Mal sah Clare ihn mit einfacher, ungetrübter Abneigung an.
»Warum nimmst du mich nicht ernst, wenn ich dir sage, dass ich ein Baby haben will?«
Er bellte ungeduldig zurück. »Offen gesagt, weil du nicht weißt, worüber du redest.«
»Und du glaubst, du könntest mich davon überzeugen, meine Meinung zu ändern?«
»Ich glaube, dass das etwas ist, worüber wir reden müssen.«
»Du änderst meine Meinung nicht.« Als sie das sagte, wusste sie ganz genau, dass es stimmte.
»Clare, mein Liebling.« Charlie legte die Hände auf ihre Schultern und sah sie ernst an. »Was ist bloß los mit uns? Vor einer Woche waren wir noch wahnsinnig verliebt. Wo ist das nur geblieben?«
»Die Dinge haben sich geändert«, sagte Clare. »Vor einer Woche hattest du noch nicht vor mich zu heiraten, und ich hatte noch angenommen, dass wir vielleicht ein Baby zusammen haben würden.«
Er lächelte. »Du bist eine starrköpfige Frau.«
»Ist dir das gerade erst aufgefallen?«
»Es ist erbärmlich, dass wir nicht aufhören können zu streiten. Wir sollten, was unsere Zukunft angeht, voller Optimismus sein.«

»Unsere Zukunft ohne Baby?«

»In Ordnung!« Er war halb verärgert, halb lachte er. »Vielleicht schließe ich ein Baby nicht hundertprozentig aus. Wenn es tatsächlich der Preis dafür ist, dich zu heiraten, denke ich darüber nach.«

Aber das tust du nicht, dachte Clare. Ich kann bis auf den Grund deiner Seele sehen, du bist dir so sicher, dass du mich überreden kannst.

In ihrer ganzen Beziehung gab ganz klar Charlie den Ton an. Es war keine gleichberechtigte Partnerschaft, und das war sie auch nie gewesen.

»Lass uns darüber vernünftig reden, wenn wir nach London zurückkommen«, sagte sie, wobei sie versuchte versöhnlich zu sein, hörte aber selbst, wie kalt sie klang.

Er hörte diese Kälte nicht. »Das ist ein sehr vernünftiger Vorschlag, genau wie dein wunderbares Talent, keinen Aufstand zu machen. Ich suche uns ein charmantes kleines Restaurant und lade dich zum Abendessen ein.« Er nahm ihre Hand. »Aber zuerst lade ich dich zu der Fahrt deines Lebens ein.«

»Wie bitte?«

»Wir fahren Autoscooter.«

»Oh, Charlie, nein – bitte!«

»Komm schon, sei kein Spielverderber. Ich bin nicht mehr Autoscooter gefahren, seit ich ein Student war.« Er zog sie entschlossen in Richtung des Aufbaus, in dem die Autoscooter untergebracht waren. Ungefähr ein Dutzend der kleinen Autos stießen sich fröhlich gegenseitig an, aber es gab auch noch eine ganze Menge freier Wagen.

Charlie setzte Clare in einen dieser Wagen. Der Sitz aus rotem zerrissenen Vinyl war gerade breit genug für zwei dünne Erwachsene. Sie musste ganz schön bescheuert aussehen, mit ihrer Tasche auf den Knien. Ein Bild ihrer Mutter kam ihr in den Sinn, als sie vor vielen Jahren neben ihr auf einem Karussell auf der Kirmes gefahren war. Sie hatte im Damensitz auf einem angemalten Pferd gesessen und ihre Tasche und ihren Schirm mit eiserner Würde umklammert wie Mary Poppins. Heute wusste Clare, dass sie sich sehr unwohl gefühlt hatte – sie hatte genau wie Clare einen ziemlichen Horror davor, sich in der Öffentlichkeit lächerlich zu machen.

Ich bin so sehr wie du, erzählte Clare ihrer Mutter in Gedanken, du warst auch nicht so der mütterliche Typ, aber du warst eine wunderbare Mutter für mich, ich wäre schon zufrieden, wenn ich es nur halb so gut machte.

»Ich möchte, dass du meinen Fahrstil bewunderst«, sagte Charlie. »Ich war einmal große Klasse.«

Er war jetzt fröhlich und charmant, sprudelte über vor Energie und war so sexy, dass sie sich zwingen musste, an das Bild mit den Krapfen zu denken. Zuerst machte es Spaß. Charlie wich aus und drehte den Autoscooter, und die anderen Wagen stießen sie leicht, fast höflich an. Ein grimmiger tätowierter Mann sprang von Wagen zu Wagen und sammelte das Geld ein. Charlie hielt für einen Augenblick an, um in seinen Hosentaschen zu wühlen.

Oh, nein.

Alick kam zurück. Mit einem Ausdruck wilder Entschlossenheit – so wie Robert Taylor in »Ivanhoe« vor dem Zweikampf – stieg er in einen der Autoscooter. Hier war ein Mann, dessen Mission weit über reinen Sport hinausging. Clares Stimmung sank.

Charlie sah ihn. »Das glaube ich doch wohl nicht.«

»Ignorier ihn – bitte, Charlie – tu so, als hättest du ihn nicht gesehen.«

»Tut mir leid, aber das geht entschieden zu weit. Steig aus.«

»Was?«

»Steig aus dem Wagen aus.«

»Sei nicht albern.«

»Er glaubt, dass ich dich als Schutzschild benutze.«

»Charlie, hast du den Verstand verloren? Ist das der Beginn eines totalen Nervenzusammenbruchs, oder bist du einfach nur betrunken?«

»Steig aus, Clare!«, schrie Alick. »Das ist eine Sache zwischen ihm und mir.«

Schwach und zitternd vor Wut kämpfte Clare sich aus dem Autoscooter. Sie standen genau in der Mitte der Bahn, und der tätowierte Mann rief ihr etwas zu.

Idiotischerweise brüllte sie zurück: »Verpiss dich, Monsieur!« Sie hasste Charlie, verabscheute Alick, und ihr war das alles absolut peinlich.

In dem Moment, in dem Clare außerhalb der Schusslinie war, schoss Alicks Wagen vorwärts, versetzte Charlies Wagen einen heftigen Stoß, der ihn direkt an die Bande schleuderte. Charlie brüllte und sauste auf Alick zu.

Der tätowierte Mann schrie wieder – Clare erkannte die Worte ›interdit‹ und ›con‹. Er drohte mit der Faust, eine Geste, die Clare im wirklichen Leben noch nie gesehen hatte.

Die anderen Gäste stiegen jetzt aus ihren Autoscootern aus und blieben an der Seite stehen, um den beiden Gladiatoren zuzuschauen. Charlie und Alick, fuhren mit gefletschten Zähnen und Augen, die vor Rache glühten, aufeinander zu. Einmal klemmte Charlie Alick an der Bande fest. Ein anderes Mal machte Alick einen so überraschend erfolgreichen Schlenker, dass es Charlie fast aus dem Wagen gehauen hätte. Sie schrien beide.

»Lass deine Finger von ihr, du dreckiger alter Penner!«

»Mach dich aus dem Staub, du schottischer Mistkerl.«
Eine Menschenmenge lief zusammen. Die Schreie verschmolzen mit dem allgemeinen Stimmengewirr. Clare fühlte sich von allem seltsam losgelöst. Sie stellte sich vor, wie sie in dem Äther davonschwebte, weit über dem Chaos und der Peinlichkeit, so wie Gerard Depardieu am Ende von »Cyrano de Bergerac«.
Pfiffe erklangen über dem ganzen Lärm. In die glotzende, schreiende Menge kam Bewegung.
Zwei Polizisten – Ehrfurcht gebietende französische Polizisten, mit dicken Pistolen auf den Hüften und Gummiknüppeln in den Händen – kamen angerannt, um Charlie und Alick aus ihren Autoscootern zu zerren.
Clare drehte sich um, bahnte sich einen Weg durch die Menschen, die herandrängten, um besser sehen zu können, und verschwand in die sternfunkelnde Nacht.

Beth sagte: »Ich fühle mich großartig. Dieses Lamm-und-Bohnen-Zeug war so ziemlich das Köstlichste, was ich jemals gegessen habe. Mein Kopf ist kurz davor, sich von meinen Schultern zu lösen und abzuheben in den Nachthimmel.«
Angus lächelte und hielt eine ihrer Hände zwischen den seinen. »Versuche deinen Kopf noch für eine Minute festzuhalten. Ich möchte dich etwas fragen.« Er scheint ziemlich weit weg zu sein, dachte Beth flüchtig, obwohl er auf der anderen Seite des Tisches saß. »Was?«
»Beth, ich möchte, dass du mit mir wegfährst.«
Sie kicherte. »Wohin denn?«
»Ernsthaft.« Sein Blick war voller Sehnsucht. »Ich möchte

dich auf ein romantisches Wochenende entführen. Wenn wir es für den nächsten Monat planen, dann ist es nicht mehr so heiß, und in Venedig wäre es erträglich. Wenn du nicht nach Venedig willst, kenne ich ein reizendes *Quinto* außerhalb von Sintra. Ich kenne unzählige entzückende kleine Zufluchtsorte, die für Romantik geradezu geschaffen sind – und ich musste sie alle mit meiner Frau besuchen, was die reinste Verschwendung war, wenn man bedenkt, dass sie sich die ganze Zeit beschwert hat und wir keinen Sex hatten. Wo war ich stehengeblieben?«

Beth sagte: »Charlie und ich waren in unseren Flitterwochen in Venedig.«

»Dann fahren wir woanders hin – wohin du willst.«

Sie seufzte und schaute auf die Lichter, die auf der Oberfläche des Wassers tanzten. »Es war grandios. Ich wünschte, wir könnten es wiederholen. Aber wir fahren nicht mehr alleine irgendwohin, nicht, seit die Mädchen auf der Welt sind.« Sie wollte nicht nach Venedig zurück, natürlich nicht, aber zurück zu der Zeit ihrer Flitterwochen.

»Ich fürchte, dass ich nicht glücklich werde, bis ich Sex mit dir hatte«, sagte Angus.

Beth starrte ihn an. Hatte sie richtig gehört? Und was sollte sie darauf antworten? Vorsichtig versuchte sie ihre Hand wegzuziehen. Angus ließ nicht los.

Er drückte ihre Finger fester. »Oder Paris – das ist zu jeder Jahreszeit romantisch. Die letzten beiden Wochen des nächsten Monats würden mir am besten passen.«

»Angus –«

»Semesterbeginn und so weiter – schwierig, den Terminkalender freizuräumen. Wir könnten uns dort treffen, oder ich könnte zuerst nach London runterfliegen. Beth, ich meine das absolut ernst.«

»Ich kann wahrscheinlich nicht«, sagte Beth, »und du kannst auch nicht – sei doch vernünftig.« Das hörte sich damenhaft und ziemlich förmlich an, aber es war besser als einem Mann ins Gesicht zu sagen, dass man auch in hundert Jahren keinen Sex mit einem feuchten Küsser haben wollte.

»Mum! Mum!« Plötzlich tauchte Bean an ihrem Tisch auf. Sie war völlig aufgelöst. »Scheiße – wir haben dich überall gesucht – du musst sofort mitkommen – Dad ist verhaftet worden.«

Kapitel 15

Meine Zukunft hat sich gerade in Luft aufgelöst, dachte Clare. Sie war dreiunddreißig, ohne Mann und kinderlos, und eine Jury verheirateter Jungfrauen würde wahrscheinlich sagen, dass ihr das recht geschähe. Charlies gemeine Stichelei über Alicks Unfruchtbarkeit war umso verletzender, da er beinahe recht hatte – sie hatte Alick unbewusst als möglichen Samenspender in Betracht gezogen. Wann hatte sie sich nur in eine solch egozentrische Ziege verwandelt?

Sie schaute auf ihre Uhr. Es war noch nicht einmal neun, und sie fragte sich, was um alles in der Welt sie in den nächsten drei Stunden machen sollte. Wenn sie zu Hause gewesen wäre, hätte sie den Schmerz und den Ärger mit einem Film betäuben können – ein bewährtes Schmerzmittel wie Laurel und Hardy in »Zwei ritten nach Texas« oder irgendetwas von Monty Python. Nachdem ihre Mutter gestorben war, hatte sie sich immer wieder »Das Leben des Brian« angeschaut und sich von der Albernheit einlullen lassen.

Das war jetzt ungefähr drei Jahre her. An Clare nagten immer noch leichte Schuldgefühle, dass sie nicht intensiv genug um ihre Mutter getrauert hatte. Es war alles so schmerzlos wie nur möglich abgelaufen. Ihr Vater war zehn Jahre früher in

einer seiner abendlichen Sprechstunden plötzlich tot umgefallen. Clare war verzweifelt gewesen, und der Schock hatte in der ganzen Gemeinde hohe Wellen geschlagen. Ihre Mutter dagegen war leise dahingewelkt und im Schlaf gestorben, und nur ihr höflicher Geist schwebte noch zwischen den gebündelten, braunen Umschlägen in ihrer Schreibtischschublade, genauso wie der Duft von Lavendel.
Zu jener Zeit hatte Clare viel zu viel Angst vor ihrer eigenen Einsamkeit, um anständig trauern zu können. Sie hatte schlicht und einfach niemanden, mit dem sie trauern oder reden konnte. Und es gab auch im praktischen Sinne eine Menge zu tun. Als die Beerdigung vorbei und bezahlt war, hatte sie eine Woche damit zugebracht, das Zuhause ihrer Kindheit aufzulösen. Sie hatte sortiert, umgeschichtet und geputzt, bis der Inhalt des Hauses so weit reduziert war, dass er in die Zweizimmer-Garten-Wohnung in Mornington Crescent passte, die sie sich von dem Verkaufserlös angeschafft hatte. Jetzt war von ihrer Kindheit nichts übrig geblieben, außer ein paar Bildern und Fotos, ein paar Büchern und einigen Möbelstücken, die nicht zu heruntergekommen oder hässlich gewesen waren.
Eine Hand berührte ihren Arm. Sie zuckte zusammen.
Es war Sharkey. »Bist du allein?«
»Ja.«
»Gut – lass uns weitergehen – Jamie schleicht immer noch hier herum – wenn jemals jemand eine Beruhigungsspritze nötig hatte –« Er nahm ihre Hand und führte sie entschlossen an den Rand des überfüllten Platzes.
Clare sagte: »Ich freue mich so, dich zu sehen. Bisher war der Abend ziemlich furchtbar.«
»Du meinst die Prügelei.« Sharkey lachte, aber sehr freundlich – und nicht über sie.

»Wie viel hast du gesehen?«

»Ich kam ungefähr an der Stelle, an der Charlie Alick einen schottischen Mistkerl nannte, und ich blieb, bis Charlie und Alick in Handschellen abgeführt wurden.«

»Das ist nicht lustig.«

»Doch, das ist es.«

»Okay, ja, das ist es.« Sie lachten beide, und Clare fühlte sich nicht mehr so angeschlagen. »Ich bin vor dem Ende weggelaufen.«

»Ich weiß, und seit dem Zeitpunkt habe ich versucht, dich zu finden.«

»Wie auch immer, so sah mein Abend bis jetzt aus. Wie war deiner? Hast du dir die Kirche angesehen?«

»Ja, das habe ich.«

»Wie war es?«

»Sehenswert natürlich«, sagte Sharkey knapp. »Hast du schon einmal von einer mittelalterlichen französischen Kirche gehört, die es nicht ist?«

»Hast du gebetet?«

»Nein.«

»Wird das nicht von dir erwartet, wenn du in einer Kirche bist?«

»Das ist freiwillig.«

»Wie Armut, Keuschheit und Gehorsam?«

»Allerdings. Du lernst extrem schnell. Was für eine Katholikin du sein könntest – du bist so klug wie Hildegard von Bingen und so sexy wie Teresa von Avila.«

»Na ja, danke«, sagte Clare. »Wo gehst du jetzt hin?«

»Ich bin auf dem Weg zu einem alten Heiligengrab auf dem Berghang.«

»Das hört sich gut an.«

»Das ist da, wo der heilige François de Poitiers 1673 eine

Vision von der Gesegneten Jungfrau hatte, aber schon lange vor dieser Zeit war das ein heiliger Ort. Wahrscheinlich aus vorchristlicher Zeit. Komm doch mit.«
Clare hatte plötzlich das Bedürfnis, dem Lärm und der Masse zu entkommen. »Gerne.«
»Es ist mitten in der Wildnis, aber ich bin vorbereitet.« Er hielt eine große Gummitaschenlampe in seiner freien Hand. »Und es gibt ja noch den Mond, also wird es sowieso nicht stockfinster sein.«
Sharkey wusste sehr genau, welchen Weg er einschlagen musste. Er führte Clare über die Brücke. Auf der anderen Seite des Flusses verwandelte sich die Altstadt schnell in einen kleinen modernen Vorort, der in eine dunkle Landschaft überging.
»Du brauchst dir keine Sorgen machen, dass ich da oben bete«, sagte Sharkey. »Diese ganze Erscheinungs-Geschichte ist eine Seite meines Jobs, mit der ich mich immer schon schwergetan habe. Offen gestanden habe ich das Gefühl, dass die Muttergottes Besseres zu tun haben muss. Ich mache diese Wallfahrt aus rein sentimentalen Gründen.«
»Du hast gesagt, dass du früher schon einmal hier gewesen bist.«
»Ja, ich war hier sehr glücklich, aber das ist ungefähr ein Vierteljahrhundert her. Manchmal kann ich gar nicht glauben, wie alt ich schon bin.«
Clare fragte: »Warst du mit einer Geliebten hier?«
»Nein, ein Freund hat mich mit hierher genommen –«
Sie ergriff seine Hand, die auf beruhigende Art und Weise warm und stark war, und folgte dem Strahl seiner Taschenlampe. Sie befanden sich auf einem unbefestigten Weg, auf dem hier und da große Grasbüschel sprossen. Ein Kaninchen huschte durch den Lichtstrahl. Der Lärm des

Jahrmarkts war gedämpft und weit entfernt und drang kaum vor zu der dunklen grenzenlosen Stille, die sie umgab. Clare hatte vergessen, wie dunkel es auf dem Land werden konnte – jeder hatte eine Taschenlampe hinter der Tür, weil man ohne sie nicht einmal den Weg bis zum Mülleimer fand. Glücklicherweise schien der Mond, wie Sharkey schon gesagt hatte, heute Abend besonders hell. Im Mondlicht sah der kahle Hang matt und silbergrau aus, wie ein altes Foto.

»Du bist sehr geheimnisvoll«, sagte sie.

»Das beabsichtige ich gar nicht.«

»Du gibst niemals irgendwelche Details von dir preis.«

»Welche Details hättest du denn gerne?«

»Du weißt ganz genau, was ich meine.«

»Du kannst mich ruhig fragen«, sagte Sharkey. »Für alle anderen bin ich geheim, aber vor dir habe ich keine Geheimnisse.«

»Die Sache ist die, dass ich nicht weiß, ob du an die ganze Graham-Greene-Nummer wirklich glaubst, oder ob du sie nur aus beruflichen Gründen mitmachst.«

»Ja, ich glaube an all das Zeug. Meine ganze Karriere wäre wirklich zwecklos, wenn ich es nicht täte.«

»Das ist in gewisser Hinsicht, was ich meine«, sagte Clare. »Mir ist plötzlich ein alter Freund meines Vaters eingefallen, der gezwungen war, seinen Lebensunterhalt als homöopathischer Arzt zu verdienen, lange nachdem er eingesehen hatte, dass das nicht funktioniert. Mein Vater hat ihn immer den desillusionierten Denis genannt.«

Sharkey war amüsiert. »Armer alter Denis – es gibt Priester, die befinden sich in derselben Situation, aber ich gehöre nicht dazu. Bist du in Ordnung?«

»Ich trage alberne Schuhe. Ich laufe schon den ganzen

Tag in den falschen Schuhen rum.« Ihre Sohlen rutschten ständig weg, und zwischen ihren nackten Zehen pikte sie Kies.

»Wir können eine kurze Pause machen, wenn du willst. Aber ich glaube, wir sind fast da.«

Clare sagte: »Lass uns weitergehen.«

Der Weg war holprig und steil. Sharkey hielt den Lichtstrahl der Taschenlampe nah an ihre Füße, sodass sie Steinen und Löchern ausweichen konnten. Sie stiegen für ein paar Minuten schweigend hinauf.

»Und da ist sie«, sagte Sharkey leise.

Das Grab war wie ein kleines Schilderhäuschen aus verwittertem Stein. In dem Häuschen stand auf einem Steinsockel eine weiße Statue der Jungfrau Maria, süßlich fromm und ungefähr einen Meter groß. Sharkey leuchtete sie mit seiner Taschenlampe an, und Clare sah verwelkte Sommerblumen zu ihren Füßen.

Sharkey schwieg eine Weile, und Clare wollte die Stille nicht unterbrechen, für den Fall dass er betete.

Er sagte: »Seltsam, wieder hier zu sein – sie hat sich nicht verändert, ich mich aber ganz sicher.«

»Ich hatte erwartet, dass sie älter ist«, sagte Clare.

»Man hat ihr erst vor hundert Jahren oder so ein Bildnis gesetzt. Setz dich einen Moment, es sei denn, du hast es eilig zurückzugehen.«

»Überhaupt nicht – ich könnte für immer hier oben bleiben. Die Sterne sind phantastisch.«

In den folgenden paar Minuten suchten sie ein bequemes Stück Erde. Rund um das Grab war der Boden am gleichmäßigsten und am flachsten. Sharkey breitete seine Leinenjacke aus, damit Clare geschützt war, und sie setzten sich.

»Es ist seltsam«, sagte sie, »dass die Statue hier draußen ganz alleine herumsteht. Tag für Tag.«
»Sie ist noch nie eine von den Superstar-Erscheinungen gewesen«, sagte Sharkey, »mit einer Basilika und einem Geschenklädchen. Aber diese Blumen um sie herum sind nur ein paar Tage alt. Das zeigt doch, dass die Einheimischen sie immer noch verehren. Vor fünfundzwanzig Jahren kamen junge Pärchen hierherauf, wenn sie sich verlobten – vielleicht tun sie es immer noch. Man glaubte, dass die Madonna diese Beziehung mit Kindern segnen würde. Das ist wahrscheinlich ein Überbleibsel von irgendeinem Fruchtbarkeitsritus.«
Das war schon ironisch, nachdem Clare den ganzen Abend damit verbracht hatte, über ihre Fruchtbarkeit zu streiten. Sie sagte: »Charlie will nicht noch ein Kind.«
»Ah, du hast das Thema also angesprochen.«
»Er wird seine Meinung nicht ändern, und selbst wenn er es täte, wüsste ich doch immer, dass er es eigentlich nicht wollte.«
Sie legte sich auf den Rücken, auf den harten Boden, der nach Gras und Erde duftete, und hatte das Gefühl, dass sie in dem nächtlichen Himmel verschwände, wenn sie sich nicht festhielt. »Also hat mich das Singleleben wieder. Du kannst mich Bridget Jones nennen.«
Sharkey legte sich neben sie. Es war beruhigend, ihn zu spüren und seine Stimme zu hören.
»Ich bin froh, dass du dich entschieden hast, ein Kind zu bekommen.«
»Ich bin ein bisschen überrascht darüber. Allerdings habe ich im Moment keine großen Chancen, eins zu bekommen.«
»Unsinn. Man wird sich um dich reißen, sobald bekannt

wird, dass du einen Samenspender suchst. Da ist zunächst einmal Alick MacDuff. Er ist gerade deinetwegen ins Gefängnis gewandert.«
Clare sagte: »Er ist sehr nett und alles, aber er ist nicht meinetwegen ins Gefängnis gegangen. Charlie hat etwas richtig Gemeines zu ihm gesagt – wie es scheint, ist er unfruchtbar. Jamie hat es allen gegenüber herausposaunt. Selbst wenn es mir gelingen würde, Charlie zu vergessen und mich in Alick zu verlieben, würde ich nicht zu einem Baby kommen.«
»Dann benutze doch gespendeten Samen.«
»Ich dachte nicht, dass die katholische Kirche das gutheißt.«
»Blödsinn, Clare – ich rede nicht über die Kirche. Ich bin einfach dafür, dass Menschen glücklich sind. Und ich bin sicher, dass der gute Alick damit einverstanden wäre – er gehört zu der Sorte Mann, die mit einem Kind im Tragesack herumläuft.«
»Würdest du bitte aufhören, mich mit Alick zu verheiraten?«
Sie hörte ihn leise kichern. »In Ordnung.« Er nahm ihre Hand und legte seine darüber. »Aber höre auf, dich auf Affären mit verschrumpelten alten Böcken wie mir einzulassen.«
»Du bist nicht verschrumpelt.«
»Mein Liebling, ich bin viel zu alt für dich – und das ist Charlie auch. Sein Sperma humpelt wahrscheinlich an Krücken herum.«
»Das ändert überhaupt nichts, nicht solange ich ihn noch liebe.«
»Du armes Ding, ist dein Herz gebrochen?«
»Nein«, antwortete Clare. »Charlie hat mir nicht das Herz

gebrochen. Ein Herz bricht nur ein einziges Mal, und danach empfindet es nie mehr so intensiv.«
Und dann erzählte sie ihm ganz einfach von Patrick.

Am Anfang war es himmlisch. An dem Tag nach dem ersten Mahl und dem ersten Mal ging Clare in Patricks Zimmer in seinem College, und sie liebten sich auf dem durchhängenden Chesterfield-Sofa. Danach rauchte Patrick und haderte mit sich wegen Marianne und den Kindern.
Marianne war neununddreißig, zehn Jahre jünger als Patrick, und eine professionelle Cembalospielerin, die man manchmal im Radio hören konnte. Sie waren seit dreizehneinhalb Jahren verheiratet und hatten drei Söhne, Tom, Freddy und Sam. Clare war von diesem Teil seines Lebens ausgeschlossen und gar nicht scharf darauf, etwas darüber zu hören. Aber wenn ihn seine Schlechte-Gewissen-Attacken überkamen, bestand ihre Aufgabe nur darin, zuzuhören und Verständnis zu zeigen.
Er wollte nicht, dass sie Fragen stellte.
»Wann hattet Marianne und du zum letzten Mal Sex?«
»Ich kann darüber nicht reden, das wäre ihr gegenüber nicht fair.«
Meistens schaffte Patrick es, Marianne zu vergessen. Er war ganz mit der ekstatischen Aufgabe beschäftigt, sich in Clare zu verlieben. Die Tiefe seiner Gefühle schockierte und beunruhigte ihn. Die Jahre fielen nur so von ihm ab. Er verlor seine Wampe, hörte auf zu rauchen, ließ sich die Haare schneiden und kaufte sich neue Klamotten. Er wurde gebeten, eine Fernsehserie zu schreiben und zu präsentieren, die auf seinem Buch basierte. Ein Verleger zahlte einen

hohen Vorschuss für sein nächstes Buch. Clare fühlte, dass sie beide verzaubert waren.
Sie war von Natur aus verschwiegen, also hatte sie keine Schwierigkeiten mit der Heimlichtuerei. Aber ihr soziales Unileben ging dabei drauf. Sie musste sich ständig in Bereitschaft halten, für den Fall, dass Patrick plötzlich ein paar Stunden frei hatte. Sie konnte sich mit ihrem Geliebten niemals in der Nähe der Universitätscolleges aufhalten. Wenn sie sich in der Stadt zufällig über den Weg liefen, taten sie so, als wären sie alte Bekannte.
Er machte das alles wieder gut und das nicht nur mit Sex. Er brachte ihr Filme nahe, die er mochte, spielte Musik, die ihm gefiel, zeigte ihr Gebäude, die er schön fand – er mochte Verrücktheiten und kuriose Dinge, und es war unmöglich, seinem Enthusiasmus zu widerstehen. Er machte ihr liebevolle kleine Geschenke – ein Video von Vigos »L'Atalante«, einen Druck von dem Originalplakat von Abel Gances »Napoleon«, ein goldenes Herz aus venezianischem Glas (das hatte er auf dem Filmfestival heimlich gekauft, als Marianne es nicht mitbekommen hatte). Clare hätte niemals gedacht, dass ein solches Glück überhaupt möglich war.
Aber.
Mariannes Schatten hing über ihnen, und wo ihr Schatten hinfiel, welkte alles dahin. Patrick hasste es, sie zu betrügen. Clare dachte, darin zeige sich nur, wie nobel er war, und hatte nicht den geringsten Zweifel, dass sie am Ende gewinnen würde. Sie waren so leidenschaftlich ineinander verliebt, und eine solche Liebe konnte nur ein Happy End haben.
Dieses erste Glücksgefühl (die ›sorglose Phase der Verzückung‹, wie Patrick es nannte) war genau in dem Moment zu Ende, als Clare glaubte, ihr wahres, solides Glück sei

gerade dabei, Gestalt anzunehmen. Beim Essen in diesem düsteren indischen Restaurant hatte er ihr stockend erzählt, dass er nicht mehr ohne sie leben könnte. »Ich gehöre zu dir. Wenn ich mich von dir losreißen muss, fühlt sich das einfach völlig falsch an – jede Faser meines Körpers schreit danach, bei dir zu bleiben.«

Er fragte sie, ob sie mit ihm zusammenziehen wolle.

Clare fühlte sich wie im siebten Himmel. Sie stellte sich permanent vor, wie es wäre, mit Patrick zusammenzuleben. Sie sah sich selbst in einer modernen Küche stehen und den Salat schleudern, während Patrick eine Flasche Weißwein öffnete und ihr von seinem Tag erzählte.

»Aber es wird nicht einfach«, sagte Patrick. »Wenn ich es Marianne erst einmal gesagt habe, wird unsere Beziehung öffentlich. Und wir werden ein echter Skandal sein. Ich möchte absolut sicher sein, dass du darauf vorbereitet bist, ein Skandal zu sein.«

Clare sagte: »Es interessiert mich nicht, was andere Leute denken.«

»Ich bin dreißig Jahre älter als du.«

»Liebling«, sagte Clare, »das spielt doch keine Rolle.«

»Viele Leute werden denken, dass das grotesk ist.«

»Ich habe dir doch gesagt, dass es mir egal ist, was andere Leute denken.«

Das war ein großer Satz, und er ging ihr locker über die Lippen – aber was manche Leute dachten, war ihr nicht egal. Sie wollte, dass ihre Eltern Patrick mochten. Sie konnte nicht erwarten, dass sie begeistert waren, dass sie sich in einen verheirateten Mann verliebt hatte, der mehr als doppelt so alt war wie sie, aber sie war sich sicher, dass sie es verstehen würden, wenn sie erst einmal sähen, wie glücklich sie war.

Sie verstanden es nicht. Sie fuhr quer durchs Land nach Lincolnshire, um es ihnen beim Mittagessen zu erzählen, und sie waren entsetzt. Ihr Vater schrie, sie sei durchgedreht. Ihre Mutter schrie nicht, aber ihre unübersehbare Abneigung war noch schlimmer. Patrick wäre niemals in ihrem Haus willkommen. Sie gingen nicht so weit, Clare das Haus zu verbieten, aber machten ihr unmissverständlich klar, dass ihr Zuhause ein ziemlich ungemütlicher Ort wäre, solange sie sich diese Dummheit nicht aus dem Kopf schlüge.

Clare fuhr nach Cambridge zurück und war überwältigt von Kummer und Ärger. Sie konnte kaum glauben, was passiert war. Sie spielte es herunter, als sie es Patrick erzählte, aber ihre Eltern hatten sie praktisch verstoßen. Bis dahin hatte sie sich mit ihnen noch nie zerstritten.

Patrick mietete eine Wohnung in einem Stadtteil, der für Studenten viel zu teuer war. Er sagte Marianne, dass er sie verlassen würde, und erschien – zitternd und kreidebleich –, den Wagen voller Taschen und Kisten. Clare, über ihre eigene Unzulänglichkeit entsetzt, versuchte verzweifelt, ihn aufzumuntern. Sie konnte sich nicht vorstellen, wie sie einen solchen Kummer wert sein konnte.

Er verbrachte die erste Nacht ihres gemeinsamen Lebens weinend. Clare hielt und wiegte ihn und kochte ihm jede Menge Tee. Noch im Morgengrauen hingen Schuldgefühle und Entsetzen in der Luft. Sie schlief ein und wurde von Patricks Stimme geweckt, der im Wohnzimmer der neuen Wohnung saß.

Er saß in seinem Bademantel auf dem Sofa, telefonierte und rauchte eine Zigarette. Seine Augen waren rot und wund, und seine Wangen waren übersät von weißen Bartstoppeln.

»Ich weiß«, sagte er. »O Gott, ich auch – genau dasselbe – was tue ich uns nur an?« Dann sah er Clare. »Ich muss Schluss machen.« Er legte den Hörer auf und sah Clare an. »Marianne«, sagte er. »Entschuldige.«

Sie wartete darauf, dass Patrick ihr sagte, dass er seine Meinung geändert hatte und zu seiner Frau zurückkehren würde. Er tat es nicht. Er duschte, kochte eine Kanne Kaffee und verbrachte den Rest des Vormittags damit, eine riesige afrikanische Maske über den Kamin zu hängen. Sie war aus sehr glänzendem hellbraunen Holz, das aussah wie ausgelutschte Karamellbonbons, und Clare fand sie scheußlich.

Patricks Laune hingegen besserte sich sofort, als das Ding an der Wand hing. »Das ist besser, jetzt wirkt das Zimmer nicht mehr so anonym.«

Das hässliche Objekt lieferte wenigstens einen kurzen komischen Moment, an dem Tag, als Patrick sie verließ. Er sagte nämlich: »Du kannst all das Zeug behalten, das wir zusammen gekauft haben, aber ich fürchte, dass ich meine Maske mitnehmen muss.«

Es dauerte fünf Wochen – anstrengende Wochen, in denen sie zwischen Ekstase und Verzweiflung hin- und hergerissen waren. Die guten Zeiten waren himmlisch. Es gab Vormittage, an denen Clare aus der Wohnung huschte, um Croissants und Zeitungen zu kaufen, und anschließend mit Patrick wieder ins Bett ging. Es gab Abende, an denen sie auf dem Sofa zusammen fernsahen wie ein echtes Paar. Aber die schlechten Zeiten waren die reinste Hölle.

Viele von Patricks Freunden sprachen nicht mehr mit ihm. Die wenigen, die seine neue Wohnung besucht hatten, waren so alt wie Clares Eltern und so peinlich berührt von der Situation, dass sie sie gar nicht beachteten. Die drei Söhne von Patrick klammerten sich an ihren Vater, wenn sie zu Besuch kamen, und warfen ihr mörderische Blicke zu. Aber das Schlimmste von allem war das Weinen. Patrick hatte jetzt häufiger Weinkrämpfe, und sie dauerten länger. Er sagte, dass er Clare anbete, aber es breche ihm das Herz, wenn er an seine Familie dachte.

Eines Tages erzählte ein unfreundlicher Bekannter Clare, dass er Patrick und Marianne bei einem intimen Mittagessen gesehen hatte. Clare gab vor, dass sie darüber Bescheid wusste und es für sie völlig in Ordnung war, aber insgeheim brach für sie eine Welt zusammen.

Sie musste ihn gar nicht zur Rede stellen. Patrick wartete schon auf sie, als sie in ihre Wohnung zurückkam. Seine Koffer waren gepackt, und er hatte die afrikanische Maske von der Wand genommen.

Er war einfühlsam und liebevoll und brachte es ihr so sanft wie möglich bei. »Es ist nicht so, dass ich dich nicht mehr liebe, und wahrscheinlich werde ich das mein ganzes Leben lang tun. Aber wir gehören einfach nicht zusammen.«

Sie sagte: »Du glaubst, dass ich zu jung bin.«

»Du bist nicht zu jung – aber ich bin zu alt, Clare. Ich habe den Kopf verloren. Ich hätte es niemals zulassen dürfen, mich in dich zu verlieben – meine Ehe und meine Familie für dich aufs Spiel zu setzen. Ich habe dir wehgetan und ich habe meiner Familie wehgetan. Wenn ich mit dir zusammenbleibe, werde ich mit Sicherheit dein Leben ruinieren.«

»Nein!«

»Doch, mein Liebling – ich habe dich in den letzten paar Wochen beobachtet, du welkst wie eine Pflanze in der falschen Erde.«

»Patrick –«, ihre Stimme war ruhig, während die Tränen

ihr das Gesicht hinunterliefen, »das ist nicht wahr, ich war so glücklich –«

»Marianne ist bereit, mich wieder aufzunehmen.«

Clare machte keinen Aufstand. Ganz benommen von dem Schmerz beobachtete sie, wie Patrick seine Habseligkeiten ins Auto trug. Er kam noch einmal zurück, um ihr die Wohnungsschlüssel zu geben. »Du brauchst nicht vor Ende der Woche auszuziehen. Wenn du gehst, wirf den Schlüssel einfach in den Briefkasten. Jemand von der Agentur wird ihn sich holen.«

»Okay«, sagte Clare mit schwacher Stimme.

»Mein Liebling, du zerrst an meinem Herzen.« Er nahm sie in die Arme. »Ich habe mich dir gegenüber wie ein Arschloch benommen.«

»Nein – bitte, Patrick – ich liebe dich so sehr –«

»Du bist noch sehr jung, und du wirst mich ganz sicher vergessen. Aber ich werde dich niemals vergessen.«

Er drückte ihr einen sanften Kuss auf die Lippen und verschwand aus der Wohnung. Er war gegangen, und Clare war so unglaublich alleine. Sie hatte all ihre Träume und all ihre Hoffnungen auf diesen Mann gesetzt, und jetzt lag die ganze Welt in Trümmern.

Sie weinte, natürlich tat sie das. Aber sie war so auf ihre Haltung bedacht, dass sie es nicht ertragen konnte, mit geschwollenen Augen gesehen zu werden. Mit hocherhobenem Kopf kehrte sie in ihr Zimmer im College zurück und brachte unverfroren teure neue Lampen und Kissen aus ihrem Liebesnest mit. Ihre Selbstbeherrschung war das Thema auf den Fluren des Hauses. Stolz überstand sie den Skandal. Ohne Patrick fühlte sie sich miserabel, aber sie wusste auch, dass die ganze Sache ihr einen Hauch von Glanz verlieh.

Eines Tages sah sie Patrick im Park. Er half gerade seinem jüngsten Sohn dabei, auf das Fahrrad aufzusteigen, und sie wandte sich ab, bevor er sie gesehen hatte. Das war das letzte Mal. Einen Monat nach Clares Rückkehr in die Collegeunterkunft kam das richtig nette Mädchen von der anderen Seite des Flures mit einem seltsamen Gesichtsausdruck herein und fragte sie, ob sie schon von Patrick North gehört hätte.

»Zunächst sah es aus wie ein Autounfall«, sagte Clare. »Später stellte sich heraus, dass er am Steuer einen Herzinfarkt gehabt hatte. Er sei schon tot gewesen, bevor er auf den Baum aufprallte – das erzählten mir die Leute ununterbrochen, so als würde mich das trösten.«

»Du armes kleines Ding.«

»Ist schon okay, es ist ja sehr lange her. Das muss dir nicht leidtun.«

»Das tut mir aber leid«, sagte Sharkey ernst. »Für die aufrichtige Neunzehnjährige, die dachte, dass alle Liebesbeziehungen ein glückliches Ende nehmen.«

Der Himmel machte Clare ein wenig schwindlig. Sie setzte sich. »Ich konnte natürlich nicht zu seiner Beerdigung gehen. Nicht, wo jeder wusste, dass ich ihn umgebracht habe.«

»Hör auf, du hast ihn nicht umgebracht. Er hatte einen Herzinfarkt.«

»Ich habe ihn aber ausgelöst durch das ganze Ficken und Heulen. Wenn er sich nicht in mich verliebt hätte, wäre er wahrscheinlich heute noch am Leben. Letztendlich habe ich ihm nur Stress bereitet.«

»Liebling, er stand unter Stress, weil er wusste, dass er einen

Fehler gemacht hatte. Er war ein Kerl im mittleren Alter, der eine Studentin gevögelt hat.«

Ihre Augen füllten sich kurz mit Tränen. »Aber so war es nicht – ich wünschte, du könntest ihn sehen.«

»Ich kann ihn mir vorstellen. Ich wäre überhaupt nicht überrascht, wenn er einen braunen Cordanzug getragen hätte.«

»Hau ab.« Clare musste unwillkürlich darüber lachen – Patrick hatte tatsächlich einen braunen Cordanzug besessen. Er hatte ihn bei seiner Lesung in Cork getragen, mit einem dunkelblauen Shirt und einer dünnen Krawatte. Das würde sie Sharkey gegenüber natürlich nicht zugeben. »Ich habe ihn nicht richtig beschrieben.«

Sharkey zog sie vorsichtig nach unten, damit sie sich wieder neben ihn legte. »Was hast du gemacht, als du erfahren hast, dass er tot ist? Bist du dahingesiecht?«

»Mir gefällt der gefühllose Ton deiner Stimme nicht. Natürlich war ich am Boden zerstört.«

»Entschuldige. Ich sollte dich nicht aufziehen. Das muss eine schreckliche Zeit für dich gewesen sein.«

»Mein Vater tauchte plötzlich auf, um mich nach Hause zu holen. Jemand muss es ihm gesteckt haben.« Sie seufzte über diesen schrecklichen, langen, trostlosen, einsamen Sommer – in dem sie die Zeit oben an ihrem Schreibtisch verbracht und aus dem Fenster auf die immer gleichen flachen grauen Felder geschaut hatte. »Meine Eltern waren sehr nett, aber sie haben Patricks Namen nicht einmal erwähnt, und ich durfte auch nicht über ihn reden. Alle wollten vergessen, dass ich jemals ein Teil seines Lebens war. Seine Liebe zu mir wurde zu einem bedauernswerten Symptom seiner letzten Krankheit. Ich weiß, dass sie glaubten, ich hätte ihn getötet. Und ich glaubte es auch.«

Er zog sie in seine Arme, sodass ihr Kopf auf seiner Schulter lag. »Ich spreche dich frei.«
»Kannst du das denn?«
»Natürlich«, sagte Sharkey. »Ich habe deine Beichte gehört, und du hast deine Strafe bereits verbüßt. Wenn du den Mann tatsächlich umgebracht hast, dann wirst du jetzt aus dem Gefängnis entlassen – also, stell dir vor, wie du den Beichtstuhl in dem strahlenden Zustand der Gnade verlässt.«
Clare lächelte. »In das Licht einer anderen Welt getaucht, so als hätte ich Plutonium geschluckt.«
»Sei nicht unverschämt.« Seine Hand schlüpfte in ihr Kleid und legte sich auf ihre nackte Brust.
»Eine Vielzahl von Handlungen wird durch den Zustand der Gnade verstärkt.«

Kapitel 16

Es hatte Mitternacht geschlagen, der Zauber endete. Die Lakaien waren Mäuse, und der Bus war ein Kürbis. Beth saß auf einer niedrigen Betonmauer am städtischen Parkplatz und lauschte der Musik, die immer noch von dem weit entfernten Platz herüberklimperte. Ihre Füße schmerzten in ihren Lederpumps. Anspannung jeglicher Art ging ihr heutzutage immer direkt in die Füße. Sie hätte glatt hundert Pfund für eine anständige Tasse britischen Tee gegeben.

Trevor setzte sich neben sie. »Machen Sie sich keine Sorgen, Beth. Französische Gefängniszellen sind wahrscheinlich ziemlich geschmackvoll und komfortabel.«

»Ich mache mir keine Sorgen«, sagte Beth. »Ich bin fassungslos, in einer solchen Situation zu sein, das ist alles. Ich denke die ganze Zeit darüber nach, was unsere Freunde wohl dazu sagen werden. Niemand wird in den Ferien festgenommen. Auf jeden Fall nicht Leute wie wir.«

Sie war erstaunlich ruhig, fand sie, wenn man berücksichtigte, dass ihr Mann (offensichtlich versuchte er, ihre Scheidung so verletzend und absurd wie möglich und zum Gesprächsstoff in jedem Wohnzimmer in Putney zu machen) im Gefängnis saß, weil er sich wegen einer anderen Frau geprügelt hatte.

»Ach übrigens, danke, dass Sie Bean so einen phantastischen Abend bereitet haben. So glücklich ist sie schon ewig nicht mehr gewesen.«
»Eigentlich«, sagte Trevor, »habe ich es genossen. Sie ist eine wunderbare Begleitung. Man ist permanent in den schonungslosen Glanz ihrer Offenheit getaucht. Ich habe heute Abend gelernt, dass mein Gesicht orange ist und dass ich mich benehme wie eine alte Dame.«
»O nein – das tut mir so leid –«
»Sie müssen sich nicht für sie entschuldigen. Ich fand das ganz nützlich. Seien wir ehrlich, ich bin ziemlich orange – und niemand sonst erwähnt es, oder?«
»Ich habe sie gebeten, mehr Lügen zu erzählen. Sie ist unhöflich zu Leuten, und sie glaubt, dass das eine Frage der Prinzipien ist. Ich hoffe, dass sie mit zunehmendem Alter milder wird.«
»Das bezweifle ich.«
Beide schauten liebevoll zu Bean hinüber, die ganz in der Nähe mit Scarly und Miles zusammenstand. Die jungen Leute, dachte Beth – die jugendlichen Liebenden, die goldenen Jungen und Mädchen, die keine Ahnung haben, dass sie auch einmal schmerzende Füße bekämen und zu Staub würden. Sie standen im schwachen Licht der Straßenlaterne, und als Scarly sich umdrehte, sah Beth, dass ihr Haar voll von getrocknetem Gras war. Sie und Miles glaubten, sehr diskret zu sein, aber sie verrieten sich durch jede Bewegung und jeden Blick. Sie badeten in den verträumten Augen des jeweils anderen, und natürlich hatten sie Sex gehabt, und Beth konnte das ja wohl schlecht kritisieren, wo sie doch selbst den ganzen Abend damit verbracht hatte, einen verliebten Richter in seine Schranken zu weisen.
»Wissen Sie«, sagte Trevor, »wenn Bean mal ein Praktikum

machen muss oder in den großen Ferien einen Job sucht, sollten Sie sie zu mir schicken. Ich mache dann schon einen Menschen aus ihr.«
»Meinen Sie das ernst? Bean ist ein Schatz, und ich liebe sie wie verrückt, aber sie scheint kein erkennbares Talent für irgendetwas zu haben.«
»Ich werde eines finden«, sagte Trevor.
»Und sie ist unglaublich faul, und wenn man sie bittet, etwas zu tun, fängt sie an zu diskutieren.«
»Ich glaube, dass sie ein ganz gutes Auge für Design hat.«
»Das muss ein Scherz sein!« Beth lachte. »Charlie sagt, dass sie den Geschmack eines Straßenhändlers auf Droge hat.«
»Sie glaubt, dass der Geschmack ihres Vaters ›auf sich abfahren‹ heißt. Und Sie sind auch nicht besser. Sie stehen nur auf geblümten Scheiß.«
»Freche Kleine –« Beth hatte ihre heimliche Freude an Beans Krieg mit Charlies Geschmack. Charlie glaubte natürlich, dass sein Geschmack erstklassig sei. Er mochte einfarbige Blöcke, klare Linien, deutliche Formen und Strukturen. Er verabscheute Unordnung, Verzierungen und jegliches Anzeichen von Wohnlichkeit.
Beth musste ihren geblümten Scheiß auf Teetassen und Keksdosen förmlich ins Haus schmuggeln. Bean ging noch weiter. Sie legte Kissen von Woolworth auf das Ruth-Aram-Sofa. Sie hörte nicht auf, Lichterketten aufzuhängen, und nannte Charlie ›analfixiert‹, wenn er sie wieder abnahm.
»Ich habe schon oft gedacht, dass sie einen guten Psychoanalytiker abgeben würde. Sie hat die nötige Grausamkeit.«
Trevor hielt seine Uhr dem schwachen Licht der Straßenlaterne entgegen. »Wo sind die anderen überhaupt? Und wo ist Jamie? Er sollte uns doch zurückfahren.«
Clare trat zu der Gruppe. Für einen Moment, als sie unter

dem Schein der Straßenlaterne herging, sah Beth, dass ihre Haare am Hinterkopf voller Flecken von getrocknetem Gras waren. »Hallo, entschuldigt, dass ich euch habe warten lassen.«

»Entspannen Sie sich«, sagte Trevor. »Wir warten noch auf die MacDuffs – und auf Sharkey.«

»Hier bin ich.« Sharkey tauchte aus dem Schatten auf.

»Dad ist im Gefängnis«, informierte Bean ihn. »Findet ihr das nicht verdammt cool?«

»Ich habe gesehen, wie er von zwei Polizisten abgeführt worden ist«, sagte Sharkey. »Ich wünschte, ich hätte ein Foto gemacht.«

»Angus versucht sie herauszubekommen. Haben britische Richter in Frankreich eigentlich irgendeine Autorität?«

Sharkey warf Beth einen mitleidigen Blick zu – offenbar wusste mittlerweile Gott und die Welt, was los war. Die Mädchen stellten wilde Spekulationen über den Grund für die Schlägerei an, aber sie würden bald eins und eins zusammenzählen.

»Clare war da«, sagte Bean. »Du hast die ganze Sache gesehen, oder?«

»Nicht die ganze«, antwortete Clare steif.

»Aber wer hat angefangen? Und warum?«

Clare sagte: »Ich weiß es eigentlich nicht. Übrigens, ich habe deine Gewinne. Willst du sie jetzt haben?«

»Ja, bitte, ich möchte sie Mum und Scarly zeigen.«

Was war das denn, so eine Art Versuch von stiefmütterlicher Intimität? Clare würde mit Miss Bean ihre liebe Mühe haben. Beth beobachtete, wie Clare ihre Handtasche öffnete. Die Handtasche der anderen Frau fiel ihr als ein weiteres Symbol der Unterschiede zwischen ihnen auf. Beth hatte ihre Tasche wegen ihrer Größe und Robustheit aus-

gesucht, da sie praktische Taschen für das Handy und die Lesebrille hatte. Clares Tasche war auch groß, aber schick und schlabberig, und sie trug sie lässig über einer Schulter. Sie nahm drei Porzellanfiguren heraus.
Bean nahm sie und strahlte. »Mum, schau mal, was ich am Schießstand gewonnen habe – sind die nicht toll?«
»Bezaubernd, mein Schatz. Gut gemacht.« Beth blickte freundlich auf die scheußlichen Teile. »Sie passen gut in dein Zimmer. Du könntest das Regal aufräumen.«
»Nein, mein Zimmer ist im Moment zu gruftimäßig, das würde nicht passen.«
»Du kannst sie aber nicht woanders hinstellen«, sagte Scarly. »Dad würde ausrasten. Und überhaupt, sie sind schrecklich.«
»Verpiss dich, was weißt du denn schon? Du stehst immer noch auf Blumenfeen.«
»Verpiss dich, das stimmt nicht!«
»Stimmt wohl! Warte nur, bis du ihr Zimmer siehst, Miles. Es ist total mädchenhaft und voll von lila Scheiß.«
»Verpiss dich!« Scarly wurde rot – Bean hatte schon immer das Talent gehabt, sie aufzuziehen.
»Hört auf, ihr zwei«, sagte Beth. »Oder glaubt ihr, diese Familie könnte noch mehr öffentliche Prügeleien vertragen? Scarly hat recht, Bean – Dad kann diese Dinge absolut nicht ausstehen.«
»Nun, da liegst du allerdings falsch«, sagte Bean stolz. »Er hat bereits zugestimmt, das rosa Kaninchen auf die Anrichte zu stellen.«
»Was – das? Auf die Anrichte? Nein, mein Schatz, das musst du komplett falsch verstanden haben.« Diese verdammte Anrichte – Beth durfte noch nicht einmal eine Obstschale daraufstellen, wenn sie Gäste hatten; ganz sicher war eine

Anrichte dazu da, dass man etwas daraufstellte – was nicht heißen sollte, dass man eine Reihe Rosenmuster-Teller auf diesen Monster-Grabstein gestellt hätte.
»Er hat gesagt, ich darf – oder nicht, Clare? Du hast es doch gehört.«
Aus irgendeinem Grund lächelte Clare in sich hinein. »Er hat nicht Nein gesagt.«
»Wo ist Jamie?«, fragte Sharkey. »Ich habe den halben Abend damit verbracht, ihm aus dem Weg zu gehen, und wenn man ihn braucht, verschwindet er.«
Beth war todmüde. Sie konnte sich kaum noch an den Beginn dieses endlosen Tages erinnern.
»Wir müssen so oder so noch warten«, sagte Miles, »Angus ist noch auf der Polizeiwache und versucht, Charlie und Alick aus dem Gefängnis zu holen.«
»Sie müssen doch einen Grund gehabt haben«, bohrte Bean. »Dad würde doch nicht ohne Grund eine Prügelei anfangen – oder, Scar? Es muss etwas richtig Ernstes gewesen sein – in der Art von: Alick fickt Mum.«
Verschiedene Stimmen sagten: »Bean!«
»Hört mal, das war doch nur ein Beispiel, ich habe damit nur gesagt, dass Dad nicht ohne Grund eine Schlägerei anfängt.«
»Es ist durchaus möglich, sich ohne Grund zu prügeln«, sagte Miles. »Manchmal taucht so eine Schlägerei wie aus dem Nichts auf.« (Beth fing an, sich für Miles zu erwärmen; so ruhig und zurückhaltend er auch war, war ihm doch aufgefallen, wie peinlich Beans Fragen waren.)
»Wisst ihr was?«, sagte Sharkey. »Ich fange an, mich zu fragen, ob Charlies Verhalten irgendetwas mit diesem scheußlichen Likör zu tun hat. Ich fühle mich ausgesprochen seltsam, seit ich ihn getrunken habe.«

Trevor und die jungen Leute hatten den St. Hilaire nicht probiert. Sharkey zeigte ihnen eine von den Flaschen, die er gekauft hatte. Das war eine willkommene Abwechslung, und Beth dachte, dass er möglicherweise nicht so ganz unrecht hatte – der verrückte und überwiegend irreale Abend hatte mit dem St. Hilaire angefangen.

»Ich bin froh, dass Sie das sagen – ich dachte, das wäre nur bei mir so. Er sollte doch alkoholfrei sein, aber ich fühle mich betrunken.«

»Ich bin zwar nicht in die Versuchung gekommen, eine Prügelei anzufangen«, sagte Sharkey. »Aber große Teile meines Abends scheinen sich auf einem anderen Planeten abgespielt zu haben. Einmal musste ich mich hinlegen. Und alles drehte sich um mich herum.«

»Hier ist Angus!« Trevor sprang auf. »Oh.«

Angus war allein. Die Gruppe verstummte, als seine gebückte, derangierte Gestalt auftauchte.

Beth stand auf und tat ihr Bestes, so auszusehen, als hätte er ihr nicht angeboten, ein schmutziges Wochenende mit ihr zu verbringen. Er hatte sich, was Charlies Verhaftung anging, blendend verhalten. Er hatte Bean und Beth zur Polizeiwache begleitet und ein langes Gespräch auf Französisch mit dem diensthabenden Polizisten hinter dem Schalter geführt. Beth war ihm dankbar, dass er die Angelegenheit so ruhig in die Hand nahm, aber er hatte ihr nicht einmal in die Augen gesehen, seit er sie um Sex gebeten hatte.

Er sprach mit Beth und sah sie dabei wieder nicht richtig an. »Es tut mir furchtbar leid, ich kriege sie vor morgen früh nicht da raus. Ich habe alle möglichen Register gezogen, aber die Bürokratie ist undurchdringlich. Dazu kommt, dass wir hier am Arsch der Welt sind und sich die

Person, die etwas unterschreiben muss, fünfzig Kilometer entfernt am anderen Ende von Figeac befindet – sie waren beide wütend, aber da kann man nichts machen. Sie müssen über Nacht dableiben.«

»Oh.« Beth war erleichtert. Sie hatte nicht die Kraft, Charlie gegenüberzutreten, und wenn sie dieses scheußliche Bett für sich alleine hätte, würde sie ausnahmsweise einmal eine Nacht lang vernünftig schlafen können. »Ich bin dir sehr dankbar, dass du es versucht hast. Müssen sie denn vor den Amtsrichter?«

»Gott, nein, sie werden wahrscheinlich mit einer Geldstrafe davonkommen.« Er sah sich in der Gruppe um und war plötzlich aufgebracht. »Wo verdammt nochmal ist Jamie?«

Alle schwiegen.

»Gott Allmächtiger, jetzt reicht es. Kein Wunder, dass das Hotel eine einzige Katastrophe ist. Der Schwachkopf ist wirklich die absolute Niete.«

»Entschuldigt, entschuldigt, entschuldigt!« Jamie kam auf den Parkplatz geeilt. Sein Gesicht war auf der einen Seite ganz rot; seine Khakishorts sahen furchtbar zerknittert aus. »Ich weiß, dass ich spät dran bin, aber ich bin eingeschlafen – und bevor ihr irgendetwas sagt, schwöre ich, dass ich nicht getrunken habe. Einer der Mönche hat mir noch ein Gläschen von diesem grünen Zeug gegeben, und ich habe mich für eine Minute auf die Treppenstufen vor der Kirche gesetzt – und das Nächste, an das ich mich erinnere, ist, dass ich mit Kleingeld bedeckt wieder aufgewacht bin. Ich habe ungefähr vier Euro verdient.«

Bean und Scarly fingen an zu kichern. Beth hätte gerne mitgelacht, aber sie hatte zu großes Mitleid mit Angus.

»Na ja«, sagte er schwerfällig. »Die MacDuff-Brüder haben

sich heute Abend wirklich hervorragend profiliert. Einer hinter Gittern, und der andere hat auf den Kirchenstufen das Bewusstsein verloren. Die Crème de la Crème der Gesellschaft.«

»Hey, wo ist Alick? Und dieser andere Typ – Dingsda? Wir können nicht ohne sie fahren!«

Beth sah die Emotionen auf Angus' Gesicht. Für einen Mann, der seine Ehe familiärer Loyalität halber aufs Spiel gesetzt hatte, musste das ein bitterer Augenblick sein. »Sie hatte recht«, murmelte er. »Ihr seid ein paar nutzlose –«

Er hielt inne, schluckte es herunter und sagte: »Sie kommen nicht, aber das erklär ich dir später. Schließ den Bus auf, und bring uns zurück zu dieser Bruchbude.«

Beth wachte langsam auf. Zum ersten Mal seit Tagen hatte sie wie ein Stein geschlafen. Sie hatte keine Kopfschmerzen, und ihr Mund war nicht trocken. Ihre Glieder fühlten sich leicht und ausgeruht an. Sie streckte sich genüsslich in dem leeren Bett. Die Sonne knallte auf die Fensterläden. Sie blickte auf den Reisewecker (mit schmutzigem braunen Leder überzogen, Vorkriegsmodell, das einmal ihrem Vater gehört hatte). Halb neun. Sie rollte sich aus dem Bett. Das Badezimmer war frei. Beth blieb ewig lang unter der Dusche. Sie föhnte sich die Haare und zog einen einigermaßen attraktiven Rock und ein T-Shirt an. Es war bereits sehr heiß.

Sie fühlte sich super. Sie verachtete sich selbst für die Heulerei um Charlie. Ihr Zorn saß jetzt tief in ihrem Inneren und machte sie euphorisch und erregt. Sie hatte verrückte Visionen von sich selbst, wie sie mit einem Hammer auf die preisgekrönte Anrichte losging und etwas Unsägliches auf das prachtvolle Sofa kippte.

Verfluchter Charlie.

Verfluchte Ruth Aram.

Und verfluchte George Eliot, die langweilige alte Kuh mit Löckchen. Beth war »Die Mühle am Floss« leid. Sie hatte einen Blick in Alicks Roman »Mary, Königin der Schotten« geworfen und fand, dass er herrlich voll von suchenden Händen und weichen rosafarbenen Nippeln war. Sie hatte jetzt Lust, den Roman zu lesen, und entschied sich, Clare zu fragen, ob sie ihn ihr ausleihen würde. Warum nicht? Die Frau war ihr etwas schuldig.

Es war ein großartiger Morgen. Beth trat hinaus auf die Terrasse, schloss für einen Augenblick die Augen und gab ihren blassen, schüchternen britischen Körper der Hitze hin. Bienen summten im Lavendelbusch. Der Himmel war strahlend blau. Bean, Scarly, Miles und Trevor tobten im Pool herum.

Und Julia saß mit einer Tasse Zitronentee unter einem der Sonnenschirme.

Julia war zurückgekommen. Beth wurde bei dem Gedanken an den feuchten Kuss rot. Wenn Angus in der Stimmung war zu gestehen, was würde er ihr erzählen?

»Guten Morgen«, sagte Julia. Die Adern an ihrem Hals traten hervor.

»Sie sind wieder da!« Beth versuchte warmherzig zu klingen. »Was für eine Überraschung! Wann sind Sie angekommen?«

»Vor ungefähr zwei Stunden.«

»Dann haben Sie also das schöne Wetter zurückgebracht.« Wie haarsträubend sich das anhörte.

»Ist es nicht herrlich?«

»Ah, Beth! Guten Morgen!« Jamie kam munter und strahlend heraus, er trug anständige Hosen anstelle der albernen Shorts. »Haben Sie gut geschlafen?«

»Sehr gut, danke.«

»Ich auch! Angela ist nicht einmal ausgerastet, und ich fühle mich so frisch wie ein Gänseblümchen. Möchten Sie Tee oder Kaffee?«

»Tee, bitte.« Beth setzte sich an den kleinen Tisch zu Julia, denn sie dachte, es wäre unhöflich, das nicht zu tun.

»Ganz recht, und was halten Sie von einem Croissant?« Mit einer Zange legte er ein Schokoladencroissant auf Beths Teller. »Alick und Charlie müssten eigentlich schnell zurückkommen«, sagte er glücklich. »Angus holt sie gerade ab. Und er besorgt auf dem Markt noch ein oder zwei Kleinigkeiten für Angela. Wir glauben, dass sie gut genug drauf ist, um heute Abend kochen zu können.«

»Oh, das ist schön.«

»Sie möchte heute Abend so eine Art Gala veranstalten, wisst ihr – etwas, das euch für die schreckliche Zeit entschädigt, die ihr bis jetzt hattet.«

»Als wenn das möglich wäre«, sagte Julia, nachdem er gegangen war. »Aber vielleicht wird es ja ganz gut. Angela ist immer noch eine wunderbare Köchin.«

»Sie müssen die halbe Nacht unterwegs gewesen sein.«

»Ich bin bis Bordeaux geflogen und habe mir dann einen Wagen gemietet.«

»Hut ab, dass Sie den Ort hier gefunden haben. Ich werde aus französischen Straßenkarten nicht schlau.«

»Auf einigen Landstraßen hatte ich ein paar Probleme. Aber ich wollte unbedingt herkommen.«

Julia warf Beth einen bedeutungsvollen Blick zu. »Kann ich mal mit Ihnen reden?«

»Ja, natürlich.«
»Sie machen so einen ruhigen, ausgeglichenen Eindruck.«
»Tatsächlich?«
»Und Ihre Ehe scheint so stark zu sein. Ich glaube, dass Sie gar nicht wissen, wie glücklich Sie sein können, einen Mann wie Charlie zu haben.«
»Nein«, sagte Beth mit schwacher Stimme.
»Meine Ehe – Angus und ich – wir stehen im Moment ein bisschen unter Stress. Na ja, Sie haben ja gesehen, wie ich abgereist bin. Ich bin gegangen, weil ich keinen weiteren Tag mit seiner ekelhaften Familie ertragen hätte. Sie haben mich niemals wirklich akzeptiert, müssen Sie wissen.«
»Nein?«
»Sie nehmen es mir übel, dass ich Angus' Aufmerksamkeit beanspruche. Und er ergreift nicht für mich Partei. Der Ton, in dem sie mit mir reden – Sie haben Alick ja neulich morgens gehört, wie er mich aufgefordert hat, das Mittagessen zu machen. Ich war so gekränkt. Ich kann mir ganz genau vorstellen, wie das für nette, normale Leute wie Sie und Charlie aussehen muss.«
Beth dachte an das Gedicht von Burns, in dem es darum geht, dass wir uns sehen, wie andere uns sehen. Das war eine außerordentliche Erfahrung. Präsentierten Charlie und sie der Außenwelt gegenüber tatsächlich eine nette stabile Front, oder war Julia nur zu sehr mit sich selbst beschäftigt, um die Wahrheit zu sehen?
»Da wusste ich plötzlich, dass ich hier weg muss. Und ich war furchtbar verletzt, als Angus sich weigerte, mit mir zu kommen. Nicht nur das – er hat nicht einen meiner Anrufe entgegengenommen. Ich bin zurückgekommen, weil ich es nicht ausgehalten habe.« Sie beugte sich über den Tisch. »Wie war er?«

»Wie bitte?«
»War er depressiv? Wütend?«
»Äh – na ja –« Beths Phantasie war blockiert. Sie konnte ja wohl kaum sagen, dass er sehr vergnügt war und Sex mit ihr haben wollte.
»Er wollte mit mir heute Morgen nicht reden. Er hat mich nur angestarrt, als wäre ich die letzte Person auf der ganzen Welt, die er sehen wollte, und dann ist er zu seinem Auto davongestampft. Ohne ein einziges Wort.«
Beth sagte: »Ich glaube, er liebt Sie.«
»Hmm. Tut er das? Ich bezweifle das. Um ehrlich zu sein, ist es in den letzten paar Jahren ein bisschen schwierig gewesen.«
(Nein, dachte Beth, jetzt nicht die Wahrheit – bitte erzähl mir nichts über den Sex!)
»Um ganz offen zu sein«, sagte Julia vorsichtig, »unser Sexleben – na ja, Beth, um wirklich ganz offen zu sein, wir haben gar keinen Sex mehr. Schon seit – einigen Jahren.«
»Oh.«
»Das ist meine Schuld.«
»Wirklich?«
Julia senkte die Stimme. »Ich hatte eine Affäre.«
»O Gott.« Armer Angus, davon wusste er nichts, sonst hätte er es ihr sicher erzählt.
»Beth, sind Sie Charlie jemals untreu gewesen?«
»Nein.«
»Lassen Sie es mich anders ausdrücken. Ich spreche nicht unbedingt von Sex, wissen Sie? Haben Sie jemals geflirtet – geküsst?«
Beths Gesicht glühte, was entweder ein verspätetes Teenager-Erröten war oder ein Symptom der Menopause. »Na ja, einmal, glaube ich.«

»Da haben Sie es. Ich versuche nicht, mich zu entschuldigen, aber ich möchte, dass Sie verstehen. Der Mann, in den ich mich verliebt habe, war verheiratet. Am Ende entschieden wir, dass wir bei unseren Familien bleiben. Das war genau das Richtige, aber es war trotzdem sehr hart. Wir passten sexuell so gut zusammen. Beth, ich habe nicht gewusst, dass Sex so phantastisch sein kann. Ich habe mich nach ihm verzehrt, ich habe ihn herbeigesehnt, und ich konnte nicht mehr mit Angus schlafen. Dann bekam ich eine Lungenentzündung und bin in das freie Zimmer gezogen. Ich bin nie zurückgezogen.«

Die beiden saßen für ein paar Minuten schweigend beisammen.

»Unsere Ehe hat einmal funktioniert – genauso gut wie Ihre«, sagte Julia. »Die Brüder glauben, ich hätte Angus aus reinem Snobismus geheiratet, aber ich war tatsächlich sehr verliebt in ihn.«

»Vielleicht, wenn Sie mit ihm reden –«

»Snobismus – dass ich nicht lache.« Julia konnte jetzt nicht mehr aufhören. »Die MacDuffs mögen ja glauben, dass sie vornehmer sind als die Queen – und das denken sie wirklich, Sie sollten mal Jamies Vortrag darüber hören –, aber mit ihnen geht es schon seit Jahren bergab. Angus ist der Einzige von ihnen, der einen Pfifferling wert ist.«

Auf der anderen Seite des Hauses hörte man ein Auto, das in der zerfurchten Auffahrt mühselig bremste. Beide Frauen erstarrten.

»Angus«, sagte Julia.

Charlie, dachte Beth – mein zukünftiger Exmann.

Angus kam als Erster hinaus auf die Terrasse. Er sah Julia und Beth zusammensitzen. Für einen langen Augenblick starrte er sie an, dann drehte er sich um und stolzierte da-

von – ziemlich theatralisch, aber es war nicht zu übersehen, dass er sehr wütend war.
»Na dann, auf in den Kampf«, sagte Julia, während sie aufstand. »Jetzt muss ich es hinbekommen, dass dieser Mann mit mir spricht.« Sie folgte ihm ins Haus.
»Viel Glück«, sagte Beth und hoffte, dass Angus nicht zu viel erzählen würde.
»Dad!«, schrie Bean.
Charlie und Alick schlurften hinaus ins Licht und blinzelten, als hätten sie zwanzig Jahre in der Bastille gesessen. Charlie sah schrecklich aus. Seine Klamotten waren voller Schweiß- und Blutflecken, sein Gesicht war mit grauen Stoppeln übersät. Seine Nase glänzte rot und geschwollen, und um die Nasenlöcher konnte man dicke Ränder getrockneten Blutes sehen. Was dachte Miss Clare Chessil jetzt wohl über ihren Sexgott?
Clare, auf der anderen Seite der Terrasse, verharrte in entsetztem Schweigen. Beth konnte von ihrem Gesicht nichts ablesen.
Bean fiel Charlie um den Hals. »Du warst in einer Zelle! Wie war das?«
»Das wirst du noch früh genug selber herausfinden, das prophezeie ich dir«, sagte Charlie übellaunig. »Lass mich los – du bist klatschnass.«
»Musstest du mit Alick in einer Zelle sitzen?«
»Sie hatten nur eine«, antwortete Alick. »Und es war eigentlich eher ein Zimmer.«
Beth konnte sich Alick in einer Prügelei überhaupt nicht vorstellen. Er kam ihr eher vor wie ein älter gewordener Tin-Tin.
»Was, wenn ihr euch gegenseitig umgebracht hättet?«, fragte Bean.

»Wir hätten es schon nicht so weit kommen lassen.«
»Musstet ihr in einen Metallbehälter pinkeln? O Gott – was, wenn ihr hättet kacken müssen?«
»Bean, halt den Mund.« Scarly legte sich ein Handtuch um, bevor sie ihrem Vater einen Kuss gab.
»Bist du in Ordnung, Dad? Deine Nase sieht furchtbar aus. Tut das weh?«
Bean tanzte vergnügt herum und versprühte Wassertropfen. »Hat Alick dich geschlagen?«
»Nein«, sagte Charlie. »Ich bin die Treppe hinuntergefallen.«
»Das sagen die Leute immer, wenn sie verprügelt wurden.«
»Mach dich nicht lächerlich«, sagte Charlie gereizt. »Wenn du es unbedingt wissen musst, ich bin eine Steintreppe hinuntergefallen, weil ich betrunken war.«
»Also kannst du mich in Zukunft auch nicht mehr anbrüllen, wenn ich mich betrunken habe.«
»Doch, das kann ich. Wenn du dich jemals so dämlich benimmst wie ich gestern Abend, streiche ich dir dein Taschengeld für immer und ewig.« Er warf Beth einen wütenden Blick zu. »Kann mir mal jemand einen Kaffee besorgen?«
Beth wusste, was ihn so ärgerte. Er war wütend auf sie, weil er schwer im Unrecht war und sie aus den schwindelerregenden Höhen ihrer moralischen Überlegenheit auf ihn hinunterschaute. Die Luft war angenehm frisch hier oben – an einem klaren Tag konnte man sechs Landkreise sehen –, aber es war auch verdammt einsam.

Kapitel 17

Das Wetter schlug wieder um. Donner krachte über dem Tal, und die Hitze war erdrückend. Clare und Sharkey lagen nebeneinander, der Schweiß kühlte auf ihrer nackten Haut ab.

Er flüsterte: »Das war mit der beste Sex, den ich je hatte – ganz sicher unter den Top Drei.«

Sie hatten sich direkt nach dem Mittagessen in Clares Zimmer hinaufgeschlichen, was genau das war, was sie sich für diese Ferien vorgenommen hatte, wenn auch mit einer anderen Person. Es war jetzt schon später Nachmittag, und auf der Treppe waren Stimmen und Schritte zu hören, die nach oben kamen. Bei dieser Hitze war es schwierig, sich darüber Sorgen zu machen.

»Vor fünfundzwanzig Jahren«, sagte Sharkey, »hätte ich mich wahrscheinlich sehr leicht in dich verlieben können, vielleicht hätte ich dich sogar geheiratet – und dann wäre mein ganzes Leben anders verlaufen.«

»Aber du bist hierhergekommen und hast dich stattdessen in die Kirche verliebt«, flüsterte Clare. »So war's doch, oder nicht?«

»Ja, wie klug von dir.«

»Dein Bing-Crosby-Moment.«

Er lachte leise. »Sei still. Es ist zu heiß.«
Schritte kamen den Gang entlang. Vor Clares Tür blieben sie stehen. Jemand klopfte laut. Sie erstarrten und sahen sich wild an, wie Kaninchen, gefangen im Scheinwerferlicht. Aber sie waren beide versiert im Umgang mit solchen Notsituationen. Clare zeigte zum Badezimmer und flüsterte: »Schließ die Tür ab!« Sharkey nickte. Erfahren wie er war, packte er seine Klamotten zusammen und warf sie unters Bett.
Clare zog ihren Morgenmantel an. Dann fiel ihr noch ein, die eine Seite des Bettes glatt zu streichen.
Vor der Tür rief Alick: »Clare!«
»Einen Augenblick.« Sie öffnete die Tür. »Ich habe geschlafen.«
Alick wirkte beruhigend normal. Das visionäre Leuchten hatte ihn verlassen. »Es tut mir leid. Ich hab ein unglaubliches Talent, dir auf die Nerven zu gehen, und ich bin gekommen, um mich für mein schreckliches Verhalten gestern Abend zu entschuldigen. Ich weiß, dass ich nach Ausreden suche – aber ich glaube langsam, dass Sharkey mit dem, was er über diesen Likör der Mönche gesagt hat, recht gehabt haben könnte. Nachdem ich ihn probiert hatte, schien alles so unglaublich klar zu sein – und das ist immer ein schlechtes Zeichen, oder? Ich war ein Idiot. Bitte verzeih mir.«
»Natürlich verzeihe ich dir. Lass uns nicht mehr drüber reden.«
»Jetzt habe ich alles vermasselt, nicht wahr? Ich wünschte, ich könnte dich noch einmal neu kennenlernen und einen ganz anderen Eindruck hinterlassen.«
Clare lächelte. »Na ja, du hast ja auch nicht gerade den allerbesten Eindruck von mir.«

»Wenn wir uns in London treffen, sprechen wir nicht mehr über diese ganze Sache. Aber bevor zwischen uns jetzt absolute Funkstille herrscht, möchte ich betonen, dass ich mich nicht so leichtfertig verliebe, und ich stelle auch nicht jeder Frau nach, die ich treffe.«

»Gut, vielen Dank. Wir sehen uns unten.« Sie war im Begriff, die Tür zu schließen.

»Warte! Eine Sache noch – könntest du heute Abend noch einmal das orange Kleid anziehen?«

»Bis später.« Clare war gezwungen, Alick die Tür vor der Nase zuzumachen, denn sie hörte jemanden an die Badezimmertür klopfen.

Sharkey kam aus dem Badezimmer und flüsterte: »Charlie.«

Sie versuchte, einen klaren Gedanken zu fassen. Sharkey war nackt und konnte es nicht riskieren, über den Flur zu flitzen.

»Clare!«, rief Charlie leise auf der anderen Seite des verfluchten geteilten Badezimmers. »Liebling, lass mich bitte rein! Ich möchte mit dir reden.«

Sharkey drückte beruhigend ihre Schulter und stieg in den Wandschrank. Der war groß genug, wenn er sich setzte und die Kleider auf die eine Seite schob. »Clare! Kannst du mich hören?«

Sie ging ins Badezimmer und öffnete die Tür auf Charlies Seite. »Sei leise!«

Charlie verriegelte die Tür wieder hinter sich und ging in Clares Schlafzimmer. »Es ist in Ordnung, Beth ist schwimmen gegangen. Ich dachte mir, ich nutze die Gelegenheit, um mit dir zu reden. War das Alick, den ich da gerade gehört habe?«

»Ja. Er wollte sich entschuldigen. Ist das ein Problem?«

»Überhaupt nicht – ich bin aus genau demselben Grund hier. Es tut mir sehr leid, Clare. Ich habe mich unmöglich benommen.«

Er setzte sich auf das zerwühlte Bett. Clare bemerkte plötzlich, dass der weiße Ärmel von Sharkeys Hemd unter dem Volant herausguckte. In gewissen Filmen würde Charlie das auch sehen, und Clare müsste sich eine weit hergeholte Geschichte einfallen lassen. Sie hoffte, dass sie sich nicht in einem dieser Filme befänden. »Es war absolut beschissen von mir, dich anzupöbeln, bloß weil du mir gesagt hast, dass du ein Baby haben willst.«

Das berührte einen wirklich wunden Punkt. Tränen traten Clare in die Augen. Wenn er ihr jetzt erzählte, dass er seine Meinung geändert hatte, würde das ihren Glauben an die menschliche Natur wieder herstellen. Sie spürte das plötzliche, panikartige Verlangen, wieder eine Verbindung mit ihm herzustellen.

»Aber ich fürchte, dass ich die Wahrheit gesagt habe. Ich habe die Nerven verloren, weil mich die ganze Idee in Angst und Schrecken versetzt.«

»Oh.« Es hatte sich also nichts geändert. Das war's, das Ende der Affäre. Sie konnte die abschließende Auseinandersetzung jetzt allerdings nicht führen, weil in ihrem Wandschrank ein nackter Priester saß.

»Das heißt nicht, dass ich dich nicht liebe. Ich möchte dich immer noch heiraten, wenn du damit leben kannst, das ganze Babythema zu vergessen. Das ist ganz schön viel verlangt, ich weiß. Ich bitte dich auch nur, darüber nachzudenken.«

»Ich habe darüber nachgedacht«, sagte Clare. »Ich möchte gerne, dass es jemanden auf der Welt gibt, der mit mir verwandt ist.« In dem Moment, in dem sie das ausgesprochen hatte, wurde ihr klar, dass darauf ihr instinktiver Wunsch basierte, sich fortzupflanzen. »Meine Eltern sind tot, und ich bin ein Einzelkind. Ich habe niemanden, der zu mir gehört, außer ein paar Cousinen zweiten Grades. Ich möchte wieder zu jemandem gehören.«

Charlie stand auf und schloss sie in seine Arme. »O mein Liebling, du gibst mir das Gefühl, ein Monster zu sein – schau, ich gehe lieber wieder rüber, bevor Beth hochkommt.« Er ließ sie nach einem kurzen Kuss auf die Stirn los. »Ich denke darüber nach. Lass uns vernünftig reden, wenn wir wieder in London sind.«

»Ich werde – egal was passiert – nicht gefeuert, oder?«

Er lächelte. »Natürlich nicht, du bist viel zu wertvoll. Wir haben eine paar richtig gute Ausschreibungen deinetwegen gewonnen. Offen gesagt war das der Grund, warum Derek so entsetzt war, dass wir uns ineinander verliebt haben. Er hatte Angst, dass ich dir das Herz brechen und dich zu einer anderen Firma treiben würde.«

»Gebrochene Herzen haben mit der Arbeit absolut nichts zu tun«, sagte Clare. »Wie auch immer, wir sehen uns beim Abendessen.«

Charlie gab ihr noch einen Kuss und verschwand durch das Badezimmer. Clare schloss die Tür hinter ihm ab und ließ Sharkey aus dem Schrank.

»Es tut mir so leid – ich wollte nicht, dass er Verdacht schöpft – war es sehr unbequem?«

»Meine liebe Clare«, antwortete Sharkey und schaffte es, sich erstaunlich würdevoll herauszuwinden. »Ich habe mich schon in mehr Schränken versteckt, als du warme Abendessen genossen hast.« Er zog seine Klamotten unter dem Bett hervor und fing an, sich anzuziehen. »Und ich bin nie erwischt worden. Es ist einfach, nicht erwischt zu werden – solange man im Stillen nicht doch entdeckt werden will.«

»Glaubst du, dass ich jetzt gerade erwischt werden wollte?«

»Nicht bewusst. Aber du darfst auch nicht vergessen, dass du nicht in mich verliebt bist, ja?«

»Also los, raus damit«, sagte Charlie. »Fang schon an mit deinem Wütende-Ehefrau-Vortrag.« Er saß neben dem Fenster, kauerte sich vor seinen Rasierspiegel und zuckte zusammen, als er sich Klümpchen getrockneten Blutes aus seinen Nasenhaaren herauszog. »Meine Nacht war die reinste Hölle, aber mach einfach weiter. Ich kann es sogar an deiner Stelle sagen, wenn du willst – au! Ich bin ein absoluter Scheißkerl, ich liebe dich nicht genug, ich kümmere mich nicht um unsere Töchter, es interessiert mich nicht, was unsere Freunde von mir halten – und ich werde nicht zu Eleanor Lightfoots beschissener Party gehen – au! Scheiße!«

»Sieh dich doch an«, sagte Beth. Sie war unglaublich wütend auf ihn. Dieser Mann versaute zwei Frauen das Leben und wagte es, sich schlecht behandelt zu fühlen. »Du fühlst dich so jung und cool, dabei hast du graue Barthaare wie ein alter Penner. Wenn du mir auf der Straße begegnen würdest, würde ich dir Geld zuwerfen.«

»Wie recht du hast. Muss sich wirklich toll anfühlen, immer recht zu haben.« Er schwieg, um sich Tränen aus den Augenwinkeln zu wischen. »Gott, tut das weh!«

»Du hast dich besoffen und bist die Treppe hinuntergefallen. Erwarte bitte kein Mitleid.«

»Nicht von dir – ich habe schon vor Jahren aufgehört, das von dir zu erwarten.«
»Du – was? WAS?« Beth schnappte nach Luft wegen dieser erstaunlichen, unglaublichen Ungerechtigkeit. »Ich habe von dem Tag an, an dem ich dich kennengelernt habe, nichts anderes getan, als Mitgefühl zu verbreiten! Ich lebe in einem permanenten Zustand der Anteilnahme! Und jetzt kommst du und erzählst mir, dass das nicht genug ist? Na, was wäre denn recht? Eine Riege von Klageweibern?«
Er warf ihr diesen wütenden, kalten Ich-habe-recht-du-arme-Irre-Blick zu. »Ich rede nicht über Tee und Bemuttern. Du hast dich niemals dafür interessiert, dass ich etwas mehr brauche als eine vorstädtische Mittelklasseexistenz.«
»Tee und Bemuttern? Du kleines Stück Scheiße! Von nun an kannst du deinen eigenen beschissenen Tee kochen!«
»Du hast die letzten dreiundzwanzig Jahre versucht, mich zurechtzubiegen«, sagte Charlie, »damit ich in ein gewisses Schema passe, das nur in deinem Kopf existiert. Dein Leben ist leer, also möchtest du gerne, dass mein Leben es auch ist.«
»O ja, die Leere-Leben-Geschichte«, antwortete Beth rüde. »Ich möchte sie lieber nicht nochmal hören, wenn es dir nichts ausmacht. Im Grunde sagt sie nicht mehr aus, als dass du glaubst, es wäre maßlos egoistisch, von dir zu erwarten, dass du treu bist.«
»Letzten Endes geht es wieder nur um dich, oder nicht? Solange du deine spießige kleine Routine hast, interessiert dich mein Frust überhaupt nicht – mein Bedürfnis nach einer Erweiterung des Horizonts.«
»Wir sollten dir genügen.«

»Gut, aber das tut ihr nicht.«

Beth war zu wütend, um weinen zu können. »Ich behalte das Haus, okay? Ich weigere mich, mein Haus aufzugeben, bloß weil du deinen Schwanz nicht aus anderen Frauen raushalten kannst!«

Charlie betrachtete finster sein ramponiertes Spiegelbild. »Und wie immer musst du alles auf das allerniedrigste Niveau bringen.«

»Entschuldige bitte – du willst deinen Schwanz nicht in andere Frauen stecken – du willst mit ihrer Seele kommunizieren.« Sie fing an, wütend in ihrem Koffer herumzuwühlen. Jamie, der offensichtlich keinen Sinn für Ironie hatte, hatte sie gebeten, sich bei der Kleidung für das Abendessen Mühe zu geben.

Angela war schon seit dem frühen Morgen in der Küche zugange, und vielleicht bekamen sie am Ende doch noch ihr Gourmet-Festessen.

Wie immer hatte Beth nichts anzuziehen. Für die schwarze Hose und den aquamarinfarbenen Pulli war es zu warm – die Luft war dick wie Sirup, und beim Versuch zu atmen brach einem der Schweiß aus. Das einzig mögliche Kleidungsstück war ein gelbes Sommerkleid aus Baumwolle, das sie bis jetzt vermieden hatte, weil es rückenfrei war.

Sie riss sich den scheußlichen Kaftan vom Leibe, genauso wie den scheußlichen braunen einteiligen Badeanzug. Der Badeanzug war nass, und er ließ sich von ihrem Körper abziehen wie ein Pflaster. Beth war es egal, wie schrecklich sie aussah. Sie wollte, dass Charlie ihren nackten Körper sah, mit all seinen Falten und Dellen, seiner Cellulite und den Dehnungsstreifen. Er hatte diesen Körper einmal geliebt. Dieser Körper hatte ihn erregt und ihm Kinder geboren. Sie hoffte, dass er seinen Anblick auch jetzt noch mochte.

Sie ließ sich Zeit und suchte absichtlich ihren bequemsten, aber unattraktivsten Slip heraus. Dann zog sie das Kleid an.

Charlie sah sie an, während er die Pinzette neben ein verkrustetes Nasenloch hielt. »Willst du das Kleid ohne BH tragen?«

»Ja.«

»Ich kann deine Nippel sehen. Du bist zu alt für das Kleid.«

Beth zuckte zusammen, wagte aber einen Blick in den Spiegel. Sie sah überraschend passabel aus, und ihre Brustwarzen befanden sich in einer respektablen Entfernung zu ihrem Bauchnabel. »Du bist zu alt für Clare Chessil«, sagte sie. »Aber das hindert dich nicht daran, sie zu ficken. Wir treffen uns unten – und bitte, lass uns den Mädchen nichts von der Scheidung erzählen, bis wir wieder nach Hause kommen.«

»Werden wir uns scheiden lassen?«

»Natürlich werden wir das. Wir hassen uns.«

»Ich hasse dich nicht«, sagte Charlie feierlich.

»Nein? Es fühlt sich an, als würdest du es tun. Ich habe dein Leben ruiniert und deine Möbel abgenutzt. Ich bestehe darauf, einfach da zu sein und dabei wie eine mittelalte Frau auszusehen, und ich lasse dich dafür zahlen, dass du dich in eine andere verliebt hast. Du hasst mich. Du wünschst dir wahrscheinlich, dass ich einfach sterbe und aus dem Weg bin.«

»Beth! Um Himmels willen!«

»Und im Moment, Charlie, glaube ich, dass ich ziemlich schnell darüber hinwegkommen würde, wenn du tot umfallen würdest.«

»Beth!« Er war echt schockiert.

Endlich hatte sie es geschafft, das Messer tief genug hineinzubohren. »Na ja, denk nur an die ganze Anteilnahme, die ich bekommen würde. Ganz zu schweigen von dem Geld von der Versicherung und den enormen Anwaltskosten, die ich nicht zahlen müsste.« Sie fuhr in ihre Schuhe und ergriff ihre Handtasche. »Man sieht sich.«

Sie verließ den Raum, wobei sie die Tür nicht gerade knallte, aber entschlossen hinter sich zuzog. Erst als sie an der Treppe ankam, fiel ihr auf, dass sie die Schuhe am jeweils falschen Fuß hatte. Das linderte ihre Wut. Sie blieb in dem kühlen, ruhigen Treppenhaus stehen. Es war noch früh am Abend. Hatte es etwas zu bedeuten, dass man keine Kochgerüche wahrnahm?

Alle Fenster im Salon standen weit offen und lechzten nach Luft. Es befand sich nur eine Person im Raum, die vor dem leeren Kamin stand. Es war Clare, frisch und ausgeruht, und sie trug das orange Seidenkleid vom ersten Abend. Bis jetzt hatten sie es geschafft, nicht zusammen irgendwo alleine zu sein. Beth versuchte, die übliche Feindseligkeit heraufzubeschwören, schaffte es aber nicht. Was sollte das auch? Wenn man es genau betrachtete, war nichts von all dem Clares Schuld.

»Hallo«, sagte Clare vorsichtig.

»Hallo. Ist es nicht drückend?«

»Ich denke, es wird wieder ein Gewitter geben.« Wie um das zu unterstreichen, war entferntes Donnergrollen zu hören.

»Ich habe mich gefragt –«

»Ja?«

»Würden Sie mir vielleicht Alicks Buch leihen? Ich habe es angefangen, als Sie es einmal hier liegen gelassen haben, und jetzt bin ich absolut süchtig.«

Clare lächelte plötzlich. Es machte ihr schmales Gesicht jünger und weicher. »Natürlich, und Sie werden nicht enttäuscht sein. Es ist ein herrlicher Schmöker.«
»George Eliot ist mir zu langweilig«, sagte Beth. »Ich möchte einfach, dass Maggie Sex mit Stephen Guest hat und die Sache damit für sie erledigt ist.«
Clare lachte. »Davon gibt es eine Menge in Alicks Buch – er hat eine ganz schöne Phantasie. Ich gehe schnell nach oben und hole es, wenn Sie wollen.«
»Nein –«, platzte Beth hinaus. »Ich meine, danke, aber gehen Sie nicht. Was ich meine, ist, Sie müssen nicht gehen, weil ich hier bin.«
Clare blickte erstaunt, aber sie verließ auch nicht den Raum. Sie neigte den Kopf leicht zur Seite.
Bestimmt glaubt sie, dass ich ihr gehörig die Meinung sagen will, dachte Beth – aber ich habe gar keine Standpauke mehr übrig, was sollte ich ihr schon sagen – lass deine Finger von meinem Mann? Ich habe dieses ganze alberne Drama so satt.
Das Schweigen hielt an.
Clare sagte: »Ich hätte diesen Urlaub nicht machen sollen. Ich wusste, dass Sie kommen würden, aber ich war zu stur, ihn einfach sausen zu lassen.«
Beth sah sie nachdenklich an und fragte sich, warum beim Anblick dieser strahlenden, in Seide gehüllten Hyäne, die ihre Ehe zerstört hatte, kein Funke von Groll oder Ärger in ihr aufkam.
»Ich war auch stur. Ich hätte Ihre Ferien nicht ruinieren müssen. Ich hätte Charlie auch einfach nur zu Hause behalten können.«
Clare war überrascht – und offensichtlich erleichtert –, dass Beth es nicht auf einen Showdown abgesehen hatte.

»Ich dachte halt, dass ich den Kampf um den Mann, den ich liebe, aufnehmen müsste.«
»Ich glaube nicht, dass ich ihn liebe«, sagte Beth, »jedenfalls im Moment nicht. Woran liegt es, glauben Sie, dass Männer nicht damit klarkommen, älter zu werden?«
»Ich glaube nicht, dass das nur Männer betrifft.«
»Nein, aber wir können uns nicht in die eigene Tasche lügen, dass wir in diesem Punkt irgendeine Wahl hätten. Wir kommen in die Wechseljahre. Wir müssen akzeptieren, dass wir älter werden. Und ich hätte wirklich kein Problem damit, nicht mehr die Jüngste zu sein, wenn Charlie mich nicht wie eine alte Schachtel behandeln würde, die ihm den Spaß verdirbt.«
»Behandelt er sie tatsächlich so? Das tut mir leid. Das ist ja fürchterlich.«
»Ich glaube nicht, dass das Ihre Schuld ist«, sagte Beth. »Es hat schon angefangen, bevor er sie kennenlernte. Er wollte von irgendeinem Zeitpunkt an alle möglichen verrückten Reisen unternehmen.«
Clare seufzte. »Oh, ich weiß – Camping in Nepal, Trekking durch die Anden. Ich habe davon gehört. Sie haben immer seine Abenteuerlust gebremst. Sie wollten nicht in einer Jurte schlafen.«
»O Gott! Das hat er Ihnen erzählt?« Das war ja hochinteressant. »Wollte er, dass Sie mit an diese entsetzlichen Orte kommen?«
»O ja«, sagte Clare. »Einmal schlug er vor, dass wir eine Woche in einem Zelt in einer Wüste oder so verbringen.«
»Was haben Sie gesagt?«
»Ich habe ihm erzählt, dass ich eine einfache Regel für meine Ferien habe. Ich weigere mich in irgendein Land zu fah-

ren, wo sie Ziegen im Bus fahren lassen. Das schließt auch alle anderen Dinge aus, die man in entsetzlichen Ländern antrifft – schaurige Toiletten, einbeinige Bettler, Polizisten mit Maschinengewehren und so weiter.«

Beth war beeindruckt. »Hat es funktioniert?«

»Natürlich. Charlie wollte eigentlich gar nicht solche Macho-Ferien machen, er wollte nur das Gefühl haben, dass er sich wie ein junger Mann benimmt.« Sie hielt inne. »Meinen Sie, dass wir so miteinander reden sollten?«

»Warum nicht? Es ist interessant.« Beth setzte sich auf das lange Sofa.

Clare zögerte einen Moment, bevor sie den Sessel in der Nähe nahm. »Ich fühle mich illoyal.«

»Ich nicht«, sagte Beth kühl. »Ich bin am Ende meiner Geduld mit diesem Mann.«

»Er liebt Sie noch.«

»Ha!«

»Nein, das tut er«, versicherte Clare ihr ernst. »Ich glaube, er weiß gar nicht wie sehr.«

»Warum erzählen Sie mir das?«

»Das weiß ich nicht so genau. Ich stolpere immer wieder über die Tatsache, dass er – na ja – ein Familienvater ist. Sie vier sind ganz eng miteinander verbunden.« (Clare war ernst, es wirkte fast wie in einem geschäftlichen Meeting, oder zumindest wie Beth sich ein geschäftliches Meeting vorstellte.) »Mir ist das aufgefallen, wo wir hier alle unter einem Dach zusammen sind.«

»Und das lässt Charlie weniger attraktiv erscheinen, wette ich.«

»Nein – nicht ganz. In gewisser Hinsicht macht es ihn attraktiver – denn er ist weniger erreichbar. Ich sehe einfach, dass ich nicht in dasselbe Bild gehöre.«

Sie waren wieder still. Über ihnen hörte man erneutes Donnergrollen, diesmal lauter.
Beth fragte: »Was wollen Sie damit sagen?«
»Ich bin mir ziemlich sicher, dass wir uns trennen.«
»Oh.« Das verwirrte sie. Beth hatte sich die Beziehung zwischen ihrem Mann und Clare als das exakte Gegenteil ihrer Ehe vorgestellt, so wie das Negativ eines Fotos. Sie hatte angenommen, dass sie immer außerordentlich glücklich wären. Wenn nicht, ergab das alles keinen Sinn.
»Keine Sorge«, sagte Clare, »ich erwarte kein Mitleid.«
»Sind Sie sicher? Ich glaube nicht, dass Charlie weiß, dass Sie sich trennen werden.«
»Er verschließt im Moment die Augen vor der Wahrheit, aber er weiß es im Grunde genauso gut wie ich.«
»Gott, wie ironisch – jetzt will ihn keine von uns beiden mehr.«
»Ich liebe – habe ihn geliebt«, sagte Clare. »Aber es bleibt von ihm nicht genug für mich übrig. Ich habe es bis jetzt nicht wahrhaben wollen, aber gegen die Geschichte komme ich nicht an.«
Geschichte – so groß und unbeweglich wie das katholische Lehramt. Beth dachte über die Geschichte ihrer Ehe nach.
Als sie sich kennenlernten, war Beth vierundzwanzig und arbeitete für den *Swindon Mercury*. Sie schrieb über Schulspendenkampagnen, über Teile, die von öffentlichen Gebäuden herunterfielen, und über Auseinandersetzungen im Rathaussaal. Sie wurde langsam unruhig und sehnte sich nach einer überregionalen Zeitung oder (insgeheim) nach einem Mann und Kindern. Eines Nachmittags schickte man sie los, um über eine Grundsteinlegung durch einen lokalen Abgeordneten zu berichten. Auf einer zugigen

Baustelle in einer Straßenschlucht, die von Mietshäusern umgeben war, traf sie einen dunkelhaarigen Architekten mit dem Namen Charlie Jennings.
Beth musste ihn interviewen und fuhr so sehr auf ihn ab, dass sie kaum ihren Stift halten konnte. Er bat sie, mit ihm essen zu gehen, und ließ sie nicht ins Büro zurückgehen, bevor er mit ihr zu einem Floristen gegangen war und ihr so viele weiße Rosen gekauft hatte, dass sie sie kaum noch tragen konnte.
Es war beinahe unmöglich, sich nicht in einen Mann zu verlieben, der solch romantische Dinge machte. Später sagte Charlie oft, dass sie genauso gut an Ort und Stelle hätten heiraten können, so sicher waren sie sich beide.
Beth erzählte Clare von den weißen Rosen.
Clare sagte: »Ich habe nur eine bekommen. Und ich nehme an, das ist genau der Punkt. Ein Mann verschenkt nur einmal so viele Rosen.«
»Entschuldigt, dass ich euch habe warten lassen.« Julia eilte in den Raum. Sie trug ein Kleid aus cremefarbener Seide und Alicks gestreifte Schürze. »Sie müssen beide nach einem Drink lechzen.« Sie hielt eine gut gekühlte Flasche Weißwein und zwei Gläser in der Hand.
Beth war sich nicht sicher, was sie von Julia in dieser neuen Rolle halten sollte. Symbolisierte die Schürze nicht alles, was sie letztendlich hasste, mit anderen Worten: die Ansprüche der Familie ihres Mannes? Sie erinnerte sich, dass sie Julia und Angus seit dem Morgen nicht mehr gesehen hatte (das Mittagessen war von Alick serviert worden, Quiche aus einer Bäckerei, weil Angela all ihre Energie in das Galadinner steckte). Vielleicht, dachte Beth wehmütig, hatten sie eine große Aussprache und den Zauber zurückerobert. Julia wirkte nicht unbedingt glücklicher, aber zu-

mindest sah sie nicht mehr so aus, als sei sie zu eng geschnürt. Die Adern an ihrem Hals waren nicht mehr zu sehen, und sofern man das durch das ganze Botox überhaupt feststellen konnte, lächelte sie. Beth mochte Angus und freute sich für ihn. Jetzt, wo er Julia hatte, würde er nicht mehr versuchen, mit ihr zu schlafen. Trotzdem war es auch ein bisschen schade, denn sie hatte das Gefühl, begehrenswert zu sein, genossen.

»Bitte halten Sie mich nicht für unhöflich«, sagte Clare, »aber es riecht überhaupt nicht so, als würde jemand kochen.«

»Ah«, sagte Julia. »Ich glaube, Sie können erraten, was ich als Nächstes sagen werde.«

»Oje«, sagte Beth, »ist – äh – alles in Ordnung?«

»Nein, natürlich nicht.« Julia setzte sich auf die Sessellehne. »Hat irgendjemand ernsthaft geglaubt, dass Angela in der Lage wäre, ein Abendessen zu kochen? Ich habe versucht, sie zu warnen, und Jamie war sofort eingeschnappt und warf mir vor, voreingenommen zu sein – wie auch immer, vor ungefähr einer Stunde konnte man das Ende vom Lied sehen. Angus und ich waren nach oben gegangen – um ehrlich zu sein hatten wir eine kleine Auseinandersetzung –« (sie warf Beth einen bedeutungsvollen Blick zu), »als Jamie plötzlich hereingestürmt kam, um uns das neueste Desaster mitzuteilen. Nämlich, dass Angela alle Marinaden ausgetrunken hatte und auf dem Küchenboden in Ohnmacht gefallen war.«

Clare sagte: »Wieder kein Abendessen – man sollte diesen Ort in eine Gesundheitsfarm umwandeln.«

»Oh, es gibt Abendessen«, sagte Julia lebhaft. »Angus ist in die Stadt gefahren, um es zu besorgen. Er hat gestern Abend ein unheimlich gutes kleines Restaurant entdeckt.«

(Beth bemühte sich sehr, ihren Ausdruck höflichen Interesses aufrechtzuerhalten.) Es wird also so laufen, dass er die Lamm-Kasserolle mitbringt, und ich mache den Rest. Angela hat eine Menge Zutaten übrig gelassen.« Sie stand auf. »Angus macht den Sommelier, und Jamie wird als Chefkellner fungieren – sobald er aufgehört hat zu heulen.«

»Oh, armer Jamie!« Beth hatte das Gefühl, dass jemand das sagen sollte.

»Es ist nett von Ihnen, dass Sie Mitleid mit ihm haben, aber Sie wollen vermutlich auch nicht, dass er seine Tränen über Ihrem Essen vergießt. Ich gehe jetzt besser – wäre einer von Ihnen bitte so nett, mich zu rufen, wenn sonst noch jemand einen Drink haben möchte? Der Rest der Belegschaft ist entweder unterwegs oder mit der betrunkenen Köchin beschäftigt.« Julia verließ den Raum. Beth hörte, wie ihre Absätze elegant durch den Flur klackerten. Julia hatte sich also entschieden, der Familie ihres Mannes wieder beizutreten, und sie war gut darin, das Kommando zu übernehmen. Beth hatte den Eindruck, dass sie sich in dieser Rolle durchaus wohlfühlte.

Clare sagte: »Sie ist nett, wenn sie etwas zu tun hat, finden Sie nicht? Ich bin froh, dass sie rechtzeitig zurückgekommen ist, um sich um das Abendessen zu kümmern. Ich glaube, Alicks gefrorene Pizza hätte ich nicht mehr ertragen können.«

»Oder Angus' verbrannte Eier mit Schinken.«

Sie kicherten – Clare war richtig witzig, wenn man anständig mit ihr sprach. In einem anderen Leben hätten sie sich wahrscheinlich gemocht.

Charlie betrat den Salon und blieb abrupt stehen, als er sah, wie die beiden Frauen miteinander lachten.

Wie musste das für ihn ausgesehen haben? Beth konnte nicht in seinem Gesicht lesen.
Er zeigte auf ihr Weinglas. »Wo hast du das her?«
»Du musst in die Küche gehen und Julia fragen«, sagte Beth.
»Julia? Die Königin des Anspruchsdenkens? Jetzt sagt nicht, dass sie hilft. Wo sind die grauenvollen Brüder?«
»Einer holt das Abendessen, und die anderen beiden kümmern sich um Angela.«
»Mein Gott.« Charlie stieß ein kurzes, bellendes Lachen aus. »Das interessiert mich nicht einmal mehr. Mich wundert überhaupt nichts mehr. Putney hat noch nie so verlockend gewirkt.« Er verließ den Raum.
Beth konnte Clare nicht ansehen. Sie nippten schweigend an ihrem Wein. Beth versuchte, Charlie durch die Augen dieser anderen Frau zu betrachten. Er hatte die schlimmsten Spuren seiner Nacht in der Zelle beseitigt. Seine Nase sah nicht mehr aus wie eine pochende Knolle in einem Comic, und er hatte sich die Bartstoppeln abrasiert, aber er sah immer noch aus wie ein geschlagener mittelalter Mann. Sie fragte sich, wie attraktiv Clare ihn jetzt wohl fand.
Begehre ich ihn eigentlich noch? Sehe ich ihn mir überhaupt ordentlich an? Oder nehme ich ihn einfach als gegeben hin – seinen Körper, der mir so vertraut ist, dass er fast so eine Art Erweiterung meines eigenen ist? Die angrenzende Persönlichkeit, die an den Berührungspunkten leichte Abnutzungserscheinungen aufweist?
Charlie kam mit einer Flasche Wein und einem Glas, das er bereits wieder auffüllte, in den Raum zurück. Beth überlegte, ob sie riskieren konnte, ihm zu sagen, dass er es langsam angehen solle.

Clare sagte: »Ich hoffe, dass du nicht vorhast, dich wieder so zu betrinken.«
»Ich brauche etwas, um die Schmerzen zu betäuben.«
»Ist das nach gestern Abend eine gute Idee?«
»Ja, es ist eine großartige Idee«, sagte Charlie trotzig.
Trevor kam herein. »Guten Abend, alle miteinander – ich nehme an, ihr habt schon vom Abendessen gehört. Ich wünschte, ich hätte mir nicht solche Mühe gemacht.« Er trug seinen cremefarbenen Leinenanzug, für den er offensichtlich ein Bügeleisen gefunden hatte. »Bean kommt in einer Minute herunter – sie hatte ein so schrecklich kurzes Kleid an, dass ich sie zurückgeschickt habe, damit sie sich etwas anderes anzieht.«
»Großer Gott, sie hört auf Sie«, sagte Charlie. »Wollen Sie nicht mit uns zusammenziehen?«
Beth lachte darüber, und für einen kurzen Augenblick trafen sich ihre Blicke auf die vertraute Art und Weise. Sie erinnerte sich an das gewöhnliche, alltägliche Glück – dessen man sich nicht bewusst ist, bis man es verliert.
Bean kam in den Raum gestürmt, in einem engen schwarzen Rock, der ihre langen braunen Beine kaum bedeckte, und einem silbernen Top, das aussah wie ein glitzernder schlauchartiger Verband. »Ich hoffe, du bist zufrieden«, sagte sie zu Trevor. »Ich sehe aus wie eine verdammte Nonne.«
Eine dunkle Gestalt erschien im Eingang hinter ihr. Der Raum versank in tiefem Schweigen.
Sharkey trug einen schwarzen Anzug und den römischen Kragen eines katholischen Priesters.
»Wow«, sagte Bean, »ist das eine Verkleidung?«
»Sie sind ein echter, oder?«, platzte Beth heraus. »Ich wusste doch, dass an Ihnen irgendetwas seltsam ist.«

»Bean, lass es dir von mir sagen«, erklärte Sharkey, »Du siehst absolut nicht wie eine verdammte Nonne aus.«
Direkt über ihren Köpfen donnerte es gewaltig, und dann gingen die Lichter aus.

Kapitel 18

»Scheiße!«, schrie Bean. »Dad, wo bist du?«

Mehrere Blitze zuckten, und Clare sah den Raum in ruckartigen Schwarz-Weiß-Bildern, wie ein früher Versuch der Lumière-Brüder. Der Regen kam draußen als eine wahre Sturzflut herunter. Wasserfälle ergossen sich durch die Löcher im Dach. Die Leute schrien und fluchten, als sie in der Dunkelheit hin und her taumelten.

Julia stellte ihren kühlen Kopf zu Krisenzeiten unter Beweis. Sie fand Sturmlaternen, Kerzen, Eimer und Aufnehmer und erteilte Kommandos, die nur spärlich als höfliche Fragen getarnt waren. Clare bekam einen Wischmopp und einen verbeulten Metalleimer in die Hand gedrückt und sollte den See, der sich vor dem Kamin ausgebreitet hatte, aufwischen. Das einzige Licht kam von dem Kandelaber, der hoch oben auf dem Kaminsims stand. Die schwachen Flammen warfen flüchtige Schatten über das riesige Gemälde von Daphne und Apollo und ließen ihr gemaltes Fleisch anschwellen und schwanken.

Jemand war neben ihr. Eine Hand legte sich auf ihre Brust. »Ich bin's«, flüsterte Sharkey ihr ins Ohr.

Im Schutz der Dunkelheit und der allgemeinen Verwirrung legte er seinen Arm um sie und küsste sie.

»Alles in Ordnung, Clare?«, fragte Julia.

»Alles bestens!« Sie schaffte es, nicht zu quieken.

Sharkey schien drei Hände zu haben. Sie waren überall – unter ihrem Kleid und drückten und streichelten sie schamlos. Sie biss sich auf die Innenseiten der Wangen, um nicht laut aufzustöhnen.

Die Dunkelheit war voller Stimmen. Bean und Charlie stritten sich über irgendetwas – Clare hörte es aus der Ferne. »Hör zu, zum letzten Mal, es ist verdammt nochmal nicht kaputt! Und du hast gesagt, dass ich es auf die Anrichte stellen kann!«

»Ich habe niemals etwas in dieser Richtung gesagt, und das Stück Schrott kommt nicht auf meine Anrichte.«

»Aber ich hasse das Ding – es ist, als hätten wir einen Häuserblock in der Küche – oder einen Atombunker.«

»Du bist hinreißend heute Abend«, flüsterte Sharkey.

»Du auch – dieses Outfit ist überraschend sexy.«

»Wir sollten uns doch Mühe geben«, murmelte er ihr in den Nacken. »Und das trage ich gewöhnlich, wenn ich mir Mühe gebe.«

»Nein, das ist nicht der Grund, warum du als Priester hier aufgetaucht bist – du trägst diesen Anzug, weil du mich daran erinnern wolltest, dass ich nicht in dich verliebt bin.«

Seine Hand lag zwischen ihren Beinen. Clare hatte noch niemals in ihrem Leben so etwas Anstößiges gemacht und spürte, wie sie in der Dunkelheit gewaltig errötete.

»Sagen wir mal so, ich wollte dich daran erinnern, wer ich bin«, flüsterte er. »Und was ich bin – was, soweit es dich betrifft, völlig unangemessen ist.«

»Heißt das, dass du mich jetzt alleine lässt?«

»Selbstverständlich nicht – diese Aufmachung macht mich nur noch schlimmer.«

Ein kräftiger Donnerschlag war zu hören. Sie sprangen auseinander, nur ein paar Sekunden bevor ein Blitz bis auf die letzte Teppichfluse alles im Raum in einem einzigen grellen Schnappschuss zum Vorschein brachte.
Clare atmete einmal tief durch und stellte fest, dass sie während der ganzen Begegnung mit Sharkey einen Wischmopp in der Hand gehalten hatte. Sie stellte sich vor, wie ihr Gesicht in dem Licht des Blitzes ausgesehen haben mochte – eine Kopie des gemalten Gesichts über ihr, Daphne mit dem Wischmopp.
»Clare? Bist du das?«
»Ja, ich bin's – bist du das, Alick? Ich habe meinen Eimer verloren. Pass auf, dass du nicht darüber stolperst.«
Sie spürte, wie er auf sie zukam, und war froh, dass er sie nicht sehen konnte.
»Ich glaube, dass der Regen nachlässt«, sagte er.
»Gott sei Dank, sonst wären wir womöglich den ganzen Abend hier drin gewesen. Ich kann gar nicht sehen, was ich hier aufwische, was es noch schlimmer macht.«
»Clare«, er senkte die Stimme. »Es tut mir immer noch furchtbar leid, das alles gestern Abend.«
»Hör bitte auf, das zu bedauern, und hilf mir, meinen Eimer zu finden.«
»Du kannst deinen Mopp in meinen Eimer stecken«, sagte Alick. »Ich habe gerade gehört, wie sich das anhört.«
Sie lachten beide. Alick nahm ihr den Mopp aus der Hand.
»Danke. Übrigens, Beth möchte gerne dein Buch lesen.«
»Tatsächlich? Ich glaube kaum, dass ich mit George Eliot mithalten kann.«
»In gewisser Weise kannst du das«, sagte Clare. »In mancher Hinsicht bist du viel witziger.«

»Tausend Dank, das werde ich auf das Cover meines nächsten Buches setzen«, sagte Alick, »›viel witziger als George Eliot!‹. Das müsste die Auflagenzahl eigentlich in die Höhe treiben.«

Sie wischten für ein paar Minuten gesellig nebeneinander her und drehten sich manchmal um, um die Mopps über Alicks Eimer auszuwringen. Er hatte recht gehabt, dass der Regen nachließ – das Gewitter hatte sich genauso schnell verzogen wie es gekommen war.

Quer durch den ganzen Raum fragte Charlie: »Wo ist Scarly eigentlich? Habe ich nicht beide Töchter in die Sklaverei verkauft?«

Und Bean sagte: »Sie ist mit Miles zusammen – sie haben sich raufgeschlichen, um zu ficken, während wir alle hier unten sind. Sie haben wahrscheinlich noch nicht einmal gemerkt, dass wir einen Stromausfall haben.«

»Bean, halt den Mund«, mischte sich Beth ein. »Hör auf, deinen Vater aufzuziehen, nur weil du immer noch wütend bist wegen des Kaninchens.«

»Wie kann man jemanden aufziehen, wenn man die Wahrheit sagt?«

»Ich verabscheue dieses Porzellankaninchen«, sagte Charlie, »mehr als die Vorstellung, dass Scarly Sex hat. Hörst du? So sehr verabscheue ich es.«

»Oh. Du bist so gemein. Das Kaninchen ist so verdammt süß.«

»Alick!« Julias Stimme ertönte aus dem Treppenhaus, »Alick, ich glaube, Angus ist zurück – ja, das ist der Wagen – kannst du ihm bitte helfen? Du brauchst die Laterne.«

»Komme!«, rief er. Er flüsterte Clare schnell zu: »Du siehst umwerfend aus in diesem Kleid – ich wünschte, ich könnte dich sehen –« Er beugte sich nach vorne, um sie zu be-

rühren, und legte – möglicherweise unbeabsichtigt – seine Hand auf ihre Brust.
Das Licht ging wieder an.

»Beth.«
Sie stand draußen auf der tropfenden, dampfenden Terrasse und versuchte, in der immer noch drückenden Schwüle ein wenig frische Luft zu bekommen.
Angus hielt eine Flasche Champagner und ein Glas in der Hand. »Das Abendessen wird in ungefähr zehn Minuten fertig sein.« Er füllte das Glas und reichte es ihr. Endlich sah er sie vernünftig an. »Es könnte sein, dass ich gestern Abend ein oder zwei Dinge gesagt habe.«
Beth kicherte, wie immer bei peinlichen Situationen. »Oh, hör auf. Lass uns nicht darüber reden.«
»Entschuldige – na ja, du weißt schon – die ganze Venedig-Geschichte.«
»Ich war sehr geschmeichelt.«
Er riskierte ein dankbares Lächeln. »Ich weiß nicht, was ich getan hätte, wenn Bean nicht aufgetaucht wäre.«
»Ich glaube nicht, dass sie irgendetwas gesehen hat. Du hast sehr schnell reagiert.«
»Es war wie eine kalte Dusche.«
»Ja, Bean hat diesen Effekt ziemlich oft.«
»Wie auch immer, ich hörte mich plötzlich Dinge sagen, die besser in meinem Kopf geblieben wären. Ich fürchte, du nimmst einige seltsame Vorstellungen von schottischen Richtern mit nach Hause.«
Beth sagte: »Es ist gut, dass ich dich abgewiesen habe, jetzt, wo Julia zurück ist. Ich war ziemlich erstaunt, sie heute Morgen zu sehen.«

»Hmm, ich auch.«
»Was ist passiert?« Sie konnte nicht anders als neugierig zu sein. Wenn gescheiterte Ehen geflickt werden konnten, dann wollte sie gerne wissen, wie.
»Beth, ich kneife mich immer noch.«
»Du meinst doch nicht –?«
»Ja! Ja!« Angus senkte seine Stimme zu einem dringenden, eifrigen Flüstern. »Ich war mit Julia im Bett! Ist das nicht großartig? Es ist mitten in einem höllischen Streit passiert.«
»Mittendrin?«
»Gerade haben wir uns noch Anschuldigungen an den Kopf geworfen, und dann auf einmal – na ja – haben wir es irgendwie gemacht, und dann haben wir uns wieder gestritten. Tatsache ist, dass wir beide recht und beide unrecht haben.« (Beth fragte sich, ob Julia ihm von der Affäre erzählt hatte.) »Ich musste zugeben, dass sie, was meine Brüder, besonders Jamie betrifft, wirklich richtig liegt. Ja, er nutzt mich aus, und ja, ich falle auf seine emotionale Erpressung rein. Ich hätte seine absurden Geschäftspläne nicht unterstützen sollen.«
»Wie diesen Ort, meinst du?«
»Diesen Ort und all die anderen zum Scheitern verurteilten Projekte. Julia wirft mir vor, dass ich versuche, Probleme zu lösen, indem ich Geld hineinstecke. Wie auch immer, wir haben beschlossen, dass er, wenn er mehr Geld von uns haben will, das alles hier verkaufen und Angela nach Hause bringen muss.«
»Das Schloss verkaufen? Ist das nicht ein bisschen extrem?«
»Es ist ein wunderbares Fleckchen hier, mit einem riesigen Potenzial, aber man muss viel mehr Geld investieren, und

Jamie ist ganz und gar nicht der richtige Manager. Jetzt sehe ich das ein.« Er lächelte sie an. »Es ist wunderbar, was man mit einer anständigen Aussprache alles erreichen kann. Ich habe Julia gesagt, dass ich Botox hasse. Sie sagt, ich soll eine Diät machen, und sie hat meine Shorts weggeworfen. Die Barrieren sind ganz und gar gefallen. Wie sich herausgestellt hat, waren es gar keine großen Barrieren. Ich hoffe, dass dir auch so etwas Ähnliches passiert.«

»Für uns ist es zu spät«, sagte Beth. »Wir müssten zu viele Dinge ungesagt machen.«

»Nein, das Schöne daran ist, dass du das nicht musst!« Er war voller Eifer. »Man geht einfach zu den anfänglichen Prinzipien zurück, dann vergisst man das alles.«

»Was meinst du?«

»Es geht darum, sich daran zu erinnern, was einen als Erstes gereizt hat. Nicht als ihr euch verliebt habt, sondern davor, als ihr euch das erste Mal gesehen habt. Du musst nach Spuren dieser Person suchen. Nein, das hört sich zu sehr nach Archäologie an. Du musst ihnen erlauben, dich zu überraschen, genauso wie du es getan hast, als du sie noch nicht kanntest.« Er schenkte ihr Champagner nach. »Ich hoffe, das leuchtet dir ein wenig ein.«

»Ich sollte besser nicht.«

»Ich verordne dir, das zu trinken«, sagte Angus. »Du verdienst eine ganze Menge von dem besten Champagner.« Er beugte sich vor und küsste sie auf die Wange. »Wir sehen uns.« Er ging und verschwand im Schatten.

Beth versuchte sich zu erinnern, wie es gewesen war, Charlie einfach hinreißend zu finden, bevor sie ihn geliebt und gekannt hatte (in dieser Reihenfolge). Es war unmöglich.

Ihr erstes wirkliches Date, an dem Abend, an dem sie sich kennengelernt hatten, hatte im *L'Escargot* in Soho stattgefunden. Beth, die sich von ihrem Gehalt kein Auto leisten konnte, war schwer beeindruckt gewesen. Charlie erschien ihr wie der Inbegriff eines tollen Typen – dunkel, stark, leidenschaftlich. Am nächsten Morgen hatte sie Fiona angerufen, ihre beste Freundin von der Uni, so wie man das in jener Zeit machte. Sie wünschte, sie könnte sich daran erinnern, was sie damals gesagt hatte. Hauptsächlich war es darum gegangen, wie sehr sie auf Charlie stand. Vergessen waren all ihre frommen Vorträge darüber, dass man einen Mann erst kennenlernen sollte, bevor man mit ihm ins Bett geht, ihr Interesse war in erster Linie sexueller Natur.

Fiona lebte jetzt in Lanarkshire, und ihre Freundschaft war auf nette Weihnachtskarten geschrumpft (»Wieder ein Jahr um!«). Die Ehe hat so eine Tendenz, die sozialen Strukturen zu demontieren, besonders wenn man eine Frau ist. Sie war in Charlies Leben eingetreten, statt Charlie in ihrs, aber sie hatte es freiwillig getan. Sie hatte den Gedanken, ein Teil seines Lebens zu sein und ihr altes Singleleben aufzugeben, gemocht.

Sechs Wochen, nachdem sie sich kennengelernt hatten, hatte er ihr einen Antrag gemacht, kurz nachdem sie vor dem Kamin in dem Ferienhaus in Devon miteinander geschlafen hatten. »Du kannst nein sagen, aber wenn du das machst, stürze ich mich von den Klippen. Nur mit dir zusammen zu sein, genügt mir nicht, Beth – ich möchte mit dir verbunden sein.«

Oh, er war so wunderbar romantisch – aber es war unmöglich, dieses Gefühl nach zwei Affären wieder heraufzubeschwören. Sie hatte keine Ahnung, wie sie diesen Ballast wieder aus dem Weg räumen konnte. Im Halbdunkel sah sie auf ihren Verlobungsring hinunter, einen schlichten ovalen

Saphir auf einem Goldstreifen aus der Electrum Gallery in der South Molton Street. Sie mochte ihn immer noch, aber sein emotionaler Wert war durch die vielen Schichten des Zynismus schwer getrübt worden. Egal, was Angus behauptete, sie würde nie mehr in der Lage sein, sich an ihre Liebe zu Charlie vor den Kindern, dem Ehebruch und den Hämorrhoiden zu erinnern.

Und dann erinnerte sie sich plötzlich an etwas. Sie hatte im Foyer des National Theatres auf Charlie gewartet, und als sie sich umdrehte und ihn in der Menge entdeckte, machte ihr Herz vor lauter reiner und tiefer Freude einen Sprung.

Das.

War eine solche Freude immer noch möglich, wenn man so viel älter war?

Nach dem Abendessen gab es einen allgemeinen Aufbruch in Richtung Terrasse und Garten. Die Abendluft, von dem Gewitter reingewaschen, war herrlich. Clare stand neben einem offenen Fenster im Salon und lauschte den Stimmen draußen. Scarly, Bean, Trevor und Miles planschten und tobten in dem beleuchteten Pool. Beth saß mit Sharkey und Julia an einem der runden Tische. Sie hatten ihre Stühle aus dem Esszimmer mitgenommen, weil die Sitze draußen alle nass waren. Clare amüsierte sich über das Bild, das sie abgaben, wie ein Stück Staffordshire-Porzellan – zwei Frauen und ein Priester, die steif und ernst dreinblickten.

Charlie kam in den Salon. Er schaute sich um, um zu sehen, ob sie alleine waren. Er nahm sie nicht in den Arm. Er sagte: »Danke, dass du mich reingerissen hast.«

»Wie bitte?«
»Dieses verdammte rosa Porzellankaninchen – du hast es Bean zurückgegeben, und ich hatte dir doch ausdrücklich gesagt, dass ich es liegen lassen wollte.«
»Oh, na ja – als es so weit war, habe ich es nicht übers Herz gebracht.«
»Sehr witzig«, sagte Charlie. »Die Nachricht ist angekommen.«
»Welche Nachricht?«
»Du weißt, was ich meine. Es ist schwer, es anders zu verstehen, als ein Zeichen der Illoyalität.«
Nach einem heißen Sexnachmittag war Clare nicht in der Stimmung, über ein Porzellankaninchen zu streiten. »Sei nicht so bierernst, ich habe nur ein bisschen gefrotzelt.«
»Ich werde das Gefühl nicht los, dass du die Seiten gewechselt hast.«
»Meine Güte, Charlie, ich habe Spaß gemacht.«
»Du hast es geschafft, dass ich wie ein kompletter Idiot dastehe – ich habe Bean erzählt, dass es kaputtgegangen ist. Das hat sich überhaupt nicht wie liebevolles Frotzeln angefühlt. Es war – fies.«
»Es tut mir leid«, sagte Clare, »das war dumm von mir.«
Sie schwiegen beide. Clare starrte in Charlies dunkle Augen, um den Rest ihres verschwindenden Spiegelbildes zu erhaschen. Charlie sagte entschlossen: »Diese Ferien waren ein einziger Albtraum. Es tut mir leid, dass alles so gekommen ist. Sie sollten so –« Er hielt inne.
»Oh, nicht doch«, sagte Clare.
»Heute vor einer Woche waren wir noch völlig verrückt nacheinander. Ich wünschte, ich wüsste, was passiert ist.«
Da lag ein neuer Ton in seiner Stimme – sie hatten einen anderen Weg eingeschlagen. Er sprach in der Vergangen-

heit. Clare war einen Moment irritiert, weil sie plötzlich so gar nichts Vertrautes in diesem Mann mehr sehen konnte. Traurigkeit hüllte sie ein. Sie war wieder in dem See der Düsternis angekommen, denn ihr war wieder einmal klar geworden, dass seit Patrick jede Affäre nur ein Versuch war, die Traurigkeit in Grenzen zu halten.

»Vielleicht sind wir zur Vernunft gekommen«, sagte sie.

Er warf ihr einen schnellen Blick zu. »Vielleicht gibt es einfach zu viele Hürden. Und was bin ich nur für ein Scheißkerl, meine Frau und meine Kinder als Hürden zu bezeichnen. Das ist das Hauptproblem. Ich kann dich nicht anständig lieben, ohne Menschen zu verletzen, die ich liebe. Aber, Clare, bitte glaube nicht, dass ich aufgehört habe, dich zu lieben.«

Und fort war der letzte Rest seiner Liebe, ein Vogel, der über die Dächer davonflog. Patrick hatte es damals so ähnlich ausgedrückt.

»Ich weiß«, sagte sie ruhig. »Wir haben herausgefunden, dass wir unterschiedliche Dinge wollen.«

»Ja.«

Eine Welle der Trauer überkam sie, für das Baby, das sie möglicherweise einmal gehabt hätten und das jetzt keine Chance hatte, zu leben. Der Kummer ging zu tief für Tränen, und für den Versuch umzukehren, war es zu spät. Mit gefasster Stimme sagte sie: »Übrigens hoffe ich, dass du es ernst gemeint hast, als du sagtest, du würdest mich nicht feuern.«

»Ich würde im Leben nicht daran denken. Es könnte allerdings am Anfang im Büro ein bisschen schwierig werden, das ist alles.«

»Wir müssen beide eben sehr erwachsen sein. Wir müssen sagen, dass wir beide an unterschiedlichen Orten waren.

Ich kann ja so tun, als wäre ich in London geblieben, wenn du willst. Oder wir werfen eine Münze, um zu sehen, wer die Frankreich-Anekdote bekommt.«
Er lächelte. »Du bist eine wundervolle Frau, Clare.«
Ja, dachte sie, ich bin ziemlich wundervoll – man kann mich zusammenklappen und in einen Schrank stellen, wenn man mich nicht braucht.
»Du bist schön, und du bist jung«, sagte er wehmütig. »Du wirst jemand anderen kennenlernen. Man wird sich um dich reißen.«
»Ich glaube nicht, dass ich das will.«
»Du wirst zu tun haben, um Alick MacDuff abzuschütteln. Er ist verrückt nach dir – ich habe mit ihm in einer Zelle gesessen, vergiss das nicht.«
»Habt ihr über mich gesprochen?«
»Nein«, sagte Charlie. »Alick hat über die Bauernvertreibung aus den Highlands erzählt. Ich habe es mit Fassung getragen, als einen Teil meiner Strafe. Es ist wahrscheinlich sein nächstes Buch.«
»Nein, das Nächste ist über Bonnie Prince Charlie und Flora MacDonald.«
»Eigentlich seid ihr eh schon ein Paar, oder nicht? Ich habe seine Hand auf deinem Busen gesehen, als das Licht wieder anging.«
»Hast du?« Clare machte sich nicht länger Gedanken darüber, was sie sagen dürfte. »Jetzt kannst du ja wohl aufhören, über ihn herzuziehen.«
Charlie seufzte. »In Ordnung, ich höre auf – solange du ihn nicht heiratest.«
»Ich werde ihn nicht heiraten. Nicht dass dich das etwas anginge.«
»Entschuldige. Ich muss über diese gewohnheitsmäßige Ei-

fersucht wegkommen. Natürlich geht es mich nichts mehr an – ich sollte dich besser nicht küssen.«

»Nein«, sagte Clare. »Es wäre einfach zu tragisch, ausgerechnet in dem Moment aufzufliegen, in dem man sich getrennt hat.«

»Liebling.« Ein Anflug von Zärtlichkeit kam auf. »Bitte verzeih mir, dass ich dich unglücklich gemacht habe.«

»Du hast mich auch glücklich gemacht. Es war ja nicht alles schlecht.« Das war genau das, was sie sich auch über Patrick einredete. Es war so schlecht zu Ende gegangen, wie man es sich nur vorstellen konnte, aber das konnte die guten Zeiten nicht auslöschen. Es hatte sie trotzdem gegeben. »Wie auch immer, ich glaube, ich hol mir einen Kaffee.«

Sie verließ den Salon mit hocherhobenem Kopf und strahlender Würde. Als Charlie sie nicht mehr sehen konnte, senkte sie den Kopf und blieb in dem leeren Flur mit seiner gespenstischen Ansammlung von Stühlen aus den 20er-Jahren stehen.

Sharkey trat ein und schloss die Salontür hinter sich. »Alles in Ordnung?« Er legte seine Hand auf ihren Arm. »Du hast deinen Osterinsel-Blick drauf, und das heißt, dass du innerlich kochst.«

»Mir geht es gut«, sagte Clare. »Charlie und ich haben uns gerade getrennt, das ist alles. Es ist vorbei.«

»Gut. Er passt beinahe genauso wenig zu dir wie ich. Du wirst schnell über ihn hinwegkommen.«

»Ach, hör auf. Ich weiß genau, was du als Nächstes sagen wirst – irgendetwas über junge Frauen und alte Böcke. Glaubst du, ich wüsste nicht, dass ich ein Problem habe? Ich werde es mal mit einer Therapie versuchen, wenn ich wieder nach Hause komme.«

»Eigentlich wollte ich sagen –« Sharkey lächelte sie an, genauso wie ihr Vater sie angelächelt hatte, wenn er ausdrücken wollte, dass er stolz auf sie war, »dass ich glaube, dass du tapfer bist.«

»O nein, ich bin nicht tapfer«, antwortete Clare. »Ganz und gar nicht.«

Er führte sie nach oben auf den Treppenabsatz, wo es dunkel war und niemand sie sehen konnte. Sie legte den Kopf auf seine Schulter und schluchzte in seinen Armen.

Kapitel 19

Zwei Hubschrauber kreisten über dem Tal wie riesige laute Libellen. Beth reckte den Hals, um die Metallinsekten zu erkennen, die über dem Château in der Luft schwebten. Charlie schaute auch, er stand frierend neben ihr auf der Terrasse und hielt zwei Becher Tee in der Hand.
Ratter-ratter-ratter-ratter.
Das Gras neigte sich, die Bougainvillea wurde ordentlich durchgeschüttelt, die Hubschrauber flogen in Richtung des Flusses davon.
»Wie zu Hause«, sagte Charlie. »Ich frage mich, wonach sie suchen? Drogen, nehme ich an.«
»Was, hier draußen?«
»Warum nicht? Diese abgelegenen Berge wären doch ideal für eine Drogenfabrik.«
»Selbst hier in Arkadien«, sagte Beth grüblerisch.
Charlie setzte sich auf den Tisch und stellte eine Tasse Tee vor sie. »Du machst lauter literarische Anspielungen, was bedeutet, dass du betrunken bist. Ich habe dir das hier besorgt.«
Beth starrte auf den Tee. »Ist das ein Friedenssignal?«
»Ja«, sagte Charlie. »Ich möchte mich nicht scheiden lassen.«

Sie stieß einen langen, langen Seufzer der Erleichterung aus – es war, als würde Eisen schmelzen. »Nein, ich auch nicht.«
»Ich habe mich von Clare getrennt.«
»Oh.«
»Du glaubst mir nicht.«
»Entschuldige«, sagte Beth. »Ich glaube dir aufs Wort. Du hast recht, ich bin betrunken – ich fühle mich ein bisschen der Realität entrückt, wie Lucy Snowe in ›Villette‹.«
Charlie lachte leise. »Gott, du bist literarisch. Du stinkst förmlich nach Literatur.«
Das war ein alter Witz zwischen ihnen und das erste deutliche Zeichen, dass wieder Normalität einkehrte.
»Die Macht der Weißen Hexe ist am Ende«, sagte Beth. »Der Frühling ist nach Narnia zurückgekehrt.«
»Du wirst dich morgen früh schrecklich fühlen.«
»Wenn wir nach Hause kommen«, sagte Beth spontan, »sollten wir da nicht eine Paartherapie machen?«
»Gott, nein – das ist nur etwas für Leute, die sich trennen wollen, ohne sich gegenseitig umzubringen.«
»Ich bin froh, dass wir uns nicht scheiden lassen«, sagte Beth. »Ich könnte das nicht ertragen. Ich war sehr unglücklich.«
»Das tut mir wirklich leid, Beth – das habe ich niemals gewollt. Ich tue mein Bestes, um das wiedergutzumachen. Jetzt sollten wir uns darauf konzentrieren, dass wir heil nach Hause kommen. Wird es nicht großartig sein, wieder in unserer eigenen Küche sitzen zu können? Einfach nur dazusitzen und zu wissen, dass das Licht funktioniert und das Dach dicht ist?« (Das häusliche Gefängnis, dachte Beth – jetzt, wo er tatsächlich einmal in einem war, sah das alles nicht mehr so schlimm aus.) »Ich bin alt und gerädert, und

ich habe die letzte Nacht auf einer Holzbank verbracht und mir einen Vortrag über schottische Geschichte angehört. Ich habe nicht die Kraft für eine weitere Szene.«

»In Ordnung«, sagte Beth, »aber ich möchte dir noch eine einzige Frage stellen – vergibst du mir?«

Er starrte sie einen Augenblick lang an. »Was meinst du? Sollte das nicht genau umgekehrt der Fall sein?«

»Du warst böse auf mich«, sagte Beth.

Wieder Schweigen. Charlie sagte: »Ja, das war ich.«

»Ich habe dir im Weg gestanden und dich daran gehindert, gewisse Dinge zu machen.«

»Du musst mich nicht daran erinnern. Ja, ich war sauer. Aber nicht auf dich, es war viel komplizierter als das. Manchmal habe ich Angst, weil ich nichts anderes vor mir sehe als Verfall und Tod.«

»Charlie, ehrlich –«

»Manchmal kann ich es nicht ertragen, der Mann im mittleren Alter zu sein, der ich geworden bin.«

»Na ja, ich genieße es auch nicht gerade, eine alte Schachtel in den Wechseljahren zu sein.«

»Nicht doch«, sagte Charlie. »Du bist zwar älter geworden, natürlich, aber du bist immer noch genauso wunderbar, wie du es immer gewesen bist.«

Tränen traten ihr in die Augen. »Nein, das bin ich nicht, sonst würdest du ja mit mir schlafen.«

Er widersprach ihr nicht, er beeilte sich nicht, die Dinge zu beschwichtigen. Nach einer weiteren Phase des Schweigens sagte er: »Ich glaube, ich kann mich gar nicht an das letzte Mal erinnern.«

»Zweiter Weihnachtstag.«

»O ja. Nach dieser Sauferei nebenan. Typischer Verheiratetensex.«

»Danke.«
Er seufzte. »Komm schon, du weißt, was ich meine.«
»Okay.« Beth wusste genau, was er meinte. Es war nichts Aufregendes an dieser Art von Verheiratetensex – das matte Zusammenkommen unter der Decke, nachdem das Licht ausgemacht wurde, und das mit »Hmm, lieb dich, gute Nacht« endete. Ganz ehrlich, in diesem betrunkenen Zustand hatte sie gar nichts Raffinierteres gewollt. »Aber ich wünschte, wir könnten es so machen wie früher.« Sie erinnerte sich an das, was Angus gesagt hatte. »Wie beim ersten Mal.«
»Vielleicht eher wie beim zweiten Mal«, sagte Charlie. »Beim ersten Mal war ich viel zu nervös.«
Sie lachten beide leise.
»Du hast recht«, antwortete Beth, »ich war auch nervös.«
»Nun, die beiden Abendessen«, sagte Charlie.
»Natürlich, die beiden Abendessen.«
Bei ihrem ersten gemeinsamen Abendessen waren sie in einem italienischen Restaurant in Wimbledon. Charlie hatte eine Wohnung in Wimbledon. Beth wohnte damals am Rande von Swindon mit mehreren Leuten in einer baufälligen Hütte, die in einer Schrebergartenkolonie leer stand. Auch wenn sie keine direkte Absprache darüber getroffen hatten, war klar, dass der Sex bei Charlie stattfinden würde. Keiner von ihnen hatte es direkt angesprochen, aber die ganze Unterhaltung beim Essen drehte sich nur um sie beide, und sie waren nicht in der Lage, auch nur einen Bissen herunterzukriegen.
Beth stieß einen Seufzer der Nostalgie aus. Es war witzig, sich daran zu erinnern, dass sie ziemlich heftig errötet war, als Charlie etwas von einem Kaffee in seiner Wohnung gemurmelt hatte; und witzig, sich daran zu erinnern, dass

ihr seine Wohnung auch nach drei Jahren, in denen sie dort zusammengelebt hatten, bevor sie das Haus in Putney kauften, nie wirklich vertraut war.

Nach dem Sex hatten sie beide plötzlich einen Riesenhunger und waren für ein zweites Abendessen zu einem griechischen Restaurant um die Ecke gegangen. Beth konnte in dieser Nacht nicht schlafen. Sie lag dösend neben dem Halbfremden, in den sie schon verliebt war.

»Wir haben uns so gut verstanden«, sagte Charlie plötzlich. »Ich habe nie eine Frau getroffen, die ich so gemocht habe wie dich.«

»Wir mochten gekochte Eier beide in derselben Konsistenz, das war das Entscheidende«, sagte Beth munter, während sie sich an die grünen Kacheln in der Küche in Wimbledon erinnerte. »Es gibt Leute, die sich wegen Eiern zutiefst entzweit haben.«

»Ja, solche Dinge sind ganz und gar nicht unbedeutend. Als du mir erzählt hast, dass du dein Ei wie einen Lederfußball magst, dachte ich, endlich – die perfekte Frau.«

»Na ja, man kann nicht nur von Romantik leben«, sagte Beth ein wenig wehmütig. »Du warst der einzige Mann, den ich jemals getroffen hatte, der den Kaffee stark genug kochen konnte. Das gilt im Übrigen immer noch.«

»Danke.«

Sie lächelten beide. Beth schlürfte den schlechten französischen Tee, schlapp und entspannt und ausgelaugt von den Tagen intensiver Gefühle. Das war keine dramatische, leidenschaftliche Aussöhnung. Das war besser. Das war das, was sie am meisten vermisst hatte.

»Wenn wir nach Hause kommen«, sagte sie, »suche ich mir wahrscheinlich eine Gymnastikgruppe. Ich habe mich nackt im Spiegel gesehen, und ich war entsetzt. Ich sehe aus

wie ein Michelin-Männchen, aus dem man die Luft herausgelassen hat.«
»Dieser Spiegel in unserem Zimmer ist ein Scheißkerl – er lässt mich aussehen wie Methusalem. Ignoriere das einfach. Du kannst natürlich einen Gymnastikkurs machen, wenn du willst, aber du solltest nicht meinen, dass du es musst. Die Sache mit Clare – na ja, es hatte nichts damit zu tun, dass du älter wirst. Es ging darum, dass ich älter werde. Ich habe Panik bekommen. Aber ich bin zurückgekommen, weil ich dich einfach viel zu sehr liebe, als dass ich dich verlassen könnte.«
Das Gefühl in seiner Stimme trieb ihr die Tränen in die Augen. »Und ich liebe dich, du mieser alter Pups. Das weißt du.«
Sie streckte die Hand über den Tisch aus. Charlie ergriff sie fest. »Lass uns nach Venedig fahren.«
»Was?«
»Nach Diane haben wir auch ein Wochenende zusammen verbracht – nachdem ich mich das letzte Mal zum Affen gemacht habe. Wir haben uns wieder eins verdient. Zweite Flitterwochen.«
Beth kicherte. »Du bist schon wieder betrunken. Aber es ist eine reizende Idee.« Er würde niemals erfahren, wie passend es war; ihre Belohnung dafür, dass sie Angus letzte Nacht nicht nachgegeben hatte.
»Diesmal haben wir mehr Geld – besonders jetzt, wo wir uns nicht scheiden lassen. Wir könnten uns ein richtig nobles Hotel suchen.«
»Ich fand dieses Hotel damals klasse!«
Charlie drückte zärtlich ihre Hand. »Es war scheußlich. Du hast es nur geliebt, weil du mich geliebt hast.«
»Ja«, sagte Beth. »Und das tue ich immer noch und werde

es immer tun. Und ich habe mich gefragt –« Sie suchte nach den richtigen Worten. »Um ehrlich zu sein, das ist die Art von Eheberatung, die ich gerne haben möchte. Sextherapie.«

Er lachte. »Du möchtest mit irgendeinem Wildfremden über deinen Orgasmus reden?«

»Ich dachte einfach, wir müssten – ich weiß nicht – unser Liebesleben wieder entfachen.«

»Meinst du nicht, wir könnten das alleine versuchen? Bis jetzt haben wir auch noch nie Unterricht dafür gebraucht.«

»Also – du wirst wieder Sex mit mir haben, glaubst du?«

Charlie stand auf und zog Beth von ihrem Stuhl. Er legte die Arme um sie und küsste sie.

Eine Heimkehr, dachte Beth – er küsste so großartig. Das war es, wonach ihr Körper sich während der erstickenden feuchten Küsserei mit Angus letzte Nacht gesehnt hatte.

»Fühl mal.« Er drückte ihre Hand auf seine Erektion.

»Charlie!«

»Gott, ich liebe dieses jungfräuliche Quietschen von dir – als wenn du meinen Schwanz nicht genauso gut kennen würdest wie ich.«

»Wenn uns jemand sieht –«

Er hielt ihre Hand fest und ging mit ihr durch eines der offenen Fenster in den Salon. So hatte er sich auch benommen, als sie sich kennengelernt hatten – unbekümmert, sexy, waghalsig.

Glücklicherweise waren nicht viele Leute da, die sie hätten sehen können – nur Trevor und Jamie, die neben dem Kamin in eine Unterhaltung vertieft waren. Es fühlte sich herrlich verwegen an, sich von Charlie nach oben drängen zu lassen – an einer Stelle verlor sie einen Schuh und musste zurückgehen, um ihn aufzuheben. Er schob sie in ihr

Zimmer, und in dem Moment, in dem die Tür hinter ihnen ins Schloss fiel, riss er sie an sich.

»Lass das Licht aus«, murmelte Beth. »Ich bin noch nicht so weit, dass ich gesehen werden möchte –« Sie zog das gelbe Kleid aus, und er wanderte mit seinen Lippen zu ihren nackten Brüsten. Sie krallten sich jetzt aneinander fest und zerrten an ihren Körpern, während sie sich die Klamotten vom Leibe rissen. Beth verging vor Verlangen, ihn in sich zu spüren. Sie lagen auf dem unbequemen französischen Bett und stöhnten in glückseligem Einklang, als er in sie eindrang.

»Du glaubst, ich brauche Unterricht?«, flüsterte er ihr ins Ohr. »Gut, wie ist das – und das – und das – und das –?«

»O Charlie – oh, mein Schatz –« Sie passten so wunderbar zusammen wie beim ersten Mal.

Plötzlich krümmte er den Rücken. »Es brennt.«

»Was? Was ist los?«

»Ich rieche Feuer.« Er rollte von ihr herunter und knipste das Licht an. Das Zimmer war schon ganz diesig vor lauter Rauch. Jetzt roch Beth es auch. »Gott, das musste ja so kommen – ein beschissenes Feuer, nur um diesem Albtraum von Urlaub die Krone aufzusetzen –«

Während er noch brummelte, tastete er nach seiner Shorts und zog sie an. »Steh auf – wir müssen sehen, dass wir nach unten kommen –«

»Die Mädchen!« Beth sprang aus dem Bett. »Sie waren nicht unten – wo sind sie?« Vor lauter Angst drehte sich ihr der Magen um. Das Feuer konnte überall sein. »Wir müssen sie finden – Scarly hat sich möglicherweise mit Miles davongeschlichen –«

»Hier.« Charlie drückte ihr sein T-Shirt in die Hand. »Vergiss das Kleid, komm einfach nur raus hier.«

»Aber Charlie, mein Slip –«
»Vergiss deinen verdammten Slip!«
Eine verrückte Sekunde lang war Beth nahe dran, einfach loszulachen. Der Rauchgeruch war stärker geworden, und ihre Augen brannten. Sie zog das T-Shirt an (glücklicherweise ging es genau bis über die Pobacken) und rannte hinter Charlie her aus dem Zimmer. Auf dem Treppenabsatz war der Rauch dicker und kratzte Beth in der Kehle.
»Feuer!«, rief sie. »Feuer!« Es klang ängstlich und lächerlich.
»FEUER!«, brüllte Charlie. »FEUER!«
Rauch quoll durch den Türrahmen des Zimmers am anderen Ende des Treppenabsatzes, direkt neben Clare, heraus. »Mein Gott!«, sagte er mit erstickter Stimme. »Mrs. Rochester!«
Beth hörte auf, sich über ihre nackte Muschi Gedanken zu machen. Es war das Zimmer von Jamie und Angela, und Angela schlief darin. »Feuer!«, schrie sie.
Charlie hielt sich eine Hand vor Mund und Nase und stieß die Tür auf. Qualm waberte um ihn herum, grau und voller Ruß. »Gott –« Er zog die Tür wieder zu. »Es ist voller Flammen – man kann vor lauter Qualm gar nichts sehen – wir müssen sie da herausholen –« Er ließ seine Hand an der Klinke, während er prustete und mit rauer Stimme sagte: »Beth, um Himmels willen, sieh zu, dass du nach unten kommst!«
Beth sah, wie der Qualm seinen Kopf umgab. Sie packte seinen Arm. »Nein!«, schrie sie. »Untersteh dich! Nein! Ich lasse dich nicht! Ich werde es nicht zulassen, dass du im Feuer umkommst, wo ich dich gerade erst zurückgewonnen habe!« Sie wusste nicht, was sie sagte. Ihr Mund hätte genauso gut der eines anderen sein können. Sie spürte ei-

nen heißen stechenden Schmerz in ihrer Brust, und alles war ein einziges Durcheinander.

Erst viel später versuchte Beth zu ordnen, was sie in den nächsten paar Minuten sah. Gott sei Dank hörte sie die Stimmen der Mädchen unten in der Halle. Leute rannten nach oben, und Jamie schrie: »Angie! Angie!«

Sharkey tauchte von irgendwo ganz in der Nähe auf – barfuß, mit seinem klerikalen Hemd halb aufgeknöpft und ohne Kragen – und fing an, alle in Richtung Treppe zurückzuschieben. Weinend und hustend beobachtete Beth, wie Charlie die Tür des brennenden Zimmers aufstieß und darin verschwand. Clare (was machte Clare hier auf einmal?) schrie: »Nein!«

Sharkey stolperte aus dem brennenden Zimmer und brach auf dem Treppenabsatz zusammen. Eine dünne, schlappe Figur mit strähnigen blonden Haaren hing über seiner Schulter – Angela, endlich, aber es blieb keine Zeit, sie sich gründlich anzusehen. Beth half Charlie, sie von Sharkey herunterzuheben und sie auf den Boden zu legen. Gott sei Dank (so viel hatte Beth seit Jahren nicht mit dem Allmächtigen gesprochen) atmete sie noch und stieß einen rauen Seufzer aus, als Alick und Jamie sie nach unten trugen.

Sharkey rappelte sich wieder auf, hustete und schnappte mühsam nach Luft. Clare legte den Arm um ihn, um ihn aus dem Qualm herauszuführen (und nur eine Nichtkatholikin, dachte Beth, würde einen Priester mit solcher Vertrautheit behandeln).

Angus stürmte gegen den Strom nach oben und fuchtelte mit einem Feuerlöscher herum. »Hoffentlich funktioniert der auch!«

Beth warf einen albtraumartigen flüchtigen Blick auf ein scharlachrotes Flammenmeer. Sie hustete heftig und schaffte es irgendwie, die Treppe hinunter und durch die Eingangstür nach draußen in die warme Nachtluft zu kommen.

Sharkey hustete ein paar Meter entfernt immer noch. Clare hatte immer noch einen Arm um seine Schulter gelegt. Und Beth war sicher, dass sie sie etwas sagen hörte, in dem das Wort ›Liebling‹ vorkam – aber sie verwarf es wieder, weil sie dachte, sie hätte sich verhört.

»Beth!« Charlie war im Flur. »Wir bilden eine Eimerkette – die Feuerwehr ist zwanzig Kilometer entfernt – wir müssen das hier selber in die Hand nehmen.«

Im Organisieren war Charlie richtig gut. Er war eine stattliche Erscheinung, dachte Beth, abgesehen von der Tatsache, dass er nichts weiter trug als Boxershorts mit der britischen Flagge darauf, die Bean ihm zum letzten Geburtstag geschenkt hatte. Seine Brust war heldenhaft gestreift mit Wasser und Ruß. Beths Platz in der Kette war am Fuß der Treppe. Sie waren nicht genug Leute, sodass Beth zwischen Scarly auf der einen und Miles auf der anderen Seite hin und her rennen musste, aber Charlie und Angus riefen Worte der Aufmunterung von oben. Barfuß und nur mit einem durchnässten und rußgeschwärzten T-Shirt bekleidet, hievte sie eimerweise Wasser nach oben, bis die Stimmen von oben riefen, dass das Feuer aus sei.

Beth stellte ihren Eimer auf dem Boden ab. Die Gefahr war vorüber.

»Bist du in Ordnung, Mum?«, fragte Scarly.

»Ja, ja, mein Schatz – mir geht es gut.«

Charlie kam nach unten. »Das Zimmer ist ein einziges Chaos und die anderen Zimmer stinken tierisch nach Qualm. Versuchen wir, diese eine Nacht noch ohne große Katastrophen zu überstehen.«

»Scheiße, Dad«, sagte Bean in missbilligendem Ton. »Zieh dir etwas an!«
Beth wurde klar, dass sie keinen Slip anhatte. Charlie sah an sich herunter und merkte im selben Augenblick, dass er seine Boxershorts auf links trug, mit dem Loch nach hinten. Sie sahen sich gegenseitig an und brachen auf der Stelle in Lachen aus. Die jugendlichen Liebenden blickten vor lauter Missbilligung finster drein, und das brachte sie noch mehr zum Lachen.
»Ihr wart im Bett«, sagte Bean anklagend. »Ich fasse es nicht. Das ist ja ekelerregend.«
»Wir haben ein Puzzle gemacht«, sagte Charlie.
»Was, nackt?«
»Es war ein Strip-Puzzle.«
Beths Herz machte einen Sprung. Das war der alte Charlie, ihre erste und einzige Liebe, so verrückt und so charmant und witzig, wenn er wollte. Ein Glücksgefühl stieg in ihr auf – oh, bitte, lieber Gott, lass uns nicht alle bei einem Flugzeugabsturz sterben, bevor wir nach Hause kommen! Sie sehnte sich danach, zu Hause zu sein, um ihr Leben neu zu beginnen und das ausgefranste Loch zu stopfen.
»Komm, Beth.« Charlie nahm ihre Hand. »Diese Kinder scheinen der Meinung zu sein, dass wir mehr Klamotten tragen sollten – vorsichtig, die Stufen sind nass –«
Der Boden im oberen Flur war klitschnass und ganz schwarz vor lauter Ruß. Es stank schwer nach Rauch. Ihr Zimmer roch danach und alle Kleidungsstücke, die sie besaßen. Beth zog das gelbe Kleid wieder an und wusch ihre schmutzigen Füße in der Dusche.
»Ich habe schon wieder Hunger«, sagte Charlie, während er sich sein T-Shirt über den Kopf zog. »Das muss an dem Geruch nach Räucherfisch liegen.«

»Klasse, wie du die Eimerkette organisiert hast.«

»Sharkey hat mich beschämt und damit motiviert, etwas zu tun.« Er legte ihr kurz die Hand auf die Wange. »Gott sei Dank sind wir oben gewesen – Angela hätte sterben können, bevor irgendjemand es gerochen hätte. Wir haben nicht nur unsere Ehe, sondern gleichzeitig ihr Leben gerettet.«

»Ist unsere Ehe gerettet?«

»Wenn du mir noch eine Chance gibst.«

»Oh, Charlie, red keinen Unsinn, natürlich mache ich das.« Beth fühlte sich friedvoll und glücklich. Sie drückte Charlie einen zärtlichen Kuss auf die Wange und bückte sich, um ihren Slip zu suchen. »Vielleicht machst du das alles in zehn Jahren wieder, aber mit dem Problem beschäftige ich mich erst, wenn es so weit ist.«

»Dann werde ich über sechzig sein – ich werde da nicht mehr viel reißen können.«

»Du wirst immer in der Lage sein, etwas zu reißen. Du bist rund um die Schultore allgemein als der attraktivste Dad in Putney bekannt.

»Hier.« Er hob ihren Slip auf und reichte ihn ihr rüber. »Du hast auch immer noch ordentlich was drauf. Ich glaube, dass Angus auf dich steht.«

»Das tut er tatsächlich. Ich habe mich gefragt, ob dir das auffallen würde.«

»Hat er dich gestern Abend angebaggert?«

»Ja, aber ich habe ihn abgewiesen. Er ist nicht so sexy wie du.«

Er legte seine Arme um sie, und sie hielten sich fest umschlungen. Es war nicht nötig, noch irgendetwas zu sagen. Die Welt war nicht perfekt, aber sie befanden sich mehr oder weniger auf dem richtigen Weg.

Sie gingen hinunter in den Salon. Beth war sehr gespannt,

Angela endlich einmal genau zu Gesicht zu bekommen. In natura war Mrs. Rochester spindeldürr und hatte permanent einen ängstlichen Zug um die Lippen. Sie war jetzt wach und lag verrußt und benommen auf dem Sofa. Ihr langes, dünnes Haar war wie Stroh in einem Stall auf den ganzen Kissen verteilt. Sie trug ein blaues Nachthemd, das ihre knochige Brust und Schultern zeigte. Alle sahen sie besorgt an, so als warteten sie auf einen ihrer Ausbrüche.

Sie war allerdings völlig ruhig und lag sehr still da.

Charlie fragte: »Ist sie in Ordnung?«

»Es scheint so«, sagte Angus. Er ging mit einer weiteren Flasche Champagner herum. »Nehmt einen Schluck – Julia kocht noch mehr Kaffee. Vielen Dank, dass ihr oben so gut mitgeholfen habt. Ihr wart großartig. Wir haben es gerade noch rechtzeitig geschafft.«

Jamie lehnte sich über die Rückenlehne des Sofas. »Ich verstehe nicht, wie das passieren konnte. Sie zündet sich manchmal eine Duftkerze an, damit sie besser einschlafen kann. Es ist möglich, dass die Vorhänge Feuer gefangen haben.«

»Du gibst ihr Kerzen? Bist du verrückt?« Beth fiel auf, dass Angus' Gesicht einen äußerst strengen Ausdruck annahm, als er seinen Bruder ansah. Sie stellte sich ihn bei Gericht vor, wie er über seine Brille blickte, um einen hochnäsigen Rechtsanwalt zu tadeln. »Sie hätte uns alle umbringen können.«

Jamie war beleidigt. »Ach, komm schon – wir hätten schon gemerkt, dass das Haus brennt, bevor es so weit gekommen wäre! Hier, wo gehst du mit dieser Flasche hin?« Er nahm sich ein leeres Glas und wedelte seinem Bruder damit vor der Nase herum. »Ich habe noch einen Schluck verdient nach diesem Schock.«

Angus war äußerlich so ruhig wie immer, aber Beth spürte die Hitze seines Zorns. »Jamie, alles, was du verdient hast, ist ein gewaltiger Tritt in den Arsch. Das nächste Mal, wenn Angela in Behandlung geht, gehst du mit.«
»Ich? Warum sollte ich mich behandeln lassen?«
»Weil Sie genauso ein Säufer sind wie sie«, sagte Charlie.
Jamie war beleidigt. »Und das muss ausgerechnet von jemandem kommen, der die Nacht in einer Gefängniszelle verbracht hat.«
»Mein Gefängnisaufenthalt hat mich abgehärtet«, sagte Charlie. »Gut möglich, dass ich Ihnen eine reinhaue.«
»Wir reden jetzt hier nicht über Charlie«, schnauzte Angus. »Wie zum Teufel kannst du erwarten, dass deine Frau trocken wird, wenn du um zehn Uhr morgens anfängst zu saufen?« (Wenn Beth im Parlament gewesen wäre, hätte sie an dieser Stelle Beifall geklatscht.)
»Ja, aber das ist etwas anderes.«
»Warum – weil du nicht mitten in der Nacht herumschreist oder das Haus niederbrennst?«
»Schau, ich habe das im Griff.«
»Und ich werde ganz sicher nicht noch einmal Geld für diese Klinik ausgeben. Der staatliche Gesundheitsdienst kann sich jetzt mit euch beschäftigen – mit euch beiden.«
Julia betrat den Salon mit einem Tablett voll Kaffee.
»Ich nehme an, du hast ihn aufgehetzt«, sagte Jamie weinerlich.
»Julia hat damit nichts zu tun!«, brüllte Angus. Sein Brüllen war unerwartet heftig. »Wie kannst du es wagen, Julia dafür verantwortlich zu machen? Sie hat den ganzen verdammten Tag lang für dich geschuftet!«
»Lass es doch«, sagte Julia. »Denk an deinen Blutdruck.«

Sie lächelte in die Runde, und Beth sah, wie glücklich sie darüber war, dass Angus seinem Bruder gegenüber für sie Partei ergriffen hatte. »Wer möchte Kaffee?«
Sie hatte eine große Schachtel Elizabeth Shaw Mint Crisps mitgebracht – so herausfordernd unfranzösisch wie ein Haggis –, und die jugendlichen Liebenden fielen gierig darüber her. Besonders Bean konnte selbst nach einem üppigen Abendessen ohne Probleme ihr eigenes Gewicht in Schokolade essen.
Jamie rief: »Lecker, ich wusste gar nicht, dass wir Schokolade haben!«, und steckte seine plumpe Hand in die Schachtel.
Plötzlich legte sich Schweigen über den Raum. Sharkey war unter ihnen, wieder vollständig mit seinem römischen Priesteroutfit bekleidet – Beth fragte sich flüchtig, ob sie sich eingebildet hatte, dass er nur halb angezogen gewesen war, als er Angela gerettet hatte.
»Oh – oh – Sharkey«, rief Jamie, den Mund voller Schokolade. »Pater – ich weiß nicht, wie ich Ihnen danken soll – danke, tausendmal danke –«
»Nicht der Rede wert«, sagte Sharkey. »Und Sie müssen mich nicht ›Pater‹ nennen.«
Angela setzte sich auf wie eine Wachsfigur, die zum Leben erweckt wird. »Robin?« Sie strich sich mit zitternder Hand die Haare aus dem Gesicht und starrte Sharkey an. »Robin, bist du das?«
Sharkey, der sie jetzt zum ersten Mal richtig sah, sagte: »Oh, Scheiße.«

Kapitel 20

Wow, also waren Sie das!«, schrie Jamie. »Sie sind DIESER Robin – DER Robin – der Typ, der ihr das Herz gebrochen hat! Es gibt Sie also wirklich!«

Sharkey war verärgert, aber Clare entdeckte ein ironisches Flackern in seinen Augen, als ihre Blicke sich für einen Moment trafen.

»Nun, Angela«, sagte er. »Ich frage dich jetzt nicht, wie es dir geht.«

Angela erhob sich mühsam vom Sofa und torkelte mit ausgestreckten blassen und mageren Armen auf ihn zu. »Warum hast du mich verlassen, Robin? Warum?«

»Ich dachte«, sagte Sharkey steif, »dass der Grund klar ist.«

»Du bist – aber du bist kein Katholik.«

»Menschen ändern sich.«

»Oh, mein Gott, ist das alles, was du dazu zu sagen hast?« Sie taumelte noch ein paar Schritte auf ihn zu. »Du hast mich vor dem Altar stehen lassen, du hast dich in Luft aufgelöst – es ist deine Schuld, dass ich innerlich tot bin.«

»Du klingst nicht sehr tot«, sagte Sharkey.

»Ich habe Jamie bloß geheiratet, weil ich innerlich tot war!«

»Nun, Jamie«, sagte Sharkey. »Ich nehme an, dass Sie sich bei mir bedanken möchten.«

Clare amüsierte sich. Nach Angelas heldenhafter Rettung durch Sharkey war sie ein bisschen emotional geworden, aber diese Enthüllung stellte ihren Glauben an seine Skrupellosigkeit wieder her. Der Mann hatte Angela augenscheinlich vor dem Altar stehen lassen, und wer machte so was? Ihr fielen einige britische Low-Budget-Komödien ein, in denen wütende Bräute vorkamen, die entlaufenen Bräutigamen hinterherjagten. Das war die bestmögliche Gedächtnisstütze, dass sie nicht in ihn verliebt war.

Julia berührte Angus' Arm. »Sie sollte sich hinlegen.«

»Das Zimmer ist eine einzige Ruine«, sagte Angus. »Da kann man nicht schlafen.«

»Sie kann ja unser Bett nehmen, zumindest für den Augenblick.«

Clare fand das nett von Julia – es war schon erstaunlich, was man mit einer kleinen ehemännlichen Aufmerksamkeit so alles erreichen konnte.

»Das ist anständig von dir, Julia«, sagte Alick. »Ich würde mein Bett gerne zur Verfügung stellen, wenn ich eins hätte. Aber ein Schlafsack auf dem Boden nützt nicht viel.«

»Mach dir darüber keine Gedanken«, erwiderte Julia, »wir können hier für eine Nacht auf den Sofas schlafen – wenigstens stinken die nicht so nach Rauch wie der Rest des Hauses.«

»Genau, halt die Klappe, sei still und leg dich schlafen«, fauchte Angela. »Geh uns aus dem Weg – das ist es doch, was ihr wollt oder, ihr Spießer?«

»Hör auf, dich wie eine Zicke zu benehmen«, sagte Alick ruhig. Er ging zu ihr und nahm ihren Arm. »Komm nach oben.«

»Nein!«, jammerte Angela. Sie hielt inne und warf einen wirren, zögernden Blick auf ihr gebanntes Publikum. »Wer sind diese Fotzen überhaupt?«

»Komm nach oben und leg dich hin – Julia leiht dir ihr Bett –«

»Ich will Julias beschissenes Bett nicht!«

»Du hast dein eigenes Bett in Brand gesetzt, also hast du keine andere Wahl, oder?«

Alick war derjenige, der am besten mit ihr umging, stellte Clare fest, ihm hörte sie wirklich zu.

Angelas Lippe zitterte, und ihre blutunterlaufenen Augen füllten sich mit Tränen. »Ich möchte nur wissen, warum!«

Alle blickten zu Sharkey hinüber. Clare versuchte, ihm in Gedanken moralischen Beistand zu geben. Armer Mann – jeder schien einen wie auch immer gearteten Patrick zu haben, der in seiner Vergangenheit herumlungerte.

»Das war absolut furchtbar von mir«, sagte Sharkey. »Und es tut mir wahnsinnig leid. Ich hätte nicht gedacht, dass ich dein Herz gebrochen habe.«

»Was hast du denn gedacht, wie ich mich fühlte, als ich da auf dich wartete? Ich bin mit dem Wagen ständig um den Block gefahren, und Daddy hat darauf gewartet, mich hineinzuführen –«

»Ich hatte keine andere Wahl«, sagte Sharkey ernst. »Das musst du verstehen, Menschen werden auf sehr ungewöhnlichen Wegen in die Heilige Mutter Kirche gerufen.«

(Clare musste darüber beinahe laut lachen, dieser abgekochte Mistkerl versteckte sich dreist hinter seinem Römerkragen.)

Angelas dünnes, entstelltes Gesicht nahm einen verwirrten Ausdruck an. »Wovon redest du da?«

»Ich wusste bis zu dem Morgen unserer Hochzeit nicht, dass ich eine Berufung für das Priesteramt hatte.«

»Wie bitte – da hast du zum ersten Mal davon gehört?«

»Das ist eine sehr persönliche Angelegenheit, Angela; verzeih mir, wenn ich darüber hier jetzt nicht reden möchte.«

»Nun, da hast du's«, sagte Julia. »Du hast dir die ganzen Jahre Gedanken über eine andere Frau gemacht, und es war überhaupt keine Frau. Dein einziger Rivale war Gott.«

Clare beobachtete Angelas Gesicht. Die Frau starrte Sharkey in irritiertem Schweigen an. Plötzlich riss sie vor Entsetzen die Augen auf.

»Ich weiß, warum du hier bist!«

»Ich mache Urlaub.«

»Er hat dich geschickt!« Ihre Lippen zitterten und verzogen sich dann zu einer kummervollen Grimasse. »Das ist ein Zeichen – Er will, dass ich bereue, weil ich schlecht bin!«

Es herrschte Schweigen. Niemand fühlte sich bemüßigt, ihr zu versichern, dass sie nicht schlecht war.

Alick legte einen Arm um ihre knochigen bebenden Schultern. »Komm nach oben.«

»Robin, sag Ihm, dass ich bereue!«

»Das kannst du ihm selber sagen«, sagte Sharkey. »Ich habe keinen heißen Draht nach oben.«

»Jamie – er ist hierhergeschickt worden, um mein Leben zu retten! Das ist ein Zeichen.«

»Um ganz ehrlich zu sein«, sagte Jamie. »Ich habe gedacht, dass sie Sie erfunden hat. Sie waren so viel attraktiver als ich und so viel besser im Bett.«

Bean fing an, laut zu kichern.

»Bring sie weg«, sagte Julia, während sie Kaffee einschenkte. »Ich bin sicher, dass wir heute alle genug Seifenoper gehabt haben.«

Jamie sah seine Frau unsicher an. »Kommst du mit mir?«
»Ja, Jamie.« Sie ließ kleinlaut ihren Kopf hängen.
»Und du änderst nicht plötzlich deine Meinung und gehst auf mich los?«
»Nein.«
Er machte einen zögernden Schritt auf sie zu und streckte seine Hand aus. Sie ergriff sie und lehnte sich an ihn. Sie schlurften aus dem Raum.
In dem Moment, als die Tür hinter ihnen ins Schloss fiel, stieß Sharkey einen dicken Seufzer der Erleichterung aus. »Scheiße, das war ja furchtbar.«
»Ha-ha, Sie haben Scheiße gesagt!«, schrie Bean.
»Entschuldigung. Ich brauche einen Drink.«
»Was möchten Sie denn gerne?« Julia ging hinüber zum Getränkeschrank. »Sie hat den ganzen Whiskey getrunken und den Wodka und den größten Teil des Gins, aber es ist noch Brandy da.«
»Gut – danke.« Sharkey war ernsthaft aus der Fassung. Er fuhr mit den Fingern über die Innenseite seines Römerkragens. »Ich hatte keine Ahnung, dass sie das ist. Nicht die geringste Ahnung. Ich habe seit Jahren nicht mehr an sie gedacht.«
»Ich bin entzückt, Sie endlich kennenzulernen«, sagte Julia und reichte ihm ein Glas Brandy. »Sie waren das Thema vieler betrunkener Schimpftiraden. Möchte noch jemand einen Schlummertrunk?«
Wenn Julia da war, stellte Clare fest, liefen die Dinge bewundernswert glatt. Der Brandy war ausgezeichnet und brachte einen fruchtigen Duft in die verräucherte Luft, und alle waren sich einig, dass sie etwas brauchten, um über diesen Schock hinwegzukommen. Alle tranken ein Glas, sogar Bean. Clare hatte einen ersten köstlichen Schluck

genommen, bevor ihr einfiel, dass sie nicht mehr trinken wollte. Na ja.

»Von allen Kaschemmen auf der Welt«, sagte Sharkey, »musste ich ausgerechnet in ihrer landen.« Er warf Clare ein kurzes Lächeln zu.

»Sie müssen mir erzählen, wie viel davon wahr ist«, sagte Julia. »Haben Sie Angela tatsächlich ohne jede Vorwarnung vor dem Altar stehen lassen?«

»Ja, dieser Teil stimmt. Ich bin nicht stolz darauf. Aber ich hatte meine Berufung nicht am Morgen des Hochzeitstages. Das war Quatsch. Ich wollte sie schlicht und einfach nicht heiraten.«

»Was, so mir nichts, dir nichts?«

»Mehr oder weniger«, antwortete Sharkey. »Ich habe sie damals geliebt. Sie war sehr schön, auch wenn man sich das jetzt weiß Gott schwer vorstellen kann. Ich war total verknallt, aber sie wollte keinen Sex mit mir, bevor ich ihr nicht einen Antrag gemacht hatte. Und dann war es offen gesagt ziemlich enttäuschend. Abgesehen davon fand ich die ganze Sache mit der Hochzeit sehr bedrückend. Die Berge von geschliffenem Glas und die Standuhren. Die Hochzeitsliste bei Jenners. Der Wust an weltlichen Gütern.«

»Angela hat mir erzählt, Sie hätten mit einer der Brautjungfern herumgemacht.«

»Großer Gott, nein, die waren viel zu unscheinbar. Ich habe mit einer Zahnarzthelferin herumgemacht.«

»Das war, bevor Sie Priester geworden sind, oder?«, fragte Bean.

»Natürlich. Ich habe mir die Hörner abgestoßen, wie Augustinus von Hippo.«

»Ich muss schon sagen, das ist ein ziemlich schwaches Kreuzverhör«, sagte Angus. »Wir wissen immer noch nicht

den genauen Grund, warum Sie nicht zur Hochzeit erschienen sind.«
»Es gab eigentlich keinen Grund. Ich weiß noch, dass ich aufgewacht bin und mich unglaublich schlecht gefühlt habe, was ich den vielen Drinks zuschrieb, die ich in der Nacht zuvor getrunken hatte. Der entscheidende Moment kam, als ich mit meinem Trauzeugen zur Kirche fuhr. Wir bogen um die Ecke, und ich sah Angelas Vater auf dem Bürgersteig stehen und seinen Dudelsack stimmen. Er wollte sie mit einem richtigen Militärmarsch zum Altar begleiten, das muss man sich mal vorstellen. Und dann setzte bei mir etwas aus, das ist alles. Ich sagte meinem Freund, dass er einfach vorbeifahren sollte.«
Es herrschte Schweigen. Clare spürte, dass alle gerne gelacht hätten, sich aber nicht trauten.
»Nun, ich kann nicht behaupten, dass ich Ihnen das übel nehme«, sagte Trevor aus der dunklen Ecke, in der er sich vor Angela versteckt hatte. »Der Mann hat einen grässlichen Krach veranstaltet, als sie Jamie geheiratet hat.«
Jetzt trauten sich alle zu lachen, wenn auch nicht sehr laut.
»Das war ein seltsames Gefühl«, sagte Sharkey. »Diese aufwendige Zeremonie wartete nur auf ihren Einsatz, und das ging nicht ohne mich. Und trotzdem blieb ich unsichtbar. Ich zählte nicht und hatte in dem wie auch immer gearteten Prozedere nichts zu sagen. Man erwartete von mir, dass ich mich neben diese Frau stellte, die ich nicht mehr liebte, um einen öffentlichen Schwur abzulegen, dass ich zu ihr halte, bis einer von uns beiden stirbt. Wenn Leute heiraten, frage ich mich oft, ob sie eine Ahnung davon haben, was sie da versprechen. Irgendwo tief in ihrem Inneren müssen sie wissen, dass sie lügen. Es war nicht unbedingt so, dass

ich speziell Angela nicht heiraten wollte. Ich wusste, dass ich dieses Versprechen überhaupt keinem menschlichen Wesen geben konnte.«

Clare sah schnell zu Charlie hinüber. Er runzelte unruhig die Stirn. Beth, Angela und Julia – die anderen verheirateten Personen im Raum – schienen sich alle unbehaglich zu fühlen und waren ein bisschen verärgert.

»Das ist aber eine sehr zynische Sichtweise«, sagte Miles.

Er sprach so selten, dass alle im Raum sich umdrehten und ihn anstarrten. Er war ruhig und schüchtern und jung, also absolut nicht Clares Typ, und sie hatte ihm bis jetzt nicht viel Beachtung geschenkt. Er wurde ein wenig rot, als ihn alle so anstarrten, ließ sich aber nicht irritieren. »Wenn man heiratet, geht es doch darum, eine Bindung einzugehen und Hoffnung für die Zukunft zu haben. Es ist ein Akt des Vertrauens – man steht nicht vor Gericht.«

Sharkey kniff die Augen zusammen – für einen Augenblick konnte Clare ihn in dem mit Büchern übersäten Arbeitszimmer eines Schulleiters hinter einem Pult sitzen sehen. »Eigentlich hast du völlig recht, dass die Eheschließung hauptsächlich ein Akt des Glaubens ist – sie hat viel mit einem Gebet zu tun.«

»Also, ich stimme Miles zu«, erklärte Bean.

Miles tat so, als würde er in Ohnmacht fallen. Allgemeines Gelächter.

»Komm, hör auf, ich habe gesagt, dass du recht hast – wenn Leute heiraten und sich lieben, na ja, dann glauben sie nicht, dass sie lügen. Sie meinen es so. Sie zeigen der ganzen Welt, wie sehr sie sich lieben, und das ist wirklich romantisch.«

»Sie könnten Fehler machen«, sagte Scarly ernst, mit einem vorsichtigen Blick zu ihren Eltern. »Aber die Tatsache, dass sie verheiratet sind, zeigt, dass sie bereit sind, sich zu bemühen. Es ist eine Erklärung der Zusammengehörigkeit – kein Versprechen, perfekt zu sein.«

Clare war berührt und auch ein bisschen amüsiert, dass das Ideal der Ehe von den jüngsten Personen im Raum verteidigt wurde. Hatte sie nicht genau dasselbe empfunden, als sie so hoffnungsvoll darauf gewartet hatte, Patrick zu heiraten?

»Ich bin nicht gegen die Ehe«, sagte Sharkey. »Natürlich ist sie ein beispielloser Ausdruck wahrer Liebe.« (Clare war sich sicher, dass Erleichterung bei den verheirateten Personen zu spüren war.) »Ich habe Angela nicht verlassen, weil ich das Sakrament der Ehe ablehne – es hat mich abgelehnt.«

»Und außerdem hat ihr Vater Dudelsack gespielt«, sagte Miles. »Wenn man das berücksichtigt, sind Sie noch gut weggekommen.«

Darüber mussten alle lachen und Sharkey besonders. Clare fiel auf, dass er unruhig war, und sie fragte sich, warum. Er war eine unnahbare Person, eine Insel von Mensch. Sie hatte sich an diesem einen Nachmittag, als sie traurig darüber war, von Charlie verlassen worden zu sein, an seiner Schulter ausgeweint, aber seine Freundlichkeit hatte auch etwas Unpersönliches an sich.

Sie schaute auf ihr leeres Glas und entschied, mit dem Trinken völlig aufzuhören, wenn sie nach Hause käme. Sie kippte hier viel mehr herunter, als sie gewöhnt war. Sie glaubte, dass ihr das helfen würde, über den Schmerz, Charlie zu verlieren, hinwegzukommen. Aber eigentlich, dachte sie, macht es mich nur rührselig. Ich muss der Tatsache ins Auge sehen, dass ich den Rest meines Lebens ohne ihn verbringen werde.

Er und Beth waren wieder so fest zusammen, als wären

sie nie auseinander gewesen. Für Clare war es schwer sich vorzustellen, wie sie jemals in sein Leben gepasst hatte. Ich muss aufhören, in das Leben von Männern zu passen, sagte sie sich selbst, und auf jemanden warten, der bereit und fähig ist, in mein Leben zu passen.

Jeder Glückskeks-Spruch hätte diese Weisheit vermitteln können, aber es war leichter gesagt als getan.

Sie hörte Julia zu, die Sharkey mit Details über die Ehe, die er verpasst hatte, versorgte.

»Nach Ihrer Hochzeit fand direkt die nächste statt. Angela weigerte sich eine Ewigkeit, die Kirche zu verlassen, und sie mussten mit der nächsten Hochzeit weitermachen, während Angela immer noch in der Sakristei heulte. Das nächste Paar konnte sie sehen, als sie sich in das Stammbuch eintrugen.«

»Die Armen«, sagte Beth, »was für ein furchtbares Omen muss das gewesen sein – die heulende verlassene Braut –, Miss Havisham, genau in dem Moment, in dem sie die Uhren anhält.«

Jamie kam wieder in den Raum, blass und ernst, und hielt ein Blatt Papier in der Hand. Alle fielen in schuldbewusstes Schweigen.

Alick fragte: »Wie geht es ihr?«

»Sie schläft tief und fest«, antwortete Jamie, »und ihr werdet nicht glauben, wie problemlos sie nach oben gegangen ist. So ruhig war sie nicht, seit wir hierhergezogen sind.« Als er bemerkte, dass ihn alle anstarrten, räusperte er sich. »Äh – für den Fall, dass das die letzte Gelegenheit ist – das ist eure letzte Nacht – es gibt etwas, das ich euch sagen möchte.«

»Wow«, sagte Charlie. »Er ist im Begriff, sich zu entschuldigen. Ruhe bitte.«

»Das wird aber auch Zeit«, sagte Trevor. »Bekommen wir

alle persönliche Entschuldigungen oder müssen wir uns eine teilen?«

»Oh, ich wollte mich nicht entschuldigen«, erwiderte Jamie fröhlich. »Eigentlich wollte ich mich bei euch bedanken – ihr wart großartig heute Nacht. Ihr seid eine tolle Gruppe. Ich gebe zu, dass es zwischendurch die eine oder andere Panne gegeben hat – das ist geradezu unvermeidbar, wenn man gerade erst eröffnet hat. Aber ohne eure Geduld und eure unermüdliche gute Laune wäre diese Woche mit Sicherheit nicht so ein Erfolg geworden.«

Für einen langen Augenblick herrschte erstauntes Schweigen.

»Erfolg!«, schrie Julia. Sie sprang wütend auf. »In welchem Universum war diese Woche ein Erfolg? Ich meine, in welcher alkoholdurchtränkten Phantasie?«

»Liebling –«

»Nein! Ich bin nicht still! Das Haus ist eine Ruine, der Pool ist von Ratten befallen, deine betrunkene Frau hat ein Feuer gelegt, und zwei unserer Gäste haben eine Nacht im Gefängnis verbracht! Diese ganze Woche war eine einzige Katastrophe! Wenn das deine Vorstellung von Erfolg ist, dann steh uns Gott bei!« Julia atmete ein und beschattete ihre Augen mit ihrer mageren Hand. »Sorry – manchmal möchte ich einfach nur –« Sie hielt inne. Angus legte den Arm um ihre Taille. »Ich weiß, ich weiß. Halt durch, morgen sind wir wieder zu Hause.«

Jamie starrte Julia verständnislos an. »Wie auch immer«, fuhr er fröhlich fort, »bevor ihr alle wieder in den alltäglichen Trott zurückkehrt, möchte ich euch bitten, diesen Fragebogen auszufüllen.«

Er war sich der allgemeinen Verwunderung offensichtlich nicht bewusst und teilte mehrere Blätter aus.

Die erste Frage, die Clare sah, lautete: »Wie würden Sie den Service bewerten? »A) Sehr gut, B) Befriedigend, C) Mangelhaft.« Erwartete der Mann ernsthaft, dass sie diese Fragen beantworteten? Ein Raunen der Ungläubigkeit ging durch den Raum.

Angus knüllte sein Blatt zusammen und warf es Jamie an den Kopf. »A) Dieses Hotel ist scheiße, B) Verpiss dich, C) Hol uns den Rest von diesem köstlichen Champagner.«

Es war spät. Es war absurd spät. Clare war müde, wollte aber nicht ins Bett gehen. Plötzlich hatte sie Angst davor, Charlie und Beth in dem Zimmer nebenan zu hören, die ein altes verheiratetes Paar waren. Selbst das kleinste Geräusch, das sie machten, würde sie an ihre Einsamkeit erinnern und an die Tatsache, dass sie so gut wie keinen Eindruck in Charlies Leben hinterlassen hatte. Sie war eine Fußnote, ein Fehltritt, die Verkörperung seiner Midlife-Crisis. Ihre große Liebe hatte sich in Luft aufgelöst. Vielleicht ist es gar keine so große Liebe gewesen. Sie war im Garten und ging zu der Steinbank und den Delphinen.

Morgen um diese Zeit, dachte sie, bin ich wieder in Mornington Crescent in meinem ruhigen weißen Wohnzimmer und lausche den Polizeisirenen in der Camden High Street, und das alles wird mir wie ein Traum vorkommen.

Sie wünschte, sie könnte mit ihrem Vater sprechen, um ihm zu sagen, dass er recht hatte. Nach Patricks Tod, während des trostlosen Sommers zu Hause, hatte er Patrick nur einmal erwähnt, und das nicht einmal mit Namen. Er hatte über die grundsätzliche Unmöglichkeit gesprochen, eine Beziehung mit einem verheirateten Mann zu haben.

»Natürlich hängt das von der Ehe ab«, hatte er gesagt. »Und wie lange sie hielt. Aber im Leben eines Mannes kommt ein Punkt, an dem er langsam spürt, dass ihm etwas fehlt.«

Clare konnte ihn plötzlich vor sich sehen, bei den blauen Schwertlilien-Vorhängen im Wohnzimmer. Seine Haare waren weiß, solange sie denken konnte, auch wenn er nicht alt wirkte. Bis zum Schluss war er ein dynamischer, kräftiger Mann.

»Was fehlt, ist schlicht und einfach Sex. Ein Mann, der lange verheiratet ist, hat alles andere – Behaglichkeit, Kameradschaft und so weiter. Seine Geliebte wird immer nur eine sexuelle Rolle spielen, egal, welche dürftigen Ausreden er sich selbst gegenüber findet. Wenn er seine Geliebte heiratet, wird sie schnell feststellen, dass sie nicht mit einem kompletten Mann verheiratet ist. Das liegt daran, dass er einen Teil von sich bei der ersten Frau gelassen hat – den besten Teil.«

Damals hatte Clare das für ein Beispiel seiner altmodischen Moralvorstellungen gehalten. Einige Jahre nach seinem Tod hatte sie sich allerdings gefragt, ob er möglicherweise aus Erfahrung gesprochen hatte. Hatte er jemals mit dem Gedanken gespielt, ihre Mutter für eine jüngere Frau zu verlassen? Hatte er seine Liebe abgewägt, so wie Patrick es getan hatte, und festgestellt, dass ihm die Jüngere nicht genügte? Sie sehnte sich danach, ihn das zu fragen.

Sharkey wartete auf der Steinbank, so wie sie gehofft hatte. Eine Flasche Champagner stand auf dem Boden neben ihm. Er blickte schnell auf, als er sie kommen hörte. »Hallo.«

»Hallo.«

»Ich habe nur ein Glas mitgebracht. Du bist herzlich eingeladen, es mit mir zu teilen.«

»Danke, aber wenn ich noch mehr trinke, dann falle ich

um.« Sie setzte sich neben ihn auf die Bank. »Hast du den Schock schon überwunden?«
»Nein, ich schwanke noch – und versuche zu klären, was zum Teufel das zu bedeuten hat.«
Clare hoffte, dass er nicht anfing, über Religion zu reden. »Muss es denn etwas bedeuten?«
Sharkey lächelte in sich hinein. »Ich dachte an Jonas.«
»Den aus der Bibel?«
»Gut, du hast schon von ihm gehört, dann bist du ja doch keine Heidin.«
»Ich war bei den Pfadfindern. Ich musste an kirchlichen Prozessionen teilnehmen. Meinst du den Jonas, der von einem Wal verschluckt wurde? Was um alles in der Welt hat er mit Angela zu tun?«
»Auf den ersten Blick nichts. Aber er und ich haben ziemlich viel gemeinsam.«
»Du bist doch wohl noch niemals im Inneren eines Wals gewesen.«
»Das ist nicht das, was ich – weißt du, wie er da hineingekommen ist? Gott hat zu Jonas gesagt, er solle nach Ninive gehen, aber das war so ein grässlicher Ort, dass Jonas sich entschied, Gott nicht zu gehorchen und ein Boot in die entgegengesetzte Richtung zu nehmen. Unglücklicherweise gab es einen fürchterlichen Sturm, während er an Bord war – offensichtlich war es Jonas' Schuld, und so tat er genau das Richtige und warf sich über Bord. Und in diesem Augenblick wurde er verschluckt.«
»Lass mich raten«, sagte Clare. »Als er auf den Strand gespuckt wurde, war er in Ninive.«
»Fast. Der Punkt ist, dass der Herr dafür gesorgt hat, dass er dahin kommt. Man sollte Seinen Sinn für Ironie nicht unterschätzen.«

»Tut mir leid, aber ich weiß nicht, wovon du sprichst.«

»Ich glaube«, sagte Sharkey vorsichtig, »dass dasselbe mit mir passiert sein könnte. Ich glaube, dass ich letzten Endes nach Ninive gekommen bin. Erinnerst du dich, wie ich dir erzählt habe, dass ich einmal mit einem Freund hier gewesen bin?«

»Der, mit dem du dir das Heiligengrab angesehen hast«, sagte Clare. Sie war jetzt gar nicht mehr müde, sondern voller Neugier – sie hatte das Gefühl, dass er ihr etwas Bedeutendes zu erzählen hatte.

»Er ist mehr als ein Freund.«

»Ein – Liebhaber?« Sie überraschte so schnell nichts mehr.

»Nein, nein, Liebling.« Er lächelte in der Dunkelheit. »Bitte nimm das nicht persönlich, aber er ist viel wichtiger als ein Liebhaber. Sein Name ist Monsignor Claud Walsh. Ich habe ihn kennengelernt, als ich in Paris unterrichtete. Er nahm mich mit hierher, um mir das Kloster und das Grab zu zeigen, als die letzte Station einer langen Auseinandersetzung, die ich dann verloren habe – das hat mich in die Kirche gebracht, es hat nichts mit Angela zu tun. Ich könnte Claud meinen Beichtvater nennen. Er wird alt, und (auch wenn er es niemals so ausdrücken würde) er fürchtet um meine unsterbliche Seele. Er macht sich Sorgen über die Menge an Sex, die ich hatte und die meiner ansonsten glorreichen Laufbahn zuwiderläuft – ich erzähle ihm fast alles.«

»Erzählst du ihm von mir?«

»Fast alles, habe ich gesagt. Wenn ich ihm von dir erzähle, muss ich erklären, was du in einem Kloster machst – da sollte ich nämlich diese Woche sein.«

»Bitte?«

»Ich habe ihm feierlich versprochen, dass ich mich in Exerzitien zurückziehe, um mich geistig zu erneuern«, sagte

Sharkey. »Und zwar in dem Kloster in den Bergen, wo sie den zweifelhaften Likör herstellen.«

»Deshalb hast du welchen gekauft«, stellte Clare fest. »Damit es so aussieht, als wärst du dort gewesen.«

»Genau. Weil ich niemals ernsthaft vorhatte, eine Woche mit diesen komischen Typen zu verbringen. Stattdessen habe ich mich im nächstgelegenen Hotel eingemietet.«

»Willst du damit sagen, dass das Ninive ist?«

»Angelas Rettung könnte man als meine Buße dafür betrachten, dass ich sie verlassen habe. Das wäre genau Sein Sinn für Symmetrie. Wenn Er sich etwas in den Kopf gesetzt hat, kann man sich nicht einfach da heraussündigen. Er kennt mich gut genug, um zu wissen, dass ich Seiner Bestimmung entsprechen würde, gerade indem ich lüge und vögele. Das ist kein angenehmer Gedankengang.«

»War es eine Sünde, Sex mit mir zu haben?«

»Eine riesige Sünde.«

»Ich weiß nicht, wie ernst du das meinst«, sagte Clare. »Was ist daran falsch, wenn wir beide erwachsen sind und es wollten?«

»Es ist falsch, wenn ich dich davon abhalte, dich in jemanden zu verlieben, der zu dir passt.«

»Gut, aber das tust du nicht. Es gibt niemand Passenden.«

»Nur so ein Gedanke«, sagte Sharkey. »Du musst alle Möglichkeiten abwägen.«

Sie lehnte sich an ihn. »Vielleicht bist du ja auch hierhergeschickt worden, um mich davor zu bewahren, Charlie zu heiraten.«

Er lachte leise und legte seinen Arm um sie. »Er handelt auf mysteriöse Art und Weise. Wirst du zurechtkommen, wenn du wieder nach Hause kommst?«

»Ja, ich glaube schon.«
»Nicht zu traurig?«
»Nicht so sehr, dass ich es nicht verarbeiten könnte.«
»Ich frage, weil ich mich nicht mit dir in Verbindung setzen kann. Wenn wir uns morgen voneinander verabschieden, dann war es das.«
»Ich weiß«, sagte Clare. »Dann wirst du wieder ein Schulleiter sein.«
»Ich fürchte ja.«
»Ich glaube, dass du dich darauf freust.«
»Ja«, sagte Sharkey. »Das tue ich wirklich. Ich leite gerne diese Schule – ich mache das gut. Ich habe in den letzten Jahren ziemlich viel verändert. Dank meiner unermüdlichen Versuche eröffnen wir im nächsten Schuljahr einen neuen Wissenschaftstrakt. Ich hoffe, dass du dich ebenfalls auf das freust, was auch immer Architekten machen.«
Clare versuchte, an ihre Arbeit zu denken, die hier so weit entfernt schien. Es würde ganz schön hart werden vorzugeben, dass sie Charlie niemals geliebt hatte, aber im Büro war sie immer am ruhigsten und am glücklichsten. »Ja, ich bin ziemlich froh, dass ich was zu tun habe.«
Sharkey sagte: »Wenn ich an dich denke – und das werde ich ziemlich oft tun –, möchte ich das Gefühl haben, dass du glücklich bist und dich nicht nach Charlie sehnst.«
»Ich werde es versuchen. Und nach dir werde ich mich auch nicht sehnen.«
»Gut.«
»Es war – großartig.« Sie wünschte, sie fände ein besseres Wort, eins, das sich nicht so nach Dankesschreiben anhörte.
»Ja, das war es tatsächlich«, sagte Sharkey. Er strich mit den Lippen über ihren Nacken. Clare zitterte genüsslich.

»Sollen wir es noch ein letztes Mal machen, oder bist du zu betrunken?«
»Ich werde es schon schaffen, wenn deine unsterbliche Seele es kann.«
»Unverschämte junge Frau.« Er küsste sie auf den Mund. »Unverschämte, schöne, verwegene junge Frau, du bist nicht dafür bestimmt, alleine zu sein. Es wird nicht lange dauern.«
»Ich hoffe nicht. Ich komme ganz gut alleine klar, aber nur, weil ich muss. Ich wäre es lieber nicht.«
»Du wirst noch in diesem Jahr einen Ehemann und ein Baby bekommen«, sagte er. »Und in zehn Minuten einen Liebhaber.«
Sie stand auf und schwankte ein wenig. Es fühlte sich so an, als wären ihre Füße meilenweit weg. Sie musste sich hinlegen. Wie Disneys Schneewittchen, das in den Wald flieht, stolperte sie den Weg entlang durch die dunklen Äste zum Haus zurück. Es war sehr ruhig. Das Hauptlicht in der Halle war ausgeschaltet. Stimmengewirr kam aus dem Salon. Clare schaute durch die halb offene Tür hinein und sah die drei MacDuff-Brüder um den Kamin herum sitzen und ernsthaft miteinander reden.
Sie ging durch die dunkle Halle und die Treppe hinauf. Es roch immer noch stark nach nasser Asche. Auf dem Treppenabsatz blieb sie einen Moment stehen und lauschte der Stille. Vor ihrer Tür blieb sie stehen und wurde von einem gigantischen Gähnen übermannt. Sie war hundemüde, und um sie herum drehte sich alles. Sie zog ihr Kleid und ihre Sandalen aus und legte sich quer auf das Bett. Sie merkte, wie Sharkey ins Zimmer kam, sie küsste und dann »Gute Nacht« flüsterte. Aber sie war tief und fest eingeschlafen, und es konnte auch ein Traum gewesen sein.

Kapitel 21

Sie wurde von dem silbernen Schimmer der Morgensonne geweckt, der durch die geöffneten Läden ins Zimmer fiel. Durch das offene Fenster hörte sie Stimmen in der Auffahrt und Schritte auf dem Schotter. Müde sah sie auf die Uhr. Halb sieben. Warum rührte sich jemand um diese Uhrzeit? Ihr Flug ging erst am späten Nachmittag. Sie drehte sich um und versuchte wieder einzuschlafen, als draußen jemand anfing zu weinen.

Clare setzte sich auf. Es hörte sich an wie Angela – war die arme verlassene Braut im Begriff, ihnen eine Tagesvorstellung zu liefern? An Schlaf war nicht mehr zu denken. Sie schlug die Bettdecke zurück, zog ihren Morgenmantel an und ging zum Fenster.

Ein Rettungswagen stand in der Einfahrt.

Zwei Rettungssanitäter schoben eine Bahre. Unter der grauen Decke lag jemand.

Clare rannte barfuß aus dem Zimmer und die Treppe hinunter. Asche und Splitter knirschten unter ihren Füßen. Sie hatte große Angst vor dem, was sie da sehen würde, wollte aber genau wissen, was sie bereits ahnte.

Die Eingangstür stand offen. Die Bahre stand davor. Clare blieb im Eingang stehen. Die Stille unter der Decke war schrecklich. Angus sprach mit den Rettungssanitätern – einer hatte einen kahlgeschorenen Kopf, aber abgesehen von ihren Uniformen war es unmöglich, ihnen irgendeine Identität zu geben. Der Kahle schrieb etwas auf einem Klemmbrett. Angela schluchzte laut. Jamie hatte den Arm um sie gelegt. Er strich ihr mechanisch über den Rücken und starrte auf die schreckliche Stille unter der Decke. Alick stand neben ihnen. Er drehte sich um und sah Clare.

»Sharkey«, sagte er zu ihr.

»Oh.« Niemand wusste von Clare und Sharkey. Sie schaute auf die Gesichter der drei Brüder. Schock oder Trauer zu zeigen, wäre vollkommen unangemessen. »Wie – wie schrecklich. Was ist passiert?« Alick löste sich von Angela, und Jamie und kam zu Clare hinüber. Sie dachte – es konnte aber auch sein, dass sie sich das nur einbildete –, dass er ihr einen seltsam forschenden Blick zuwarf. War es möglich, dass er es wusste oder etwas ahnte?

»Ich habe ihn entdeckt«, sagte Alick. »Er saß auf der Steinbank in der Mitte der Buschreihen. Ich habe mich fürchterlich erschreckt. Ich bin den Weg entlanggerannt, und da saß er – aufrecht auf der Bank, die Augen weit aufgerissen mit einer Flasche Champagner in der Hand. Und er war – tot.«

»Du Armer, was für ein Schock.« Sie war froh, dass sie so ruhig war, es drohte keine Gefahr, die Kontrolle zu verlieren.

»Es war klar, dass es keinen Sinn hatte, ihn wiederzubeleben, also rannte ich zum Haus zurück und – nun ja, jetzt bringen sie ihn weg.«

»Oh.«

Die zwei Sanitäter schoben die Bahre in den Rettungswagen. Clare wollte gar nicht sehen, wie sie verschluckt wurde und sich unausweichlich die Türen schlossen. Es erinnerte sie an den Moment im Krematorium, wenn der Sarg hinter den Vorhängen verschwindet. Sie stand zusammen mit den anderen Beobachtern da und sah zu – Angela weinte, die Brüder waren bewusst ehrerbietig, aber auch erleichtert –, wie der Rettungswagen davonfuhr.

Ich habe wieder einen umgebracht, dachte sie.

»Oh, Clare – Sie haben es gesehen, nicht wahr?« Julia kam durch die Eingangstür. »Ist das nicht tragisch? So ein charmanter Mann.«

Angela brach in einen neuen Sturm von Schluchzern aus.

»In der Küche steht Kaffee«, fuhr Julia fort. »Und wir haben das Gebäck von gestern in der Mikrowelle aufgebacken. Das wird fürs Erste reichen, bis jemand in die Stadt fahren kann.«

»Wie kannst du nur an Frühstück denken?«, jammerte Angela. »Robin ist tot!«

»Das ist sehr traurig«, sagte Julia, überhaupt nicht traurig. »Aber der Rest von uns lebt und braucht ein Frühstück.«

»Ich wollte bei ihm meine Beichte ablegen.«

»Sei nicht albern, du bist nicht katholisch.«

Ich auch nicht, dachte Clare, aber ich habe ihm gebeichtet – und er hat mir vergeben.

Sie versuchte so neutral wie möglich zu klingen. »Weiß man, woran er gestorben ist?«

»Sie haben gesagt Herzinfarkt, aber ich fürchte, es wird möglicherweise eine Autopsie geben müssen.« Angus seufzte schicksalsergeben und fuhr sich mit der Hand durch das geschorene graue Haar. »Und wir müssen seine Familie benachrichtigen – wenn wir nur wüssten, wo sie ist. Ich werde später seine Sachen durchsuchen. Was für eine Aufgabe, nicht wahr? Aber ich möchte ihn nicht länger in einem Krankenhauskühlschrank lassen als nötig.«

Clare wusste genau, wen sie benachrichtigen mussten, und empfand einen Anflug von Mitleid mit Monsignor Walsh, der sich um Sharkeys unsterbliche Seele Sorgen gemacht hatte. Aber sie konnte jetzt noch niemandem von ihm erzählen. Es schien alles so sonderbar und unwirklich. Sie folgte den anderen in die Küche, setzte sich neben Alick an den großen Tisch und kämpfte immer noch damit, all die Teilchen in ihrem Kopf zusammenzufügen.

Sharkey konnte in der letzten Nacht also nicht in ihrem Zimmer gewesen sein. Er musste, kurz nachdem sie ihn allein gelassen hatte, gestorben sein. Sie sah ihn jetzt vor sich, so wie sie ihn zuletzt lebendig gesehen hatte. Er saß auf der Steinbank, hielt die Champagnerflasche in der Hand und warf ihr ein letztes laszives Lächeln zu. Es musste sehr schnell gegangen sein – so wie damals bei Patrick. Das wurde allgemeinhin als eine gute Art bezeichnet, aus dem Leben zu treten, aber war es das auch? Sie fragte sich, was sie an seiner Schule machen würden. Da lief wahrscheinlich jetzt ein Priester herum, der keine Ahnung davon hatte, dass er auf dem besten Wege war, Schulleiter zu werden und einen Trauerbrief an die Eltern formulieren musste.

»Eine Sache verstehe ich nicht«, sagte Angus, »Alick, was um alles in der Welt hattest du um diese frühe Uhrzeit im Garten verloren?«

»O Gott, das hätte ich ja fast vergessen.« Alick lächelte reumütig. »Ich war hinter einer Ratte her.«

Julia sagte: »Wie unglaublich ekelhaft – ich dachte die Pool-Männer hätten das Rattenproblem in den Griff bekommen.«

»Da ging es wohl nur um die Ratten im Pool. Diese hier war im Haus.«
»Halt den Mund«, sagte Jamie wütend. »Hör vor Clare von den Ratten auf.«
»Wieso, für den Fall, dass sie sich entscheiden könnte, nicht mehr in dieses liebliche Hotel zu kommen?«, schnauzte Julia.
Clare verzog die Gesichtsmuskeln zu einem Lächeln. »Keine Sorge, ich werde es niemandem erzählen.«
»Sie hat mich aufgeweckt«, sagte Alick. »Ich hörte etwas in meinem Zimmer herumtrampeln. Ich knipste das Licht an, und da saß sie in der Mitte des Zimmers und schaute mich frech an. Ich fragte mich gerade, was ich mit ihr machen sollte, als sie zur Tür hinausschoss. Also jagte ich hinter ihr her. Zumindest glaube ich, dass es dieselbe war, der ich hinterherjagte.«
»Und sie führte dich zu dem toten Priester«, bemerkte Angus. »Das setzt einem der zweifellos unangenehmsten Urlaube in der menschlichen Geschichte die Krone auf.«
Jamie blickte finster drein. »Komm schon, so schlimm war es nun auch wieder nicht.«
»Mach dich nicht lächerlich. Es hätte nicht schlimmer kommen können, wenn du uns Jutesäcke hättest nähen lassen.«
Alle außer Angela und Jamie lachten darüber, Clare schaffte es irgendwie, so etwas wie ein Lächeln hervorzubringen. Sie war immer noch damit beschäftigt herauszufinden, wie sie sich fühlte. Sie hatte eine Blockade im Kopf und war nicht in der Lage, dahinter zu schauen. Die Trauer war da, aber ganz tief unten in ihr. Sie erinnerte sich an die Benommenheit, nachdem sie von Patrick erfahren hatte.

Sharkey hatte darauf bestanden, dass sie sich nicht für Patricks Tod verantwortlich fühlte. Sie wusste, dass er nicht zulassen würde, dass sie sich die Schuld an seinem Tod gab, und konnte beinahe hören, wie er das sagte. Wenn sie ihn jetzt doch nur fragen könnte, was sie machen sollte; er schien immer eine Antwort zu wissen.

Angus trank seinen Kaffee aus und stand auf. »Brüderchen, würde es dir etwas ausmachen, in die Bäckerei hinunterzufahren? Ich gehe nach oben und schaue mich mal in Sharkeys Sachen um.«

Clare sagte nichts, verließ die Küche aber ein paar Sekunden nach Angus und folgte ihm nach oben. Sie war niemals in Sharkeys Zimmer gewesen. Es war die letzte Tür auf dem Gang, und sie stand jetzt offen. Es war seltsam, dachte sie, dass etwas in ihr sich sträubte hineinzuschauen. Sie ging zum Türrahmen. Das Licht fiel durch zwei dicke schmuddelige Schichten von Plastikfolie in das Zimmer, die über ein riesiges Loch gespannt waren, wo normalerweise die Fenster hätten sein sollen. Angus war dabei, die persönlichen Sachen des Toten auf dem Bett auszubreiten – ein Lederkulturbeutel aus dem Badezimmer, aus dem oben ein trockener Rasierpinsel herausschaute, ein Lederkoffer, eine kleines Holzkästchen. Die Habseligkeiten des Toten waren alt und traurig, Dinge, die einst eng mit ihm verbunden und jetzt nutzlos waren und trotzdem nach einer anständigen Beerdigung verlangten. Das Zimmer roch nach ihm, und Clare erinnerte sich jetzt daran, dass der Geruch einer verstorbenen Person zu den Dingen gehörte, die man am Anfang am schwersten ertragen konnte. Während sie das Haus ihrer Eltern leer geräumt hatte und ganze Schubladeninhalte schnell in Müllbeuteln endeten, hatte sie geweint, als ihr der Geruch ihrer Mutter in dem Moment in die Nase stieg, in dem sie einen vergessenen Haufen Pullover entdeckt hatte.

Angus schaute auf und sah sie. »Das ist nicht leicht, oder? Ich wünschte, ich hätte diesen Mann gekannt. Das fühlt sich schrecklich an.«

»Ich habe ziemlich viel mit ihm gesprochen«, sagte Clare. »Wenn ich ein Tagebuch finden würde oder so etwas, könnte es sein, dass ich die Person entdecke, die wir anrufen müssen.«

»Tatsächlich? Das wäre ja enorm hilfreich. Der Gedanke, einfach seine Schule zu benachrichtigen, gefällt mir nicht, verstehen Sie, für den Fall, dass es da jemanden gibt – natürlich keine Frau, aber vielleicht Familie.«

Er öffnete die Ledertasche sehr vorsichtig, so als würde er etwas Verbotenes tun. Er legte Sharkeys Ausgabe von »Anna Karenina« und ein großes schwarzes, abgewetztes Filofax aufs Bett. Clare hob es auf. Der Ledereinband war abgegriffen, weich und glatt. Sie öffnete es und überflog die Seiten, die prall gefüllt waren mit Verabredungen. Bei den Adressen schaute sie unter »W« nach. Monsignor Walsh war nicht eingetragen. Sie fand ihn unter »C« – einfach »Claud« – und eine Handynummer.

»Ich rufe an, wenn Sie wollen.« Clare hatte plötzlich das starke Bedürfnis, mit Sharkeys engstem Freund zu reden, und wusste ganz genau – so als könnte sie ihn das sagen hören –, dass sie die Person war, die das tun musste.

Angus war überrascht, konnte aber seine Erleichterung nicht verbergen. »Sind Sie sicher? Das wäre unglaublich nett von Ihnen. Wo Sie ihn offensichtlich besser kennen als ich – benutzen Sie aber nicht das Handy, der Empfang ist hier schlecht. Sie können den Festnetzanschluss in Jamies Büro benutzen.«

»Ich wusste gar nicht, dass er ein Büro hat.«
»Es ist das Zimmer unter der Treppe, in dem der arme Alick schläft.«
»Ich ziehe mich erst an, wenn Sie nichts dagegen haben.«
»Ja, ja, natürlich – es ist viel zu früh, jetzt jemanden anzurufen. Nun, herzlichen Dank.« Angus ging aus dem Zimmer.
Jetzt, wo sie alleine war, konnte Clare die Sachen gründlich untersuchen. Sie öffnete den Reißverschluss an der Vordertasche des Koffers. Sie enthielt drei Paar Socken und den Autoschlüssel für einen BMW. In einer anderen Seitentasche des Koffers steckte Sharkeys Personalausweis. Auf dem Foto sah er arrogant aus und ernster, als Clare ihn in Erinnerung hatte. Es war ganz offensichtlich das Bild eines Mannes, den sie nicht kannte, des öffentlichen Sharkey.
Sie öffnete das Holzkästchen, das so klein war, dass es in ihre Hand passte. Es war voller weißer Perlen – zumindest schien es ihr so, bis sie sie herausnehmen wollte und sah, dass es ein Rosenkranz an einer dünnen Silberkette war. Das Kruzifix am Ende war silbern und unerwartet schwer. Es sah sehr alt aus. Clare konnte sich nicht vorstellen, so ein Ding zu benutzen, aber als Gegenstand an sich war es sehr schön. Sie legte es vorsichtig in das Kästchen zurück, nahm das Filofax, ging aus dem Zimmer und zog die Tür hinter sich zu.
Alle paar Minuten musste sie sich daran erinnern, dass das alles Wirklichkeit war und Sharkey nicht zurückkommen würde. Ihr Zimmer sah erstaunlich normal aus, alles war ruhig und leise. Es war kurz vor halb sieben. Clare setzte sich auf das Bett. Hier hatte sie gestern Abend in Sharkeys Arm gelegen, als das Feuer ausbrach. Sie waren hierher gekommen, nachdem Clare sich bei ihm über Charlie ausgeheult hatte.

Sie lächelte in sich hinein. Er war sehr lieb zu ihr gewesen, aber er hatte durchaus kein Mitleid mit ihr gehabt. »Du wusstest ganz genau, worauf du dich da einlässt, und du wusstest ganz genau, dass es mit Tränen enden würde, mit deinen Tränen.« Sein Trost bestand darin, sie hingebungsvoll und in den unterschiedlichsten Positionen zu vögeln.

Und jetzt war er weg. Für einen Augenblick dachte Clare, dass sie weinen müsste. Aber das Gefühl ging vorüber, und sie war seltsam gefasst und ruhig. Sie duschte (endlich war sie mal die Erste im Bad), zog ihr Agnes-B-Kleid an (weil sie erst später flog) und ging nach unten. Alicks Zimmer unter der Treppe war so eine Art Dienerkammer, die schnell und billig in ein Büro umgewandelt worden war, mit einem Schreibtisch und einem Aktenschrank. Alicks Schlafsack hing über dem Aktenschrank.

Clare setzte sich an den Schreibtisch, auf dem das Telefon stand. Sie nahm Sharkeys Filofax aus ihrer Tasche. Sie merkte, dass ihr Herz schneller schlug als sonst, aber sie war nicht nervös. Dann wählte sie die Nummer, die neben ›Claud‹ stand.

Bereits nach kurzem Läuten nahm jemand ab. »Ja?«

»Sind Sie Claud Walsh? Monsignor Walsh, meine ich?«

»Ja.« Er war vorsichtig.

»Sie kennen mich nicht, aber ich rufe wegen Robin Sharkey an.«

Clare erzählte ihm, dass Sharkey friedlich im Schlaf gestorben war. Sie gab ihm den Namen und die Nummer des Krankenhauses, in das sie ihn gebracht hatten. Sie bat Monsignor Walsh, ihr zu sagen, wohin sie seine Habseligkeiten schicken sollte.

»Es tut mir leid, dass Sie auf diese Art und Weise davon erfahren müssen, und wenn es irgendetwas gibt, das ich hier tun kann, lassen Sie es mich bitte wissen. Es würde mich freuen, wenn ich helfen könnte. Wir haben Sharkey alle gemocht.«

»Gut, danke – danke – äh –«

»Clare.«

»Danke, Clare.« Seine Stimme klang alt und vornehm und sie zitterte leicht. »Das kommt so unerwartet. Er war erst fünfundfünfzig. Ich hatte erwartet, dass er mich unter die Erde bringt – nun gut.« Die letzten beiden Worte hallten einsam durch die Leitung, voller Fassungslosigkeit und Trauer. »Darf ich Sie fragen, von wo aus Sie mich anrufen?«

»Oh.« Sie hatte ganz vergessen, dass der alte Herr ja annahm, Sharkey hielte sich in einem Kloster auf. »Von einem Hotel, dem Château Cornu, in der Nähe von Carjarc, im Südwesten von Frankreich.«

»Ich verstehe«, sagte Claud. »Und Sie sind auch in diesem Hotel.«

»Ja.«

Am anderen Ende herrschte Schweigen. »Ich frage mich«, sagte er, »ob Sie mir freundlicherweise erzählen würden, was wirklich passiert ist.«

»Äh – wie bitte?«

»Sharkey und ich, wir sind – oder besser waren – immer hundertprozentig ehrlich zueinander. Entschuldigen Sie bitte, dass ich Sie das frage, aber war er mit Ihnen im Bett, als er starb?«

Clare war überrascht. Sie hatte nicht vorgehabt, die reine Wahrheit zu sagen. Aber es gab auch keinen Grund, es nicht zu tun. »Er starb nicht im Bett. Er starb im Garten, mit einer Flasche Champagner in der Hand. Er war im Begriff, mit mir ins Bett zu gehen. Wir hatten eine Affäre.«

»Ich verstehe.«

»Niemand sonst wusste davon, und Sie brauchen sich keine Sorgen zu machen, dass ich es jemandem erzähle.«
Claud sagte: »Er hat zu viele unglückliche Frauen zurückgelassen.«
Sie entschied, dass er die Sache mit Angela nicht unbedingt erfahren musste. »Ich bin nicht unglücklich. Ich meine, ich bin fürchterlich traurig, dass – Sie wissen schon –, aber er hat mir nicht das Herz gebrochen, oder so etwas.«
»Das ist ja schon mal was, würde ich sagen.«
»Es war der beste Sex, den ich in meinem ganzen Leben gehabt habe«, sagte Clare. »Er hat mich sehr glücklich gemacht.« Es war schon heftig, das jemandem zu erzählen – und sie glaubte, dass ›Monsignor‹ etwas sehr Wichtiges bedeutete, so wie Kardinal. Und trotzdem fühlte es sich richtig an.
Schweigen.
»Danke«, sagte er schließlich. »Ich bin froh, das zu hören. Ich nehme an, dass Sie diese Nummer bei seinen Sachen gefunden haben. War da auch ein Rosenkranz?«
»Ja«, antwortete Clare. »Ein weißer mit einem silbernen Kreuz.«
»Ich habe ihn Sharkey geschenkt.«
»Möchten Sie, dass ich ihn Ihnen zurückschicke?«
Wieder Schweigen.
»Nein«, sagte Claud. »Ich möchte, dass Sie ihn behalten.«
»Behalten? Aber ich bin nicht katholisch – ich bin noch nicht einmal gläubig.«
»Ihn wiederzubekommen wäre zu traurig. Und Sie haben gesagt, dass er Sie glücklich gemacht hat.« Seine Stimme war freundlich. »Ich möchte gerne daran denken, wenn ich für ihn bete.«
»Danke«, sagte Clare, »ich freue mich, ihn zu bekommen.«

»Es war sehr aufmerksam von Ihnen, mich anzurufen. Von jetzt an werde ich alles Weitere in die Hand nehmen.« Er gab ihr die Adresse für Sharkeys Sachen und eine weitere Telefonnummer. Clare schrieb sie sorgfältig auf, um sie Angus zu geben. »Auf Wiedersehen, Clare.«

»Auf Wiedersehen.« Sie legte den Hörer mit einem Gefühl von Vollendung und Befriedigung auf; sie hatte ihre Sache gut gemacht. Sie war sehr glücklich über den Rosenkranz und beschloss, ihn gleich zu holen, bevor noch jemand anderes entdeckte, dass es ihn gab.

Auf dem Boden vor dem Schreibtisch bewegte sich etwas. Clare sah abrupt auf. Neben dem Papierkorb saß eine braune Ratte. Sie war abgestoßen, aber nicht schockiert. Für Schocks gab es keinen Platz mehr in ihrem Inneren. Die Ratte starrte sie plump und verschlagen an.

»Verpiss dich«, sagte Clare.

Und die Ratte verpisste sich gehorsam, was nur ein Beweis für ihre ungeheure Seelenstärke war.

»Ich frage mich, wie sie die Leiche nach Hause bekommen«, grübelte Bean. »Ich frage mich, wie sie sicherstellen, dass er nicht verlorengeht. Und wenn er im Sitzen gestorben ist, würde sein Körper dann nicht in dieser Position verharren?«

»Bean«, sagte Beth. »Du sprichst jetzt schon seit zwei Stunden über Leichen. Hör jetzt auf.«

»Es ist gesund, über den Tod zu reden.«

»Aber nicht zwei Stunden am Stück.«

Sie saßen am Flughafen. Beth wartete angespannt darauf, dass sie aufgerufen wurden, den Zoll zu passieren. Sharkeys plötzlicher Tod hatte alle Männer mittleren Alters im Schloss ziemlich schockiert – Charlie, Trevor und Angus hatten ihr alle unabhängig voneinander gesagt, dass sie Termine für Herzuntersuchungen machen würden, sobald sie wieder zu Hause wären. Von den jungen Leuten konnte nicht erwartet werden, dass sie das so persönlich nähmen. Für sie war der Tod noch weit entfernt. Miles und Scarly standen ein bisschen abseits und sahen sich an, als könnte dieser Moment für immer anhalten.

Clare stand in der Nähe, ihre elegante Ledertasche stand neben ihren eleganten Füßen. Sie war sehr ruhig, dachte Beth, und ziemlich abwesend.

Alick kam durch die Menschenmenge auf sie zu. Er hielt seine Flasche St. Hilaire in der Hand, die jetzt nur noch halb voll war. »Angus – hast du etwas von diesem Zeug gekauft?«

»Ja, in der Tat.« Angus, der ein paar Meter entfernt stand, tauschte mit Beth einen kurzen Blick aus. »Ich habe es in Julias Tasche getan.«

Alick lachte in sich hinein. »Du solltest sie besser wegwerfen, sonst wirst du beim Zoll festgehalten – jemand hat mir erzählt, dass es im Kloster eine Polizeirazzia gegeben hat. Das war es, was die Hubschrauber dort suchten.«

»Was? Das Kloster?«

»Es hat sich herausgestellt, dass die geheime Zutat ihres Likörs eine sehr bekannte, illegale Droge ist.«

»O Gott!«, platzte Beth heraus. »Deshalb habe ich mich so seltsam gefühlt! Ich dachte schon, ich hätte den Verstand verloren!«

»Was? Was sagst du da? Willst du damit sagen, dass dieses Zeug voller Haschisch ist?« Bean war empört. »Scheiße, das ist SO unfair! Ich habe nichts bekommen – und du magst

Drogen nicht einmal! Aber jetzt kannst du nicht so gemein zu mir sein.«
Charlie blickte von einer Ausgabe des *The Economist* auf. »O doch, das kann ich. Wenn du das nächste Mal mit einem Polizisten nach Hause kommst, Madam, wirst du sehen, wie gemein ich sein kann. Ich war in letzter Zeit mit dir viel zu nachlässig – ich habe viel zu viel deiner armen Mutter überlassen. Nun, dieses Schuljahr wird sich das ändern.«
Beth, die sich schon mit Charlies mangelndem Interesse an dem Benehmen seiner Töchter abgefunden hatte, war fast zu Tränen gerührt – das war bis jetzt das stärkste Anzeichen dafür, dass er zu ihnen zurückgekommen war.
Bean seufzte schwer und rollte die Augen. »Immer ich – ich bin diejenige, an der herumgenörgelt wird – und unterdessen hat Scarly die ganze Zeit Sex vor deiner Nase, und es kümmert dich nicht einmal.«
»Das hat nichts mit dir zu tun«, sagte Charlie. »Und eigentlich glaube ich auch gar nicht, dass Scarly Sex gehabt hat. Nur zu deiner Information, es ist gut möglich, eine Beziehung zu haben, ohne gleich miteinander ins Bett zu hüpfen.«
»Schaut, wir sind dran!«, rief Julia ihnen zu. »Sie lassen uns passieren!«
Miles ließ seine Zeichenmappe fallen. Jede Menge Papierblätter verteilten sich auf dem Boden. Charlie bückte sich, um eins aufzuheben. Es war ein Bild von Scarly, die mit geöffneten Beinen nackt dalag.
Beth schickte das Ehefrau-Dringlichkeits-Gebet gen Himmel – bitte, lass ihn jetzt hier keine Szene machen!
Aber Charlie gab es Miles einfach zurück und tat so, als hätte er Miles' Entsetzen nicht bemerkt. »Das ist wirklich sehr gut. Ich könnte es ja als Familien-Weihnachtskarte verschicken.«

Beth nahm seinen Arm und flüsterte ihm ins Ohr: »Ich liebe dich.«
»Die Zivilisation hat uns endlich wieder«, sagte Trevor. »Nach den schrecklichsten Ferien in der Geschichte.«
»Nein, das waren sie nicht«, antwortete Bean. »Es war überhaupt nicht schrecklich, es war großartig. Ich möchte wiederkommen – Dad, können wir nicht nächstes Jahr wiederkommen?«

Kapitel 22

Clare stellte ihre Tasse grünen Tee auf den Couchtisch. Sie hatte sich ein großes Camembert-Kresse-Sandwich zubereitet und machte es sich auf dem Sofa bequem. Auf ihrem Bildschirm befand sich ein eingefrorenes Schwarz-Weiß-Bild von Spencer Tracy, der als katholischer Priester gekleidet war. Sie hatte sich pausenlos all ihre Katholischen-Priester-Filme angesehen – Bing Crosby in »Der Weg zum Glück« und »Die Glocken von St. Marien«, Pat O'Brien in »Chicago – Engel mit schmutzigen Gesichtern«, Gregory Peck in »Die Schlüssel zum Himmelreich«, Richard Chamberlain in »Die Dornenvögel« und Spencer Tracy in »San Francisco« und »Teufelskerle«.

Ich sollte aufräumen, dachte sie, während sie Krümel verteilte. Ihr weißes Wohnzimmer war übersät mit schmutziger Wäsche, Bergen von Rechnungen, alten Zeitungen und schmutzigem Geschirr. Ein Vorteil des Alleinlebens war, dass man ein Chaot sein konnte. Normalerweise war sie pingelig, was ihre Umgebung anging.

Jemand klopfte an ihre Souterrain-Tür.

»Verschwinde«, murmelte sie zu sich selbst. Wenn man tagsüber zu Hause war, war man ein Anziehungspunkt für alle möglichen Spinner. Es war wirklich erstaunlich, wer sich die Mühe machte, das komplizierte Tor zu passieren, um sich die gusseiserne Treppe in den modrigen Vorhof hinunterzuquälen. Sie war zu Hause, weil sie eine Woche Extraurlaub bekommen hatte, was zeigte, wie selten sie sich freinahm. Ihr Konto erholte sich immer noch von Frankreich, und sie konnte es sich nicht leisten wegzufahren.

Es klopfte noch einmal, laut und entschlossen.

»Verpiss dich«, schimpfte sie mit Blick auf den Fernseher und fragte sich, wie Spencer Tracy wohl im Bett wäre und ob er ohne das Priestergewand mehr oder weniger sexy wäre. Vielleicht gaben die Leute auf und gingen. Sie fragte sich, was sie machen würde, wenn der Anklopfer sich als Einbrecher herausstellen sollte. Würde sie überhaupt irgendetwas unternehmen? Nimm, was du willst, und mach die Tür hinter dir zu.

Da klopfte es wieder. Dieses Mal war es hartnäckig. Sie ertappte sich dabei, wie sie die Sekunden der Ruhe zählte.

»Clare!«

Es war Alicks Stimme, die durch den Briefkasten zu ihr drang.

»Ich weiß, dass du da bist. Wenn du die Tür nicht aufmachst, warte ich einfach draußen.«

Seit sie sich vor zwei Monaten am Stansted-Flughafen verabschiedet hatten, hatte sie nichts von ihm gehört. Seit fast einer Woche hatte sie überhaupt nichts gehört – selbst ihre eigene Stimme nicht, und ein Teil von ihr war froh darüber. Sie schaute auf ihren Morgenmantel herunter. Ihr Mätressengewand aus schwerem weißen Satin war mit Krümeln bedeckt, und ein Ärmel war mit Tee verfärbt, den sie verschüttet hatte. Und nun Besuch? Sie konnte es nicht ertragen, Alick oder sonst irgendjemanden in dem Zustand, in dem sie sich befand, zu sehen.

»Clare!« Er hatte sich bewegt. Seine Stimme kam jetzt aus Richtung des Schlafzimmers, einer weißgestrichenen Kammer auf der Vorderseite des Hauses, mit Eisengittern vor den Fenstern. Clare ließ die weißen Jalousien die ganze Zeit herunter. »Clare! Schau, wenn du nichts sagst, fange ich an zu fürchten, dass du krank bist, und dann muss ich die Polizei rufen, um die Tür aufbrechen zu lassen – ich mache mir große Sorgen um dich, Clare – bitte sprich mit mir – oh, Scheiße –«

Stille. Clare lauschte aufmerksam. Vielleicht hatte er aufgegeben und war gegangen.

»Clare.« Der Ton war jetzt anders. »Ich hoffe und bete, dass du mich hörst, weil mein Kopf in deinem Fenstergitter steckt.«

Sie legte ihr Sandwich ab und ging ins Schlafzimmer. Alicks geisterhafter Umriss tauchte durch ihre Jalousien auf.

»Alick?« Zumindest hatte sie ihre Stimme wieder.

»Clare! Gott sei Dank, ich war gerade dabei, meinen ganzen Mut zusammenzunehmen, um laut zu schreien.«

Sie zog die Jalousien hoch und sah Alick, seine Nasenspitze war ein flacher weißer Kreis auf dem Glas und seine Ohren – die ziemlich groß waren – hingen unbequem über dem Gitter. »Hallo«, sagte Alick durch die Scheibe. »Ich fürchte, ich stecke fest. Ich habe versucht hineinzuspähen, weil ich dachte, ich könnte vielleicht etwas sehen. Und jetzt komme ich nicht mehr raus. Es wäre wirklich schön, wenn wir es schaffen könnten, ohne die Feuerwehr zu rufen.« Die Scheibe beschlug von seinem Atem.

Er trug einen modischen blauen Anzug mit roter Krawatte. Abgesehen von der Tatsache, dass sein Kopf im Fenstergitter feststeckte, sah er unverkennbar weltmännisch und elegant aus.

»Bevor du irgendetwas sagst«, sagte Alick, »ich bin mir durchaus im Klaren darüber, dass ich der größte Idiot in der Geschichte bin. Ich nehme an, dass es nicht viel bringt, das jetzt zu sagen, aber ich kam in ziemlich galanter und romantischer Absicht hierher.«

»Es ist sehr schön, dich zu sehen«, sagte Clare – und es war schön, ihn zu sehen. Sie fühlte sich plötzlich lebendig, so als hätte jemand eine Münze in den Schlitz geworfen und sie angeknipst. »Aber warum, um alles in der Welt, hast du versucht, durch mein Fenster zu schauen?«

»Du hast die Tür nicht aufgemacht. Ich dachte, ich könnte dich vielleicht durch die Jalousien hindurch entdecken.«

»Mich entdecken, wobei? Beim Ausziehen?«

»Nein – Gott, nein – jetzt glaubst du bestimmt, dass ich ein Perverser und ein fieser Kerl bin.«

»Du bist kein fieser Kerl«, sagte Clare, »und auch kein Perverser.« Sie beugte sich näher zur Scheibe. »Wenn du deinen Kopf da hineinbekommen hast, kannst du ihn nicht einfach wieder herausziehen?«

»Unglücklicherweise haben meine Ohren keine Gelenke.«

»Oh, Alick. Du Trottel.« Sie fing an zu lachen. Es war unmöglich, sich das zu verkneifen.

»Ich habe versucht, sie umzuklappen. Das würde helfen, wenn ich meinen Kopf nach vorne bewegen könnte und die Scheibe nicht im Weg wäre. Könntest du nicht vielleicht das Fenster öffnen?«

»Ja, natürlich, gute Idee – ich hole den Schlüssel.« Normalerweise, wenn sie nicht mit dem größten Dilemma ihres Lebens zu kämpfen hatte, war Clare ein ordentlicher Mensch, und so lagen die Fensterschlüssel ordentlich gebündelt und beschriftet in ihrer Küchenschublade. Sie fand sie schnell und schloss auf. Der untere Fensterrahmen war eingerostet, und Clare musste sich anstrengen, um ihn zu bewegen, aber letztendlich gab er nach. Mit Alicks Hilfe schaffte sie es, das Fenster hochzuziehen.

Er beugte seinen Kopf nach vorne und massierte seine Ohren. »Gott, das ist schon besser – mit Vaseline könnte es gehen, wenn du welche hast.«

»Ich glaube ja – ich gehe nachsehen – einen Moment.«

»Lass dir Zeit«, sagte Alick. »Ich verspreche, nicht wegzulaufen.«

Clare rannte ins Badezimmer – ein weiteres Durcheinander, das sie, als sie es vor sich sah, erschreckte, aber dafür war nun keine Zeit. Im Badezimmerschrank stöberte sie eine Dose Vaseline auf und nahm sie mit ins Schlafzimmer.

»Lass mich das besser machen – steck deinen Kopf so weit nach vorne, wie du kannst.« Sie fing an, große Mengen von Vaseline auf die Ränder von Alicks Ohren zu schmieren – es war der engste körperliche Kontakt, den sie jemals gehabt hatten, und es fühlte sich peinlich intim an.

Alick kicherte. »Entschuldigung – aber du kitzelst mich.«

»Versuch es jetzt.«

»Okay, tritt zurück.«

Er fasste sich an seine klebrigen, glitschigen Ohren und arbeitete sich langsam durch die Gitter. »Au – Scheiße – AU!« Mit einem Schmerzensschrei hatte er sich freigezogen. »Gott, das tut weh! Ich glaube, mindestens eins ist gebrochen – können Ohren brechen?«

Clare fror auf einmal. Sie schlang die Arme um ihren Körper. »Bist du okay?«

»Ich werde es überleben.«

»Komm rein, ich mache dir einen Tee.«

Alick sagte: »Wenn du willst, gehe ich auch, jetzt wo ich weiß, dass du nicht tot bist.«

»Warum um alles in der Welt sollte ich tot sein?«
»Ich habe versucht dich anzurufen. Du bist bei beiden Nummern nicht drangegangen.«
»Ich wollte vom Büro nicht belästigt werden«, sagte Clare. »Sie wissen, dass ich zu Hause bin, und ich traue ihnen nicht, dass sie mich in Ruhe lassen. Aber ich möchte dich sehen – um Himmels willen, komm rein, bevor mir die Titten abfrieren.« Sie wischte sich die Hände an ihrem schmutzigen Morgenmantel ab, schloss das Schlafzimmerfenster, verriegelte es und zog die Jalousien herunter.
Alick war an der Haustür und wischte sich mit einem Taschentuch sorgfältig die Vaseline von den Fingern und den Ohren. Sie führte ihn in den schmalen Flur, der ins Wohnzimmer ging. Das Chaos beunruhigte sie. In den letzten paar Tagen war sie viel zu sehr mit sich selbst beschäftigt gewesen, als dass sie ihre Umgebung wahrgenommen hätte.
»Ich kann dir keinen Tee anbieten, habe ich gerade festgestellt – ich habe nur grünen Tee und keine Milch – und keine Plätzchen. Ich bin nicht zum Einkaufen gekommen.«
Sie versuchte, unbeschwert zu klingen, aber er war ernst.
»Bist du sicher, dass du okay bist? Bist du krank? Du bist sehr blass.«
»Nein, mir geht es gut – ich bin wahrscheinlich so blass, weil ich beschämt bin, dass meine Wohnung ein solcher Saustall ist und du mich um drei Uhr nachmittags im Morgenmantel erwischt hast.«
Alick lächelte. »Ich sage dir was. Ich habe hier um die Ecke einen Sainsbury's gesehen. Ich gehe und besorge Tee und so weiter, während du dich anziehst.«
»Ehrlich, das musst du nicht. Ich bin ja kein Invalide.«
»Ich lebe auf dem platten Land, vergiss das nicht. In einen

richtigen großstädtischen Supermarkt zu gehen, ist für mich das höchste der Gefühle.«
Clare hörte auf, sich zu ärgern, und lächelte zurück. »Wenn es dir wirklich nichts ausmacht.«
»Ich bin gleich zurück.« Er ging hinaus, und sie sauste so schnell wie möglich durch die Wohnung. Das Geschirr war kein Problem – sie benutzte immer nur einen Teller, einen Becher und ein Messer. Sie stellte alles in die Spüle, nahm die Zeitungen mit Sharkeys Todesanzeigen vom Couchtisch und räumte die Bücher und Briefe vom Sofa. Es sah in überraschend kurzer Zeit respektabel aus. Dann ging sie ins Schlafzimmer und zog sich saubere Jeans und einen blauen Kaschmirpullover an, den Charlie ihr letztes Jahr im Mai zum Geburtstag geschenkt hatte. Als Alick zurückkam, hatte Clare das Gefühl, dass sie sich einigermaßen berappelt hatte und nicht mehr aussah, als hätte sie die letzte Woche damit verbracht, sich darüber Gedanken zu machen, was zum Teufel sie tun sollte. Sie öffnete die Tür.
Alick hielt eine prall gefüllte Plastiktüte und einen großen Strauß pinkfarbener Rosen in der Hand. Er gab sie ihr.
»So wollte ich ankommen. Lass uns so tun, als hätte ich mich gerade nicht zum Affen gemacht.«
Sie mussten beide lachen. Clare freute sich über die Rosen.
»Und lass uns so tun, als hätte ich nicht meinen Morgenmantel angehabt. Komm rein – sind deine Ohren okay?«
»Meinen Ohren geht es gut. Bitte erwähne sie nicht mehr, oder ich verliere all meine männliche Entschlusskraft. Ich wusste nicht, welche Plätzchen du magst, also habe ich verschiedene Sorten gekauft. Ehrlich, ich war von der Auswahl geblendet.«
Alick brachte die Tüte in die Küche und packte sie auf dem Abtropfbrett aus – Teebeutel, Milch und fünf Packungen

unterschiedlicher Plätzchen. »Mit welchen sollen wir anfangen?«
»Wow – lass mal sehen – mit den Chocolate Olivers bitte.«
»Interessant – das ist ein vielschichtiger Keks – manche würden ihn den Keks der Intellektuellen nennen.«
»Du bist unheimlich albern. Würdest du mir bitte den Teller vom Regal geben?« Clare fand, dass sie ganz nah dran war, glücklich zu sein. Es war schön, Alick zu sehen und die andauernde nagende Angst für eine Weile zu vergessen. Sie stießen in der winzigen Küche freundschaftlich zusammen und brachten ihren Tee und die Plätzchen zum Sofa im Wohnzimmer. Alick zog seine Jacke aus und lockerte seine Krawatte.
»Du siehst heute so förmlich aus«, sagte Clare.
»Ich hatte heute Morgen eine Verabredung mit meinem Finanzberater.«
»Du hast einen Finanzberater? Ich bin tief beeindruckt.«
»Er ist eigentlich das, was man früher mal als Bankfilialleiter bezeichnete«, sagte Alick. »Ich meinte, ich müsste einen Anzug tragen, weil er es tut.«
Clare dachte, wie sauber und frisch er war. »Du siehst sehr schick aus, und da ist noch etwas anderes – ich hab's – ich weiß, warum du so viel besser aussiehst als in Frankreich. Du hast die Haare ordentlich geschnitten.«
Alick war amüsiert. »Ich freue mich, dass es dir gefällt.«
»Hast du wirklich gedacht, dass ich tot sein könnte?«
»Ich habe ein bisschen übertrieben – aber ich habe mir Sorgen um dich gemacht. Und Charlie auch.«
»Charlie?«
»Ich war mit ihm mittagessen«, sagte Alick. »Als du weder an deinen Festnetzanschluss noch an dein Handy gegangen bist, bin ich bei deinem Büro vorbeigefahren. Du warst

natürlich nicht da, aber Charlie war großartig. Er hat mich allen als seinen Zellengenossen vorgestellt.«

»Mit der Sache hat er schon diverse Dinnerpartys unterhalten«, sagte Clare. Die Affäre mit Charlie war jetzt Geschichte, selbst wenn er mit ihr alleine war, benahm sich Charlie, als wäre nie etwas zwischen ihnen passiert. Das war vernünftig. Clare schmerzte das, aber nur am Anfang. Sie war mit anderen Dingen beschäftigt. »Er liebt es, mit seinem Gefängnisaufenthalt zu prahlen. Man könnte meinen, er wäre in ›12 Uhr nachts‹ gewesen.«

»Er hat mich in einen Pub mitgenommen. Wir haben über das Château gesprochen und uns krankgelacht – Charlie sagt, dass er immer noch Albträume hat, in denen er nackt versucht, Feuer zu löschen.« Er stellte seinen Becher vorsichtig ab. »Wir haben über dich gesprochen.«

»Oh«, sagte Clare.

»Wir haben es diesmal geschafft, vernünftig zu reden. Als wir zusammen eingesperrt waren, waren wir viel zu betrunken von diesem Mönchs-Zeug. Charlie hat mir erzählt, wie schlecht er sich wegen dir und der Art, wie er dich behandelt hat, fühlt.«

Clare sagte: »Das ist nett von ihm. Er sollte sich nicht schlecht fühlen.«

»Während er erzählte«, sagte Alick, »dämmerte es mir, dass er die Wahrheit über Frankreich gesagt hat. Er hat keinen Sex mit dir gehabt, oder? Er ist immer noch davon überzeugt, dass er gehört hat, wie ich mit dir geschlafen habe. Und ich weiß ganz genau, dass es nicht so war. Aber ich weiß, dass ich gehört habe, wie du Sex mit jemandem hattest.«

»Ich bin die größte Hure der westlichen Welt«, sagte Clare und nahm sich noch ein Plätzchen. »Es hätte jeder sein können.«

Alick lächelte nicht. Er wurde rot. »An unserem letzten Abend bin ich dir in den Garten gefolgt. Und ich habe gesehen, wie du mit Sharkey gesprochen hast. Das hat ausgesehen, als ob ihr euch ziemlich gut kennen würdet.«

»Oh«, sagte Clare. »Ich kann nichts vor dir geheim halten, oder?«

»Es war ein Fehler, und ich schwöre dir, dass ich nicht im Strauch gesessen und gelauscht habe, aber es war die Art, in der er den Arm um dich gelegt hat.«

Eine ganz intensive Erinnerung daran, wie sich Sharkeys Arm angefühlt hatte, überkam sie, und sie wünschte, sie könnte ihn wiedersehen. »Oh.«

»Und Angus erzählte mir, dass du das Telefongespräch geführt hast, als er gestorben war. Er sagte, dass es schien, als wüsstest du genau, was du machen musstest. Ich habe plötzlich eins und eins zusammengezählt, und dann habe ich mir Sorgen gemacht, dass du ein gebrochenes Herz haben könntest. Ich konnte den Gedanken nicht ertragen, du seist unglücklich.«

Sie war gerührt. »Du bist sehr nett, aber ich habe kein gebrochenes Herz.«

»Er war es also, oder nicht?«

Clare stieß einen langen Seufzer aus. Jetzt, wo Sharkey tot war und sie seine Karriere nicht mehr ruinieren konnte, konnte sie ja ruhig darüber reden. »Ja, er war es. Hast du mit Charlie darüber gesprochen?«

»Nein. Ich habe es für mich behalten und ihn in dem Glauben gelassen, dass ich es war.«

»Danke. Ich möchte nicht, dass er die Wahrheit erfährt. Mir ist es egal, ob du es weißt.«

»Und du bist sicher, dass du okay bist?«

»Ja, mir geht es absolut gut. Ich leide nicht unter der Trauer.« Sie wollte von diesem ganzen Thema wegkommen, das sich in den letzten paar Wochen wie eine Schleifspur in ihr Hirn gegraben hatte. »Wie lange bist du in London?«

»Ich fahre morgen zurück.«

»Oh.«

»Ich liebe dich immer noch, Clare.«

»Wie kann es möglich sein, dass du mich liebst? Wenn ich nicht mit verheirateten Männern rummache, bringe ich katholische Priester um.« Sie wollte flapsig klingen, aber es kam ziemlich gepresst und kläglich heraus. »Ich bin eine schreckliche Frau.«

»Du bist eine wundervolle Frau. Und ich weiß, dass du unglücklich bist, auch wenn du es nicht zugeben willst. Ich glaube, es würde dir verdammt guttun, heute Abend mit mir essen zu gehen.«

Sie lächelte. »Ich hasse es, dich schon wieder abzuweisen, aber ich bin wirklich nicht in der Stimmung auszugehen. Das heißt im Übrigen nicht, dass du gehen sollst. Ich hatte sowieso vor, einen Curry zu bestellen.«

»Ich würde auch am liebsten mit dir hier bleiben«, sagte Alick, »und einen Curry zu bestellen, wäre klasse. Schon das Wort klingt exotisch für mich. Sollen wir uns einen Film anschauen?«

»Das ist genau das, was ich vorhatte!« Charlie hatte versucht, Filme zu mögen, um ihr einen Gefallen zu tun, aber er war nie wirklich begeistert gewesen. Er war niemals damit einverstanden gewesen, einfach zu Hause zu bleiben und sich einen anzuschauen, und er hatte nie eingesehen, warum man sich einen Film mehr als einmal ansehen sollte.

»Was wolltest du dir denn anschauen?«

»Ich hatte mich noch nicht entschieden. Jetzt, wo du da

bist und ich an Frankreich denke, wäre ›Kinder des Olymp‹ ganz lustig.«

Alick schüttelte den Kopf. »Zu lang. Und Arletty regt mich auf. Ich hätte nichts gegen etwas mit schönem Wetter. Hast du ›Der Leopard‹?«

»Habe ich, aber Burt Lancaster regt mich auf – ich kann einfach nicht ertragen, dass er italienisch spricht. Wie wäre es mit ›Casablanca‹?«

»Das passt nicht zu dem Curry.«

»Magst du Monty Python?«

»Volltreffer! Hast du ›Das Leben des Brian‹?«

Komischerweise spürte sie Tränen in sich aufsteigen.

»Ja. Ich habe ihn seit einer Ewigkeit nicht mehr gesehen.«

»Also abgemacht«, sagte Alick. »Gott, ich habe noch nie eine Frau getroffen, die so vernünftig ist, was Filme angeht. Meine Frau hatte einen schrecklichen Geschmack.«

»Ich habe gerade genau dasselbe über Charlie gedacht.«

»Deb mochte ›Flashdance‹.«

»Charlie mochte ›Panzerkreuzer Potemkin‹.«

»Clare, du und ich gehören zusammen. Ich denke, wir sollten heiraten.«

»Hör auf.«

»Willst du mich heiraten?«

»Nein.« Sie lachte. »Wenn du nicht damit aufhören, mir Anträge zu machen, musst du gehen.«

»Dann höre ich für den Moment auf. Kann ich dein Badezimmer benutzen?«

»Du musst durchs Schlafzimmer.«

Alick verließ den Raum, und Clare ging zu dem großen Eichenregal, ein Relikt aus dem Haus ihrer Eltern, in dem ihre Video- und DVD-Sammlung alphabetisch geordnet war. Plötzlich fiel ihr der Zustand ihres Badezimmers ein, und sie stöhnte laut. Sie hatte etwas auf dem Beckenrand liegen lassen, von dem sie überhaupt nicht wollte, dass Alick es sah.

Er hielt es in der Hand, als er zurückkam, ein kleiner Stab aus blauem Plastik. Er hielt ihn ihr hin.

»Ja«, sagte Clare. »Also, jetzt weißt du es.«

Epilog

»Dieser Müll hat jetzt wochenlang auf meiner Anrichte gestanden«, sagte Charlie. »Es ist doch wohl mein gutes Recht, ihn zu entfernen?«

Der Müll war Beans Installation zum Gedenken an Sausage, die vor sechs Wochen gestorben war. Ein großes Schwarz-Weiß-Foto der Verstorbenen stand auf dem mittleren Brett, eingerahmt von silbernem Lametta und umgeben von dem heruntergekommenen Spielzeug der alten Katze, sowie ein staubiger Strauß getrockneter Blumen in der pinkfarbenen Kaninchen-Vase.

»Ja, mach das«, sagte Beth. »Es wird Zeit, nach vorne zu schauen – Lizzie sagt, dass die kleinen Kätzchen jetzt jeden Tag von Tosca getrennt werden können.« Tosca, die Katze der Parrs, hatte praktischerweise kurz nach Sausages Tod Junge bekommen. »Das Leben erneuert sich ständig selbst.«

Charlie ließ den Erinnerungskram in der Küchenschublade verschwinden. Er wischte die Granitplatte vorsichtig mit einem antibakteriellen Putztuch ab. »Soll ich die Gläser rausbringen, oder willst du die Drinks zuerst hier drin servieren?«

»Hier drin.« Beth ließ einen letzten Gastgeberinnen-Blick durch den Raum schweifen. Es war ein warmer Tag, und das Haus zeigte sich von seiner besten Seite – so schön, wie es sich für das Haus eines Architekten gehörte, durchgestylt und offen, von Tageslicht durchflutet, das es irgendwie nobler erscheinen ließ. Die großen Fenster standen offen. Der Garten mit seinem Weg aus Pflastersteinen, seiner in Sonne getauchten Rasenfläche und der geschmackvollen Fülle an Blumen und Kräutern war einfach entzückend. Sie würden draußen an dem großen Holztisch essen. Scarly und Miles waren schon draußen und pflegten ihren Kater mit literweise Tee. In der vergangenen Nacht hatten sie ihren Jahrestag gefeiert und sich benommen, als wären sie seit Menschengedenken zusammen, so wie Herr und Frau Noah. Bean saß bei ihnen und aß von den Tomate-Basilikum-Canapés, die Beth gemacht hatte, um Julia MacDuff zu beeindrucken.

Das gemeinsame Mittagessen war Charlies Idee gewesen. Er hatte Alick zufällig getroffen, und sie hatten festgestellt, dass alle MacDuffs an Sharkeys Todestag in London sein würden. Angus und Julia kamen gerade von ihrem Urlaub aus Barbados zurück, und Jamie und Angela besuchten eine Nahrungsmittelmesse. Die Gelegenheit war einfach zu günstig, um sie verstreichen zu lassen. Charlie brachte die Leute immer noch mit seinen Geschichten über ihre furchtbaren Ferien zum Lachen. Er hatte die wirklich schrecklichen Teile, wie den Beinahetod ihrer Ehe, herausgestrichen und schien jetzt ernsthaft zu glauben, dass sie alle eine wunderbare Zeit gehabt hatten.

»Es ist gut, alle noch einmal zusammenzubekommen«, sagte Charlie. »Und ich glaube, es wäre schön, Sharkeys zu gedenken.«

Auf ihrem Nachhauseweg vom Château Cornu und während sie am Flughafen auf ihr Gepäck gewartet hatten, hatten Charlie und Angus über Sharkeys Beerdigung gesprochen und darüber, ob sie hingehen sollten. Sie wollten ihm die letzte Ehre erweisen, aber es sah so aus, als gäbe es eine große Zeremonie in der Kirche an seiner Schule, und sie waren übereingekommen, dass es unpassend wäre, dorthin zu gehen. Ein privates Gedenken wäre wohl angebrachter.

»Ich freue mich schon alle wiederzusehen«, fuhr Charlie fort. »Wir haben Trevor im letzten Jahr ziemlich oft gesehen – und ich habe Clare natürlich im Büro gesehen. Aber nicht die MacDuffs.«

»Oder das Baby«, sagte Beth.

Stille.

Charlie erwiderte: »Du weißt, dass es nicht von mir ist.«

»Das habe ich auch nicht gesagt.«

Letzten Herbst hatte Clare plötzlich verkündet, dass sie von Alick MacDuff schwanger sei. Einen Monat später hatte sie Alick in aller Stille in Edinburgh geheiratet, mit Angus, Julia und Jamie MacDuff als Trauzeugen. Zurzeit war sie in Mutterschutz.

Das Thema war zwischen Beth und Charlie hin- und hergegangen wie alte Klamotten in der Waschmaschine. Sie hatten es beide ziemlich satt, trotzdem konnte Beth es nicht ganz fallen lassen.

»Ich lasse einen DNA-Test machen, wenn du willst. Ich sage die Wahrheit.«

»Entschuldige, das weiß ich ja.«

Charlie streckte seinen Arm aus und drückte ihr freundschaftlich die Schulter. »Ich gehe nochmal die elementare Biologie durch, wenn du wirklich Details über Clares Zyklus hören möchtest. Das Kind könnte nur dann meins sein, wenn ich in Frankreich mit Clare geschlafen hätte – und du weißt, dass ich das nicht getan habe.« Er lächelte reumütig. »Ich glaube, dass ich gehört habe, wie sie schwanger geworden ist, aber das ist das Einzige, was ich damit zu tun habe.«

»Ich glaube dir«, sagte Beth, und meistens tat sie das auch. »Aber du musst zugeben, dass es sich fast wie ein Wunder anhört. Ich dachte, dass Alick MacDuff unfruchtbar ist.«

»Wunder geschehen. Das einzige Spermium hat es eben geschafft.«

»Vermutlich.«

»Beth, komm schon.« Charlie legte seine Arme um sie. »Das haben wir doch jetzt schon hundertmal durchgekaut. Es ist nicht meins, okay?«

»Sie.«

»Sie ist nicht meine. Um Himmels willen, bloß nicht noch eine Tochter.«

Es klingelte. Charlie ging, um zu öffnen, und kam mit Trevor und dessen neuem Partner, mit dem er seit Weihnachten zusammen war, in die große, gläserne Architekten-Küche. Chris war ein sympathischer Bühnenbildner in den Vierzigern und das ganze Gegenteil von dem diebischen Russen. Er hatte eine große Tarte Tartin in einer weißen Schachtel mitgebracht – »Wo doch das Motto heute Abend Frankreich ist.«

Bean kam vom Garten hereingerannt, und es gab schrille Schreie und Umarmungen. Trevor bestand immer noch auf seiner seltsamen Zuneigung zu Bean, und als ein weiterer Design-Freak kam er gut mit Charlie aus. Beth hatte ihn richtig liebgewonnen. Er war mittlerweile ein weiterer mittelalter Mittelklasse-Party-Freund, und er erinnerte sie nicht länger an die emotional aufreibende Woche im Château Cornu.

Bei den MacDuffs war es etwas anderes. In dem Moment, als Beth ihnen die Tür öffnete, schien es unmöglich, sie in ihr Putney-Leben zu integrieren. Angus und Julia waren teuer gebräunt und eleganter, als sie sie in Erinnerung hatte, und sie konnte die beiden ziemlich farblosen Leute dahinter nicht erkennen. Großer Gott, das waren Jamie und Angela. Jamie war dünner und blasser und dezenter als der scharlachrote Trottel, den sie aus Frankreich in Erinnerung hatte. Angela – die heulende Mrs. Rochester – hatte jetzt gepflegte, kurze blonde Haare und trug die diskrete, kontrollierte Art von Make-up, die man nur hinkriegt, wenn man alle seine fünf Sinne beisammen hat.

So waren sie also, wenn sie trocken waren. Jamie trank Orangensaft und fing an, Charlie von seinem neuen geschäftlichen Projekt zu erzählen. »Es ist ein Feinkostladen – na ja, ein halber Feinkostladen; wir sind bei einem Partner eingestiegen. Angie macht die Teigwaren und Wildpasteten und so weiter. Wir haben ihn von dem Ertrag des Schlosses gekauft.«

Julia zog Beth zur Seite. »Unglaublich, was? Seit Sharkeys Tod haben sie nicht einen einzigen Tropfen Alkohol angerührt – und Angela tut, was auch immer man tun muss, um Katholikin zu werden.«

»Gut für sie.« Beth, die Katholiken immer mit griesgrämigen irischen Nonnen assoziierte, fragte sich, was wohl kommen müsste, um sie in den Schoß der Gemeinde zurückzubringen – wahrscheinlich nichts Geringeres als die Wiederkunft des Herrn mit kostenloser Tupperware als Zugabe, aber jedem das Seine. »Ich hätte mir denken müssen, dass Sharkey ein Priester war. Er roch wie ein Priester. Aus irgendeinem Grund tragen die Feineren unter ihnen immer dasselbe After-Shave.«

»Ich hatte keine Ahnung, dass er so angesehen war«, sagte Julia. »Der Sohn eines Freundes von mir geht auf seine Schule. Sie haben offensichtlich einen Wissenschaftsbereich nach ihm benannt. Es ist ziemlich beruhigend, zu wissen, dass er so eine Art Vermächtnis hinterlässt, oder? Die sind für Sie.« Sie hatte Beth einen großen Strauß weißer Lilien von einem Floristen aus dem West End mitgebracht.

»Wie bezaubernd – danke schön.«

»Diese Tasche ist für Clare – ich konnte einfach nicht widerstehen, Babysachen zu kaufen. Wir hatten nie ein kleines Mädchen in der Familie.«

»Ich kann es gar nicht abwarten, sie zu sehen«, sagte Beth und meinte, dass sie es gar nicht abwarten konnte, die Wahrheit zu erfahren.

»Sie ist hinreißend – ich habe sie auch nicht mehr gesehen, seit sie ein kleiner Winzling war. Wir sind, kurz nachdem sie geboren wurde, heruntergekommen. Alick konnte es gar nicht erwarten, sie uns zu zeigen. Er schwebt seitdem auf Wolke sieben.«

»Liebling – Champagner? Beth?« Angus ging mit der Flasche herum, genau wie er es nach dem Feuer im Schloss getan hatte. »Kommt schon, Mädels, das ist eine Wiedervereinigung.«

»Es ist schon erstaunlich, was für eine verbindende Erfahrung ein schrecklicher Urlaub sein kann«, sagte Julia. »Wir würden uns nicht halb so sehr darüber freuen, uns wiederzusehen, wenn wir eine schöne Zeit miteinander verbracht hätten.« Sie ging weg, um mit Trevor zu reden, und ließ Angus und Beth zusammen stehen.

Angus goss noch mehr Champagner in Beths Glas. »Du siehst glänzend aus«, sagte er leise. »Noch besser als im letzten Jahr.«

»Wie schön, dass du immer noch mit mir flirtest«, sagte Beth. Sie hatte sich mit ihren Klamotten und ihren Haaren wesentlich mehr Mühe gegeben und war froh, dass ihm das aufgefallen war. »Du sagst so himmlische Dinge.«

»Das war eine wunderschöne Flirterei – bis diese Mönche es geschafft hatten, mich betrunken zu machen.«

Sie lachten beide leise. Beth fragte: »Wie ist es dir ergangen?«

Angus sah sich schnell um, um sicherzugehen, dass ihn niemand hören konnte. »Ziemlich gut. Immer noch verheiratet, wie du siehst. Wir streiten mehr – aber wir haben auch mehr Sex. Und wie geht es dir?«

»Gut, eigentlich. Direkt nach dem Frankreichurlaub haben wir ein romantisches Wochenende in Venedig verbracht. Es war Charlies Idee.«

»Nun, zwei Dumme und so weiter«, sagte Angus. »Ich hoffe, ihr hattet eine schöne Zeit.«

Beth kicherte. »Ja, Venedig war phantastisch – aber als wir nach Hause kamen, waren alle Nachbarn wütend auf uns, weil Bean eine riesige Party geschmissen hatte und die Straße voller betrunkener Jugendlicher und Polizisten gewesen war.«

»Kleiner Quälgeist.«

»Ich habe Charlie noch niemals so wütend gesehen – er sagt, dass wir das Haus nicht mehr verlassen, bis sie mindestens dreißig ist.«

»Aber du bist glücklich, hast du gesagt?«

Sie dachte, wie nett es doch von ihm war, sich um ihr Glück zu sorgen. »Oh, ja.« Es stimmte, entschied sie, mehr oder weniger. Das Leben im Allgemeinen und die Ehe im Besonderen waren niemals darauf angelegt, perfekt zu sein.

Die Romantik musste sich ihren Platz neben Teenie-Partys und toten Katzen und all den anderen Ablenkungen des alltäglichen Lebens erobern. »Und du?«
»Ja«, sagte Angus. »Gott sei Dank.«
Noch mehr Geschrei von der Eingangstür – Bean hatte Clare und Alick hereingelassen und natürlich das Baby. Angus ging, um sich der Schar der Begrüßer anzuschließen, und Beth bemühte sich, ihr höfliches Lächeln beizubehalten. Sie hatte Clare seit der Weihnachtsfeier in der Firma nicht mehr gesehen, wo sie einen kleinen Bauch und einen Ehering zur Schau getragen hatte. Nun kam sie mit einer riesigen Wickeltasche über der Schulter in die Küche. Alick trug das Baby in einem Maxi Cosi. Er stellte ihn auf den Küchentisch. Julia, Scarly und Bean versammelten sich sofort, um das Baby zu bewundern.
Clare sah müde und leicht unordentlich aus, so wie Mütter von kleinen Babys oft aussahen. Auf ihrem Nacken und ihren Schultern hatte sie eine Schicht von Fett angesetzt, was für stillende Frauen typisch war, und ihr glasiger Blick strahlte die Zufriedenheit aus, an die Beth sich aus ihrer eigenen Stillzeit erinnerte. Sie war weniger glänzend als in Frankreich und nicht so glamourös. Aber sie war trotzdem liebenswert – weicher und wärmer.
Als die Menge sich schließlich zerstreute, sah Beth sich das Baby an. Es hatte nichts von Charlie.
Überhaupt nichts.
Nicht im Entferntesten.
Scarly und Bean waren beide mit struppigem schwarzen Haar und genau derselben Augenform wie Charlie auf die Welt gekommen. Dieses Baby war ein helles, kahlköpfiges Kind mit einer großen Stupsnase.
Beth musste beinahe laut lachen, so erleichtert war sie.

»O Clare, sie ist furchtbar süß – Claudia – was für ein schöner Name! Hallo, Claudia.« Das Baby streckte seine Unterlippe hervor.

»Sie kommt ganz auf die MacDuffs«, sagte Julia stolz. »Seht euch nur die Nase an.«

Claudia MacDuff flatterte mit ihren kleinen Armen, verzog das Gesicht und fing an zu schreien.

»Ich nehme sie.« Alick nahm das Baby vorsichtig aus dem Maxi Cosi und drückte es an seine Schulter. Wortlos, so als würde sie schlafwandeln (und wahrscheinlich schlafwandelte sie auch, wenn ihre Erfahrungen der frühen Mutterschaft in etwa Beths ähnelten) nahm Clare eine Stoffwindel aus der großen Tasche und legte sie auf Alicks Schulter.

Alick stellte sich als die Sorte Vater heraus, nach dem sich Beth in ihren Baby-Tagen gesehnt hatte. Er schaukelte das Baby geschickt und mit endloser Geduld. Er beschwerte sich bestimmt niemals über Kotze auf seinen Klamotten oder über Kekskrümel auf dem Sofa. In den kommenden Jahren saß er wahrscheinlich freiwillig auf kalten Spielplätzen und in zugigen Balletträumen herum. Charlie hatte diese Seite des Elternseins niemals gemocht. Auf der anderen Seite konnte es gut sein, dass Beth sich genau deshalb in Charlie verliebt hatte, weil er eben nicht diese Sorte Mann war. Die Gesetze der sexuellen Anziehungskraft waren noch nicht bis zu dem Mittelklasseleben eines Vorortes vorgedrungen. Wenn du es zulässt, dass deine Hormone dich Heathcliff aus »Sturmhöhe« in die Arme treiben, dann trägst du selbst die volle Verantwortung, wenn er sich weigert, die Geburtstagfeier seiner Kinder zu besuchen.

Charlie legte seinen Arm um ihre Taille. Er flüsterte: »Hässlich, oder?«

»Halt die Klappe – sie ist total süß.«
»Ich bin beleidigt, wenn du sagst, dass das Baby mir auch nur im Entferntesten ähnlich sieht.«
Beth umarmte Charlie. Er hatte über die letzten paar Jahre ein bisschen an Gewicht zugelegt, und sie mochte die Wärme und die Stabilität, die sein Körper dadurch bekommen hatte. »Sie ist nicht von dir.«
»Bist du jetzt zufrieden?«
»Ja.«
»Letzte Zweifel beseitigt?«
»O ja.«
Er küsste sie auf die Stirn. »Ich sage das gar nicht oft genug, aber ich bin froh, dass du mein Weib bist.«

Claudia war mit Clares Brustwarze im Mund eingeschlafen. Clare befreite sie vorsichtig aus dem hartnäckigen kleinen Zahnfleisch. Sie steckte ihre Brust in den ekelhaften, mit einem Reißverschluss versehenen Still-BH und legte ein Pad über ihre nasse Brustwarze. Ihre Brustwarzen waren braun und so groß wie Essteller. Ihr kleiner Busen war zu einer monströsen Kugel angeschwollen, und Claudia kaute mit einer Beharrlichkeit darauf herum, die für einen solchen Winzling erstaunlich war.
In diesem Moment lag immer eine gewisse Spannung. Würde sie merken, dass ihr Mund leer war, und aufwachen? Clare starrte auf das gequetschte Gesicht in ihrer linken Armbeuge und dachte, dass Claudia das wunderbarste Wesen im ganzen Universum war und dass sie sterben würde, wenn der kleine Quälgeist jetzt aufwachen würde. Alick tat, was er konnte, um ihr zu helfen, aber er hatte keine Brüste.

Er konnte auch so den Anschein wahren, dass er mehr war als ein reines Säugetier.

Gott sei Dank schien Claudia eingeschlafen zu sein, obwohl man das nie sagen konnte. Die vorherige Nacht war die reinste Tortur gewesen. Clare wusste, dass sie die Kleine in den Maxi Cosi zurücksetzen und zu den anderen in den Garten gehen sollte. Sie hörte Stimmen, Lachen und das Klirren von Geschirr. Sie war so hundemüde, dass sie sich nicht aufraffen konnte, sich zu bewegen. Beth hatte ihr freundlicherweise einen Teller mit Risotto gebracht und gesagt, dass sie sich noch gut daran erinnern konnte, wie hungrig sie immer war, als sie gestillt hatte. Beth verhielt sich absolut super, so als hätte es die Affäre mit Charlie niemals gegeben. Und rührend, was für ein Theater Scarly und Bean um das Baby gemacht hatten. Es war eine seltsame Vorstellung, dass in einem anderen Leben Claudia möglicherweise ihre Schwester geworden wäre.

Alick kam durch die geöffneten Türen mit zwei Gläsern Champagner herein. Clare legte den Finger auf ihre Lippen.

»Großer Gott, kaum zu fassen.« Er setzte sich neben sie und streichelte über den rosafarbenen, flaumigen Kopf.

»Wie lange wird es dauern, was glaubst du?«

»Das weiß ich genauso wenig wie du.«

»Sie sieht immer so verletzlich aus, wenn sie schläft, nicht wahr?«

»Sie ist heute ein kleiner Drache«, sagte Clare. Sie gab Claudia einen flüchtigen Kuss auf ihre bezaubernde Nase.

Alick stellte die Sektgläser ab. »Ich nehme sie – wir sind gerade dabei, auf Sharkey anzustoßen.«

»Nun, es ist heute genau ein Jahr her. Ich bin froh, dass wir etwas machen, um seiner zu gedenken.« Clare reichte Alick vorsichtig das schlafende Baby. Er legte sie behutsam in den Maxi Cosi. Sie zog die Nase hoch und schnaubte, und sie sahen sie beide mit angehaltenem Atem an. Endlich war sie eingeschlafen.

Clare seufzte und streckte sich, erleichtert, ihren Körper wiederzuhaben. »Ich fühle mich ein bisschen schuldig, weißt du. Deine Familie ist so nett zu mir – ich mag es nicht, sie anzulügen.«

»Dann sieh es doch nicht als Lügen an«, sagte Alick. »Was würde es ihnen denn bringen, die Wahrheit zu wissen? Wir werden es ihnen so lange nicht erzählen, bis wir es Claudia sagen, wenn wir das überhaupt jemals tun.«

Von Anfang an hatte er klargemacht, dass das Baby zu ihm gehörte. Er wollte das Baby genauso sehr, wie er Clare wollte. Und sie wollte einen Namen für ihr Kind, einen Vater, eine Familie. Aber sie hatte eingewilligt, ihn zu heiraten, weil sie ihn liebte, auch wenn er ganz anders war als Patrick oder Charlie oder jeder andere Mann, der sie unglücklich gemacht hatte.

Es hatte mit Dankbarkeit angefangen, nicht mit der alltäglichen Sorte, sondern mit der Art, die dir die Tränen in die Augen treibt. Er hatte sie vor dem Alleinerziehen bewahrt oder (vielleicht noch schlimmer) vor einem Kind mit einem Mann, der kein weiteres Kind mehr haben wollte. Er hatte das Baby als sein eigenes akzeptiert. Sie hatte ihre Souterrainwohnung verkauft, und sie waren in ein rotes Backsteinhaus in Muswell Hill gezogen. Clare war jetzt, erstaunlicherweise, eine verheiratete Jungfrau – abgesehen von der Tatsache, dass die exklusiven Kinderwagen ihrer Nachbarschaft für gewöhnlich die Nachkommen ihrer ihnen gesetzlich angetrauten Ehemänner enthielten.

Aber natürlich war es mehr. Clare war sich so lange nicht

im Klaren darüber, dass sie Alick liebte, bis sie anfing sich darüber Gedanken zu machen, warum der Sex und das Zusammenleben so schmerzlos und sogar angenehm waren.
Ich war so leidenschaftlich in Charlie verliebt, aber ich konnte den Gedanken nicht ertragen, ihn in meiner Wohnung zu haben – warum habe ich nichts dagegen, dass Alick die ganze Zeit hier ist, auf meinem Sofa sitzt und in die Tasten auf seinem Laptop haut oder bergeweise schmutziges Geschirr fabriziert? Warum macht mein Herz einen Sprung, wenn ich den Schlüssel ins Schloss stecke und weiß, dass er auf mich wartet? Großer Gott, ich muss mich verliebt haben.
Romantisches Elend wollte sie nicht mehr. Sie war viel zu müde. Es war eine Freude, Alick um sich zu haben, wenn man müde war. Er war ein wunderbarer Vater, und als zusätzlicher Bonus war er auch noch sehr gut im Bett – auch wenn Clare sich im Moment nicht vorstellen konnte, dass sie im Bett irgendetwas machen wollte, außer zu schlafen.
Alick fragte: »Hast du an ihn gedacht?«
Clare dachte viel an Sharkey; mehr als sie Alick gegenüber zugeben würde. Sie hatte die Kleine Sharkey zu Ehren und in Erinnerung an Monsignor Walsh Claudia genannt. »Ja.«
»Ich auch. Ich denke ziemlich oft an ihn – schwer, das nicht zu tun, wo sie ihm so ähnlich sieht. Ich möchte gerne auf ihn trinken. Ich bin ihm dankbar, auch wenn es streng genommen seine Schuld ist, dass ich seit drei Monaten nicht geschlafen habe und meine Frau wie ein Zombie aussieht.«
»Oh, du Schmeichler.« Clare blickte auf den Maxi Cosi auf dem Boden. »Können wir es wagen, sie alleine zu lassen, was meinst du?«
Alick nahm ihre Hände und zog sie aus dem Sessel. Er legte

seine Arme um sie und küsste ihren Nacken. »Ich denke, wir können es riskieren, ein paar Meter von ihr wegzugehen. Komm nach draußen.«
Der Holztisch stand auf dem gemauerten Sockel unter einer grünen Segeltuchmarkise. Die Familie und ihre Gäste saßen daran, wie Figuren in einem Gemälde von Renoir oder in einem Film seines Sohnes. Clare verstand absolut, warum Charlie nicht in der Lage gewesen war, das alles zu verlassen. Es war perfekt, das perfekte Haus eines erfolgreichen Architekten und Alphamannes. Sie glaubte nicht, dass er seiner Frau treu bleiben würde, aber sie glaubte, dass er es jetzt so vernünftig anstellte, dass Beth es nicht herausbekäme.
Charlie – der Hausherr am Kopf des Tisches – lächelte Clare an. »Hier ist sie – pünktlich zum Toast. Füllt eure Gläser.«
Bean fragte: »Wo ist Claudia?«
»Ich habe sie weggeworfen«, sagte Clare und setzte sich neben Alick an den Tisch.
»Oh, können sie einen nicht quälen in diesem Alter?«, rief Julia. »Und ist es nicht witzig, wie schnell man das vergisst?«
Sie kicherte, genau wie Beth. Clare beneidete sie ein bisschen darum, dass sie trinken konnten. Wenn sie mehr als drei Schlucke Champagner tränke, fiele sie um.
Charlie stand auf. »Meine Damen und Herren – Kameraden des Château Cornu – es ist großartig, wieder zusammen zu sein, aber natürlich dürfen wir nicht vergessen, dass einer fehlt. Ich weiß, dass wir alle an Sharkey denken, wohl wissend, dass ohne ihn kein Wiedersehen komplett ist.«
Unter dem Tisch drückte Alick Clares Knie. Clare unterdrückte ein Lächeln – Sharkey war hier in einer Art und Weise präsent, die Charlie sich nicht vorstellen konnte.

»Er war ein großartiger Mann«, sagte Charlie. »Niemand von uns wird jemals vergessen, wie er Angela aus dem brennenden Zimmer herausgezogen hat.«

Das war ein feierlicher Moment. Sie alle sahen zu der trockenen Angela hinüber; Clare konnte den Gedanken nicht unterdrücken, dass sie ziemlich stolz war, gerettet worden zu sein.

»Ich hatte eine Höllenangst vor ihm«, sagte Jamie. »Ich konnte ihn nicht ansehen, ohne an meinen alten Schulleiter erinnert zu werden.«

»Er war höchst unterhaltsam«, sagte Trevor. »Und sehr gut im Aufbrechen von Türschlössern.«

Charlie erhob sein Glas. »Auf Sharkey.«

Clare trank auf Sharkey und stieß mit Alick an. Sharkey hatte Clare geraten, Alick zu heiraten und einen Samenspender zu suchen. Angela dachte, dass er nur deshalb nach Ninive geschickt worden war, um ihr das Leben zu retten. Wenn man an solche Dinge glaubte, war Clare in gewisser Weise ein weiterer Punkt auf seinem Arbeitsblatt. Sie hoffte, dass er die Möglichkeit hatte, diese Ironie zu würdigen. Und wenn man an solche Dinge glaubte, dann war seine letzte Mission absolut erfolgreich.

Kate Saunders

Es soll Liebe sein

Roman

Aus dem Englischen von Karin König

Band 16755

Ben und Frederick sind charmant, gutaussehend und völlig unwiderstehlich. Leider sind sie auch unordentlich, jeglicher Arbeit abgeneigt und komplett nutzlos. Cassie steht vor einer schweren Aufgabe: sie soll den Jungs passende Frauen suchen. Und – Liebe soll es auch noch sein.

»Glorios!«
Marian Keyes

»Hinreißend komisch!«
freundin

»Romantisch«
Cosmopolitan

Fischer Taschenbuch Verlag

fi 16755 / 1

Kate Saunders

Ein Jahr an deiner Seite

Roman

416 Seiten. Klappenbroschur

Es war die ganz große Liebe, als sich die Schauspieler Marnie und Nick am Theater begegneten. Aber seit Nick im Koma liegt, bleibt Marnie nur die Erinnerung ans Glück.

Kann es je wiederkehren? Oder soll Marnie loslassen und das Leben neu anfangen – ohne Nick?

Ein wunderbar gefühlvoller, aber auch komischer Roman über das Gefühl, das flüchtig ist und ewig währt – die Liebe.

»Romantisch!«

Cosmopolitan

Das gesamte Programm gibt es unter www.fischerverlage.de

fi 2-1942 / 1

Kate Saunders

Es soll Liebe sein

Roman

Aus dem Englischen von Karin König

Band 16755

Ben und Frederick sind charmant, gutaussehend und völlig unwiderstehlich. Leider sind sie auch unordentlich, jeglicher Arbeit abgeneigt und komplett nutzlos. Cassie steht vor einer schweren Aufgabe: sie soll den Jungs passende Frauen suchen. Und – Liebe soll es auch noch sein.

»Glorios!«
Marian Keyes

»Hinreißend komisch!«
freundin

»Romantisch«
Cosmopolitan

Fischer Taschenbuch Verlag

fi 16755 / 1